有度文化

Mingyue

陈世旭
— 著 —

·太原·

图书在版编目（CIP）数据

明月 / 陈世旭著. -- 太原 ： 北岳文艺出版社,
2025. 4. -- ISBN 978-7-5378-7034-4
　　Ⅰ. Ⅰ247.5
中国国家版本馆CIP数据核字第2025EL5084号

明月
Mingyue

陈世旭 / 著

//

选题策划 刘文飞	出版发行：山西出版传媒集团·北岳文艺出版社 地址：山西省太原市并州南路57号　邮编：030012 电话：0351-5628696（发行部）　0351-5628688（总编室） 传真：0351-5628680
责任编辑 刘文飞 李泽婧	经销商：新华书店 印刷装订：三河市华东印刷有限公司
装帧设计 FAUN WONDERLAND QQ:2821598445	成品尺寸：160 mm×230 mm 字数：304千字 印张：22 版次：2025年4月第1版 印次：2025年4月河北第1次印刷 书号：ISBN978-7-5378-7034-4 定价：68.00元
印装监制 郭　勇	本书版权为本社独家所有，未经本社同意不得转载、摘编或复制

目 录

油菜花	……001
神　探	……019
老　铳	……026
仲夏夜	……032
蜜　桃	……047
甲乙丙	……057
江洲二爷	……072
我恋爱了	……080
迟到者	……092
西风暴	……104
怪　异	……117
封缸酒	……128
顺风车	……141

清明柳	……155
天　鹅	……168
天上星子朗朗稀	……180
月到十五自团圆	……189
年关大酒	……198
捉　鬼	……210
最高的山墙	……221
仙姑岭	……232
爱之罪	……245
红瓦罐	……255
花　痴	……266
镇上的面子	……283
书　法	……300
盒　带	……307
小单剃头铺	……319
当时明月在	……334
后　记	……342

油菜花

一

洲上的时间，染着农作物的颜色。眼下，是油菜花黄的时节。江洲就像浮在江心的一朵黄色的花，那么大，那么明亮。

一大片似乎没有边际的强烈色彩是那么让人感动。陈志心里忽然跳出一个句子——油菜花，诗和情欲的旗帜！

一帮去年立秋前来的省城高初中学生头一回见到这样大面积的油菜花，站在地头，大呼小叫：

"啊，太美了！啊啊，太漂亮了！！啊啊啊，太好看了！！！"

上工的老职工从他们身边鱼贯走过，一脸迷惑：这帮人是怎么了？

"有病！"叫名"回乡知青"的钟国宝一歪嘴。那帮省里来的因为觉得他粗俗，初高中学生看不起他，他也不买他们的账。

惊蛰的虫子从看不见的地方爬出来，飞起来了。夜里猫乱窜，惨叫，吵得人困不着。日里江滩上的母牛正闷头啃草，一头骚牯忽然前脚跳起老高，从后面扑到它背上，后蹄子在滩上刨出一溜深沟。蝴蝶、蜂子人前人后追着乱撞。日头晒得人似喝了酒样的迷糊，身上热烘烘、麻酥酥的，到处丝丝作痒，又不晓得该抓哪里，总想在哪里死命打一拳或是跺一脚。一种没来由的念头，说不清，又赶不走。

油菜花开黄蹦蹦，

女儿想得人要疯。

....

　　钟国宝扯起喉咙吼叫。女人们不接嘴,只骂"死骚牯!",骂过就嬉笑。他就更得味儿。棉花地上,入冬前种的菜籽已经齐腰高。歇坡的时候,女人就地坐下做针线,钟国宝鬼头鬼脑地弯下腰,从菜籽林里钻过去,在女人身上捏一把。被捏的女人大呼小叫,一群女人撂下针线围过去,捉手的捉手,捉脚的捉脚,把他拖出菜籽林,齐声发喊"一、二、三",丢进地头的水沟。看见泥水溅起,钟国宝在沟里乱爬,笑得前仰后合。钟国宝从沟里爬起,一脸一身烂泥,也笑得喘不过气,像是捡了天大的便宜。

　　钟国宝打小流里流气,从小学到中学,老是偷看女厕所,偷看女老师洗澡,罚站,挨批,记过,都改不了,家里只好让他退学,免得丢人现眼。他不在乎。母舅早年被挑选到省里当干部,而今夹大皮包坐小轿子车,每次回洲上探亲,场里大小领导都要抢着摆酒。他迟早也是要到省里去的。因此,他从来就是一副城里人做派:头发像鸡窝——城里叫爆炸头;裤子像扫帚——城里叫喇叭裤;一口"洲普"——洲上人的普通话。把自己看得很了不得,觉得自己在洲上是天字第一号的俏郎,没有哪个妹子他缠不上的。

　　　　十个妹子九个肯,
　　　　怕只怕你嘴不稳。
　　　　花开引得俏郎来,
　　　　肯是肯来要你缠。
　　　　虫咬梨子心里啃。

　　"那你捏一把沈引弟试试。"有人挑唆。

"引弟我不怕。我怕她老子。"钟国宝不承认。

"还是怕。"众人哄笑。

引弟还没有说人家。男男女女打情骂俏,她不远不近地在一边勾着头绣花,一边细声细气地哼:

女儿无事坐高台,
高台下面长油菜。
风不吹来枝不摇,
雨不洒来花不摆。
姐不风流郎不来。
…………

引弟是总场沈会计的独生女,生成戏台上的花旦样。人都说,沈会计两口子舍不得女儿嫁人。他们哪里晓得,两口子一肚子苦水。

沈会计是二队老职工中最出息的人。从队会计到分场会计再到总场会计,一路上坡,水到渠成,瓜熟蒂落,搞得他原来的名字大家都不记得了。他人长得周正,田字脸,眉清目秀,皮色又白,小分头一丝不乱;身上沾上一点儿灰土,马上要拍个一干二净;说话走路,比县里下来的大干部还像大干部。他从场里的中学毕业后回到二队,接替病重的老子当会计。他做的账目也跟他这个人一样一清二楚,比他只读过年把私塾的老子强多了。

总场会计就是吃商品粮、按月拿工资的国家干部了,跟洲巴佬一个天上一个地下。沈会计是极要面子的人,人活一张脸,树活一张皮,当国家干部是光宗耀祖的事,自然是珍惜。去总场正式上班之前,他特地去市里置办了一身簇新的灰蓝色中山装,买了一个塑料公文包、一双黑色猪皮鞋,小分头也吹了风、抹了油。返回时,班船的船工有认得他的,问:"沈会计变了个人啊,是要做新郎了吗?"他笑而不答,找到自己的座位,把公文包抱在胸前，端端正正坐下。

这一年，沈会计双喜临门：自己当了国家干部，女儿引弟出生。

总场会计一直当得很稳当，当得越久越有资格，只是着急引弟老也没有引个弟来。眼见得到了要说人家的年纪，沈会计不得不死了心。一想到引弟哪天一旦嫁出去，自己跟里头人就成了两个孤老，心下就辣痛。跟里头人商量，找个倒插门女婿。引弟在洲上不是独一流也是一流之一，不愁没有人上门。

提亲的人接索儿来，只是总也不能称心如意。沈会计的意思：一、吃农业粮的一律不考虑，起码要是国家干部；二、人要长得体面，起码要配得上引弟；三、人品要好，起码要保证引弟不受欺负。

二

也是沈家从来规矩本分修来的福气，那个人没有几久就出现了。县里分配来一个复员军人蒋忠诚，到场办当干事，二十三四岁，长得高大精壮、浓眉大眼，仪表堂堂。一身洗白了的军服总是绷得笔挺，领口的扣子总是扣得铁紧，衬衫领子看不到一点儿油腻。每天早早进了办公室，就挽起袖子扫扫抹抹，一个犄角旮旯都不放过，到处搞得锃光瓦亮。

沈会计上紧着跟人事科打听。蒋忠诚还真是单身，老家就在江对过的南边，兄弟姊妹早已成家，娘老子都过世了。

人事科长说："我看也要得，我给你们保媒。"

沈会计的田字脸花一样绽放开来，一连声"拜托，拜托"，只差没有磕头作揖。

蒋忠诚不久就上了沈家的门。他带来了自己全部值钱的家当——部队津贴的存折、一直不舍得穿的新军服、一个擦得跟镜子样亮的炮弹壳做的花瓶、一个鲜红塑料皮的笔记本和一面连队奖给他的小锦旗。

引弟躲在自己房里，不管娘老子怎么喊，死人也不肯出来。

蒋忠诚立正站在堂屋中间，脸白一阵红一阵，憋得喘不过气，好半天嗫嚅说："沈会计，沈姨，我先走了，下回再来。"转身大步跨出门槛。

沈会计两口子推开女儿房门，看见女儿勾着头坐在床上。

"人你看到了？要不要得？"

引弟的头越勾越低，死不作声。

"要不要得，你说一句话呀！"沈姨急了。

"我来。"沈会计心里有数，"我回头去场里跟他说，你看他不上。"

"不！"引弟猛然抬头，一脸通红。

住在引弟隔壁的孙小云跑过来，一把拉起引弟的手说："这下好了！我妹子唱不成《姐不风流郎不来》了。"

二队城里新职工的宿舍一长排平房住了二十几号人，先前除了畜生的哼叫就几乎没有声息的屋场从此失去了平静。

洲上人喊自己"洲巴佬"，喊城里人"新职工"。这帮从省城和市里下来的新职工，没有几根正料，不是家里成分高，就是自己下三烂，政府安了个"支援农业第一线"的好听名头，把他们当作垃圾一样扫到乡下。下了乡，他们哪里就安生了？五颜六色，奇形怪状，南腔北调，叽叽喳喳，打打结结，鸡飞狗跳。男的手脚总也不老实，大白天，人面前，搂着女的就啃，啃得女的身子乱扭，叽叽嘎嘎乱笑；女的衣服总也穿不正，不是遮不完奶就是遮不完肚子，一条白肉晃眼，让你想看又不敢看。宿舍的房门如同虚设，夜里灯一熄，单人床的帐子里就嘎嘎吱吱乱响，也搞不清是谁上了谁的床。一堆干柴烈火，离了娘老子的管束，烧得乌烟瘴气。

老职工里，上了年纪的摇头咂嘴儿：做过了！不准自家的儿女接近他们。年轻的新鲜好奇，偷偷学坏。

其实下放的人里头也有规矩的，孙小云就是一个。初中毕业没有考上高中，在市里闲了两年，给街道上动员到农场来了。她已经有了男朋友，在市里上大专。平时在集体宿舍，她能躲就躲，实在不得安生，就去找引弟。

引弟不出工的时候都窝在屋里。她的脸盘子像满月，老是侧着。别人不注意，她的眼睛滴溜溜转，别人一看她，马上就落下上眼皮子。孙小云跟她天生有缘，没有几天，两姐妹就好得跟一个人一样。晚上收工，引弟常常拉着孙小云去她家过夜。沈会计两口子也觉得孙小云这街上女儿不错，蛮顺眼，还斯文，看引弟跟她那么好，就说："你干脆来家里住吧。"

沈会计成家的时候，娘老子把积攒了多年的木头、砖瓦给他们做了新屋。打算多子多孙的，明三暗六——堂屋和两边的厢房各是前后两间。而今，厢房前面的两间，一边住着他们两口子，一边住着引弟，后面的两间一直空着，里面的床和桌椅都是现成的。

孙小云住在引弟后面一间。

多了个人，屋里闹热多了。两姐妹没事就关在房里，不时响起咯咯大笑。

引弟手巧，花绣得好，从头到脚，衣领衣襟、裤腰裤脚、鞋面鞋垫，凡是看见别个绣了花的地方，她一点儿不落下。五颜六色的丝线绣出喜鹊探梅、蝴蝶双飞、鸳鸯戏水……把孙小云看得眼花缭乱，羡慕得不得了，一有空就跟着引弟飞针走线。

孙小云一边学绣花，一边听引弟唱歌：

一恨我的命啰，
命中不如人啰，
寻根索子去吊颈啰，
枉活十八春。
…………

洲上的歌子都是很伤感的，听着就像哭哭啼啼，孙小云笑起来：

"才十八就说'枉活'，羞不羞？听你唱得那么伤心，赶紧嫁呀，蒋忠诚不在等着么。"

引弟说："我才不嫁那个死牛活头，我嫁你。"

"你嫁我？我才不要你。我有男人。没有男人我活不成。"

"那我就连你男人一起嫁。"

"你疯了！"

两个人疯疯癫癫，笑作一团。

孙小云还真想男朋友了。那个星期天，她请了假，一早搭班船去城里看他。回来，偷偷摸摸地拿出一沓复写纸印出的花样。

那些花样是孙小云男朋友在家里的旧书堆里翻出来的，说古时候的女子出嫁前就是把这些绣在贴肉的布上。花样上的男女像刮了毛的光猪，各种各样的亲热，看得人心惊肉跳。

"喜欢吗？"孙小云问。

引弟别过脸，直点头。

"那就送给你。"

"真的？"

"当然真的。我就是特意带给你的。"

引弟满月样的脸盘子陡然放光。

三

蒋忠诚每天一早就先到沈家来"上班"，把一家人的早饭和沈姨、引弟带去棉花地吃的午饭做好，再回场部食堂吃早餐，然后去场办上班。吃过夜饭又去沈家做夜饭，饭做好了，就去屋后的菜园拔草浇粪。

这时候，早已从场部下班回家的沈会计跟平日一样，端端正正地坐在中堂的桌子边上，一根接一根抽烟，跟蒋忠诚一起等着沈姨、引弟收工吃夜饭。他每天除了午饭在场部食堂，一早一晚都在家里吃。

一家人吃完了，蒋忠诚帮着沈姨收拾锅碗瓢盆，诸事熨帖了，才回场部宿舍睡觉。第二天一切又从头开始。他在一个荒岛当了三年兵，做了三年饭，种了三年菜，后两年升了班长，现在做这些，跟伢儿过家家一样。那是一连官兵，这是一家三口，不能比。他心又细，跟天南海北的老兵学了不少厨房手艺，饭菜做得特有味，场部食堂逢年过节加餐都让他上手。

说女婿是半边之子，蒋忠诚比儿子强多了。沈姨本来是家里最辛苦的：男人是国家干部，没有做家务的道理，下班回来就端个架子坐着，给他盛好饭端上桌才抓起筷子；引弟是心头肉，做饭洗衣从来不让她沾手。夜里钻进被窝，沈姨浑身骨头辣痛，咬紧牙齿不声张。现在有了蒋忠诚，沈姨一下觉得享上了八辈子福。

蒋忠诚来沈家，一心做事，从来不敢正眼看引弟。引弟自然也不好主动跟他搭腔，吃了夜饭跟孙小云两个关在房里，咿咿呀呀地唱：

哥是稗子姐是秧，
哥要连姐赶上趟。
等到别个来薅草，
扯起稗子留下秧。
把哥丢在干岸上。
⋯⋯⋯⋯⋯

蒋忠诚对歌子没有反应，在部队他只喜欢看动枪动炮的电影，对唱歌跳舞的慰问演出没有兴趣。

沈会计两口子忍不住私下对他说："你也特忠厚了，不起手动脚，话总可以讲的，打连打连，要连的啊。"

蒋忠诚立正说:"是。"

第二天引弟上早工,等在门口的蒋忠诚轻轻喊:"引弟同志你等等。"看看沈姨和孙小云先走了,说:"饭菜好不好吃,你要多提意见……地里很辛苦,你要多喝水……"

"还有吗?"引弟问。

"还有……我们要互相学习,互相帮助……"

"还有吗?"

"还有……没有了。"

引弟扭头走了,蒋忠诚看着她的后背发呆。

在堂屋吃早饭的沈会计不由得笑了:"这是家里啊,怎么搞得跟当兵一样。哪天场部放电影,你带引弟去看。没有吃过猪肉,还没有看过猪走路? 有样学样也不会吗?"

蒋忠诚说:"是。"

场部放电影那天,收工早些。吃完了夜饭,沈姨对蒋忠诚说:"你带引弟去看电影,这里我来收检。"

沈会计从不看电影,点了烟,在中堂坐定,说:"是,是,早点去,有位子。"

农场被一圈大坝围着,屋场在坝里沿坝脚绵延,各家的屋墩高低宽窄不一,夜饭时候,各家门口也常有人走动。蒋忠诚犹豫了一下,大步走到坝上。

坝上路平,只是人多,都是去场部看电影的。蒋忠诚在前,拉开引弟好几步,越走越快。引弟看看赶不上,又不好开口叫喊,干脆站住,眼泪一下涌出来,扭头回家。

蒋忠诚到了场部的坝头上才发现引弟没有跟上,赶紧回头。

引弟坐在自己房里抹眼泪。见到跑得上气不接下气的蒋忠诚,沈会计又好气又好笑,对引弟的房间努努嘴。

蒋忠诚推门进去，像根棍子一样戳在引弟面前："引弟同志，是我不对，没有照顾好你。"

引弟一扭身子："哪个是你同志！"

蒋忠诚看着脚尖，等着引弟发作。

引弟恨恨地看着蒋忠诚，问："你真是死牛活头啊？"

"不是。"蒋忠诚看她一眼，又赶紧低头。

"我是丑鬼吗？"

"不是。"

"不是你为什么怕看？"

"我没有怕。"

"没有怕，为什么勾着头？"

蒋忠诚抬起头，眼睛却越过引弟的头顶，看着她身后挂着的那面连队奖给他的小锦旗，黄豆大的汗珠子劈面流下。

引弟扑哧笑了："算了，莫遭罪了，回去吧。"

四

那天下午，日头火辣，孙小云忽然撂下锄子，对身边的引弟说要回屋一趟，飞快跑了，再没有回来。会计来记工分，引弟说："孙小云说不定来身上了，才走一脚。"说完自己就扯脚往家里赶。看孙小云跑走时的慌慌张张样，她还真有点儿为她担心。

大白天从来不关的堂屋门被人带拢，引弟推门进去，又高又阔的堂屋深处，从孙小云房里传出很奇怪的长声短叹，像是发狠，又像是哀求。她的心陡然一紧，快步穿过堂屋，一脚踏进孙小云敞开的房门：男人和女人的鞋子、袜子、里外衣服，从门口一路散落到床前，一男一女像花样上的光猪一样搂作一堆，一点儿没有觉察有人进屋。

怔怔地站了一会儿，引弟转身退出，拼命往棉花地跑，跑不远就跑不动了，脚骨子直发软。

夜里跟老娘收工回来，屋里只有老子和蒋忠诚。引弟说："好累，不吃了。"进去关了房门。

孙小云一夜未回。引弟眼睁睁地新鲜了一夜，一个又一个光猪影形在她眼面前晃来晃去。

第二天半上午孙小云才在棉花地现身。歇坡的时候，她挨着引弟坐下。

地里的草长疯了，前脚锄子响，后脚脚板痒，队上不准请假。孙小云好久没有回城，男朋友等不及，也不来封信，旷了课直接窜到场里来了，在场部打听到二队的棉花地就在屋后，跑到地头一眼就看到锄草的孙小云，含着指头打了个长长的呼哨。这声呼哨孙小云马上就听到了，她好像一直就在等着这一声呼哨。

引弟说："后来的事你莫说了。"

"你回了屋？"孙小云脸一下红了，说，"我也想他想疯了。"

夜里他们去了场部招待所。值班的人跟在他们身后道："你们没有结婚证，不能同屋过夜，只能留一个，那个坐坐就走人，走之前不准关门。"他们只好出来，在场部后面的菜籽林过了一夜，第二天上午，她送他上了班船。

"在菜籽林里也做了？"

引弟看着孙小云乱糟糟的头上尽是黄澄澄的油菜花。

"当然。天当被，地当床，油菜花儿黄。"孙小云回味无穷。

"那不跟钟骚牯一样吗？"

钟国宝说过，他要相好了哪个，一定在菜籽林里跟她浪漫！

"骚牯？你们家蒋忠诚才是骚牯！你也跟他骚一回，莫傍着骚牯守活寡。"孙小云寻引弟开心。

引弟酸酸地说："我没有你命好。"说着就眼泪巴巴：

姐姐门前一棵椿，
椿树杪上挂明灯。
别人走路灯有亮，
我今走路灯不明。
高灯只照有心人。

孙小云说："这个蒋忠诚也真是的，一点儿不懂女伢儿。"
"莫说他了。"引弟认真说，"下次姐夫来，莫钻菜籽林，就来屋里住。"
"那怎么要得，你老子不拿刀杀了我们才怪！"孙小云担心。
"亏你还是城里人，你不会上半夜跟我睡，下半夜回你房吗？"
"引弟引弟，原来你比我还坏！"孙小云一把抱过引弟，一顿猛亲，"我怎么谢你啊？要不你也跟姐夫睡，花样上有的，一龙二凤。"
"说得好听，到时候莫吃醋。"
两个人又疯疯癫癫笑作一团。闹完了，引弟幽幽地看着孙小云：
"莫说你，这种事，娘老子也帮不了。"
孙小云忽然跳起："我有个主意。"

五

蒋忠诚正趴在桌上看文件，有人敲窗玻璃，是孙小云。他赶紧从办公室出来："找我？"
"不找你找哪个？引弟病了，我刚送她回屋。沈会计出差了，沈姨急得没有法子，让我来喊你。"
沈会计头天去县里开会了，蒋忠诚晓得的。
回办公室匆忙交代了一声，蒋忠诚就冲锋一样跑出来。
孙小云说："我还要回棉花地，你赶紧。"

场部就在二队的范围里，跑起来没有几步路，蒋忠诚却觉得千里迢迢，像是总也跑不到头。

总算看到沈家的屋门了，蒋忠诚从坝头上飞奔而下，猛推合上的屋门，差点儿栽了一跤——门里没有上栓。屋里安静得逼人，隐隐听到引弟房里的声息。蒋忠诚放平了脚步，走过去，轻轻拍了拍房门，感觉到房门也没有上栓，不敢乱动，问："沈姨，引弟在吗？"

"进来。"是引弟有气无力的声音。

蒋忠诚一下推开门，愣了——没有沈姨，只有引弟。

引弟一只手支着脸，歪靠在床上，只系了个红肚兜。

蒋忠诚眼睛发黑，金星乱冒。终于镇定下来，看清了，那个肚兜是他送的那面小锦旗，旗上的"奖"字没有了，是一个莫名其妙的图案。引弟两只眼睛灯一样盯着他，闪闪发亮。

"你病了？"

蒋忠诚喉咙干得像火烧一样。

"都快病死了。"

"怎么不去医院。"

"医院治不了。"

"那是什么病？"

"油菜花病。"

"引弟……"蒋忠诚听见自己的脑壳轰轰响。

"过来。"引弟不容迟疑。

"不可……以的……引弟……我们没有圆房……"

"现在就圆房。"

"我……我们……没有……办……办酒……"

蒋忠诚一边结结巴巴，一边后退，退出房门，退出大门，毒辣的日头下，身子像要爆炸。

那夜，孙小云像抱细伢子一样把不停抽搐的引弟抱在怀里，不住嘴地对着耳朵哄她。快天亮的时候，引弟像是睡着了，身体却火烧一样滚烫起来。

"要不要告诉沈姨？"孙小云慌了。

"不要。"引弟硬撑着坐起。

"你要去哪里？"

"棉花地。"

之后的日子风平浪静，好像什么事都没有发生过。蒋忠诚照样每天一早一晚过来"上班"，诸事熨帖了就回场部。只是见到引弟就像做了亏心事，眼睛躲躲闪闪，能不说话就不说话；非说不可，也是引弟同志如何如何，比同事还生疏。引弟反而比先前随便多了，蒋忠诚跟她说话，她就大大方方地回答。蒋忠诚不说话，她就开口喊他，让他不消那么勤快，坐下来歇口气，给大家讲讲海岛的故事，那个岛是不是跟仙岛一个样。

沈会计两口子看着一家人和和睦睦，很舒心，眯着的笑眼在女儿女婿脸上睃来睃去，心里说不出的得味儿，一面上紧择吉日给他们圆房。

孙小云总觉得有哪里不对头，私下里问引弟："你真的不恨他了？"

"不恨。"引弟勾着头，手上针线不停：

> 连姐连到四月天，
> 没脱衣服跟姐眠。
> 篷上困觉打一转，
> 风吹荷叶遮半边。
> 这是有情没有缘。

"不恨就好。蒋忠诚是个好男人。你们有情有缘。"

引弟弯下腰，哧哧地笑。

孙小云从来没有见她这么笑过。"死妹子,是不是好上了?"

引弟点点头,脸上放光。

孙小云想起来,晓得蒋忠诚脸皮子薄,引弟后来去场部看电影都跟着她。那回引弟中间走开了好久。回来像喝多了酒,晕乎乎的,向来扎得油光水滑的辫子散了,扣得丝风不透的颈上和腋下的扣襻子也开了,脸上也是这样放着光,坐下来,软绵绵地搂住她。

"去蒋忠诚屋里了?"

引弟不答,只憨笑。

看不出,老实巴交的蒋忠诚竟是个闷骚,贼胆也忒大了,场部放电影这么多人,他都不管不顾。

这就好了。蒋忠诚到底不是死牛活头。孙小云吁了口气,为引弟高兴。

引弟从此唱的尽是荤歌子:

  捏姐一把姐一扭,
  姐骂哥哥轻骨头。
  捏姐莫在人前捏,
  人前捏姐假风流。
  你不知羞我知羞。

夜里收工回来,三口两口扒完了饭,蒋忠诚前脚出门,她后脚就跟了出去。孙小云在食堂吃了夜饭过来,总要等到半夜才见她回屋,衣衫总是乱乱的,第二天早上还看见她头发上的油菜花。

上工的路上,孙小云咬她耳朵:"场部宿舍上好的,你们也去钻菜籽林?"

"天当被,地当床,油菜花儿黄。"

引弟眉眼里荡漾的尽是女人的风情和幸福。

六

割菜籽的日子到了，无边的菜籽黄零零落落。

洲上火一样的热天开始了。

最早是孙小云，接着是沈姨，发现了引弟的异常——泛酸，馋嘴，懒起。有时候半夜摸回来，房里的灯一直亮着，孙小云偶然在引弟床头看到一摞细伢子衣裤，都细心绣了花。

沈姨告诉沈会计，沈会计心里欢喜，脸上板着："怎么搞的，两个憨包伢儿，就等不得圆房吗？不圆房就有了，脸皮往哪儿搁？"

沈姨说："天天在一个屋檐下挨挨擦擦，哪有不上火的。那时候你不也是叫花子烧粑——等不得热吗？"

第二天上班，沈会计把蒋忠诚喊到一个背静地方，问他打算何时圆房。蒋忠诚涨红了脸，结结巴巴说，最早也要到明年油菜花黄，因为他老子到那时才出三年。

南边和洲上一样的规矩：老人过世，守孝三年，儿女不能办喜事。

沈会计的脸一下煞白："你早晓得这些，做什么不小心？"

"小心什么？"

"你问我，你自己心里没有数吗？"

"我真不晓得。"蒋忠诚疑疑惑惑。

"引弟都要出怀了，还说你不晓得？"

轮到蒋忠诚的脸一下煞白："沈会计，我……我连引弟的手指头都没有碰过。"

蒋忠诚的嘴唇打摆子一样瑟瑟直抖。

沈会计的眉毛一下立起："真的？"

"我何时说过假话？"

沈会计全身像风箱一样响起来，气越出越粗。他一把推开蒋忠诚，直奔场部后面的棉花地，找到引弟，当众问：

"说，肚子里是哪个的杂种？"

引弟勾着头，死人不作声。

四周办丧事一样静默。二队人从来没有见到过比县里的大干部还像大干部的沈会计这样发恶。

沈会计夺过身边一个人的锄子：

"你开不开口？不开口，我一锄子铲死你！"

吓得紧挨引弟站着的孙小云浑身一震。

除了引弟，哪个也没有想到，从人群里走出来、挡到引弟前面的是顶着鸡窝头、穿着扫帚裤的钟国宝：

"爸。"

沈会计像是大晴天突然遭了雷劈，滚圆的眼睛越睁越大，扑通一声栽倒在地上。

醒来的时候，沈会计躺在场医院的病床上。不管众人怎样劝，不管沈姨怎样求情，他只有一句话：

"从今天起，不准引弟再进屋门。"

孙小云把引弟带到集体宿舍，两个人挤一张床。

钟家很快就来接新娘子了。

引弟出嫁不到一个月，钟国宝带着她去了省城。母舅安排钟国宝进了一个省级单位的车队，引弟做了家属工。第二年油菜花黄的时候，小夫妻抱着沈会计的外孙回到洲上。沈会计依旧不准他们进门，也不准沈姨去看他们。

一家人团圆是在沈会计退休之后。沈会计多年的心口疼总也不好，钟国宝派车把他接到省城住院，后来二老就留在女婿家里。那时候，钟国宝是政府接待宾馆的经理。孙小云和她男人——就是那个跟孙小云在菜籽林"天当被，地当床，油菜花儿黄"里过夜的大学生，都是宾馆的部门主管。

引弟跟钟国宝结婚后，蒋忠诚向上级打报告要求调回了南边老家。因为老是结婚离婚，影响了提拔，到头儿就是个副乡长。

把引弟赶出家门后，沈会计退了蒋忠诚的彩礼——部队津贴的存折、一直不舍得穿的新军服、一个擦得跟镜子样亮的炮弹壳做的花瓶、一个鲜红塑料皮的笔记本，以及连队奖给他的小锦旗。上面，引弟拆了"奖"字绣上去的花样让沈会计看得好一阵咬牙切齿，对蒋忠诚说：

"伢儿，对你不住，我枉为人父。"

说完，潸然泪下。

那面小锦旗蒋忠诚一直留着，没事儿就拿出来，看着发呆。

七

即便钟国宝带着引弟去了省城，当初到底是哪个搞大了总场沈会计宝贝女儿的肚子也一直是洲上人嚼蛆的一个话题。二队没事儿就写写画画的陈志记录了三种主要的说法：

一、蒋忠诚。莫看他死牛活头不作声，倾头鸡单吃谷头米。哪有眼睁睁看着一碗热饭放冷了不吃的，有时候表面上最正经的人实际上最假。

二、孙小云的男人。有段日子他来洲上来得很勤，来了就住在沈家屋里。孙小云跟引弟好得像是一个人，未必不会唱一出唱本里的《姐妹侍夫》。

三、钟国宝。哪只猫儿不偷腥，哪家女儿不怀春？男人不坏，女人不爱，说不定沈引弟偏就喜欢钟国宝这样的骚牯。最后的结果就是证明。

各种说法都说得活灵活现，有鼻子有眼，说的人就像自己当时就在边上。不同的说法争得不可开交，有味不过，特别是到了油菜花儿黄且心里总有些蠢动的时节。

神 探

起先鬼都不相信老叶当过警察。若说他做过地痞，做过贼，或是坐过牢，大家反而不疑。

老叶长了一副坏相。黑皮，精瘦，脸、颈、肩膀都是歪的。眼睛一只高一只低，三角形，很小，眼皮子老是耷着，像睡着了；一旦睁开，里边就放出阴毒的光。这光一旦盯住你，你会觉得心里发虚，背脊上冰凉，像一条蛇在爬。

不过老叶从不认真看人，总是打哈哈：哈哈，操！哈哈，你好！哈哈，扯卵蛋！他跟谁都一混就熟，一转身就又好像谁都不认得。他说什么都是有口没心。打扑克，明明钓主，他说成甩牌；明明红桃，他说成黑桃。轮到他洗牌，他就三下两下胡乱拢成一堆了事。这就只有老输。输了，他一句不啰唆，把衣服、裤子的口袋都翻转来，圆珠笔、香烟、打火机、乱七八糟的零角票子都被摊到桌上，认罚："都拿走都拿走，操！"没有可罚的了，就钻桌子。让他钻几回就钻几回，从不讨价还价："哪个叫我穷得卵子打得板凳响，钻就钻！"这样乱钻的时候，他并不计较对象，跟干部打牌是一样，跟职工打牌也是一样。看着他像条瘦狗似的满地爬，众人总是开怀乱笑，跟着他哦哦地起哄。他爬得一本正经，绝不耍滑头。爬完了，他起身拍拍手，又坐回到桌上："操，老子非要看看爬到什么时候。"

鬼也不相信他当过警察。

他确实当过警察，而且还是很不一般的警察。传说中就没有他沾手破不了的案子。好几宗惊动全省乃至全国的团伙盗窃、诈骗、强奸、杀人案子多年破不了，都是他去卧底才连窝端掉的。一直到大祸临头，那些人也不肯相信贼眉鼠眼的老叶是政府的人。老叶立了几次大功，被派到公社当公安特派员。后来成立了派出所，他又当了所长。

老叶犯错误是在那年下队查瞒产私分时。去那个队要翻好几座山，因为山高皇帝远，平时极少有干部去。老叶去了，把一个生产队的男女老少都召集到谷场上，挤挤挨挨地围蹲成一堆。他就蹲在他们中间。跟他面前的生产队长就只隔一管烟的距离。他先交代了来意，很简单的几句话："有人告你们瞒产私分。你们自己交出来。不交，就捉人。"然后他就跟大家一样蹲下去，再不作声。一只高一只低的眼睛闭起来，眼皮子耷下去，像是睡着了。没有几久，大家还真听到了他长一声短一声的打鼾。

三伏的日头，极辣。地晒得冒烟。人蹲着，一动不动，就像在灶里烧。不久就有人吃不住了，哼起来，想爬起来或换个姿势。只要有一点儿动静，老叶的眼皮子就往上一撩，从里边放出阴毒的光。所有的动静就立刻僵住。

过了中午，已经有人晕倒，死人一样趴在地上。旁边的人也不敢动桩。老叶突然把鼻子逼到他对面的生产队长的鼻子上，不晓得从哪里摸出一支枪，顶住生产队长的胸口，尖叫一声：

"谷在哪里？"

生产队长一下仰面翻倒，脸色煞白，张大嘴抖了好久，只说不出话，伸着一只指头，手抬起来，又落了下去。

这动作说明，谷是有的。

老叶这才叫"起来"，喊声"散会"，然后从地上提起生产队长，让他带路。

这个生产队确实瞒了产、藏了谷，预备留做队里人下半年和明年春上的口粮。因为炼铁，二季晚稻没有栽。一年就只有这次收成了。

老叶这次立功的结果，是第二年春荒这个队出了人命。后来又追究责任。老叶被开除党籍，撤销所长职务。再后来又甄别，通知恢复他的所长职务。老叶说，所长就算了，留个公职，拿工资养家糊口吧。

上面见他坚辞不受，只好作罢，改派他到江洲农场当公安特派员。

当年农场冬修水利，老叶就办了一件让他声名远播的案子。

收夜工是一天里最疲最累最打不起精神同时又最轻快的时候，似乎积压了一生世的劳苦，都在这时候突然有了解脱的指望。每日断夜边该收工未收工，特别难挨。手上的血泡、肩膀上的破皮、腰和脚都约好了似的一下痛起来，痛得钻心。但独独这时候，队长就像偏偏跟人也跟自己作对一样，死也不肯喊声收工。挨得时间长了，难免有怨声。大家就唆毛苟唱歌：

  日头扁扁往下丢，
  叫声老板把工收。
  路上行人歇了店，
  湖里篷船弯了洲。
  脚酸手软难抬头。

这是长工歌。毛苟晓得好多这样的歌。他老子和他老子的老子，都是远近闻名的打歌子的人。从土改，到合作社，再到公社化炼钢铁吃食堂，他们唱歌都唱出了风光。把老词改成时兴的词，到处唱，从乡里唱到县里，又唱到省里。后来碰到三年困难，肚子饿瘪了，才歇了唱。倒是毛苟记住了很多。他们传给他的，都是老词。新词是干部改的，他们总觉得改的不如不改的。

毛苟唱老词，认真追究是可以揪斗的，但没有哪个有心思追究。队长听了毛苟的歌，想起来喊了收工。大家像鬼追一样收了家什，一窝蜂地往回涌。回到工棚，大家连手上、脚上的泥巴也来不及洗，又慌慌张张地拿了各自的碗筷，往厨房挤。一个个就像饿牢放出的饿鬼，饿狠了，端了盛满的碗，各自找了合适的地方坐下，这是一天里最享福的时候。

工棚里却传来一长声让人惊心动魄的杀猪似的嚎叫。

正在灶台上给人打饭的烂眼儿给这声嚎叫吓得浑身打了个激灵，手上的勺子咣当一下掉进锅里。烂眼儿是给老钱打下手的，老钱掌勺，他烧火。

那声嚎叫的确让人毛骨悚然。

是毛苟。

毛苟回来，发现自己地铺头上锁得铁紧的那只先前装农药的木头箱子不见了。起先他以为是哪个或拿东西或故意开玩笑，他不在的时候给他移了地方。后来他发现住几十号人的工棚任何一个角落都没有他那只木头箱子。他才慌了。他唱惯了歌子的，一旦嚎起来，声音自然嘹亮。

这次冬修工程，预计在年关前结束。回去，已经定了好几年亲的毛苟就要跟女方圆房。临出来参加这次会战前，家里把所有的四百块现钱都让他带上，预备返回时去趟县城，给就要进门的媳妇买身像样的衣服。他把箱子随时小心锁着。每天收夜工回来，先看看箱子。等人出去吃饭，他打开箱子看看钱还在，一颗悬着的心落了实，又锁上箱子，才去灶屋。晚上睡觉，他的头就紧靠着箱子。那只箱子装着他夜夜的好梦，装着他一生世的幸福的保证。他日日时不时唱歌，也因为有这个着实的保证。

工棚里外一下安静下来。所有人都噤了声，铁青了脸。四百块钱的分量，对这里个个来说都是要命的。四百块钱忽然没有了，个个都有嫌疑。

队长说："在场的人一个都莫走动，等场里来人。"

场公安特派员老叶没有多久就一晃一晃地打着电筒，高一脚低一脚地来了。

老叶受处分以后，人蔫了许多，也见老了许多。只是因为生性好动，快到退休的年纪了，还是没有个正经，没有个干部样子。有人提醒他。他说："干部什么样子，有规定吗？你那样假模式儿就叫干部样子？伢儿没见过大人卵！操！"这回上工地，他很少待在指挥部，总是在工地和工棚里乱串。走到哪个工棚就在哪个工棚吃饭、睡觉、打扑克、讲荤话。许多人都是这样跟他混熟的。但一遇到正经事,他的样子就还是很吓人。一颗歪瓜裂枣似的头上,眼角、嘴角一律凶恶地拉下来。眼皮子耷着,忽然亮一下。亮光一落到哪个人身上,哪个人心里就发虚,背脊上冰凉,像一条蛇在爬。

一盏马灯悬在工棚中间的顶梁上,油不够了,灯光很小。外面的风撼动着棚子,那灯就摆动起来,灯光像随时会灭。昏昏的灯光就这样摆着,晃过一棚子的黑脸。大家都屏住了气息。偶尔有人咳一声,又赶快扼住。

"四百块钱的分量,大家都晓得。不是我老叶要做恶人,政府和群众都不会放过。是懂事的,就自己交出来。这里不好交,就明天背了人交给我,我一定保密,放他一马。人生一世,哪个能保证自己不做错事。如果没有人交,那就对不起,明天晚上,也就是二十四小时以内,我就一个棚子一个棚子验血。验出来的,那就莫怪我狠!"

老叶说完,就摆摆手宣布散会,然后到附近的几个工棚去开会,讲同一回事。

这一夜,工棚里像死了人一样。平时,闹酒划拳的、打牌下棋的、摸摸捏捏的、耍嘴皮子穷快活的,都歇了手,早早地钻了被窝筒子。开始还听到几声嘀咕,骂哪个造孽的,弄得大家不自在;说验血是如何的灵,真有事,二十四小时之内血色肯定不正常,等等。然后就没有话。只有毛苟把被窝蒙住头的哭声和外面撼着棚子的风声。

不久,一棚子人就都睡死了。连毛苟也哭累了,叽叽咕咕地说梦话。

只有烂眼儿,钻被窝钻得最早,却一直没有睡着。半夜以后,听听工棚里一片此起彼伏的鼾声,他摸摸索索地爬起来,出了工棚。外面比棚子里倒要亮些。天上有星光从阴云的缝里漏下。他撒了泡尿,打了个冷噤,没有返回工棚,去了灶屋。

烂眼儿在黑暗中摸到一个小蜡烛头,点着,盛了碗清水,放到案板上。他把一只指头伸到嘴里,狠命一咬。

血是浓浓的一串，很沉重地落到碗里，随着涟漪泅开。

烂眼儿木木地坐着，看着那碗清水渐渐变成不均匀的红色。

好久，烂眼儿才忽然发现，蜡烛头照不到的案板对面，不晓得何时坐了一个人。他显然已经坐了一会儿，正耷着眼皮子像在打瞌睡。

"莫怕。我不会难为你。"

老叶突然开口说起话来，只是眼睛没有睁开，放出阴毒的光。他就那样闭着眼睛，不看烂眼，像说梦话：

"我只问你一句，那只木头箱子呢？"

烂眼儿的身子在案板那边一点儿一点儿矬下去，擦着满眼眼屎的烂眼儿，嘤嘤哭起来：

"我娘烂脚，烂了十几年，你晓得的。现在烂出一个洞，再不送城里的医院，就会烂死了。没有钱，医院不收人……"

"你就拿人家的钱？人家就不要过日子了？"

烂眼说："我实在没有法子。"

老叶叹了口气，站起来道：

"我晓得不会是别个。这回我给你垫上。下回你要是还没有法子，跟我打声招呼。只要拿得出，我还给你垫。"

"你是我再生爷娘，钱我要还的……"

烂眼儿一下从条凳跌到地下，连滚带爬。

老叶没有理他，径自出了灶屋。

第二天一早，上工前，队长宣布：

"大家都把心在肚里放落实。血不验了。老叶一夜之间就把案子破了。是个过路贼，流窜作案。那只箱子就丢在坎下的垄沟里。衣服什物都在，四百块钱也追回了，现在交回毛苟。"

把钱交给毛苟的时候，队长顺便在毛苟后脑壳上狠劈了一巴掌："这回小心把卵子在胯裆里夹紧。再掉了，老婆也要跟人走了。"末了又叮嘱一句:"回头记得谢老叶。"

毛苟脸通红,嘴巴乱抖,连说:

"记得,记得。"

众人哄笑。

那一天,大家除了笑毛苟,就是说老叶,都说:神探老叶,真是名不虚传。

老　铳

　　从来，定亲之后，圆房之前，都是姑爷一年三节往丈人屋里跑。谷雨自春节同南边山里一个叫美枝的女孩定亲，只走了两个节，到中秋节，美枝就羞羞答答地牵着他的衣角，说想去婆家看一看。

　　谷雨不消说是高兴得脚板抹油，在先，他想都不敢想。

　　进门不久，美枝就说，累了。谷雨也就站住脚说，歇吧。

　　山上的树林子密，静静的，有一群雀子叽叽喳喳地扑了一阵翅膀，匆匆忙忙飞走了。一些树叶子落下来，落到地上，有响声。

　　他们背对背，靠着同一棵树。

　　"你怎么不说话？"美枝问。

　　"说话，怎么不说话。"谷雨慌里慌张。

　　"说什么呢？"

　　"随便，你说什么我就说什么。"

　　"那你看电影了吗？"

　　"电影是看过的。你说的是什么电影呀？"

　　"你真憨。"美枝说着，忽然跑开了。

　　谷雨马上明白了，追上去，追过两棵树——顶多两棵树，就抓住了美枝。谷雨的手一碰上美枝的肩膀，美枝就歪在他怀里。

　　从树缝漏下的阳光照在美枝仰着的脸上，把她的眼睛照得半闭半睁。

　　谷雨把嘴俯下去。美枝伸出了软软的舌尖。谷雨把手伸进美枝的胸口。美枝的脚也软了，身子往下沉。他们倒在地上，地上有厚厚的草和树叶。

谷雨抓住美枝的裤腰。美枝一动不动，像睡着了。

谷雨的手停住了，忽然就站起来。美枝睁开眼睛，惊慌地看着谷雨。

不对头，谷雨想。出门前，美枝就一定想到过山上的这片树林，想到过说这些话，想到过我一定会这样做的。这一切好像都是预先计划过的，等于是她把自己诱到这里来的。不对，不应该她这样主动，一定是有烙壳。

"我不相信你。"谷雨直截了当地说，"你老实说，怎么回事！"

美枝怔怔地看着谷雨，马上眼泪就流出来，马上就抽抽搭搭地把什么都说出来。

"畜生！"谷雨咬牙切齿，一下掰下了一截小脚肚子粗的树枝。

"畜生"是美枝娘家公社放电影的。

美枝喜欢看电影，又喜欢坐在放映机边上，总是想：要是自己也学会放电影，就总有电影看。花脚猫有一次灯一黑就把手按在她大腿上。她没有声张。花脚猫后来就说愿意教她放电影。她去了，花脚猫真的教了。花脚猫问她怎么谢他。她说付钱。花脚猫笑笑说，用不着。那回她不知道自己为什么被鬼迷了心窍，竟有些感动，就顺从了他。她不可能跟花脚猫好，她晓得他花，而且她已经跟江洲的谷雨定了亲。他们就只有过那一回。那一回是她愿意的。

也就是说，即使谷雨去告，花脚猫也没有什么大不了。有多少人碰了这种背霉事，只能打落牙齿往肚子里吞。

谷雨每一次都替别人恨得咬牙切齿，但是他没有想到这泡屎有一天也屙到了他头上。不行，他不是别个，别个可以放过，他不能放过。他要让那个畜生晓得恶有恶报！

回去，谷雨从堆满了草的阁楼上翻出了一支老铳。第二天他背着一家人出了山，跑去南边美枝那个公社的文化站。

花脚猫放完电影回来已经睡了。他一个人住一幢房子。这给了他许多方便，现在也给他带来了危险。

谷雨敲窗子。

"哪个？"

谷雨只是敲窗子。

花脚猫窸窸窣窣地起来开门。

"来了。"

花脚猫细声细气，声音里透着甜腻。他以为是哪个相好的来了。

谷雨一下挤进门里头。

"你来做什么？"花脚猫很失望。

"你晓得。"

"我晓得什么？"

"你晓得你晓得什么。"

"冷死了，"花脚猫的牙齿得得响，"我要困觉，有话明天说。"

"只怕阎王老子等不到明天。"

"你要做什么？"

花脚猫这才看见谷雨手上拿着铳。

"我不要做什么。我只要你坦白。"

"坦白什么？"

"你自己晓得。"

"我不晓得！"

"给你五分钟。"谷雨转身走出去，到门口又回身说，"不许关门。关了门我就从窗子里放铳。"

"你敢！"

"我不敢，它敢。"谷雨摆摆手上的铳。

"我喊人。"

"你只管喊。"

谷雨走到门外，靠在院子里的一棵苦楝树上。树很大，一树的叶子差不多盖住了整个院子。树底下歇着好几头牛。牛喷着粗重的鼻息，像发狠，像叹气，像哭。谷雨点了一支烟，他看见自己的手有些抖。

五分钟到了。谷雨返身进屋。

"想好了没有？"

"想什么？我什么也不想。"

花脚猫已经穿了衣服，靠在床上，也在吸烟。

"你想死想活？"

"当然想活。"

"那你说不说？"

"我说什么？"

"你！"

谷雨手上的枪机咔嗒响了一下。

"再给你五分钟。"

沉默了一会儿，谷雨说。

"哼。"花脚猫在谷雨身后冷笑了一声。他完全镇静下来。他开始看不起谷雨了。

这五分钟是谷雨留给自己的。他想再等一等，在这最后五分钟里能不能改变主意，身上像干柴一样烧着的火能不能稍稍消下去一些。或是，在这最后五分钟里，能不能发生一些偶然的事情，比如忽然有幢屋子起火，忽然林子里窜出一只野猪，忽然有一个半夜过路的人来敲院子的门……什么事也没有发生。苦楝树连一片叶子也不动，在屏声静气地等着看一场热闹。牛依旧在闷闷地嚼着，一声轻一声重地喷着鼻息。月光亮亮地照着院子和一大片黑色的房子，房子里的人都在做各自的好梦。只有他，像坟地里越烧越旺的野火，手把铳把子越攥越紧，攥出的汗顺着铳把子往下流。

谷雨第三次走进花脚猫的房子。

"想好了没？"

谷雨的声音变了调，好像是另外一个人从很远的地方发出的声音。

"想什么？"

花脚猫这回根本不看谷雨。

"那你就莫怪我绝情了。"

"随你便。"

谷雨把铳举起来，端平道："看着我。"

花脚猫抬起头。满屋子月光。他能看得清黑洞洞的铳口。

"嘻！"花脚猫冷冷一笑，"你想打哪儿呢？打这里吧。"

他用一根指头指了指小肚子下面说：

"是它占了你的便宜。"

假使他不冷笑呢，假使他不做那个动作呢，后来的事会怎样也难说。

祖传的老铳在谷雨手上就像生了根一样稳当。在这支铳下死的生灵无数。每回要作响的时候，都是这样稳当的。

先是瞄着花脚猫的脑门子，然后移到眉心，然后是鼻梁、鼻尖、人中、嘴、下巴，移过了一整张脸。那是一张流气十足的脸，但是很能迷惑头脑简单的女人。铳头接着瞄住了他突出的喉结，然后继续往下，移到胸口上、肚子上、肚子以下。

"打呀！有种你打呀！"

花脚猫催促说，像督战的一样。

铳头继续往下低垂。

"怕了？蔫了？我谅你不……"

铳响了。跟着是一声惨叫。

所有的铁砂都打进了两条一直摇摆着的腿。

"结清了。"

谷雨松了口气，好像讨回了一笔债务。

院子里的窗户都亮了。人的喊叫声、脚步声和连绵而起的狗叫声混成一片。

谷雨慢慢地走出公社院子,走到外面的林子。林子黑漆漆的,什么也看不见。他一铳接一铳地往铳里灌铁砂,一铳接一铳地朝天上放。老铳精神焕发,十分快活。

谷雨被判了好几年徒刑,刑满后,没有回来,去省城找同乡钟国宝,被介绍到一个叫"幸福家园"的楼盘做清洁工。

仲夏夜

一

昨天夜里，蹲点的李部长讲形势讲到很晚。散了会，晏德成照样去江里划水，翘白儿也照样跟去。早上睡死了，翘白儿没有听到队长吴毛俚敲钟，同寝室的也没人喊她，误了早工。一帮人忙活了一早上，浑身给棉花林的露水蹭得透湿，狼狈不堪地回来吃早饭，才见她站在宿舍走廊上梳头。她一头男伢儿短发，昨夜划水湿了也不擦干，睡一觉弄成了乱草，怎么也梳不清爽。差不多每个从她面前走过的人都会瞪她一眼，有的女伢儿干脆就"呸"一口。

隔壁的吕继承被老婆崔美仙缠着赖床，也没有上早工，站在走廊上漱口，牙刷用力在嘴里捅着，满嘴白花花的牙膏沫子，扭头压低声音，问翘白儿：

"你看我在做什么？"

"漱口啊。"

翘白儿永远是喜眉笑眼的。

"你不觉得像什么吗？"

"像什么？"

"像不像昨夜晏德成跟你？"

"该死！"翘白儿咯咯大笑。

"莫笑，你胸口的扣子绷开了。"吕继承色眯眯的。

"好不要脸！"翘白儿肉嘟嘟的嘴唇一撇。

"不要脸的，又在犯贱，回来！"

身后，还没有起床的崔美仙听见外面的调笑，晴天霹雳一声大吼。

吕继承手一抖，漱口缸子掉到地上，咣当一声。

翘白儿大笑，前仰后合。

吕继承是分场青年干事，但没有人喊过他"吕干事"，都喊他"牛卵泡"。大家一致认为他外面溜溜光，肚里一包汤。他跟大家一样下地拿工分，但他坚持认为自己是分场领导之一，加上舅舅是县法院的头儿，喊李部长直接就喊"老李"，一天到晚高声大气、吆三喝四。去县里出了一趟差，回来一定说，县长让他去办公室扯了半天淡。他人高马大、膀阔腰圆、浓眉大眼、相貌堂堂，画家条子画宣传画，就照他的样子画工农兵。在整个一分场，不管走到哪里，都可以看到他气宇轩昂地站在墙壁上。他也觉得自己魅力无敌，是个女伢儿他就撩拨，逮着机会就得寸进尺。

新职工刚下来的时候，吕继承以"青年干事"的身份专门跟翘白儿谈过话："我们搞清了，你老子是码头工，扛大包吐血死的，你是三队新职工里独一的正牌儿工人阶级后代，我们会重点培养。你应该给你娘老子争口气，莫老是疯疯癫癫。"

"我怎么疯疯癫癫了？"

"翘白儿"是鱼，学名"白鱼"，因为嘴像小喇叭一样翘着，洲上人加上了"翘嘴"，省去了"鱼"，说全了应该是"翘嘴白"，但因为说得快，"嘴"又给带没了，加上儿音，听起来就是"翘白儿"。拿来做她的外号再形象不过，她一天到晚活蹦乱跳，十足像一条刚出水的鲜鱼。

"你该求上进。"

"什么叫上进？"

"就是进步。"

"就是跟你那样？"

洲上没有隐私。下来没有几天，大家就都知道崔美仙是怎样成了吕继承老婆的。

清明，市农校放假，让师生回老家扫墓。这是毕业班的最后一个学期。吕继承追过的几个女生，到手没到手的，都给别人拐跑了，搞得他没精打采的，连祖坟也懒得上。一早上想入非非，无精打采地爬起来，在饭堂碰见崔美仙。两个人不在一个班，都是学生会干部，平时他正眼也不看她，现在神差鬼使地凑到了一桌，吃过饭，居然脑瓜子一热把她带回了寝室。本来是临时救急败火的，没想到崔美仙情深意长，过后三天两头就来找他，地方她也找好了。开始他还勉强，很快就勉强不下去了，教学楼、图书馆、小树林、杂物间、别的寝室、校外的小饭馆，到处躲。不管躲哪里，都躲不脱崔美仙的"火眼金睛"。崔美仙豪迈地说："你莫想躲，就是躲进阴司，我也要叫你还阳！"

不久，崔美仙就公开宣布怀孕了。吕继承不认账。崔美仙不跟他啰唆，转身去找校领导。

本来两个都是内定了毕业留校重点培养的，哪知道他们一把烂泥糊不上墙。校长找吕继承谈话，语重心长地劝吕继承，拐子拜年就地一歪，一毕业就跟崔美仙结婚，他们自己有个交代，也照顾了学校的影响。吕继承起先一百个不愿意，校长说："你母舅在县里做法院院长，她堂叔在市里管政法，你划算划算吧。"

毕业典礼一完，崔美仙就扯着吕继承去打了结婚证。

绿水青山带笑颜，夫妻双双把家还。两个人都分配到江洲。农场先给了吕继承一个"青年干事"的说法，听着像干部，编制还是农工。跟崔美仙怀孕一样，是个假模式儿。

结婚本是喜，对吕继承却是灾。崔美仙跟他一样身强体壮，牙齿整排露在大嘴外面，高颧骨，塌鼻梁，两个鼻孔比眼睛还大，有人说下雨时她如果抬头，可以盛水。吕继承在她面前，服帖得就像小鬼见了阎王。

崔美仙一有空就扯吕继承进屋，很快她要死要活的惨叫，就会撼动整栋宿舍，结果惨的是吕继承，再出门的时候，萎靡不振，五官都走了形。

有一次崔美仙回了市里的娘家，吕继承心想，总算可以少遭一夜罪了。晚上精神焕发、昂首挺胸，去场部看电影。回来，一路高歌"翻身农奴把歌唱"，还"巴扎嘿"。快到宿舍，从坝头居高临下，忽然看见家里的窗户灯亮着，"哎呀"一声，跌坐在坝头的草坡上。

崔美仙上午搭班船去市里，原说在娘家过夜的，下午想想又搭顺风车到江洲对岸的县城，赶上场部渔业队最后一班渡船回来了。

就这样，吕继承还贼性不改，老想偷腥。崔美仙把雪亮的裁缝剪刀拍在床头：

"你哪天真敢不老实，我就绞了你的命根子。莫怪我没有打过招呼！"

吕继承乖溜儿地说："我是那样的人？你把它绞了，我拿什么孝敬你？"

吕继承还真就是"那样的人"。他早就瞄上翘白儿了，每次给崔美仙交差，他总是闭着眼睛，黑暗中晃着的尽是翘白儿那张肉嘟嘟的嘴。

吕继承觉得翘白儿容易得手。他从小就听人说过，嘴唇肉的女人，又活窜了，骚。

二

到江洲的几个高考落榜生中，晏德成第一个学会了抽烟。

刚断奶，母亲就带着晏德成到省城一个远房亲戚家做保姆。从小学开始，他一路都是尖子生。高三，学校把他列进保送上大学的名单，上级一政审，不但保送不了，高考也是白考——出生那年，他父亲被征了兵，随即跟着军队离开了大陆。暑假，学校组织一批没有升学的初高中生下乡，让他带头。是不是走革命道路做革命青年，这是一个考验的机会。校长是个女的，谈话的时候，连喊了几声，他才抬头，看着他泪汪汪的眼睛，自己也忍不住别过脸去。

到了江洲，晏德成跟在学校时一样沉默寡言、心事重重。歇坡的时候，老职工分成好几伙：年轻的打打结结；老巴嫂做针线；上年纪的男劳力凑一堆抽黄烟。一根黄烟筒吊着一只烟袋，在各人手上轮流转，看看转了两圈，队长吴毛俚就站起来，吹哨子开工。晏德成第一天下棉花地，歇坡时就坐在他们这一堆里。吴毛俚抽了几筒，顺手把烟筒递给他，他一点儿没有犹豫就接过来。头几口呛得厉害，他死命忍着，头上憋出了汗，就是不咳出声。过了几天，吴毛俚把烟筒递给他的时候，说："烟筒我还有，这个你就留着。"

吴毛俚也是个闷人，一天到晚，三脚踢不出个屁。他对新职工敬而远之，心里喜欢晏德成的老成。

那管黄烟筒用得很老了，竹管油红，铜头锃亮。晏德成天天别在腰里，一有空就咬在嘴上。

因为知道晏德成上学时的名气，二、三队这帮新职工，不管省城来的还是市里来的，个个敬晏德成三分，喊他"晏哥"，唯独翘白儿喊他"德成哥"。两个人都没有了父亲，两个人的母亲都是保姆，天生的兄妹。

翘白儿一有时间就往晏德成的寝室跑。整排新职工宿舍，就这间寝室最安静。聂宏亮跟晏德成同班，学校动员下乡的时候，省城的报纸广播宣传得震天响，他热血沸腾，抢着报了名。到了江洲，一切风光烟消云散，后悔也来不及了，就挖空心思制造新闻，终于以朗诵诗歌出了风头；陈志是初中生，跟两个高中生隔生，每天下工回来就糟蹋稿纸，一心想写诗赚钱；晏德成是个死牛活头，整天没有一句话，只低头抽烟，不时叹口气。

"嗬，我以为没有人！"

翘白儿不管不顾地一头撞进来。

"欢迎小鱼儿！"

聂宏亮声音做作，惊喜是真的。

"你们这里好干净。别的屋就像狗窠。"

翘白儿感叹着,东看看西看看,忽然抓起陈志桌上的一本外国诗集,打开夹着书签的那一页,刚看个开头就喊起来:

"呀,好不要脸!"

陈志喜欢在书上瞎画,以为她发现了什么秘密,一把夺过诗集,松了口气。那是诗集作者的一首诗,第一行是:爬到我身上来吧,美少年……

陈志正要说什么,翘白儿已经走开了。

"哟,黄烟筒!"翘白儿一惊一乍,走到晏德成面前,"我抽一口。"

晏德成没有反应过来,黄烟筒已经被她抢过去咬在嘴上了,呛得她一阵猛咳。

晏德成难得一笑,松开皱紧的眉头。

翘白儿从小跟巷子里的男伢儿混作一堆,初中没有毕业就不肯去学校了。母亲管不了她。居委会动员城市闲散青年下乡,她根红苗正,不是动员对象,但她觉得下了乡更好玩,自己跑去报了名。

聂宏亮很快就明白,翘白儿进屋没有他什么事儿,知趣地该做什么还做什么。陈志除了写诗,做梦想的都是初中班上那双也许再也见不到的黑眼睛,他不喜欢翘白儿这样泼皮撒野的女孩。

翘白儿每次来,晏德成脸上就多少有了活气。翘白儿"德成哥、德成哥"的喊得蜜糯了,打饭、洗衣服、缝缝补补,都成了她的事,决不让晏德成沾手:

"抽你的烟,莫动。"

晏德成烟抽得厉害,一包最便宜的黄烟丝没有几天就抽光了。翘白儿不知从哪里捡来那么多香烟头,一个一个小心剥开,和成一包。那些香烟什么牌子的都有,和到一块儿,比黄烟丝好抽。

每天晚上,晏德成都去江里划水,在江洲跟扁担洲之间的湾子游几个来回,哪怕李部长给大家讲形势讲得再晚也不间断。有一天,忽然一条大鱼贴着他肚子蹿到前面，黑暗中还听到咯咯的笑声。

是翘白儿。

翘白儿从小在江边长大，水性比晏德成好多了。

不久就有了活灵活现的瞎编：湾子里出了水鬼，一男一女，赤膊浪胯吊，夜夜在水里作怪。

李部长自然是不信邪的，事情只怕不是那么简单。教诫队干部表面上不动声色，不忙做结论。让大家莫迷信，莫瞎扯什么"水鬼"。

但吕继承心里酸得像刀绞，打死也不相信：孤男寡女，干柴烈火，不出鬼那才真是出了鬼！晏德成冷得像块江边的石头，拒人于千里之外，凛然不可冒犯，他有点含糊，不敢随便唐突，只敢问翘白儿。翘白儿每次都喜眉笑眼，不承认，也不否认。

好色的吕继承眼睛里就只有"色鬼"，想不到更可怕的"恶鬼"。

连着几天，半夜月亮当空的同样时间，江对面山上的天空，有照明弹一个接一个升起。嗦地一亮，把月色中迷迷蒙蒙的山脊照得通明，然后一阵轻烟，消失在黑暗中。一帮人站在坝头，看得目瞪口呆。

"是特务的信号弹。"

李部长的牙巴骨咬得咔吧响，说得大家心惊肉跳。之前他在会上讲敌情，讲形势，大家觉得是天方夜谭。现在看来，竟然真的近在眼前。

夜里开完群众会，李部长又接着开干部会，分析最近身边出现的一些动向。为了高度保密，干部会范围很小，只有他、队长吴毛俚和"分场青年干事"吕继承。

江对面县城的邮局截住了一封寄往香港的信。信的内容和后面留给对方回信的地址，证明了是从省城来江洲的学生，于是信被转到了场部。

信是晏德成写的，请香港的"叔叔"有可能转给他父亲。他在信里说：你丢下妈妈和我一走了之，太不负责任了！

"这说明了什么？"李部长压低声音。

"说明他人在江洲，心在海外。"吕继承心里一阵说不出的兴奋。

"他来江洲后天天夜里坚持划水，有没有可能是为了有一天偷渡？"李部长进一步分析。

"不是有没有可能，是一定的。这个人深藏不露，让人捉摸不透。嘴上不说话，心里不知有多大的仇恨！"吕继承一针见血。

"不说话就是有仇恨？"队长吴毛俚嘟哝，"他就是个三脚踢不出个屁的人。"

"你莫误会。"吕继承解释，"你跟他的本质不同。你家里三代贫农。"

吴毛俚茫然地眨着眼睛，不知道吕继承为什么这么肯定，这是人命关天的事啊。

夜里把崔美仙服侍熨帖了，吕继承意犹未尽地舔着她的耳朵道："求你帮个忙。"

"有话就说，有屁就放。"

"找翘白儿谈话。"

崔美仙"呼隆"一下坐起道："你还贼心不死？以为这把剪刀是摆设？"

"你看你急的！我有贼心，会让你找她谈话？正事儿，会上定的！"

崔美仙冷静下来。她在农校也是学生会干部，不缺政治头脑。

"不要惊动晏德成，只要翘白儿能证实就行。就看晏德成在她那里有没有漏过风。"

事情顺利得他们自己都没有想到。

在新职工宿舍，崔美仙和翘白儿，一个丑，一个骚，女生都不愿搭理，她们两个也就容易接近。崔美仙是要盯紧翘白儿跟吕继承的来往，翘白儿是对谁都不防着：谁翻白眼，她不往心里去；谁愿跟她好，她也高兴。

"夜里说梦话了？"

上午歇坡的时候，崔美仙扯着翘白儿在身边坐下。

早饭，食堂里一帮女生叽叽咕咕，捏着嗓子怪声怪气地朗诵："爬到我的身上来吧,美少年!"一阵鸭叫样的哄笑。

她们学的是翘白儿昨夜的梦话,她同寝室的甘新华听得一清二楚。

"没有吧?不过也可能。我记不起来。"翘白儿极力回忆。

"想男人了?"

"想啊,我一天到晚都想德成哥,一刻时不见就像掉了魂。有时候我真巴不得他强奸我。"

"他会吗?"

"不会。会就不是他。"

"憨包女儿,你是真憨啊。那他想你吗?"

"不知道。我没问过。我只知道他不讨厌我。"

"你怎么知道他不讨厌你?"

"他什么都告诉我。"

"都告诉你什么了?"

翘白儿眼睛都不眨一下就跟崔美仙竹筒倒豆子:

"他娘伤心的时候跟他讲过,她命苦,嫁了一个没用的男人,一块儿去的同乡晓得做逃兵,偏他木得跟个死人一样!"

"那是没有法子的事。"崔美仙倒是体谅。

"就是。他老子没有那么木。那个做了逃兵的同乡后来投靠了香港的亲戚,早年从香港来过信,转告他老子的口信,说他安顿好了就会来接他们……"翘白儿很得意,就像是说自己的家事。

"晏德成其实用不着等,设法去找他就是了,先去香港找到那个同乡,一打听就明白了。"崔美仙漫不经心地说。

"对啊,德成哥就是这样说的。"翘白儿看着远处,眼睛晶亮,好像那天就要到了。

"他打算怎么去?"

"等机会。"

"哪会有这样的机会！要去就只有偷渡越境。之前江洲有牢房的时候，有个犯人就是这样跑出去的。"

"是吗？"

"要是晏德成偷渡，你会跟去吗？"

"当然！"

"憨包女儿，偷渡成了，晏德成会娶你？"

"我不管，反正德成哥去哪儿我去哪儿。"

"偷渡越境是犯法的，你也不管？"

"不管。只要跟德成哥在一起。"

"难怪你们天天划水。是做偷渡的准备？"

"不知道。德成哥没有说过。"

三

那天早工，吕继承在地头叫住晏德成，说："你今天去裤脚套挖沟。"

裤脚套是江洲中间的洼地，便于集中管制。

"为什么？"跟在晏德成后面的翘白儿叫起来。

吕继承愕了一下，说："这是组织上的事。"

"狗屁！还不是你捣的鬼。"

"翘白儿，注意你的立场。"

吕继承没想到，翘白儿也跟到了裤脚套。

"你来干吗？"

"你管不着！"翘白儿径直走到晏德成身边。

"名单上没有你的。"吕继承急了。

"那就加上！"

翘白儿紧跟着晏德成。

洼地边上，几个民兵背着老掉牙的步枪走来走去，神气活现。

"装什么假模式儿，谁不知道你们手上拿的是拨火棍。"翘白儿撇嘴。

带队的吕继承忍无可忍道："翘白儿，过来！"

"过来就过来，你还敢强奸？"翘白儿丢下老重的铁锹。

"莫闹好不好？"吕继承的口气软下来，"你这是鬼迷了心窍，知不知道？"

"你才鬼迷了心窍！"

"你应该靠拢分场！"

吕继承突出"分场"，也就突出了他分场领导的身份。

"分场就是你，你就是分场，靠拢分场就是靠拢你，对不对？"

"就算对吧。"

"就是跟你上床，对不对？"

"莫说这么难听。"

"做梦！呸！"

翘白儿把吕继承像根木头一样钉在那里。几个民兵哈哈大笑。洼地那些被管制的人弯着腰，不出声地笑。

晏德成好像什么也没有听见，没有看见，端着黄烟筒，低头抽烟。

裤脚套的挖沟任务结束得比平时收工要晚。晏德成跟翘白儿说："今天不划水了，有点累，想早睡。"

"好。"翘白儿心疼。

上早工的钟刚响过，场部公安特派员老叶跟着李部长来了新职工宿舍，直奔晏德成寝室。

晏德成不在。他所有的东西一样不少，昨夜换下的衣服凌乱地丢在床上，那只黄烟筒挂在床头的老地方，看上去是随时就会回来。

"这是伪装！"李部长说。

"他走之前没有跟你们打过招呼？"老叶问同寝室的聂宏亮和陈志。

"没有。天亮前好像听见他出门，以为他上厕所，没有在意。"

晏德成跑了。

消息传得比风还快。整个江洲当天就都知道了：江对面山里的潜伏特务发了信号弹，一分场二队有个叫晏德成的新职工看到后逃跑了，要去南方偷渡越境。

二队本身更是闹翻了天，一堆一堆的比比画画，眉飞色舞，口水四溅。

只有翘白儿惨了。她走近哪堆人，哪堆人看她的眼光就怪怪的。有惋惜，有可怜，有幸灾乐祸。

翘白儿出娘胎头一次感觉到了害怕。正午的毒日头底下，从头到脚，一身冰凉。没有了德成哥，她彻底孤单了。

"看上去蛮聪明，还是省城的高材生，干出这样的傻事。以为边境是菜园门啊，偷渡就过得去的？"唯一一个还跟翘白儿说话的是吕继承。

"谁跟你说他要偷渡？"

"不是你跟崔美仙说的吗？说他要去找那个知道他老子下落的逃兵，你们划水就是准备偷渡，还说你也要跟去？"

"他没有这样说过。我也不是这样说的。"

"说没说过，现在都无所谓，他已经这样做了。"

翘白儿傻了。

"你们会去抓他？"

"憨包女儿，他都不管你了，你还管他？场部老叶已经带人去了。"

"抓住了会坐牢吗？"

"那还用说？坐牢算他命大。这是什么时候啊？敌特那么猖狂，都发信号弹了！"

"德成哥……"

翘白儿睁大失神的眼睛，小喇叭样的嘴巴半张着，簌簌颤抖。

"幸好他丢下你了！"吕继承把翘白儿满是冷汗的手捉在掌心，"跟你说多少回了，靠拢分场！靠拢分场！你就是不听！"

"你能救他吗？"翘白儿泪眼一闪。

"我怎么救？"

"你不说你舅舅是县法院的头儿吗？"

"是啊，你不说我还忘了。"

"求你……跟你舅舅……起码保住他的命……"

"求我？拿什么求？"

"你要什么？"

"我要什么，你还不知道？"

"好吧……"

四

江滩的防浪林很密。人要是存心躲在里面，别人根本找不见。每次划水，穿过林子，晏德成都是来去匆匆。吧嗒吧嗒跟在后面的翘白儿老是想象他突然停住，转身，一把把她搂在怀里，亲她，揉她，抱她进林子，按她在地上，让她喊出堵在喉咙口的话："爬到我的身上来吧，美少年！"

但晏德成每次都闷头走他的，最多是回头招呼一声：快点！

想不到，现在却要被一个恶心的臭男人糟蹋了，而且是她自己送肉上砧板。"德成哥，你莫怪我啊！我实在没有什么别的法子可以帮你。"

地方是吕继承指定的。林子漆黑。树缝中，江对岸的汽车灯光偶尔闪过。四处响着窸窸窣窣的声音。刚从城里来的时候，许多凑了对的男女钻在里面快活，后来就听说有鬼，除非色胆包天的，再没有人敢来。

翘白儿什么也不在乎了。死活就这一次。只要德成哥有救。

树枝"哗啦哗啦"从翘白儿身上扫过，脚下"咔吧咔吧"响着枯枝被踩断的声音，翘白儿抬头挺胸，咬紧牙齿，像电影里英勇就义走向刑场的人。

"还真来了。"一个女人的声音,"来靠拢分场的吧?"

黑影从树桩后面缓缓移出来:"吕继承不来了。来了也没有用。我跟他说过,我的剪刀不是摆设。"

幽暗中现出一个活生生的凶神恶煞,笑着,却格外恐怖。崔美仙的声音其实很和蔼:

"真是个憨包女儿!吕继承舅舅那个屁大的官儿救得了一个越境犯?就是救得了,吕继承会让他去救?早上就是他看见晏德成上了坝头故意不追,算好不管他是坐班船还是坐渡船都跑远了,才去场部报了案。他当时要是喊住了晏德成,会有今天的事?"

五

追捕晏德成的老叶几个人回来了。他们追到省城,追到晏德成母亲做保姆的东家,最后追到医院,看见晏德成正在给病床上的母亲喂粥。

东家说,阿姨不肯写信告诉晏德成,怕影响他劳动锻炼。

跟晏德成一块儿到江洲的同班同学,有一个当初分到了其他分场,晏德成在裤脚套挖沟收工的路上碰到他。之前他刚回了一趟省城的家,听说晏德成母亲病危住院了。见到晏德成,很奇怪他为什么没有回去照护。

当夜是没有进城的车船了,晏德成死活煎熬了大半夜。

比晏德成晚一脚赶到医院的老叶临时改了口,说他到省城出差,听说晏德成母亲住院,顺便来看看。

晏德成很意外,很疑惑:他回省城没有跟任何人说过,几位场里干部是从哪里"听说"的?又怎么会"顺便来看看"他这样一个被赶去集中管制的人?他把这些都闷在肚子里,礼貌地看着一头大汗的老叶他们,只轻轻吐了两个字:

"谢谢。"

市里的头班船天亮前到江洲。从省城返回的老叶他们一早到了场部，队长吴毛俚得知后第一时间告诉了翘白儿。翘白儿刚下棉花地，二话不说就丢下了草锄。

六

晏德成和翘白儿在省城住到他母亲出院才回洲上。有个半夜，一样的明月当空，对面的山里又升起了照明弹。

李部长这次很镇定。他已经搞清楚了，那是山那边的工厂在搞民兵演习。

蜜　桃

一

甘新华脸白得像石灰抹的，精瘦、窄长、薄嘴唇，为人尖刻，一张刀子嘴，从来不说人好话，说话一定伤人。跟她一批下放的男男女女，除了剃头佬潘伢儿，没有一个愿意接近她，她也一个都不放过：女的胸大的是没脑，屁股高的是"三翘"，眉眼活的一定做过婊子；男的不是太干瘪，就是太奶油，要不就是潘伢儿那样的长不大的憨包。潘伢儿有次歇坡在地里追蝴蝶，她说："你跑给哪个看？这里哪个会看你？"

在大家的印象里，全农场甘新华只说过一个人的好话，就是李部长。人前人后，她都一点儿不隐藏对李部长的仰慕：那才是十足的男人。

场里还有监狱的时候，李部长是管教。后来监狱撤销，犯人留场就业，李部长转为新成立的场武装部的干部，再后来，当了部长。他个头不高，粗壮敦实，头和身子几乎是一小一大两个正立方体，打破这种方正的是胸前斜挎的驳壳枪背带，好比是从场部隔三差五放的电影上走下来的游击队长。

李部长总是一身灰制服，很容易跟群众打成一片。从场部出来，下队工作，要经过二队。他人很和气，只要见到地头有人，就会停下来跟大家聊几句。甘新华每次都挤到他身边，眼睛直勾勾地看着他，不管他说什么，都鸡啄米样地点头。听说场部的干部都要分到各个分场蹲点，她伸手攀住李部长的驳壳枪背带，嗲声说："李部长应该来我们二队蹲点。"李部长退后一步，摆脱她攀住驳壳枪背带的手，说："是，是，我一定来。"

"说话算数，我等你哟。"

本应是"我们等你哟"，甘新华省去了"们"，全不顾周围人的白眼。潘伢儿忍不住咕哝："憨包×！"

潘伢儿不怕得罪场部干部。这帮下放的人里，他出身最好：祖父那一代逃荒进城，传到他这一代，一直是做剃头手艺。他小学没有上完就出来跟老子学徒，几年后满师，在理发店做得好好的，看见甘新华下农场，也跟着跑来了。也真是一物降一物，别人眼里的甘新华一无是处，潘伢儿就是服了她，像是上辈子欠了她，这辈子来给她做牛马。他们从小在一个巷子里长大，念书的时候，上学放学总是一路。长大了，稍通些人事，来往疏了，但潘伢儿一到学校放学的时候就心不在焉，隔着理发店的玻璃盯着外面，等着甘新华的出现，一天没看见，心里就不是味儿。

一见潘伢儿走神，同在店里做的老子就骂："你莫做梦了，她那么泼辣，丫鬟的命小姐的心，你吃得住她？癞蛤蟆想吃天鹅肉！"

甘新华根本就不把潘伢儿当回事，从来就不正眼看他。他长得一张娃娃脸，一个剃头佬，头发却遮住了半边脸。因为口臭，嘴里总含着薄荷糖，其实更难闻了。到了农场，一有空他还要给人剃头赚外快，这习惯也就保留着。他有事没事老往甘新华身边凑，甘新华闻着就想吐。

甘新华老子是二贩子，每天天亮前去郊区收菜，天亮在城里摆摊，跟工商税务的人捉迷藏。她自己从小特别要强，个子小，喉咙却大，动不动跟人吵架，嘴巴连珠炮一样响个不停，对方如果横不下心一巴掌拍死她，就只能是溜之大吉。老子在打击投机倒把运动中丢下一大家人，突然没有了音信，老娘一个人扛不住，甘新华只好退学，去一个民办小学代课，帮在国营菜场扫菜帮子的老娘养家。代课不到一个学期，校长知道了她老子的事，责怪介绍人之前没有讲清楚："教育是为政治服务的，对不起，这种人我们不好用的。"

街上的高音喇叭天天在播北方的一个城里女学生的光辉事迹：她不上高中，主动要求参加社会主义农业第一线建设，受到了中央领导的表扬，成了时代的楷模、青年的表率。这边居委会也在上门登记各家没有上学也没有就业的闲散人口，动员"我们也有一双手，不在城里吃闲饭"。

甘新华特地跑到街道办事处，找到一把手，强烈要求下放，情绪激动得像是有人在威胁阻拦她："头可断，血可流，不达目的誓不休！"

街办主任笑起来道："好好好，我们坚决支持你！不过就是下乡劳动安家，不需要断头流血。"

从街办出来，甘新华扬眉吐气。之前不管走到哪儿，总有人跟在她后面叫"二贩子"。现在，她将要成为"时代的楷模、青年的表率"了，眉毛高了三尺。

母亲从菜场下工回来，抱住她大哭。她扶住母亲的肩膀说："莫哭。这条巷子里，我回来时会活得比哪个都强！"

没有等到"回来"，甘新华第二天就"活得比哪个都强"了：省城的大报小报都出现了她的名字。省城开欢送大会那天，许多人直到要动身了还是一百个不情愿，她的表现就尤其突出，省报记者专访了她，随后她的大幅照片还上了报纸。潘伢儿就是看了报纸，疯了样地跟着跑来江洲的。

李部长真的来二队蹲点了。本来从场部到二队就一脚路，他完全可以住在场部自己的宿舍里，但他说既是蹲点，就应该跟大家同吃同住同劳动，坚持住到了队里。农场给新职工建的宿舍很宽裕，临时调整了一下，给他腾出了一个单间。

二

除了场部有事，李部长每天都跟大家一起上工放工。吃过夜饭，大家就挤在他的房间里读报纸，学文件，谈理想。一张饭桌搁在中间，两边是单人床铺，以李部长为中心，其他人围着桌子，床上坐不下就站着。每次甘新华都早早地在别人前面进去，大喊大叫着"靠拢组织"，紧挨李部长坐下。

李部长说："对对，靠拢靠拢。"

屋里只有一盏煤油灯，桌子周围都在暗影里。李部长把报纸凑到灯下，甘新华则把头凑到李部长头边，越凑越近。

有人暗中嘀咕："是要耳鬓厮磨啊？"

专心读报的李部长不熟悉省城的话，把"厮磨"听成了"什么"，问："什么'什么'？"

"什么什么"由此成了甘新华的外号。

来农场之后，甘新华一直等着在省城欢送会上说过要追踪采访的记者。她家、她自己一直被人看不起，下农场让她成了新闻人物，这样的感觉让她上瘾。老子靠不上了，再找一个可以靠得上的人就是。现在她认准了李部长。都说他很快就要当场长了，就是不当场长，凭那把驳壳枪，他也是场里最有权的人之一。靠上他，她也就有了分量。

甘新华的心思再明白不过，她因此备受孤立，下放的个个觉得她贱。男的骂女的就是"你是'什么什么'啊"，女的回骂就是"你娘才是'什么什么'"。

对于这些，甘新华嗤之以鼻：这帮人，哪个敢说自己不贱？表面上骂，心里其实是嫉妒；表面上正经，心里其实想坏又没本事坏。她长大了，犯不着像先前那样遇事就发泼。

白天，宿舍一般都不关门，李部长也一样，那把驳壳枪带在身上，房里也就没有什么值钱的东西。甘新华一有空就去给他洗衣浆衫。洲上没有街上那样的自来水，都是去江里挑水。一担水从江里挽起，走过老长的江滩，再翻过大坝，挑到屋场，累死半条命。江水尽是泥沙，浑浊得像黄浆，必须用明矾把水澄清了才能吃用。力气不够的人，洗衣服只能去坝外找有水的土塘。那些土塘是挖土筑坝留下的，下雨的积水，比江水清多了。甘新华每次都要跑得老远，非找到她觉得最清的水不可。衣服洗净晒干了，又用茶缸子盛了开水当作熨斗，熨得平平整整的。

李部长先前当管教的时候，这些琐事都是犯人抢着做的。后来转到场部做事，换下来的脏衣服臭袜子就堆作一堆，等星期天老婆从市里来看他时一次性清理。甘新华代劳，他觉得再好不过，给老婆省了事，也省了埋怨。每次甘新华送来干干净净散发着淡淡的肥皂味儿的衣服，他并不特别感谢，随便说一句"就搁那儿"了事。甘新华把这种"随便"看作对她的接受，满心欢喜，越来越没有顾忌。

有一次，读报的李部长读着读着，"呼隆"一下忽然站起，脸上白一阵红一阵，侧脸看一眼甘新华：

"今天晚上就读到这里，大家回去休息吧。"

大家你看我、我看你，又一齐看向李部长身边若无其事的甘新华，想象刚刚在桌子底下发生的事。

第二天，李部长找了个合适的机会，把甘新华喊到一边，很严肃地告诫她："出身不由己，道路可选择。你追求进步是好的，但要正正当当，不能动手动脚腐蚀干部，那是犯罪！"

甘新华说："我不是腐蚀你，我是……我是喜欢你……爱你！"

李部长沉下脸，下意识地扶了一下驳壳枪的背带："这是什么话！"

"真心话。"

"胡闹！莫说我有家室，就是没有，我也有立场！"

甘新华还要说什么，李部长甩手走了。

在市剧团演戏的李部长太太带着他们的儿女在城里住，他在场里过单身日子，不会对一个黄花闺女——而且还是个省城学生——不动心，他说"腐蚀"，不过是装模作样，他到底还摸不清她的底细。洲上人说，男追女隔重山，女追男隔层纱，只要她不放手，一个大男人没有拒绝的道理。

甘新华依旧信心十足。

半夜，忽然响起了军号。甘新华头一个跑出了女生宿舍。

几天前李部长就在会上说过，全场民兵要进行夏季训练，为了检验各人的警惕性，具体时间不会事先通知。这些时，甘新华夜里一直睡不踏实，一有响动就醒了。有一次听见喇叭声爬起来，跑到外面才听清是农机修理厂加班的汽车喇叭。

这次甘新华没有搞错。一出门就看见许多人在坝头上跑，她赶紧跟上去。气氛很紧张，没有人说话，只有"呼哧呼哧"的喘气声和"吧嗒吧嗒"的脚步声。

麦场上，先到的人已经按照李部长的口令站成了排，后到的依次排后，全体面对李部长。

看看人到得差不多了，李部长很威严地整了整驳壳枪的背带，喊了几声"立正""看齐"之类，一手从身上摸出一张纸头，一手抓着手电筒照着那张纸头点名。

点到名字的被要求出列，在最前面站成一排。甘新华不记得自己是第几个被点到名字的，听那些名字，她隐隐觉得有些不妙：要么是下放前有前科的街痞子，要么是她这种出身不好的。果然，李部长清了清喉咙，厉声说：

"喊到名字的，统统有，立正，稍息，解散！"

没有一丝风，四下里一片蛙声聒噪。三伏的夜晚，热得人像在蒸笼里。甘新华却一阵阵发冷。军训是民兵的军训，她没有当民兵的资格！她忽然明白了李部长说的"我也有立场"那句话是什么意思。

甘新华迷迷糊糊地在床上躺了两天，身子一会儿像是塞进了大火熊熊的灶膛，一会儿像是掉进了寒气彻骨的冰窖；第三天头上清醒，全身透湿，像刚从水里捞起来。

同屋的人都去上工了。宿舍的一长排平屋寂静无声。甘新华摇了摇头，脑子特别清楚。她想不起两天来有人问过她的死活，她要真就这么死了，说不定就像条狗一样被拉到洲尾巴的江滩埋了。忽然她闻到一种气味，一种她曾经很嫌恶的气味——薄荷味！

揭开桌上的茶缸子，里面是半缸子薄荷糖。

就是说，潘伢儿来过。

眼泪唰地流下来。不是感动，是可怜自己：这么大个农场只有一个潘伢儿还在乎她的死活。

她绝不甘心。

三

星期天，李部长太太照例来农场。

甘新华下了早工，吃过早饭，没有再下棉花地。从城里到农场的班船半上午到。她在宿舍门口等着，远远地看到坝头上出现李部长太太的身影，她轻飘飘地进了李部长的房间。

李部长太太看见老公床上短褂短裤、赤脚光腿的甘新华，抱着一本书，看得得味不过，以为自己走错了房间，正要退出，床上的甘新华懒懒地把书从脸前移开，又鲤鱼打挺一样弹起：

"哟，李姨来了。"

"对不起，我走错房间了。"李部长太太赶紧道歉。

"没有没有，这就是李部长的房间。"

甘新华慌慌张张地下床，一面支支吾吾："今天天气好，我想……想给他洗一下被褥。"

"那你洗吧。"李太太怔了一下，转身走了。

午饭前，甘新华就给叫到场部。跟她谈话的是农场妇联桂主任：

"我就不跟你兜圈子了。你老实说，跟李部长有没有关系？"

"有啊。他是干部，我是职工。"

"有没有男女关系？"

"有。他是男的，我是女的。"

"你们有没有同过床？"

"同过。我们夜夜挤在一张床上读报。今天上午我们还同过。"

"你莫装糊涂。我是问你们两个有没有睡过觉？"

"睡过。不止我们两个，哪个没有睡过觉？"

"我说的不是睡觉，是……直接说吧，他有没有在你身上睡过？"

"那又怎样？有一次我在班船上看见赵场长也睡在你身上。"

桂主任的脸一下煞白。有一次她跟赵场长从市里开会同船回来，赵场长的确是靠在她肩上睡着了。关于他们的风言风语，场里早传得沸沸扬扬。

"你回吧。"桂主任一扬手。

甘新华最后的回答，等于是承认了李部长跟她搞过。

传说中，因为晓得赵场长的生活作风问题，上面要把他调走，让李部长接替。现在好了，李部长也当不成场长了。桂主任心下有点为赵场长幸灾乐祸。

正在训练民兵的李部长被场办的蒋忠诚突然喊回场部，很是莫名其妙，一路上追问到底出了什么事。当过兵的蒋忠诚始终不吭声。到了场部，场里的一把手已经在走廊上等他："回头你去下面卷铺盖回来吧。"

"为什么？"

"你这个点蹲得也特深入了。"

"什么意思？"

"去问你老婆，她在你屋里。"

无论李部长怎样赌咒发誓，李太太都不肯相信。男人借口蹲点，跟一帮城里下放的男男女女打得火热，她上几次来就有感觉，今天她亲眼所见，差不多就是捉奸在床了。

场里许多人，尤其是二队的人，都觉得李部长很冤枉。李部长做人方方正正，做事一板一眼，从不邪头鬼脑，特别是没有一点儿架子。反过来，甘新华看上去就是个白骨精，李部长吃了她的亏，很不值当。于是，大家背后都对她指指戳戳。

甘新华那段时间很诡秘，有事没事就搭场渔业队的便船往对面的县城跑。头天去，第二天回，从不跟队长请假，队长也懒得问。每次她回来，潘伢儿都在江边等她，问她，她理也不理。不久大家就看出，她肚子大了。

原来，甘新华这一趟一趟是去做检查。

潘伢儿实在忍不住，揪住她："说，是哪个的？"

"你管得着吗？关你什么事？"甘新华看也不看他。

"是不是姓李的那狗日的？"潘伢儿绝望地大喊，嗷嗷哭起来。

甘新华甩开他的手，第二天气昂昂地找到队长吴毛俚："这回我跟你请个假，我今天回省城，把小杂种打掉，怕是要住些日子。"

甘新华这一走，把李部长往死里最后推了一把。

李部长不但没有当上场长，场武装部长也给免了。李太太本来就忍受不了两地分居的日子，又不肯来农场，早已有了外遇，趁这机会正好跟李部长离了婚。

约摸年把以后，李部长的冤情水落石出：

从农场去对面的县城，可以搭场渔业队的便船，从县城的码头又可以搭去市里的便车。一个流氓团伙长年霸在码头上，专门以送上便车为由诱骗洲上舍不得花钱坐班船的城里下放女孩。他们很看不起这些女孩，审问时交代说，把她们搞到手比抓只鸡还便宜，最多一碗肉丝面就够了，最便宜的一个只用了一只蜜桃。

"她叫什么名字？"办案的很好奇。

"好像……好像叫甘……对了，甘新华。"

但是对李部长来说，一切都晚了。

办完离婚手续没有几天，李部长便病倒了。他后来的日子几乎就是在县、市、省里的医院进进出出，把两个正立方体熬成了两个三角立方体，直到不治。

潘伢儿耐心等了几年，总算遂了这辈子最大的心愿，把甘新华娶到了手。因为多一门手艺，婚后的日子比一同下放的人滋润。高兴的时候，潘伢儿问甘新华："想大肚子，何必跑去江对岸，我不是现成的吗？"甘新华说："让你上了，还有人会疑心李部长吗？"

甲乙丙

一

　　二队的新职工喜欢坐在坝头上,对远处的庐山指指点点,把这辈子能上一回庐山当作最大的一个人生目标。之前听招工宣传,好几个人就是冲着"江洲农场就在庐山脚下"这句话,不顾娘老子反对,要死要活地从家里跑出来的。

　　大晴天,在坝头上可以清清楚楚地看到长江对岸金光闪闪的鄱阳湖上浮着的庐山。山腰丝丝白云飘过,像有人挥舞绸子。山上的五老峰、仙人洞、三叠泉、瀑布云和外国人留下的无数洋房……都是天下少有的奇观。到了夜晚,庐山的剪影贴在幽蓝幽蓝的天幕,一点一点星子一样晶亮的光,在剪影上画着"之"字,那是山道上夜行的车灯……洲上去过的人说起庐山,一个个牛烘烘的。

　　没有别人的时候,省城社会福利院来的张甲、张乙、张丙也会坐在坝头上,看着庐山的影子出神。

　　江洲农场去省城招工,带回了二三百人,其中半数是社会福利院的孤儿。

　　二队分到三个孤儿,姓的是社会福利院院长的姓,名字里都行社会福利院的"社",分别是张社保、张社抱、张社宝。因为读音很接近,不容易分清,喊起来容易乱,队长吴毛俚为了省事,干脆就分别叫了张甲、张乙、张丙。三个人生年不详,排名甲乙丙,依据的是他们进福利院的先后。

张甲是在社会福利院门口捡到的。大冬天，门房一早开门，看见台阶上一个烂布片裹着的婴儿，小脑壳冻得乌青，摸摸鼻孔，冰凉。这种事他见多了，不紧不慢地抱起，去敲医务室的窗子。夜班医生不耐烦地爬起来，听听胸音，还是活的。

张乙是社会福利院从妇产医院接来的，生下来几天后，她娘老子突然不见了。医院等了两个星期，确定她是被遗弃了，给社会福利院打了电话。

张丙是一个乡下女人拉扯来的，慌慌张张地推进门房，说了声"这孩子家里人都死光了"就转身跑了。

最初，二队十几个下放的城里人依照各自的来处各分作一伙，接触多了，就有交叉，搞混了。但不管怎样搞混，张甲、张乙、张丙始终混不了，没人把他们当数。大家嫌"社会福利院"啰唆，直接就叫"孤儿院"，连"张甲、张乙、张丙"也懒得喊，就说"那几个孤儿院的"。

"那几个孤儿院的"只能自己抱团。只有他们自己，喊对方都喊社会福利院起的名字。

在厨房吃饭，三个人蹲在一个墙角。各人照各人的量打饭，到月吃不完的定量，张乙就分给张甲、张丙。农场吃的是定销粮，只要是劳力，每人定量一样。

每顿饭只有一个菜，每人一勺。张乙也吃不完，先分别拣到张甲、张丙碗里。那勺菜每次只有一样，或煮冬瓜，或煮南瓜，或煮茄子，连辣椒、空心菜也是煮的。一大锅菜煮好了，放一小勺菜籽油。菜是食堂菜园种的，菜籽油是春上收了菜籽从上交部分中提留的，提留的标准跟城里的定量一样，放到食堂里，没几天就舀完了。

农场惯例，一年三节各有一次加餐，每人一勺红烧肉。张乙怕油腻，都分给张甲、张丙。张甲、张丙每次都用筷子把瘦肉夹出来，拣回给张乙。在孤儿院听院医说过，怕油腻的人多半是因为体质差，要是老不吃荤油，只会更差。隔三差五，夜里张甲就拉起张丙，去棉花地中间的裤脚套偷捉蛤蟆。

张甲脱个赤胯郎当蹚水沟,张丙拿个化肥袋在沟边上跟着。洲上的蛤蟆从来没有人捉过,很憨。蹲在水边的草棵里正叫得起劲,电筒一照,马上哑了,一动不动,只鼓起两只眼睛骨碌碌吃惊,直到被人一把掐住,才四脚死命乱蹬。捉够了,就着水沟剥洗干净,在沟边拿几块石头围个灶,架上孤儿院带来的搪瓷盆,煮熟了,小心地倒进带盖的搪瓷缸子,连夜把张乙喊起来——张乙的床靠窗子,在外面轻轻一拍,她就听见了。

在棉花地锄草,定额一人一垄。张甲手脚快,锄完了自己的那一垄,张乙还没有锄到一半。张甲就去张乙那一垄的尽头,锄到跟张乙会合。这时候,张丙也差不多完成了自己的定额。

三个人的衣服被褥,都是张乙浆洗。起先去坝外的水塘漂洗。水塘是筑坝留下的土坑,雨水积成了塘,深浅不一,深水清,浅水浑。有一次张乙一心找水清的塘子,滑进了深水,张甲、张丙再不让她去水塘。张甲找到一截竹筒子,从里面把竹节掏空,只留下头上一节,筒身打了孔,装进明矾碎块,交给张丙。然后去江里挑水,水挑上来,张丙拿着那截竹筒在桶里搅动,泥汤样的江水很快澄清,再倒进洗衣盆。

裤褂破了、扣子掉了、鞋子烂了,张乙缝补不过夜。

他们从小给孤儿院教乖了,特懂事。上工、下工、吃饭、睡觉、浆洗、缝补,井井有条。别个不理他们,他们也不招惹别个,井水不犯河水。

时间长了,一帮痞子讪笑:"这三个人,说是兄妹,亲得像夫妻;说是夫妻,怎么一床睡?"

卷毛儿说:"那还不容易,张乙上半夜跟张甲睡,下半夜跟张丙睡。"

三个人只当没听见,自己过自己的日子。

二

三个人里,张丙年龄最大,话却最少,一天到晚像个庙里的菩萨。一张虚胖得松松垮垮的脸，嘴总是半开着，眼睛不是低头看着脚下，就是侧脸看着远处，一副憨样；张乙像刚出洞的老鼠，见人就惊慌失措，人细瘦得像根葱，刮个小风就能折断。

只有张甲火气冲，跟他的长相反差很大：尖头尖脑；又瘦又小，比队上所有男人都矮半个头，好像一直就没有从当初在孤儿院门口冻成的乌青中缓过来；浑身漆黑，夜里向你走来，你能看清的只有两只眼睛和一排白牙。孤儿院三个人里，大家最不当回事的就是他。没想到独独是他，凡事都不肯认输。走路从来不在人后，小鸡公一样昂着头，撅着屁股，死命往前拱。城里人刚下来，队上就讲清楚了：一年以内不评工分，只拿基本分，大约是正劳力满分的一半——这已经是照顾了，多数人没有一年，连农活的门槛也摸不着。他不服。才过了个把月，他在上工的路上拦住队长吴毛俚，要求跟正劳力一样评工分，而且要跟壮劳力一样高。

吴毛俚精瘦，病恹恹的，从来不说笑，好像总也没醒瞌困，眼睛半闭着，听了张甲的话，居然睁了一眼，低头看定他：

"你要评工分？还要跟壮劳力一样高？"

"不可以吗？"张甲抬着头，气昂昂的。

"可倒是可以。先要过三道关：头道关，八分；二道关，九分；三道关，才是满分十分。"

"哪三道，你只管说。"

"头道，扛包，两百斤的麻包从江里扛进仓库；二道，犁地，一条垄三里，从头犁到尾不能打弯；三道，装车。"

吴毛俚指着几垄地外正在装麦收没有运完的麦秸的牛车，牛车的木头轮子差不多两寸厚，包着一圈扁铁，张甲的小脑壳刚够到车轮中心的轴头。可以堆满半间屋子的麦秸齐腰高一捆，在车上码好后，比场部的屋檐还高。

"这有什么！"张甲一脸不屑。

"伢儿你莫扯了。"吴毛俚没有幽默感，不喜欢扯淡，"你做不了的。"

"你不让我做，怎么晓得我做不了？"

"不是发蛮的事，我才九分五！"吴毛俚有点急了。

"你是你，我是我。"张甲一根筋。

"那好，明日，扛包。"吴毛俚懒得啰唆。

第二天，早饭过后，一帮壮劳力去江上扛包。

一条大驳船，靠在江边，又宽又深的船舱，堆满了袋装化肥，每袋标明一百公斤，是张甲体重的一倍多。

一下来了好几个队的人，那么重一条船被踩踏得像小划子一样晃动。好几条长长的跳板搭在岸上，走上去，弹簧片一样上下弹动。别队有几个人上去没走几步就掉到江里，又狼狈不堪地爬上来。走在二队劳力最前面的张甲好像没看见，一个箭步蹿上跳板，然后就像粒打水漂的石子一样蹦到了船上。

吴毛俚早已带着两个壮劳力在驳船上占定了位置。见到张甲，吴毛俚忍不住说："你真来了？"

张甲不搭理，转身朝麻袋堆撅起屁股，两只手撑住膝盖，等着他们往背上搁麻袋。等了半天不见动静，他扭回头，看见队上那两个壮汉把麻袋在他背上抬起老高，就是不敢放下来。他气得黑脸上的两只眼睛血红道：

"放啊，放啊，放啊！你们要我骂娘么！"

那两个人看看无可奈何的吴毛俚，只好把抬着的麻袋在张甲背上放落。只听噗的一声，麻袋把张甲整个人压趴在船板上。

吴毛俚失声喊："憨伢儿哎！"

那两个人正要从麻袋堆上跳下，挪开压住张甲的麻袋，那只麻袋却又一点儿一点儿地从船板上拱起，然后一点儿一点儿地移到跳板上，一点儿一点儿地移到岸上，一点儿一点儿地移过宽阔的江滩，一点儿一点儿地移上老高的堤坝，一点儿一点儿地在堤坝上，向二里外的二队移动，在堤坝那边消失。下了堤坝，要进到二队仓库，还有老长一段路。

二队一帮人，心都悬着。

张甲却小跑着回来了，照样是小公鸡一样气昂昂的，黑着脸，一过跳板就撅起屁股："来！"

"伢儿伢儿哎，我叫你活老子，要得啵！你要八分就给你八分，只求你莫作死！"吴毛俚几乎是哀求。

"来！"张甲抬起一只撑膝盖的手，拍了一下肩头。

那一上午，张甲跟着二队的一帮壮劳力，一袋化肥也没有少背。

"说话算数，八分，对不对？"散伙的时候，张甲问吴毛俚。

"算数，怎么不算数。"吴毛俚很困惑地眨眼，"真是个活老子！没见过这样要分不要命的。"

"今年来不及了，明年秋后，我要犁地、装车。"张甲得寸进尺。

"要得。"吴毛俚叹了口气。

三

卷毛儿是在庐山脚下的城里长大的。上下水码头，见多了怪模怪样。一头卷毛黑一撮儿黄一撮儿，像个花皮老鼠。色眯眯的眯细眼，尖嘴像涂了口红，花格子衬衫软塌塌的，男不男，女不女，十足就是个本省无论城乡都厌恶的假模式儿上海小瘪三。

从小学到中学，卷毛儿有一个总也改不了的恶习，就是撩拨女生。乘人不备，这个腿上蹭一下，那个胸口抹一把，还学着上海话说是"吃豆腐"。不知道罚站、写检讨、挨男生痛打了多少次，就是死性不改。有过一个泼辣的女生给他撩拨得火起，狠抓了一把他的裤裆，惊叫了一声"骚鸡公"。后来手脚动到了中学校长宝贝千金头上，终于受到严厉处分。他自己觉得没脸在学校混下去，懒得再去学校，在社会上一直混到被动员下放。

到了二队，卷毛儿的眯细眼照旧总在城里下放的女伢儿身上睃，女伢儿一发现就啐他。他最后就瞄上了甘新华。甘新华不好看，也不难看，却把谁也不放在眼里，说话一定伤人，很孤立。这让他觉得有机可乘，时不时去挨挨擦擦。甘新华倒不生气，问他：

"说你是骚鸡公？"

"差不多吧。你要不要试试？"卷毛儿涎着脸。

"你是真的假的？"甘新华板着脸。

"当然是真的。"卷毛儿眯细眼唰地一亮。

"是真的，就正式些。没听洲巴佬唱'捏姐莫在人前捏，人前捏姐假风流'吗？"

"是，是。"卷毛儿的小红嘴唇吧嗒起来。

约好了，夜里人睡后，去裤脚套，在队上的小草棚会面。

裤脚套是农场最低洼的地方，中间挖了一条横穿全场的水沟，供棉花地排涝、存水、用水。各队都在沟边搭了个小草棚。从屋场到裤脚套起码二三里路，要穿过整片的棉花林。八月里，棉花林高过了人头。一头钻在里面的卷毛儿听着耳边哗哗的声响，脑子里尽转着平时听过的鬼故事，不知道什么时候面前就会突然出现青面獠牙，两只细脚杆直发软。好几次想回头，又舍不下眼见得就要到手的好事。朦朦胧胧的星光下，终于看到那个幸福的小草棚了！卷毛儿的心一下堵到了喉咙眼上，止不住咳了一声。

"是卷毛儿？"甘新华的声音从来没有过的柔和。

"是。"卷毛儿浑身骨头都酥了。

"怎么这么晚才来？想急死我？"

"我我我……"卷毛儿快活得脚肚子转筋。

"来吧，快些！"甘新华的催促幽幽地飘出小草棚。

卷毛儿跳起脚，跑到草棚门口，一头扑进黑咕隆咚，就听见一声恶狠狠的叱骂："'我我我'你妈×，吃屎吧！"接着背上被人猛推了一掌，然后就是一头一身一嘴的粪便。

小草棚里，一边的空地放些锄头、铁锹、粪桶之类的小农具，一边是一口极大的牛粪窖，也供人上工时拉屎拉尿。

把卷毛儿推下粪窖的是剃头佬潘佮儿。

"放开肚皮，吃饱些。"甘新华和潘佮儿叽叽嘎嘎地笑着，扬长而去。

卷毛儿昏头涨脑地爬起来。浓稠的粪便倒是不深，刚刚到膝盖那儿。但窖很深，跳起来也够不到窖沿。卷毛儿陷在粪便里，想死的心都有。

绝望中忽然听到了人声，卷毛儿扯起嗓子大喊救命。

外面的人是张甲和张丙。

"救命！"卷毛儿可怜兮兮地喊。这之前，打死他也不会想到有一天会求到这两个"孤儿院的"头上。

"进去看看。"张甲说。

"不去。"除了张甲、张乙，张丙谁也不想搭理。

张甲揿亮电筒进了草棚。

"救命！"牛粪窖里的卷毛儿哭求。

张甲把已经在窖里的搅屎棍移到卷毛儿身边，又放下去一个尿桶，什么也没有说就走出来。

卷毛儿的瘪三样在江洲农场本来就有些名气，这回吃屎，更是臭名远扬，走到哪里都有人问："你就是那个吃屎的？"永远觉得他一身的尿臊屎臭没有洗干净，把一个自以为在女人堆里人见人爱的情种搞得灰溜溜的。

甘新华和潘佮儿一直小心地防备着卷毛儿的报复，一直没有等到。相反，卷毛儿只要一见到他们两个，就立刻低了头，像条被打断了脊骨的狗一样靠边溜走。他们终于放心：没想到一向神气活现的卷毛儿是这么个厌货。

在城里人中间没着没落的卷毛儿，只好放下身段，混到"那几个孤儿院的"中间来。

四

事发之前不是没有一点儿眉眼，只是张甲、张丙没有在意。

听到上工钟响，张甲每次都是第一个爬起来，把张丙从梦里扯下床，就去拍张乙的窗子。

棉花地最忙的时候，吴毛俚差不多一过三更就起来敲钟，连他老婆都咒他吵死鬼，不得好死，这帮城里下放的就更是要在床上赖半天。张甲一敲窗子，张乙同屋的女伢儿也一样咒他。只有张乙像老鼠一样悄没声息地起床，悄没声息地出门，跟着张甲、张丙下地。

这次，一直到所有的女伢儿都出了门，还没有见到张乙。张甲急了，只好硬着头皮问张乙同屋的女伢儿，只有一个人回答："我们是给你看张乙的？"

所有劳力都下了地，大家发现，卷毛儿也不见了。

张甲一屁股跌在地上。

卷毛儿这一向就在极力讨好他们，晓得他们也想上庐山，说他从小跟外婆长大，外婆现在随舅舅一家住在庐山牯岭街上，他们要愿意，他可以带他们上山。

张甲当时说："等年底决分，有了现钱，我会带张乙张丙去。"

年底决分能拿到现钱的就只有张甲，他现在拿的是正劳力的八分底分了，除去饭钱，多少有些盈余。

"不消啊。"卷毛儿说，"我们可以搭场里的便船过江，到对面县城找便车到庐山脚下，爬山上去。上了山，就在我外婆家吃住，不要钱。"

"真的？"张乙很兴奋。

"哼。"张丙白了张乙一眼。

张甲说："谢谢，我们不占人便宜。"

张甲从卷毛儿身边拉走张乙，心里明白：这只骚鸡公打的就只是张乙的主意。

卷毛儿在后面嘟起嘴，吹了一声口哨。

就没有想到，卷毛儿说风就真下雨了；更没有想到，一向胆小如鼠的张乙会这么糊涂！

坐在地上的张甲一下跳起，抓住张丙："我们去追！"

跑到农场码头，船队的人说，是看到卷毛儿带了张乙坐场部食堂的采购船过江了。张甲呀呀地跳脚，握紧拳头猛捶胸口，倒在船头上，抱着头滚来滚去。

张丙半张着嘴，呆呆地看着江对面远远的庐山。

摇橹的船老大问："是卷毛儿拐跑张乙？以为他们打连呢。早晓得，就把他们拦下了。"

场部就在二队地面。大家都是熟人。

船到对岸，等了半天，二人总算偷偷爬上一辆在县城街上不得不减速的货车，午后，快到庐山脚下，被停车加油的司机发现，赶下了车。问上山的路，还在五六十里开外。张甲、张丙终于爬到庐山牯岭街的时候，已经是下半夜了。街上空无一人，两边都是店铺，门板都关着。高高低低的石板路两边，有许多上山的岔道通往山坡树林里堆得密密麻麻的房子，也不知道卷毛儿外婆家该从哪条岔道上去。

庐山本来就是避暑的地方，山上的夜风大得吓人，跟山下差了一个季节。两个人就那样短衣短裤地跑上来，冻得先是牙齿格格响，后是浑身像筛糠，再后来不响也不抖了，手脚发硬。

张甲说："不行，要跑动。"

三九寒冬，社会福利院就让大家绕着操场跑动暖身子。

幸好这阵跑动，吵醒了在附近房子里打瞌困的联防队。两个人被带到一间灯光通明的屋子。

省城，社会福利院，江洲农场，女同学，卷毛儿……

张甲结结巴巴，绕来绕去，把联防队员搞烦了，指着张丙："换个人，你说！"

张丙平时没有话，一旦开口，头头是道——他们早先在哪里，现在在哪里，今天为什么上山。

"就是说，要找卷毛儿？"

"不只是找他，找他是为了找回我们的女同学张社抱。"

联防队员脸色缓和下来道："你们就在这里坐着。找人的事天亮再说。"

"不行！现在就要找到。"张甲颈子一拧。

"你跟哪个说话？"联防队员笑道。

"跟你。卷毛儿会糟蹋张社抱。"

"你们跟张社抱只是同学，对不对？那卷毛儿跟张社抱是什么关系？你们晓得吗？"

"没有关系。"

"没有关系，他们怎么就一路上山了？"

"卷毛儿骗了她。"

"我凭什么相信你们？你们说的只是一面之词。我们不能凭你们的一面之词就去惊动群众。你们安心坐着，眼见得天就亮了。再说，人家要真做什么事，早都做几回了。"

联防队几个人看着两个瘦骨伶仃几乎还是伢儿的人，觉得又好笑又可怜。天刚见亮，有两个人就出去了。再进门时，身后跟着卷毛儿，还有张乙。

"是不是他们？"

坐在长椅上的张甲、张丙完全憨了，睁大眼睛一动不动。

"你们两个什么时候来的？请你们一块儿来，你们不来，怎么又自己跑来了？"卷毛儿嬉皮笑脸。

张甲从椅子上蹦起来，一头向卷毛儿撞去。

卷毛儿连连后退了几步,脚后跟被门槛绊了一下,仰面倒在门外,后脑壳磕在石板上,立刻就流出一摊血。

张甲跳到门外,骑到卷毛儿身上,往死里卡他的脖子。

张乙吓得哇的一声大哭:"莫怪他!莫打了!"

几个联防队员一齐扑过去,扯起张甲。张甲嗷叫着,在好几条铁钳一样的手臂中挣扎。

张乙哀求:"莫怪他!莫打了!我跟你们回去。"

五

张甲没有等到过犁地、装车关的那一天。

春天,从县里来了一个血防组,在农场到处张贴布告,上面是一首《三字经》:

血吸虫,害人精。
男不长,女不生。
…………

同时开展血吸虫病普查。

张甲跟陈志一起,头一批就进了血吸虫病患者名单。

江洲是血吸虫病疫区,为了预防血吸虫病,农场早就由水田改为了旱地。但像裤脚套这样的低洼地方,照旧是疫水长流。城里人下来的时候,场里是交代过这种地方绝不能下水的,但张甲为了抓蛤蟆,只当耳边风。

去年收的棉花已经上交了,上半年各队的仓库是空的,就用来做病房。地上铺一层牛没有吃完的干草,各人再铺上自己的被褥,面对面两排通铺,中间留条走道给医务人员。

按疗程，先对患者做常规检查。张甲在二队仓库只住了一个礼拜。常规检查的结果，让县里来的医生摇头：这个人的五脏六腑就没有一处正常的，最严重的是肝肿大，已经有了腹水。在场里是治不了的，不然血吸虫没有杀死，先送了小命。只能转去县医院。

其他分场也有几个跟张甲情况相似，场里派了专人送医。正是农忙，其他人不让请假。张乙和张丙最多只能送到码头。

张乙一路哭，张丙很不高兴："哭什么？又不是送丧。"

张甲对张丙说："我不在，你要照护好社抱。"

张丙点点头，说不出话。他的眼睛也红了。

张甲想起什么，又说："钱收好了？"

头夜里，张甲把年前决分分到手的几十块现钱交给张丙，让他今年上半年找个合适的时候带张乙上一回庐山。

"她不是去过了吗？"张丙说。

"那回是白去。我们第二天一早让她下山了。"

"白去？！"张丙咕哝一声，把没有说出的话吞了回去。

"我说话你听见了吗？"看张丙不作声，张甲又叮嘱了一句。

"听见了。"张丙一肚子不情愿。

地铺上睡在张甲旁边的陈志静静地看着，有点想哭。

如果不算张乙那回跟着卷毛儿上庐山，这是他们三个人从省城到农场后头一次分开。当时三个人谁也没有想到，张甲这一次就是永别。事后想起，张丙责怪张乙的那句话万万不该说！

张甲一个月后死在县医院。医院打电话到农场，问有没有家属来处理后事。场里为了节约开支，请医院代为火化，他们让去县里出差的人事干部蒋忠诚顺便带回了骨灰，交给了张乙、张丙。蒋忠诚说："张甲死的样子很惨，一副骨头架子，肚子鼓得像个大气泡。"

张丙虚胖的脸松松垮垮，半张着嘴巴，目光呆滞，麻木地听着。张乙不敢说话，在后面扯张丙的衣角，希望他跟蒋忠诚提点要求，至少对张甲有个说法：他们是孤儿，没有娘老子，场里就是他们的家。

张丙没有反应。他把张甲的骨灰罐抱到洲尾的防浪林。这一带埋了许多江水回流冲上来的无名尸首，洲上人谁埋一个，可以去场部管民政的干部那里领到一笔小钱。

找到最粗壮的一棵柳树，张丙在树下挖了个深坑，把张甲的骨灰罐放下去，堆了一个小坟。铲去一块树皮，一刀一刀地刻上张甲的名字：张社保。

一切停当了，张丙从身上摸出一个小包交给跟在身边的张乙："这是社保留给你上庐山的钱。上回我们坏了你的事，我现在代社保说一声对不起。"

张乙受了惊吓一样脸色煞白，忽然明白。"我那次跟卷毛儿上山，一直跟他外婆在一起。他外婆对他管得紧，他对我小心客气。我跟他真的没出事。我就是想上一回庐山。走前没有告诉你们，是晓得你们不会同意。社宝哥，你一定要原谅我。社保哥走了，你不要离开我！社宝哥，你不要恨我！"张乙越说越没了声音。

"我没有恨你。"张丙不看她，越走越快。

好多年后，卷毛儿的老子退休，可以有一个子女顶替进工厂。卷毛儿去了，带走了张乙。他老子说，先进城，就业的事慢慢解决。那时候她已经跟卷毛儿成家了。卷毛儿外婆那次在庐山一见张乙就喜欢得不得了，说她旺夫，卷毛儿娶了她，一定浪子回头。成了家的卷毛儿除了一头毛照旧是卷的，也的确正儿八经像个男人了。

女大十八变。张乙不知不觉出落成了个花红柳绿的俏妹子。她一直等着张丙开口，但张丙心里，她单独跟卷毛儿上庐山过了一夜那道坎就是过不去。张甲在场里时，三个人还继续打伙，张甲去了县医院后，张丙跟张乙就几乎不来往了。

新职工先后差不多都回城了，张丙无家可回，也不知道离开了江洲能做什么。他现在是二队拿满分十分的劳力之一,城里下来的人中独一个。吴毛俚说的扛包、犁地、装车三大关,他不惊不乍地就过来了,水到渠成,瓜熟蒂落,老职工个个叫绝,说真是出鬼了!没事他就去洲尾看张甲。那个小坟堆第二年就被汛期上岸的江水荡平了,但刻在树上的名字仍在。

江洲二爷

洲上人老得快，五十挨边就叫"爷"。

张爷起得早，一睁眼就叽叽咕咕唱曲。本来他就是不作声，下巴也老往下掉，一唱曲就更是嘴歪眼斜：

栀子花开十二匹，
六匹高来六匹低。
六匹高来开得早，
六匹低来开得迟，
我今摘花不得时。

刚刚还鼾声如雷的杨爷被吵醒，骂：

"老色鬼，号丧！唐寡妇没准哪天就给你号死了！"

杨爷因为夜里喝酒，瞌困重。每天早上都是张爷唱曲把他吵醒。他一边骂骂咧咧，一边忙忙乱乱地穿衣服。

"我做……做嘛事号她，我号的就……就是你，你个死酒鬼！"

张爷说话结巴，唱曲流利：

栀子花儿五匹开，
三匹正来两匹歪。
你把歪花来带我，

正花留着别人来。

两样心事真不该。

杨爷越骂，张爷就越唱。

"不该？我看你他娘的就是活该！老色鬼！"

杨爷咕咚咕咚喝了一气凉水，抓起昨晚剩的麦粑，往外走。

"莫急莫急，又没……没有女人等你！我还……还没有唱完呢。"

张爷一抹满嘴的口水，嘿嘿地坏笑。杨爷是他唯一的听众，不能轻易放过。

"去你妈拉个巴子！"

杨爷脚下的恶狗跟着汪了一声，先蹿了出去。

两位爷好像前世埋靠了坟，同住一个棚子，同做一件事，却总是相骂，都恨不得对方早死。

张爷家本来是洲上的大户，老子抽鸦片，到他手上，成了屁股打得板凳响的光卵一条绳。一九四九年，共产党军队过江，他家里住过伤员。洲上办农场，他就去找管事的，说他早就革了命，应该当干部，不应该种棉花。场里给他吵得没有法子，就派他去管坝外的防浪林，特地把"管"字说得重重的，证明他是干部，还郑重交代：你手下还有一个国民党兵，你要好生看管他。

张爷扯一把要掉下去的裤子，哆哆嗦嗦抖起来，像刚吸足了烟泡子似的一身是劲。

那个"国民党兵"就是杨爷。共产党军队过江那年，他受重伤成了俘虏，抢救过来后让他回老家。老娘在他当兵吃粮不久就饿死了，江北老家再没有亲人，他带着在路上捡到的一个长官太太坐船漂流到了洲上。

那时洲上只有十几户人家，再就是芦苇和蓼草、獐子和豺狗。那个长官太太没有多久就死了，杨爷从此不跟别人打交道，整天搂着一只盛了酒的军用水壶，后面跟着一条恶狗。醉了，哪怕是大冬天，是坝头，是大路，他也倒头便睡。

农场是一九五八年成立的。当年就开始筑坝，坝里开垦棉花地，坝外种了这条环洲一围的防浪林，用来减少汛期洪水对坝的冲击。树一成林，麻烦也来了。一年四季，老是有人偷树当柴。坝里的人好管，捉住了，往死里扣工分就是。坝外的人就难办了，半夜驾了船来，装了一船就走人。

场里于是决定派专人看守。找来找去只有杨爷。别个谁愿受孤凄？搞不好死在偷树贼手里。杨爷久在行伍，腰身彪悍，一张黑脸，胡子络腮，浓眉下眼露凶光，像个钟馗，只有鬼怕他，没有他怕鬼！

守林的棚子挨着坝脚，杵在洲尾的江滩上，孤零零的，像个山大王的营盘。里边很宽敞，床、灶、桌子、板凳一应俱全，都是杨爷捡林子里的树棍木板自己弄的。

杨爷看上去粗鲁，针线做得比女人还细，衣服上的补丁跟画的一样。再热的天，扣子也一定扣到嗓子眼。一大间草木棚子，里外光鲜，整整齐齐。树棍钉的床，铺着厚草，盖上洗过的化肥袋，上面一根草屑也没有。

洲尾有回流，常有上游飘来的死猪死狗死牛死人在水里打旋，被回流推上江滩，给杨爷带来一笔横财：死人——洲上叫"江流子"，就地挖个坑埋了，可以到场办领五块钱现金，差不多是一个普通劳力半个月的工分值。杨爷是酒鬼，光靠埋"江流子"，酒钱就足够了。"江流子"谁先抢到算谁的，杨爷在洲尾扎了根，这条生财之道别人就再莫想沾边；死畜生只要没腐烂，就割了煮到锅里。吃饱喝足了，挎上酒壶，带上恶狗，在林子里转悠。夜里，狗听到动静，会把他从烂醉中扯起。不论哪个，猛然见到这样两个凶神恶煞，没有不魂飞魄散的。防浪林从此安生多了。

杨爷于是很惬意也很神气，觉得自己真是山大王。场防疫站给他那条狗颈挂了个小木牌，写了编号，有人把编号刮掉，写上"杨爷"。他和狗走到哪儿，哪儿的人就起哄。他以为大家把他当了大人物来欢迎，呵呵地笑，谦虚地摆手。

现在竟他娘的来了一个张爷，而且这个老色鬼还自称是来管他的！杨爷死也咽不下这口恶气。一听见张爷的响动，他就赶紧爬起，忙忙乱乱穿衣服，就是懒得睁眼看见张爷那副屄样。

张爷一身旧军装是当年共产党军队的伤员留下的，早已变了颜色，烂得像抹布。剩了一粒扣子，老也对不准扣眼，加上肩歪背驼，前襟就一边长一边短。裤腰系了一根没有插销的皮带，一走动裤子就往下落，总要用手扯一把。军帽已经黑了，像一泡牛屎扣在头上。枣核脸上，两只永远睁不开的眯细眼，尽是眼屎。酒糟鼻子底下，稀稀朗朗的几根老鼠须，糊满了鼻涕。一张龅牙嘴，牙齿都露在外面，下巴也总是往下掉，一开口就流口水。

"咽不下你也得老……老……实实咽。老子四九年就革……革命了，还管不了你？你个国民……民党老酒……酒鬼！"

张爷占领敌阵地似的在杨爷独霸的山大王营盘里清出一大块空地，给自己安了家。

先前清清爽爽的棚子，立刻乱成了狗窝，还多了一股臭烘烘的气味。张爷站在他带来的那堆垃圾中间，摆出个茶壶的姿态，一手叉腰，一手指着杨爷：

"告……告诉你，我是……是场部派……派来的，你要喊……喊我长……长官。"

杨爷对场里干部一律喊"长官"。

"我日你妈拉个巴子，老子两个指头就能捏死你，你信不信？"

杨爷看着瘦骨伶仃却神气活现的张爷，两眼直冒火。

"你……你敢？找……死差……差不多！"

张爷看着怒目金刚的杨爷，掉下的下巴半天合不上，口水直往下落。杨爷真要动手，两个指头真能捏死他。

杨爷没有"找死",而是去找了一堆柳树条子,用稀泥糊上,在棚子里隔出一道墙。

"隔了墙我……我就管不……不了你了?一……一样管!"

墙那边的张爷仍然一副茶壶姿态。

"我日你妈拉个巴子!老色鬼!"

杨爷一扬手,把一只空酒瓶甩过没有隔到顶的柳条墙。

张爷立刻噤若寒蝉。后来发现杨爷最烦他唱曲,他一开口,杨爷就骂他号丧,却不能堵他的嘴,他就唱得更起劲。气死老狗日的酒鬼不偿命。有一回唱了半天,隔墙那边无声无息,他很闷。隔墙上糊的泥早起了皮,一碰就稀稀拉拉往下掉,中间的柳条也都干瘪了,一扯就断,他忍不住把隔墙掏了个洞,发现杨爷那边人毛狗毛都不见,忽然记起,昨天半夜,杨爷那条恶狗听见江边的动静,把他扯走了。

"呸!"

张爷很不得味,一泡口水用力朝那边呸了过去。

年轻时候张爷常逛堂子。后来因为家里破败,从小定的亲废了,再没有睡过女人。他文不能提笔武不能挑担,眼界却还高得很,色眯眯的眼睛总在顺眼的女人身上睃。防浪林到了夜里是后生妹子的戏台,张爷过足了看戏的瘾。人家亲嘴搂抱,摸摸捏捏,甚至干事,他都躲在附近盯着看。杨爷骂他撑死了眼睛饿死了卵。他很骄傲:"我还晓得饿,不像你一条死木卵,只晓得滋尿。"

张爷只要见到三队的唐寡妇,就站在不远不近处发痴。别人寻他的开心,说:"你不是革命干部吗?搞可以,不能瞎搞啊!"他不睬,照痴不误。

唐寡妇奶子和屁股都是翘的,包在紧绷绷的衣服里拱得老高,四十多岁了还在场部国营(商店)买月经带,发髻乌黑一丝不乱,油菜开花的时候还摘几枝插头。

杨爷说张爷:"你这辈子要是能摸到唐寡妇一根毛,我做狗跟你爬。"

唐寡妇男人是先前洲上监狱的犯人，早年从堂子里把她赎出来给他做了最后一个小老婆，监狱改农场前病死了。她真正的相好是南边老屋一个小学老师，有一次她跑去南边会他，给人发现，一群人举着火把大呼小叫沿江追赶，惊动了这边洲上的人，纷纷跑上坝头张望。

人群最前面的是三队队长朱癞痢。唐寡妇好不容易泅水回来爬上江滩，当时就被他打得半死。

朱癞痢早就搞了唐寡妇。不过张爷晓得，唐寡妇图的是有人心疼，拿她当人，不是朱癞痢这种畜生提起裤子就狗脸生毛。

张爷有事没事就嘀嘀咕咕为唐寡妇叫屈："我会真疼……疼你，会真拿……拿你当人啊！"

"你瞧你这副德性，三分像人七分像鬼，谁拿你当人啊？"杨爷冷笑，"要不要过来，喝两口，掂两筷子？"

"我才不……不……不呢！"张爷一边"不"着，一边挨挨擦擦挤过已经快要散架的隔墙。

"你他娘的嘴还挺硬。"杨爷把身边的板凳朝张爷面前一踢。

张爷坐下来刚抓起筷子就呜呜地哭起来，却流不出眼泪，只有鼻涕和口水糊了一嘴一下巴。

"我早说了，你摸不到她一根毛的，你不信。趁早死了那心吧！"

批斗唐寡妇的那天夜里，张爷的脑壳里一直响着唐寡妇撕心裂肺的喊声，喊得他手脚冰凉。

早上张爷站在洲尾，看着宽阔的江水一直铺到天尽头，白花花的刺得他睁不开眼睛。

"现在咋样？连人影儿也没了。"杨爷说，"真要等，去洲尾等。兴许回流能给你送回来。放心，她真要是来了，我不跟你抢，好歹让你摸到她的毛。"

洲尾的这片林子，就是大白天，也有几分阴森。洲上的鬼怪故事都发生在这一带：阴雨天，有人见过梳头的女人，头不在肩上，在手上；亮月下，明明听见林子里到处是抽泣声，却看不到一个人影。

张爷就像一个活鬼在林子里飘忽。他整天整天地在那个"江流子"出得最多的滩上转过来转过去，实在转不动了，就靠着树脚溜下去，闭一会儿眼睛，始终不歇的是唱曲：

　　七月初一买棺材，
　　上街买到下街来。
　　我郎不要松木板，
　　要买柏木黑棺材。
　　活不光彩死光彩。

张爷天天唱，唱到后来只有下巴在动，口水也流干了，在嘴角上结了壳。

杨爷起先只说风凉话，后来不由得有些怕了："老色鬼，成天不吃不喝，只会号丧，也想死啊？"

张爷不理，只管唱：

　　八月初一去抬埋，
　　姐在前头端灵牌。
　　哪管别个戳背脊，
　　无儿无女跪尘埃，
　　我送我郎上天台。

到最后，杨爷从柳林子里背回了一把干柴似的张爷。

张爷尽力睁眼睃着壁上挂的一个发黑的破棉絮卷道："原是预备送她

的。她跟我也罢,不跟我也罢,总是我一分心。而今都好过了你个老酒鬼。你要肯积德,帮我做两件事:一件,万一她回洲上,你收了尸,帮我埋深些,莫没过几天就给狗刨出来了;一件,我落了气,好歹送我回老屋。你要缺德,就都拿去买酒喝。你到了阴司,我再找你还账。"

临死前,张爷口齿清楚地叹了口气:

"没想到你真的连根毛也没有摸到。"

杨爷从壁上扯下那个发黑的破棉絮卷,翻出一大把钱,骂道:

"老色鬼,你真是白活啦!"

杨爷找人给张爷做了棺材,又租了船送他回南边的老家。剩下的钱,都买了酒,洒到江里,一边洒一边嘟哝:

"缺德?你他娘的才缺德。老色鬼!你不号丧了,害得老子冷清。"

我恋爱了

一

场武装部李部长出事以后,黄场长从南边公社调来场里当副场长,分管政工。听说二队那么复杂,决定亲自下去抓一抓。

黄场长有点像老猴子。人瘦成一把筋,背驼着,脸极力仰着,颧骨很突出。走路步子不大,但总是精神抖擞,不时很响亮地咳一下喉咙。他对自己要求很严格,老婆一直留在山里种田,给他养着老人和一大堆儿女。他有肺结核,长年咳咳喀喀,这回调来农场,才把上完初中的女儿黄梅子带到场里来做农工,就安排在场部边上的二队。父女两个好有个照应。

在队上转了两天,观察了两天,也思考了两天,接受李部长的教训,黄场长决定,跟这帮新职工不能馊亲热,要来硬的、狠的。头一次全队大会上,他特地严肃指出:城里下放的同志,现在已经不是客人了,场里不会一直客气下去,表扬也好,批评也好,都要跟老职工一样对待,一视同仁。接着宣布了几条规定:

头一条,刷墙。把屋场上所有眼睛能看到的墙面,都画上宣传画,写上大标语。

二一条,夜校要夜夜上课,不能三天打鱼,两天晒网。

三一条,公开场合,衣服该遮住的地方必须遮住。

四一条,男女之间不可以随便摸摸捏捏。

在新职工里,条子是最扎眼的一个:人老长,像根坝头上挂高音喇叭的电线杆子；头发女人样地直拖到肩上，风一吹，旗样地在头上飘扬；上身褂子长到膝盖，满是五颜六色的油彩，大长腿上的大裤脚在地上扫得稀烂。那么长个人，走路还总昂着头，从不看人，除了跟省城来的"鸡屎分子"陈志有几句话说，不跟任何人打招呼，傲气十足。老职工说起他就说那个"拗粪兜子的"。

条子老子是小学美术老师，想做大画家没做成，把希望寄托到了儿子身上。条子从小跟老子学画，到初中已经有了一点儿小名气。画人像，画一个像一个。毕业那个学期，特崇拜他的一个女同学把他邀到家里，让他给自己画人体，刚脱光，还没有摆好姿势，门窗就被人敲得山响。居委会几个老巴嫂早盯上了他们两个，领着派出所的警察把他们抓了个现行。

离毕业没有几天，条子被学校开除了，成了社会闲散人员，每天背着画夹子去公园写生，画人像赚钱。画了两年，不让画了，居委会天天上门动员他下乡。下乡之前，老子反复交代：种田可以，千万莫荒废了艺术。

条子会画画，刷墙的任务就落到他身上。他不搭理人，做事倒是认真。每天天不亮，上工的钟一响，他就跟着大家起床，别人下地，他去屋场，爬上架子，画到别人收工，他跟着下来去食堂吃饭。有时候画得兴起，干脆把饭省了，在架子上一站一天。

黄场长时不时来看一眼，每次都很满意。条子画的有年年看得到的"麦地金波""棉海银花"，也有科学幻想的"飞播杀虫""机器除草"……正是他心里想的口里说不出的。但是这种满意他从不流露，他觉得对条子这样的"拗粪兜子"，决不能轻易表扬。他把二队这些新职工的档案都仔细翻过一遍，条子家里不是依靠对象，本人又犯过大错，成分应属不高不低，对他的态度也就宜不冷不热。

"你能不能改一改？"

条子从架子上下来，黄场长说。

"哪里要改？"条子眼睛看着刚画的墙面。

"我说的不是画,是你。"

"我?"条子回头俯瞰黄场长。

"头发,能不能叫潘伢儿剪短些?褂子,能不能换件干净合适的?特别是裤子,扫把一样。"

条子看着黄场长的秃顶,嘴角一撇。

"怎么,不同意?"

黄场长仰面对着条子,用力咳了一下喉咙。

"无所谓同意不同意,这是我自己的事。"条子说。

黄场长噎了一口,忍住了。画画的只有条子一个。

二

夜校是在屋场边一块空地上临时搭起的草棚,搭得很大,全队开会也可以用,但老职工大多喊不动,黄场长也就不强求,毕竟这帮新职工才是工作的重点。每天收了工,不管多晚,吃过夜饭,黄场长就紧盯着,把宿舍的人一个个请进草棚。二十几个新职工,加上钟国宝几个喜欢跟新职工搭壳的老职工后生,男女各坐一边,草棚里显得空空荡荡。

黄场长规定的课程跟先前的李部长没有大出入:读书,读报,读文件,只不过最后他的讲话每次都很长,但是不空洞,什么人,什么事,一个个,一件件,具体且精确:

"哪间宿舍我就不明说了,过了半夜,女同志房里还有男同志在叽叽咕咕。声音我是听得出的,就不在这里明说了,你们自己心里晓得就行,瞎子吃汤圆——心里有数。不过,下回我就不客气了!

"还有,坝外的柳树林是防浪林,是在汛期用来缓冲江水保护堤坝的,不是让人在里面浪荡胡搞的。我夜夜都会去巡查,有人给我撞见了,有人没有撞见。撞见了的以后不要再犯,没有撞见的不要得意,走多了夜路总要碰到鬼的——当然,我不是鬼,我是为你们好。"

桌上的煤油灯忽闪忽闪的,从下往上照着从来不笑的黄场长。他不时很响亮地咳一下喉咙,仰着枯黄的脸,突出的颧骨挡住了眼睛,样子很阴森。

想象着一只老猴子每天半夜蹑手蹑脚地贴到宿舍的窗户脚下,或是像个影子一样在坝外的树林子里飘来飘去,所有人都觉得背脊上有一条冰冷的蛇在爬,汗毛直竖。坐在最后一排的人老是扭头看身后,总觉得黑暗中有什么东西无声无息地爬到背上来。草棚的门关不严,不时被夜风吹得吱嘎作响,一响,人就吓得往起一跳。

"今天,我要讲一讲鸡矢同志的四言八句。"

黄场长用力清了一阵喉咙。

"鸡矢"是陈志的外号。他性格很孤僻,从来不跟各级干部搭壳,两只鬼灵精怪的贼眼总是瞪得老大,连李部长、黄场长这样的人都看得心里冒寒气,凡是有头有脸的事他都沾不上边。他也就拐子拜年——就地一歪,正好没人打搅,一有空隙就翻书,竟异想天开地写起诗来。在棉花地里边锄草边搜肠刮肚,回来就边吃饭边爬格子……结果制造了一堆文字垃圾。因为老是写写画画,落了个"鸡屎(知识)分子"雅号,众人觉得"分子"多余,直接就叫"鸡屎",他顺手拿它做了笔名。稿子寄到杂志,有个编辑实在看不得,给他回了一封信:先不讲别的,光这个名字就一股臭味,哪怕改成个"鸡矢"也好些。于是,他就改成了"鸡矢"。

黄场长说的"鸡矢同志"的"四言八句",是陈志受《唐璜》影响后写的第一首诗。他自己很看重,一直夹在书里带着。现在翻出来,稍稍改写,自以为有了积极向上的意思,预备给条子抄到墙报上去,先送了黄场长审阅。题为《我恋爱了》:

我恋爱了

我在黑暗中摸索你的笑容

在熔岩一样的温度里

理想被烈火点燃

在我们中间，隔着时间和空间

让我们创造丰收的激情无法相遇

这有什么

我要爬上空间的山峰去进入你

我要涉过时间的水波去进入你

我要在你滚烫的怀里徜徉

让你把我最后的一滴血吸干

你，灼灼其华，蜂歌蝶舞

你，敞开胸怀，身披残冬

喷薄最灿烂的光芒

惊艳半壁江山

我骑上春梦的快马

让所有的惊艳兜着春风

让一寸寸沃土永远失去荒草

饱蘸春色，写意碧空

柔软如初启的星光散开

挺直了坚挺的画笔

向绿色的棉林无限进入

直抵垄沟的尽头

在那里纵情歌舞

在那里获得真正的自由

当金属与泥土交接

从土地到土地，从心到心

一种生命的狂欢

　　完成了挥霍

"请你给大家讲讲，你写的是什么？反正我翻来覆去地读了好多遍，怎么也读不明白。你那个真正的自由是什么？我们的自由莫非假的？生命的狂欢？还挥霍？那不就是无法无天吗？横直我听起来怪怪的，像是说胡搞的事。"

黄场长把那几张纸头拿在手上，甩得哗哗响。

这是陈志自认为下乡以来写得最好的一首诗，写的是每天出工下地的感受："恋爱"是爱农场，"摸索"是因为天黑，"笑容""胸怀"都是说棉花地，"山峰"和"水波"是路上的土坡和水沟，"画笔"是锄子，"狂欢"是劳动，"挥霍"是形容奉献。但黄场长的神态和口气，明显不是要听他解释。他瞪着两只鬼灵精怪的贼眼，等着黄场长的下文。

果然，黄场长咳了一下，接着说：

"你们下放是来改造思想的，要好好向洲上的劳动人民学习。他们世世代代创造了无数的好文化，比方五句头山歌，是个人，一听就懂，为什么不学？拿这些鸡屎分子的东西来吓哪个？"

煤油灯把黄场长的影子投射到背后的墙上和草棚顶上，黑压压地晃动。

陈志觉得那晃动有些滑稽。他不想辩白，很平静地说：

"我重写。"

农场的老职工，不论男女老少，都能哼几句不知何时流传下来的歌子或戏文。陈志听着还真是喜欢，留心收集记录了不少。那些歌子或戏文，八九不离十，大多跟男女有关，而且大多质朴直白，一点儿不遮遮掩掩、拐弯抹角。黄场长说话的时候，他就想到了一首"五句头"《车水》：

　　新打脚车四步头，

架在大姐奶上头。
日里车干姐的水，
夜里车干姐的油。
车得大姐乐悠悠。

陈志一眨眼就念出来：

新打脚车四步头，
架在农场渠上头。
日里车干长江水，
夜里旱地水如油。
车得棉林乐悠悠。

"你看看，劳动人民的水平多高，你那个'恋爱'根本没法比，对不对？你虽说多认得几个字，也不能不承认，对不对？"黄场长大声说。

陈志真诚地说："我承认。"

四下里响起窃窃的笑声。听过这歌子的并不止陈志一个。老职工那里，这类荤歌子多的是。但能一眨眼就改得又时兴又像那么回事的，只有陈志一个。条子在后面捅了捅陈志，伸出一只大拇哥。

"大家说，对不对？"黄场长提高声音问。

"对！"底下齐齐发喊。

不消说，这是对他工作能力强、水平高的最明白不过的反应。黄场长很欣慰地咳了一下喉咙。

经过这段时间的艰苦努力，黄场长的工作的确收到了很好的效果。那帮新职工的精神面貌焕然一新，站有站样，坐有坐相，一个个乖溜了，至少当面看不到七颠八倒、伤风败俗的行为。在棉花地，只要场部高音喇叭播放的歌曲一响，他们就跟着齐声高唱，唱得热火朝天、豪情澎湃。

到底年轻，又是城里人，脑筋转得快，晓得好歹，说变就变了。

有关这段工作的总结被一个省报记者报道出来，省里一位管农垦的领导看到后，专门派了一个调查组，由市、县派的领导陪同，下来调查。二队屋场满墙的标语宣传画，新职工宿舍里跟兵营一样的整洁，给了他们极为深刻的印象。最火爆的是座谈会：调查组传达了省领导的关怀后，让大家有什么要求只管提出来，他们带回去汇报，一定尽量满足大家。

大家正沉默着，甘新华抢先站了起来。自从李部长因为她撤职丢官，家庭破裂，除了剃头佬潘伢儿像是捡回了被人抢走的宝贝以外，大家都生怕离这个白骨精不远。但她却表现得像是大家公推的代表：

"我们没有别的要求，只希望一天能有四十八个小时！因为我们恨不得一天能干完两天的活！"

从省里来的调查组和市、县陪同领导情不自禁地热烈鼓掌。黄场长和场里其他领导虽然知根知底，也跟着鼓掌。毕竟，甘新华为农场争了面子。

"希望一天有四十八个小时"后来成为一句经典的青年豪言壮语，在国家级的青年报刊上大字通栏登出，广为流传。农场一下子在全省乃至全国的农垦系统出了名。

可惜，那句经典豪言壮语的发明权归了"江洲农场一群朝气蓬勃的下放青年"，没有甘新华什么事，她并没有因此再次成为新闻人物。她很后悔，当初应该说"我没有别的要求"，而不该说"我们"。

在省城到底是邻居，看甘新华那样不屈不挠，一而再，再而三地白费苦心，心里总是明明白白的陈志好意奉劝："何苦呢？"

陈志一向厌恶甘新华。到了江洲，居然分在一个生产队，他只能视而不见。但这回，他实在是看不过去：一个人可以贱，但贱到这种程度就太让人作呕了。

甘新华一直装着不认识陈志，陈志倒不知趣地自己来找恶心，她从上到下白了陈志一眼,狠狠地呸了一口:"你算老几?"

陈志脸一热,立刻闭嘴,恨不得抽自己一巴掌。

黄场长本人在成绩面前很谨慎,提醒自己:江山易改,本性难移,这帮人没有一盏省油的灯,决不可疏忽大意。

三

条子始终保持着写生的习惯,画夹子不离身,只要坐下来就抓起画笔:堤坝、屋场、树林、菜地、野花,江上的帆船,路上的牛车,皱纹密布的脸,凌乱稀疏的白发,骨节粗大的脚板,青筋暴跳的手臂……见什么画什么。

正值农忙,三顿饭都送到地里,早上出了工,夜黑才回屋。下了棉花地,条子就只能把画夹子留在地头。黄场长有意无意地翻开,眼睛一亮,画夹子里好多页画着黄梅子:

头部的各个侧面,以及眼睛、鼻子、嘴、耳朵、辫子各个局部,画得那么细致,那么用心,长长的睫毛和耳垂下面的发丝纤毫毕现,简直画活了。

难怪郑书记那么器重这个条子!他在县里分管文教,上次陪同从省里下来的调查组,临走的时候跟场里说想把条子调到县文化站去,县里办展览就差这样会画画的。当时场里主要领导没有马上答应,主要是黄场长犹豫,心下嘀咕:你要会画画的,我就不要会画画的吗?

黄梅子长得像市里百货商店卖的洋娃娃,真想不出猴样的黄场长怎么能生出这么漂亮的女儿来。条子头一眼见到她就小声对陈志说:这是西画少女的典型素材。最难得的是,她刚来二队的时候,大家都尽量不挨她的边,怕惹发了她的小姐脾气,搞不好得罪黄场长。过不久大家就看出,她是个老实本分的女呀,出工从来不偷懒,虽然不是太能干,但绝对卖力,从来不拿自己是场长女儿说事。平时不声不响，一旦开口，声音也是细细的、柔柔的、甜甜的，听得让人心软。跟这帮新职工处得不近也不远，见男的都喊"哥"，见女的都喊"姐"。不论看见他们做什么，都会浅浅地一笑，笑得干净透明，没有一点儿杂念。她对哪个都不防范，纯得像早晨的露水，只得人疼，得人怜惜，不敢动歪心思，更不敢打坏主意。

黄场长自然很为女儿骄傲。黄梅子是他的脸面、他的光彩。黄梅子也是这帮新职工的榜样，让他们晓得，什么样的女伢才是好女伢。

一遍又一遍欣赏条子画的女儿，想象着画画的场面，黄场长忽然发现了不对头：条子画女儿的距离，几乎可以听得到她的呼吸，闻得到她的发香，什么时候、什么地点、什么场合，这个犯过流氓罪的家伙这么接近过自己的女儿？

心下一阵发紧，黄场长越想越怕，等不得收工，紧赶慢赶跑回屋场，冲进黄梅子的宿舍。

打死也想不到，黄梅子背地里会有那种样子。

黄梅子的枕头底下，露出一个纸角，明显是夜里看了，早起上工匆忙，来不及塞好。抽出那张纸，黄场长眼前一黑，跌在床上：

一捆收割的菜籽前面，仰面半躺着黄梅子，两只手抱着后脑壳，憨憨地笑着，下面——黄场长闭上眼睛，倒吸了口气——女儿长大后他再没有看过她一丝不挂的样子，两条交叉的大腿中间，那么深的黑色是存心要戳瞎他的眼睛。

他恨恨地把纸上的光屁股女儿反扑到桌上，却又看到了一首诗——那是要他的老命啊：

  我恋爱了，
  我在阳光下摸索你的笑容
  在熔岩一样的温度里

欲望被烈火点燃

....

一个激灵醒来,天已黑了,屋场后面不远的地方,有了收工的喧闹。黄场长摇摇晃晃地站起来,踩着棉花似的走出女儿的宿舍。

四

在同一批从城里下放的人中,条子是头一个走出江洲的。

场里终于决定放行,让他去了县文化站。

条子离开江洲以后再没有回来过,一点儿不晓得二队后来发生的事。

黄梅子在条子走后的第二天发现不见了"条子哥",问队上人,队上人回答:"问你老子。"问老子,老子回答:"你还有脸问?"最后是陈志,见她一下掉了魂,先前那么光鲜的一个女孩转眼黯然失色,实在不忍心,告诉她:"条子调去县里画画了,等安顿好了,会回来看你的。"

"我去县里看他。"

黄梅子洁白的小牙齿把嘴唇咬出了血印。

"你要敢去,我打拐你的脚!"黄场长发恶。

"那我去码头等他。"

黄场长以为女儿撒娇,咳了一下喉咙,没有在意。

黄梅子不是撒娇。第二天起,每天在班船快到的时候她就站在码头。船到了,下船的人走完了,没有见到条子,口里就不停地呢喃:"条子哥呢,条子哥为什么没有来……"

黄场长头几天又是喝骂又是拉扯,忽然意识到女儿连他也不认得了,只好把她送回南边山里老屋。

农场先前的一把手赵场长因为作风问题调离,黄场长去掉副场长的"副",升为一把手。

场部干部感慨:黄场长为工作牺牲了女儿,太可敬了。

老职工叹气:黄场长升官赔了那么好个女儿,不划算。

迟到者

一

城里来的新职工安顿好快一个月了，有个叫徐晚园的还没有到。原因是他刚刑满释放，有些杂七杂八的事要办。

徐晚园生在大户人家，随便拿出一件摆设，都能卖大价钱。市师专的国文系主任是他老子的至交，看了他写的诗，真心说："放进唐诗，差可乱真。"他听罢拿回诗稿，丢进火盆烧了。国文系主任不解，他说："如果跟别人一样，留着还有什么用？"

多年后，富贵人家都已败落，"书香门第"也不是什么好话。热血青年都争先恐后地背叛家庭，再不会张扬曾经的风雅。

徐晚园是另类。

高三那年，学校组织春游，徐晚园背着一堆书去了城外的秀峰，学《聊斋志异》里的书生，一个人住在废弃的庙里。饿了吃带来的糕饼，渴了喝山上的泉水。当地人笑："这个憨包后生，不晓得搭错了哪根筋，不在城里享福，跑到荒山野岭受苦。"

徐晚园其实一点儿也不苦。上初三的表妹卢春雨和同班同学孙媛几天后寻到秀峰陪他。孙媛是卢春雨的小姐妹，卢春雨到哪儿她跟到哪儿。

即便快入夏，山上夜晚还是寒气重。三个人挤在一床毯子下面，背爱情小说。半夜巡山的护林员听见动静，报了案。

徐晚园被判刑。

七嘴八舌里的徐晚园各种各样，相互对立：书呆子，二流子；风度翩翩，假模式儿；正人君子，花心萝卜；男人牙痒，女人心痒……听的人不管男女，都很神往。

食堂就在坝脚下。那天下了早工，许多人蹲在食堂外面喝粥，徐晚园突然就出现了：煞白的脸，鬓角和腮边刮得铁青，浓眉，眼睛黑亮。米色的长风衣迎风敞开，老牛皮箱在早上的阳光下闪闪发亮。前些时省里一个歌舞团来江洲慰问演出，走在坝上的一长溜男男女女就是这个派头。

说他是刚放出来的犯人，打死也没人相信。

徐晚园是一早从城里坐班船来的。头天已经有人通知了场部，场部通知了三队。宿舍里给徐晚园留了一张床，他在床边默了一会儿，反身去找队长：

"我想有一间单独的屋子。"

队长朱癞痢一听就毛了："你还讲特殊？犯法有功了？"

"就因为判过刑，一个人住比较好。"

"说得也是。你是流氓犯，莫带坏了别人。要不，去牛栏？"

朱癞痢是拿话堵徐晚园的，没想到他说：

"可以的。"

叫名"牛栏"，其实分三截：一截是牛栏；中间堆草料；另一截是个杂物间，放铡草刀、牛轭头之类。好像是等着徐晚园似的，靠墙码着一堆砌牛栏没有用完的土坯，门板的铰链早朽烂了，倒在地上。

朱癞痢准了徐晚园一天假，让他自己弄房子。

造新职工宿舍留下的石灰池还在，把里面的灰浆稀释，粉白了墙壁。长满青苔的地上，铺一层石灰渣。土坯墙上等距离钉一排木楔，挂起牛轭头。墙脚，用土坯码了一个地台，端端正正地放上铡草刀，像是办农具展。剩下的土坯，码了床脚、书案、盥洗台。门板在水塘里擦洗出了木纹，做了床板。用喂牛的干草扎了门，不用了可以卷起。先前丢在屋角的一盏马灯里外擦得透明，悬在屋子中间。屋角的盥洗台上，竹签悬挂的毛巾下面，脸盆、牙刷、漱口缸、肥皂盒，依次排列。肥皂盒子打开，肥皂的气味暗中发散。

那段时间，陈志跟条子正在画宣传画，写大标语。两个人路过三队牛栏，在徐晚园的门帘外站住，犹豫再三，忍不住掀起了草门。

"喔，这是美学！"条子惊叹。

陈志也眼一亮：

"没有他，你会觉得身边的所有都本该是那种样子。他一来，你就觉得哪里都不对头了。"

二

徐晚园第一天下棉花地，白衬衫，蓝裤子，回力鞋。站在地头的朱癞痢上下打量他：

"你这一身从头到脚搞得光滑了，是来下地还是来相亲啊？"

徐晚园不回答，紧了紧颈上的白毛巾。

"看你这个先生样，去仓库，跟老巴嫂坐一堆吧。"

几个上年纪的女劳力坐在生产队仓库门口搓草索，预备秋后捆棉花秆子。

见到徐晚园，一个口快的老巴嫂说："你还会搓草索？一边儿坐着，就搓你裆里那根索吧。"

"只怕他裆里跟你一样呢。"

其他几个老巴嫂跟刚下了蛋的母鸡一样唧唧咯咯地浪笑起来。

徐晚园脸上出现很难得的微笑，提过一大捆干草，在不远不近的地方，盘起腿，坐下来。不大一会儿，他身边的草索就摞成了一堆，根根匀称结实得像老巴嫂纳鞋底的麻绳。

几个老巴嫂看怪物似的看着徐晚园，不住嘴地发出"啧啧啧啧"声："朱癞痢小看你了！"

第二天，朱癞痢通知徐晚园，跟男劳力一块儿下棉花地。

上午的农活是铲沟。刚过去的汛期，劳力都在坝上，棉花地的垄沟都长满了草。

"按件计工，铲一条算一条。"朱癞痢交代。

徐晚园抓着铁锹，跟在别人后面，走到一条沟头，弯下腰。

中午朱癞痢吹了收工哨子，一条沟一条沟地查质量，查到徐晚园那条，问："这是你铲的？"

"是。"

别人都大汗淋漓，徐晚园只是解开了颈上的白毛巾。

"这一条，还有这一条，也是？"

"是。"

"过来过来，都过来！"朱癞痢大声吆喝走出棉花地的人，"都来看看！"

大家以为朱癞痢喊他们来看新职工的洋相。新职工下来的这个把月，他们尽看这种洋相了，但这回，他们一个个眼睛都直了：

一上午，队上最强的劳力最多铲了两条垄沟，徐晚园一个人铲了四条。一条一条的垄沟，不只草铲得光打卵子净，沟沿缺了的补平，松了的拍实，低了的垫高，高了的削平，条条都有棱有沿，横平竖直，跟模子里倒出来的一样。

"真是你铲的？"朱癞痢疑惑。

徐晚园把铁锹扛到肩上，往回走。

让朱癞痢大开眼界的事儿只是刚刚开始。

按场部规定，城里下来的新职工，男劳力日工分跟老职工女劳力的平均分持平，这是为了确保他们的基本收入。遇到计件的农活，他们达不到计件标准，也以这个日工分保底。但这个优惠政策对徐晚园来说很不公平——不计件的农活他就只能拿女劳力的平均工分。

好在洲上地多人少,农活总是忙不过来,总要计件,大家总要拼命。这就让徐晚园得了实惠。他几乎熟练所有的农活——锄草,拔棉秆,捆棉秆,他一个顶三个,而且质量绝对没得挑剔。只要是按件计工,他每天可以得到三个最强男劳力的工分。

冬耕。朱癞痢一手牵着牛绳,一手把着犁尾,口里呵着热气,神气活现地喊:

"犯法的!"

徐晚园就在附近,弯着腰,跟一帮老巴嫂捡地上的残棉。听到朱癞痢喊,他直起腰。

"要不要尝下味道?"朱癞痢显摆。能使牛出沟的都是队上工分最高的劳力。

徐晚园不说要,也不说不要。走过去,从朱癞痢手上接过牛绳和犁尾。

拔光了棉秆的棉花地落满了霜,白茫茫一片,十几万亩棉花地一坦平阳,成排的杨树标识出纵横的机耕道。

天高地阔,徐晚园轻轻地吁了口气,一抖牛绳。

一条沟,从头到尾差不多两里地。徐晚园稳稳当当地扶着犁尾,稳稳当当地踩着新翻出的泥土,不时轻轻地吁一声,抖一下牛绳。

朱癞痢一直跟在后面,随时准备出手抢救意外事故。之前有一回,队上最老的把式出沟,早饭多喝了几口烧酒,不住口地吆三喝四,把牛搞火了,拖了犁满地疯跑,差点出人命。

徐晚园和他手下的牛和犁,不急不慢,优哉游哉,终于到了一条沟的尽头。回身看那条新出的沟,跟尺画的一样。莫说三队,就是全江洲也找不出几个这样的行家里手。

"喔,出鬼了!"

朱癞痢一向没有服过人,更不可能服一个新职工。这回服了。

三

徐晚园早上、中午收工回来，脱下上工穿的衣服，洗手洗脸，换一身干净衣服，再去食堂打饭，打了饭就回自己的杂物间，吃过饭接着上工。晚上收工，先去江湾游几个来回，再去食堂把饭端进杂物间，放下草门，就不再出来。

那扇草门很神秘。没有锁，也没有人随便进。徐晚园好像还在刑期，整天跟个影子一样不声不响，不打搅任何人，你想开口没有话头，想走近没有理由。

有一次，黄场长叫住他："徐晚园你为什么老躲着大家？我给你讲两条。一条，出身不由己，道路可选择；二条，犯了法，改过自新就好。"

徐晚园全身挺直，双脚并拢，头微微低着，洗耳恭听。

黄场长引经据典，口若悬河。徐晚园的毕恭毕敬给了他极大的自豪感。黄扬长因此对徐晚园有了几分怜悯，怜悯他的胆小。刑期那几年他给管教吓怕了。

上级来了文件，抓阶级教育。其中有一条，对剥削阶级子女要给出路，确实表现好的树立典型，体现政策。场部开会研究，徐晚园因为表现特别惹眼，成为头一人选。

下早工的时候，朱癞痢跟徐晚园说："上午你莫出工，就在屋里等着，场部有人找你说话。"

徐晚园没有想到，跟黄场长一起来的是孙媛。

"徐晚园，还记得我吗？"孙媛老远就喊，又转脸对黄场长说，"我们同过学。"

"我晓得。"黄场长点头。

徐晚园没有说"记得"，也没有说"不记得"。

孙媛并不尴尬："上午的安排是这样的，让你谈谈来江洲重新做人这一段的感受。已经跟你们朱队长讲好了，工分照记。"

孙媛是总场政工组干部，徐晚园来江洲后在远处看到过她。早已是路人。不料她居然找上门来了。五六年前秀峰的那个夜晚，好像从不存在。

学校春游前的寒假，一帮同学蹬自行车来过秀峰，在观音桥合影，徐晚园指着远处绝壁飞流直下的瀑布，说一千年前李白就想过在这里修道成仙，说不定哪天他也会来。当时紧挨在他身边的是孙媛和卢春雨。

不去春游却跑到秀峰破庙读书的第二天傍晚，两个女孩破门而入。

孙媛哇哇叫道："我猜你就是来了这里。今天再见不到你，卢春雨就疯了！"

"你胡说！"卢春雨脸羞得通红。

徐晚园说："我在这里好好的，你们都看到了。一会儿你们就坐班车回去。"

孙媛赖赖地说："不行，来都来了，我们就在这里过夜。陪你读一晚上小说，爱情的。"

黑暗中卢春雨轻轻捏了捏徐晚园的手心。她想留下。

起先是两个女孩躺在铺上，盖着徐晚园带来的线毯，他坐在亮着微弱油灯的香案下，双手抱着膝盖，轻轻背诵：

在说话的时候，我欣赏着她的黑眼睛，是多么惬意呀！那动人的双唇和鲜艳快活的面颊是怎样吸引我整个的灵魂啊！我完全沉浸在她的言谈所蕴含的崇高精神之中了。我有多次竟没有听见她倾吐心声的话语！

卢春雨跟着呢喃：

这一切你是想象得到的，因为你了解我。简短地说，当马车停在会场门前，我走下车时简直就像是在做梦，我完全迷失在暮色苍茫的世界里了，连从灯火辉煌的大厅里对着我们演奏的音乐都没有听见。

"《少年维特之烦恼》！"孙媛大声叹气，"太浪漫啦！"
卢春雨：

离开她时，我请求她允许我当天再见她一面，她答应了我，我也就走了。从那个时候起，尽管日月星辰照常安安静静地升起和降落，但我却既感觉不到白天，也感觉不到夜晚了，我把整个世界都抛到了脑后。

徐晚园：

"我的朋友，"我高声说，"人毕竟是人，当热情膨胀到极点，人性的界限被冲破时，一个人可能具有的那一点点理智，也就不大管用了，或者说根本不起作用了。再说……下次再谈吧。"我一边说，一边拿起帽子。

"等会儿拿帽子！"孙媛突然说，"徐晚园你也到铺上来。要不太别扭了。怕什么，又没人看见，就是看见也无所谓，我们又没干坏事。"
"对。"卢春雨往里让了让，拍拍铺沿。
徐晚园刚躺下，孙媛又喊：
"不行，不公平。徐晚园应该在中间。"
卢春雨坐起，让徐晚园挪到中间。他立刻就感到了孙媛发烫的大腿。
让无可让。徐晚园只有接着背诵：

凡是使人幸福的事，又会成为不幸的源泉，难道必定如此吗？

卢春雨：

我的心才是我唯一的骄傲。只有我的心才是一切力量、一切幸福和一切痛苦的源泉。啊，凡是我知道的，人人都能知道——只有我的心，为我独有。

山野寂静的夜晚，几颗年轻的心怦然跳动。

陡然间，屋外响起了乒乒乓乓的敲门声、咋咋呼呼的叫喊声，手电筒的光柱乱晃。

护林员夜晚巡山听到破庙里的动静，报了案。

涉事的三个人，分别审问。结果是徐晚园被判刑三年；卢春雨被开除学籍；孙媛哭喊自己是无辜的，事先毫不知情，事中拼命抗拒了徐晚园的非礼。

徐晚园始终没有认罪，不服判决上诉，二审加刑两年。因为服刑期间表现不错，受到宽大，提前一年释放。

"政府"专门开了提前释放人员的感恩会。

别人早坐好了。徐晚园最后一个出来。薄羊毛咖啡色格子围巾，先横折至一掌宽，再一个对折，绕到颈上，把对折的那一头插进对折的这一头。腰板笔直，裤子的缝像刀刃，旧皮鞋擦得锃亮。干干净净，清清爽爽。

宣读宽大名单的时候，所有念到名字的人，都像被电击了一样，腾地跳起，号啕大哭，声嘶力竭地喊口号感谢政府，只有徐晚园正襟危坐，纹丝不动。

"政府"问："徐晚园来了没有？哪个是徐晚园？"

喊一遍，底下没有反应。又喊一遍，底下仍然没有反应。

几乎所有人都在哭喊,"政府"也就断定,那个正襟危坐、纹丝不动的就是"徐晚园"。

"你留下。"

其他人往外走的时候,"政府"对徐晚园说。

"徐晚园?"

"是。"

"为什么没有任何表示?"

"表示什么?"

"感恩呀。"

"感恩什么?"

"感恩政府宽大呀。"

"我被判了刑,但我没有犯过罪。"

下面一句没有说出——一个无罪的人不需要宽大。

"政府"张口结舌。他们的职责是监管犯人,不管问罪。

徐晚园回家,城里正在清理闲散人口,居委会把他补进了不久才去江洲的那一批。一个曾经特崇拜他的高中同学告诉他:几年前涉案的两个女生,孙媛考上了大学,现在是国家干部;卢春雨终于答应了一直追她的小学同学,军婚,去了外地。

日子像书一样已经翻页。

"请问政府让我做什么?"徐晚园不看孙媛,他"请问"的"政府"是黄场长。服刑犯人一律把管教叫作"政府"。"我已经被释放了。"

"你想哪儿去了!"孙媛一推徐晚园的肩,"场里要树你作典型!"

等着徐晚园受宠若惊的孙媛听到的是一句冷冰冰的回答。

"对不起,我不懂。"

肺有结核的黄场长用力咳了一下多痰的喉咙,郑重地说:"是这样,根据你这一段的表现,场里决定宣传你,给其他剥削阶级子女做一个榜样。"

"谢谢。我不合适。"徐晚园说着，走出杂物间。

"哎，你怎么走了？"孙媛大喊，"回来！"

徐晚园没有回头。

"卢春雨离婚了。"孙媛又喊。

徐晚园站住，但只是不易觉察的刹那停顿。

"有什么话你只管说，徐晚园！你的情况场里已经上报了，你这样会让我们很被动！"黄场长嘶哑着嗓子说。

徐晚园走远了。

棉花地正在歇坡。朱癫痫见到徐晚园，很奇怪。

"就说完了？"

"说完了。"

徐晚园几乎不主动跟人说话，只有朱癫痫例外。这些时一歇坡朱癫痫就坐到徐晚园身边。

朱癫痫说："在我们洲上，老徐你这叫'狗坐轿子——不识抬举'。"

朱癫痫再不叫徐晚园"犯法的"，改叫了"老徐"。

徐晚园专心卷烟。烟丝和裁得四方四正的小纸片，被装在一只小铁盒里，随身带着。他卷的烟，跟买的香烟一个样。

"只怕由不得你的。"朱癫痫又说。

徐晚园把卷好的烟递过去。

朱癫痫的担忧马上就应验了。中午收工前，黄场长就派人把他找到场部，特地叮嘱：

"你回去告诉徐晚园，明天上午让他还在屋里等着，省里有记者来采访，必须配合。我不管他是谦虚，还是作翘，这是严肃的政治任务，不是开玩笑的，必须给我完成。"

四

  第二天上午,一大帮人目瞪口呆。来了不到半年的徐晚园突然消失,消失得无影无踪,疤子不见烟。那个杂物间,一切还原:土坯又跟之前一样码着;牛轭头和铡草刀又跟之前一样胡乱堆在地上;草扎的门不见了,朽烂了铰链的门板又跟之前一样靠回了门后。徐晚园自己连一根头毛也没有留下。除了地上的杂草还来不及长出来,多了一层石灰渣,土坯墙刷白了,杂物间跟他进来前没有二样。

  这个最后到的新职工最先走了,好像根本就没有来过。

  场部公安特派员"神探"老叶碰到了这辈子唯一的一件蹊跷案子:码头车站,没有人见过徐晚园的活人;沿江搜寻,没有人找到徐晚园的尸身。

  江洲是个出奇人的地方。别的奇,并不出常理;但徐晚园的奇,让人摸不着头脑。

  于是,徐晚园成了江洲的一个传说。

  最触动陈志的是徐晚园的独特——活得四六不靠,不迁就自己,也不迁就别人。条子自愧不如的是徐晚园的傲——他是傲在脸上,徐晚园傲在骨子里。

  朱癞痢服的是徐晚园的本事:"只要不死,只要可以凭本事活命,老徐会活得比我们哪个都好。绝对的!"

西风暴

一

在所有舞台表演形式中,最让人提心吊胆的就是聂宏亮这种类型的诗朗诵。

好端端的一个人,该笑笑,该哭哭,该骂骂,该动拳头动拳头,该吃吃,该喝喝,该睡睡,该放臭屁放臭屁,一到台上或是人堆前面,立刻就变了个人,全身僵直,棍子一样戳在地上,头微微侧向一边,微微抬起成一个仰角,眼睛跟谁有仇似的狠巴巴地盯着空空荡荡的半空,半天一动不动。大家以为他没有了呼吸,变成了石膏像,却忽然跟被人踩了脚鸡眼一样一声尖叫:

啊——

大家吓了一跳,以为断了气。那声音却又由高处渐渐落下,突然提高:

骏马
在平地上如飞地奔走……

"走"字拖得很长,尖锐地颤抖,小节奏、高频率,跟刚下蛋的母鸡打嗝一个样,听得人直起鸡皮疙瘩。反应更强烈的人,完全就是心惊肉跳,赶紧站起来，走得远远的，拉尿，一直拉到听不见鸡打嗝才回来。

徐晚园失踪，让黄场长很坐蜡，无法向场部和上级交代。聂宏亮大约是看到了机会，有了不安分的想法，在城里过完年回到洲上，忽然玩起了朗诵诗的花样。

果然，这立刻就引起了黄场长的注意。队上开会，地里歇坡，夜校上课，都要让聂宏亮朗诵做过场。就是各人回了宿舍，也要求聂宏亮随时抓住机会就朗诵，说这是思想教育的好形式。

二、三队的新职工宿舍一长排平房，几十号人，是重要的思想教育阵地。

聂宏亮正巴不得呢。他的朗诵欲跟他血气方刚的性冲动一样旺盛，随时都会膨胀，随时都想一展风采，随时都可以像母鸡打嗝一样让人直起鸡皮疙瘩。有黄场长的"思想教育"撑腰，他走进哪扇门都理直气壮，害得大家一见他的影子就赶紧关门，躲他如躲瘟神。

但是，门板太薄，还尽是裂缝，关得住人，关不住声音。聂宏亮中气十足地在外面走廊上，从这头走到那头，从那头走到这头，手舞足蹈，来来回回，长一声短一声地打鸡嗝，就像锯子锯脑壳。

……
那么，同志们！
让我们
以百倍的勇气和毅力
向困难进军！
……

门里的男男女女，早已是"真正的生活开始了"，许多乱钻帐子，干柴烈火烧得正旺，天塌下来也不晓得。其他的都拿棉花塞紧耳洞，多少减轻点受害程度。诗再好，也经不住这样没完没了的鸡打嗝样的尖叫。

不过，人们并不是个个都把聂宏亮当瘟神，在三队的黄瘦菊心里，聂宏亮是爱神。

事实上，新职工中的这帮应届毕业的高、初中生中，聂宏亮是最有知识分子范儿的，说话文质彬彬，举手投足有姿有势，头发遮着眼睛，不时往后一甩。论派头，要不是之后来了徐晚园，他就是这帮人的头一号。

黄瘦菊的父亲先前在省城的大机关工作，不知为什么成了街道工厂的会计。家里旧书多，黄瘦菊说父亲最喜欢李清照，又最喜欢李清照的"人比黄花瘦"。有了她，自然就成了李清照和李清照的"人比黄花瘦"的寄托。

每年立秋前大半个月，每天午后都会有个西风暴，农民说是"二十四个风暴打到秋"。这种西风暴在田野上看得特别真切：先是西边天上出现一大片金边闪闪的乌云，阴沉沉地向日头毒辣的天空扩大，越来越大，越来越黑，越来越低，很快就天地陡暗。眼看着乌黑的云已经压到了头顶，队长一声发喊，棉花地的人都屁滚尿流地往屋场跑。

聂宏亮腿短，落在最后，偶然回头，看见还有一个人在后面，是黄瘦菊。眼见得蚕豆大的雨点劈头砸下来了，他跑回去，拉起她的手就钻进了地头临时放农具的小草棚。

外面突然变成了黑夜，风声雨声好像要把这个沙洲活活吞了。

头一句话是黄瘦菊说的："我喜欢诗朗诵。"

"是吗？"聂宏亮有些意外。他明白这句话的意思其实是"我喜欢你"。

"真的？"

"当然。"

伶牙俐齿的聂宏亮一时竟不知说什么好。

"我父亲也是诗人。"聂宏亮嘟哝。

父亲是他那个小学的老师里诗写得最多也最好的，结果遭人嫉妒。有一次学校组织下乡支援农忙，也正是"二十四个风暴打到秋"的时节，遇上西风暴。父亲来了灵感，写了一首长诗，中间最得意的句子是"铺天盖地西风暴，摧枯拉朽不可挡"，形容声势浩大的建设高潮。恰恰是这一句，被同校的另一位诗人指出是"用心恶毒"：为什么是"西风暴"，不是东风暴？这不明摆着是说西风压倒东风吗！

得亏校长是个老善人，向上级好说歹说保下他做了勤杂工。父亲后来反复叮嘱儿子记住这个深刻的人生教训，最好不要写诗，实在喜欢，就朗诵诗，而且要挑那些绝对保险的诗。

说这些的时候，聂宏亮泪汪汪的，下巴小节奏、高频率地颤抖。黄瘦菊听着听着就抽泣起来，一把抱住聂宏亮的腰。

在二、三队的新职工中，黄瘦菊不太惹眼，默默无闻，脸色黑黄，像只小猫，斯人独憔悴，偶尔听说过她有点神经质，有事没事老是"凄凄惨惨戚戚"地念念有词。头一次离得这么近，发现她挺耐看的：两只眼睛忽闪忽闪，小鼻子小嘴，挺精致，颈上看不到锁骨，小胸脯风情暗动。

"我想吻你。"聂宏亮突然说。

黄瘦菊闭上眼睛，仰起脸。

草棚檐上的流水滴滴答答。西风暴说来就来，说停就停，来得快，去得快，来得猛烈，去得干净。外面重又是晴空万里，天地像被洗过了一遍一样。

出草棚的时候，两个人成了一个人，紧紧搂抱着，在垄沟的泥水里跌跌撞撞，难舍难分。

他们是全江洲所有新职工最早结婚的一对。其他的许多男女虽然早把该做的都做了，但正儿八经办了法定手续并成家立户的只有他们两个。

黄场长对他们的婚事大加赞扬，说："这是私事，也是公事。城市青年在农场扎根，是一场革命。"并立刻在宿舍里调整出了一个单间，给他们安家。

小日子过得很甜蜜。夜晚，聂宏亮再不在走廊打鸡嗝。两个人早早就关紧了房门。宿舍的隔墙单薄，而且没有做到顶，隔墙里的动静，隔墙外听得一清二楚。早上起来，黄瘦菊容光焕发，心花怒放，小脸镜子一样发光；聂宏亮两眼半开半闭，眼圈墨黑，上工蔫头耷脑，呵欠连天。黄场长是过来人，晓得过一阵子就好了，很体谅，也不强求他朗诵。

画家条子有一次见到黄瘦菊独自一人，凑近说："谢谢你。"

黄瘦菊一愣："谢我什么？"

"为民除害。"

说完，条子就扬长而去，留下黄瘦菊呆呆地在那里琢磨。

日子多了，隔墙里的声音渐渐丰富。又有了朗诵声，是男女二重朗诵。

聂宏亮：

　　轻轻的我走了，
　　正如我轻轻的来；
　　我轻轻的招手，
　　作别西天的云彩。
　　……

黄瘦菊：

　　……
　　你是一树一树的花开，是燕
　　在梁间呢喃，——你是爱，是暖，
　　是希望，你是人间的四月天！

"没想到，他还留了一手！"陈志由衷地说。

他跟聂宏亮是一个学校来的。高中生聂宏亮从来不把他们几个初中生放在眼里。对人们给陈志起的"鸡屎分子"外号嗤之以鼻——什么"知识分子",小屁孩一个!陈志对他也就一直敬而远之。

"喔,确实诱人,听得人心下痒搓了。"

条子虽然不知道他们朗诵的是谁的诗,但对声音有很好的理解。

黄瘦菊说话本来就哆哆的,很适合女人的情调;聂宏亮用的是气声,磁性十足,一点儿没有鸡打嗝的刺耳。

一帮人再见到两口子,另眼相看,再没有嘲笑,只遗憾这么好的事,他们为什么躲着做。

所有这些,黄场长都不知道。看看聂宏亮精神慢慢恢复,黄场长又请他朗诵,不只在队上,分场、总场开大会,也喊他去朗诵,并把聂宏亮的朗诵当作自己的一个业绩。

二

聂宏亮的诗朗诵,给黄场长带来了新的希望。经过一段时间的考察,场部最后同意了树聂宏亮为"可以教育好的子女"典型。还是让政工组孙媛负责,组织文字材料,邀请媒体采访,跟其他分场推出的几个典型一起,组成一个小型宣讲队,到各分场、各单位宣讲。县里来人了解,觉得效果不错,又让他们到全县各地巡回宣讲。

聂宏亮宣讲的是如何用诗朗诵配合思想教育工作,边讲边示范。每到一地,每讲一场,聂宏亮的朗诵,都是宣讲会的高潮。

群情振奋的极大感染力,让人一下子就陷入集体无意识。每次聂宏亮在热烈的掌声中走下讲台,孙媛都会兴奋得满脸通红地迎上去,伸手揽住聂宏亮的肩膀。几乎忘记自己是带队的,是聂宏亮的领导。

县城最后一场宣讲会圆满结束,晚上回到县招待所,孙媛兴犹未尽,打电话把聂宏亮喊到自己房间，说："明天就要回场，这些日子你辛苦了，为场里争了光。我代表场里谢谢你。"

孙媛眼睛亮亮地看着聂宏亮："告诉你，你别翘尾巴，县里在组建文工团，他们想要你呢。你有什么要求只管说，我明天去向场里汇报。"

房间逼仄，就一张桌子、一把椅子和一张床铺。聂宏亮站也不是，坐也不是，嗫嚅了半天，一头大汗。

"随便点儿，干吗那么紧张？"孙媛把他往床铺上一推。

聂宏亮屁股一沾床铺就弹了起来。

孙媛咯咯大笑。聂宏亮不敢看她，却又不知该看哪里，恨不得找条地缝钻进去。

孙媛安静下来："不闹了，说正经的。听说你朗诵徐志摩的诗很精彩，朗诵一个来听听。"

"你也听徐志摩？"

"我怎么就不可以听徐志摩？"

"那是小资啊！"

"我怎么就不可以小资？"

"你……"

"我什么？我不是人吗？"

"没想到。"

"没想到什么？没想到我是女人，是吗？"

"不，不是，你是干部。"

"干部怎么了？干部就没有人性？"

孙媛一步步向聂宏亮逼近。后面就是床铺，聂宏亮根本就没有退路。

事后，聂宏亮记得最清楚的就是四个字——波涛汹涌。他在汹涌的波涛上颠簸一夜，间歇时孙媛就让他朗诵徐志摩。

> 我不知道风
>
> 是在哪一个方向吹——
>
> 我是在梦中,
>
> 在梦的轻波里依洄。
>
> 我不知道风
>
> 是在哪一个方向吹——
>
> 我是在梦中,
>
> 她的温存,我的迷醉。
>
> 我不知道风
>
> 是在哪一个方向吹——
>
> 我是在梦中,
>
> 甜美是梦里的光辉。
>
> …………

"小东西,还行!"孙媛很陶醉,餍足地吧嗒嘴。不知是夸他的朗诵,还是夸他的得力。

天亮前,聂宏亮一个激灵醒来,蒙眬中看着孙媛肆无忌惮地横陈着的身体,真像做了一场梦。他窸窸窣窣地穿好衣服,小心俯到她耳边:

"沙扬娜拉。"

孙媛迷糊中噘起嘴回了个吻:

"滚吧。"

四

宣讲队在全县跑了一圈,像一块大石头丢进水塘,涟漪久久不息。聂宏亮不管走到哪里，都有人指指点点，说头牌戏子来了。洲上一只恶狗咬了牛屁股都会被传得人人皆知，一件稍微跑火的事，够大家说好多年，除非有更跑火的事出来。

而最难静下来的，是聂宏亮的内心。

从县里回到队上，头一个感觉是房门矮了一截。进去，又黑又小，一股霉味，所有物件都简陋寒酸得不得了。新房是跟黄瘦菊一块儿布置的，当时极是满意。饭桌、床沿、枕头，都铺上黄瘦菊做学生时拿钩针一针一针钩出的花方巾。这些现在都在老地方，给细心的黄瘦菊铺得平平整整，但就是怎么也看不出当初的雅致。夜里把黄瘦菊搂在怀里，像搂着一只捡来的小猫仔，摸到哪里都没有内容。黄瘦菊一身滚烫，他一点儿情绪也没有。黄瘦菊很体谅，说："你在外面跑得太累了，好好歇几天吧。"他从黄瘦菊颈下把手臂抽出，转过身就想起孙媛的着实饱满，荷尔蒙腾地燃烧。

聂宏亮突然对结婚有了后悔之意：太草率了，一场西风暴就把两个未必合适的人打成了夫妻，对自己也太不负责了。辗转反侧中，他反复盘算对比两个女人的优劣：黄瘦菊有的学识、爱好、女人味，孙媛都有；孙媛有的出身、地位、性感，黄瘦菊都没有。孙媛的不足是年龄比他大，也就那么二三岁，比起她给自己带来的各种好处，根本算不了什么。

孙媛二十二三了，没见有正经对象，口味特别，平常喜欢接近的，都是别人的男人，都斯斯文文。有人说她变态，靠勾引别人的男人争强好胜。这样的变态做学生就开始了，明明知道闺蜜跟表哥要好，偏偏插一脚，害得男的判刑，闺蜜的一辈子也毁了。

但聂宏亮不以为意：大凡出色的女人，谁免得了非议？莫说是传言，就是真的，也很正常。爱情都是自私的。"口味"就是品位，孙媛那样的"口味"只能说明她不俗。她跟徐晚园的故事被添油加醋地传得很不像话，其实那又有什么，有品位的女人谁不喜欢成熟优雅的男人？不管怎样，过了那一夜，他再也不能忍受没有孙媛的日子，再见面就向她求婚。他就要进县文工团，也就是国家干部了。以她那天晚上的主动火热，这是顺理成章的事。跟黄瘦菊离婚，麻烦自然会有，但只要下了决心，谁能拦住？

对聂宏亮的花花肠子，黄瘦菊没有一点儿感觉，枕头边依旧缠着他朗诵诗。

聂宏亮把十指交缠的双手垫在脑后，看着屋顶的瓦片，一动不动。

黄瘦菊满是崇拜地看着丈夫，小嘴不断地触碰他：

"快嘛。我要。"

"烦死了！"

聂宏亮突然发作，呼地坐起。

黄瘦菊惊惶地看着他，不知所措。她是第一次看到向来斯斯文文的丈夫会这样凶神恶煞。

"怎么了？"

"我想一个人睡。"

黄瘦菊猛然扑到聂宏亮怀里，死抱住他："我做错什么了？你说，我改。"

"你没有错。我错了。"

聂宏亮僵尸一样仰面倒下，留下黄瘦菊独自在黑暗中抽泣。

莫名其妙的发作越来越频繁。黄瘦菊小心问他"快冬天了，要不要去趟对面的县城买些布料做棉衣？""糖没有了，要不要让家里寄点来？"之类，聂宏亮忽然就把手上的茶杯恶狠狠地摔在地上：

"求求你别啰唆了，好不好？"

黄场长从副场长升为场长，蹲的点还挂着，但主要时间和精力都在忙全场的事，几乎没有来过二队。孙媛被提拔为政工组组长，工作积极性很高，不断组织各种主题的宣讲活动。县文工团正式建立了，聂宏亮的调动迟迟没有下文。

>我不知道风
>
>是在哪一个方向吹——
>
>我是在梦中,
>
>她的负心,我的伤悲。
>
>我不知道风
>
>是在哪一个方向吹——
>
>我是在梦中,
>
>在梦的悲哀里心碎!
>
>我不知道风
>
>是在哪一个方向吹——
>
>我是在梦中,
>
>黯淡是梦里的光辉。

聂宏亮反复咀嚼着失意的徐志摩,但他并不甘心。总场场部就在二队的地面,聂宏亮一有机会就去走动。

也是一长排平房,走廊临着院子。从各间办公室的门窗都能看到院子的人来车往,鸡飞狗跳。政工组的办公室在中间,可以一百八十度扫描整个院子。聂宏亮每次都胆战心惊地等着"偶然"被孙媛撞见,但孙媛即便就在走廊上,已经跟他打照面了,却一脸漠然,匆匆忙忙地擦肩而过,好像压根儿就不认识。最后一次他心一横,直接走到她面前。

孙媛一脸严肃:"大白天你不在棉花地,老来这里转什么?"

聂宏亮像是劈头挨了一棍,天上白炽的日头突然变成了一个大黑点。

那天中午,黄瘦菊在食堂买了两个有荤腥的菜。之前,逢到有花荤,他们只买一个,黄瘦菊吃荤,聂宏亮吃素。这次黄瘦菊说:"看你苦成一把筋了。今天奢侈一回，不省了。我们一人一份，放开吃。"

聂宏亮不答，不问，不看，埋头扒饭夹菜，专挑荤的，不一会儿，两个菜碗就剩黄不溜秋的菜叶菜梗了。

黄瘦菊怔怔地看着反常的丈夫，一边泪水在眼睛里打转，一边赔着笑脸："你胃口这么好，我真高兴。"

"高兴！高兴个鬼！"

聂宏亮腾地站起，两只手抬起饭桌的下沿，往前一掀。

从对面板凳上仰面翻下去的黄瘦菊一声惨叫。另一边的桌沿正好压在她的腹部，鲜血很快洇湿了臀部下的地面。

聂宏亮和黄瘦菊的头胎也是最后一胎流产。之前她说的去对面县城买布料，是准备婴儿的小衣服；让家里寄糖，是准备坐月子。

五

知青人返城那年，最早结婚又最早离婚的两个人都回了省城。

在街道工厂当会计的父亲恢复了干部待遇，黄瘦菊参加当年恢复的高考，被录取。

小学给父亲平了反，随后退休。聂宏亮顶替父亲做了小学老师，黄瘦菊报考前他去找过她，试图复婚，未果。

人到中年，回头想想，真是"二十四个风暴打到秋"：黄瘦菊，宣讲队，孙媛，仿佛一场场西风暴，说来就来，说停就停，来得快，去得快，来得猛烈，去得干净。

孙媛已调离江洲，依旧单身。洲上干部闲得无聊的时候把这当作了一个话题，百思不得其解。有人忽然记起来，曾经看到她从不离身的笔记本里掉出一张照片，是一帮学生在一个风景区的合影，一个男生抬手指着远处，两个女生紧挨在他两边，孙媛是其中一个。那个男生很像徐晚园。

"说不定孙媛一直在想着那个无影无踪的徐晚园。"

"发胡说!"

众人哄笑而散。

怪 异

一

珠儿浑身滚圆——眼睛、鼻子、嘴巴、腰和腿，就是缺心眼。在家里，油瓶子倒了都不扶。从小到大，衣来伸手饭来张口，连自己的手帕儿都没有洗过。睡着了像只猪，一夜都不翻身，只偶尔吧嗒嘴，早上醒来，口水湿了一枕头。醒着，就是笑闹，动不动就笑得蹲在地上，半天站不起来。读书好歹读到小学毕业，进了初中就怎么也读不下去。老妈说："不想读就不读了，我珠儿不遭罪。"

在家里荒了几年，居委会动员下乡，珠儿想也没想就答应了。老妈起先想拦，她说："人家都走了，我跟你混？你有什么好混的？"老妈说："也是，那你去。"说着，在她背后提起衣角抹眼泪。

珠儿是抱养的。两口子到了中年没有生育，吃药求医，烧香拜佛，什么也指望不上，到医院抱了个娘老子不想养的女伢儿。当时的珠儿一团肥嘟嘟的红肉巴，像个猪崽，一到他们手上就停了啼哭，睁眼咧嘴，不几久就成天是咯咯笑。两口子欢喜得不得了，本来都做清洁工的，为了珠儿，老妈辞了工，专心带伢儿。搂在怀里怕掉了，含在嘴里怕化了，从小到大，把个珠儿惯得没有一点儿样子，没规没矩，天王老子也管不了。两口子有求必应，百依百顺，只要是珠儿说的，就是对的，就是圣旨。

到了江洲，珠儿跟在城里一样，斗嘴，打闹，没羞没臊，哪个男人摸她一把屁股，她立刻抓他一把裤裆。

不过，也有禁忌。

有人撺掇："有种你抓一把郭猫儿的裤裆！"

珠儿朝那边瞟一眼，脸红了，骂道："去你妈的！"

戴着一副酒瓶底一样厚的近视眼镜的郭猫儿是省城来的高中生。他们一块儿下来的几个同学还以为在学校里上课，上工下工都走一块儿，不跟别人搭壳。对珠儿这种居委会动员下来的男女，更是看不上眼，觉得他们都是社会上的二流子。新职工安顿好没有几天，大家就都知道，郭猫儿跟他一块儿下来的同班同学陈青是一对儿。

郭猫儿是全校有名的书呆子，有着大好前程。一进高三，老师就跟他打招呼，让他准备保送，到时候，全国的大学，他只管拣最喜欢的申报。从初中到高中，他的成绩一直排在全市学生的前几名。这样的高才生，每年全国重点高校来市里招生都是要抢的。但是高三毕业的那个暑假，已经拿到了大学录取通知的郭猫儿却让所有人目瞪口呆。

江洲农场到省城招工大获成功，一口气带回了两百多人。出发的那天，火车站人山人海，哭的，笑的，喊的，唱的，洋鼓洋号，铜锣铜钹，闹哄哄的，吵翻了天。火车总算离开站台，出了城区，上了跨江大桥，可以听见车轮在铁轨上滚动的"哐当哐当"的时候，几个下乡的高中生才忽然发现了郭猫儿。他正吃力地在过道的人堆中朝他们挤过来。不等人问，他就说："我跟你们一起去。"

"你疯了！"陈青叫起来。

郭猫儿看着陈青，松了口气，好像放下了千斤重担，眼睛在厚厚的镜片后面闪闪发光。跟陈青同座的女生站起来，把座位让给郭猫儿。郭猫儿也不客气，一屁股坐下去。

"你真是！"陈青瞪了他一眼，往旁边让了让。她父亲是全市数学界"八大金刚"之一，前几年受了处分，留校观察。她自己是全校有数的学习尖子，不能参加高考，在市里哪所中学教书都不成问题。社会上在动员支援农业第一线，校长找陈青父亲谈话，希望他说服女儿报名下乡，这样对取消他的处分有直接好处。最多就去一二年，到时候学校会把这批下乡的学生接回来安排工作。谈话的时候，陈青就站在外面，推门说："不必说了，我报名。"

郭猫儿那天刚拿到大学录取通知书，是全国排名第一的大学，正要去告诉陈青，忽然听到省电台播的下乡人员名单，念到了"陈青"。他跳起来去找陈青，不让她下乡。

陈青说："为了父亲，我不能不下乡。"

他说："那我就跟你一起去。"

"为什么？"

"爱情。"

"你看电影看傻了吧？你我什么时候有爱情了？"

郭猫儿是陈青父亲最得意的学生，他父母忙，老是顾不上回家做饭，一放学，郭猫儿就待在陈青家里，一块儿做作业，吃过晚饭才回去。郭猫儿比陈青大几个月，两人好得像兄妹，但从来没说过那是"爱情"。

"我不管。这辈子，你在哪里，我就在哪里。"

"你太自私了吧。想过你爸你妈的感受了吗？"

"放心。我做什么他们都高兴。"

郭猫儿说的是实话。他父母都上过战场，历经生死，对儿女很开明。

"在乡下锻炼两年，陈老师的处分也取消了，我们再一块儿报考同一所大学。"

郭猫儿的双眼在酒瓶底一样厚厚的镜片后面，一片模糊，但一脸的憧憬格外明亮。

名单事先就到了农场。郭猫儿和陈青一个在二队，一个在三队。各队到场部领人的时候，郭猫儿一听就急了，说一定要跟陈青一个队。

念名单的是场办梅主任，喜欢说笑话："赶快成家，就住一块儿了。"

全场哄笑。

好在两个队的新职工宿舍紧挨着，每天上工，他们省城一个学校来的人在宿舍前聚拢了，一块儿下地，到了各队的地头再分成两队。

郭猫儿每次都跟定了陈青，把她的锄头跟自己的锄头并在一块儿，扛到肩上，要分开了，再还给陈青，恋恋不舍。下工的时候，他一定跑到三队的地头，等到陈青，把她的锄头接过来，才一块儿往回走。

要是三队下工早，只要他发现了，就立刻向队长吴毛俚报告，说要先走一步。下来不久，大家就都晓得了郭猫儿是个憨包。郭猫儿来报告，从来不声不响的吴毛俚懒得抬头，鼻子唔一声，算是答应。

白天歇工时，陈青去坝外的水塘洗衣服，他从头到尾陪着，直到晾晒好。反正他就像个影子一样跟着陈青，到哪儿都是出双入对。

晚上，郭猫儿就在陈青屋里谈天说地，直到女生们开口赶他才起身。他拉起陈青，走到江边，在江滩上的破木船坐下，面对着月光下的江流、对岸起伏的山影，畅想两年后他们一起高考，一起考上高校，一起选择专业，一起毕业，一起分到同一个城市和单位，一起……到必然会有的结婚成家那儿，陈青就说"好了好了"，让他打住。

在郭猫儿的深度近视眼里，全江洲只有一个陈青，没有别的女人。珠儿就是再没脑子，也不会拿这样死心眼的男人寻开心。

二

郭猫儿后来想，事情坏就坏在邀陈青去场部看篮球赛。

人很奇怪。像郭猫儿这样的，拿掉眼镜就是个瞎子，却偏偏喜欢体育。在学校里，只要是体育活动，他一样不肯落下。永远没有名次，永远都有劲头。到了江洲，除了场部有个篮球场，什么体育设施也没有。场部有几个青年干部也闷，到了周末就吵吵着通知场部七站八所和中小学老师里的爱好者，赛篮球。只要地里收工早，赶得上，哪怕是半场，郭猫儿都不放过。去了，没人肯让他上场，替补的资格也不给他，他只能老老实实地当观众。他又离不开陈青，每次都苦口婆心地求她跟自己一起去。

去了几次，陈青好像对篮球也有了兴趣，再不用郭猫儿求了。郭猫儿一喊她，她马上就欣然跟上。到了场上，站到最前面一排，只盯着场农科所的大伟，盯着他又粗又长的腿，奔跑、跳跃、上篮，盯着他一来劲，把上身的背心兜头一扒，露出一身闪闪发亮的肌肉腱子。散场的时候，她磨磨蹭蹭地弄这弄那，直到场上的人走完了，已经走出好几步的郭猫儿回头喊了她好几遍，才迟迟站起，免得给人发现她座位上留下的秘密。那一刻，她心里明白，她是不可救药地爱上那个北方男人了。

大伟是省农学院毕业分到江洲农场农科所的，高大，健壮，仪表堂堂，不该当农技员，应该演电影。他来江洲，好像就是专门来惹女伢儿，来害陈青神魂颠倒的。白天黑夜，睁眼闭眼，面前都是大伟。陈青有时候都觉得自己要喘不过气来了。

郭猫儿却一直蒙在鼓里，每天快快活活细心体贴地围着陈青转。直到有一天，他在陈青床头的条桌上看到一张打开的信纸，上面只有一个字——喂。

"给陈老师写信，你喊'喂'吗？"

郭猫儿从没有看过陈青给家里写的信，很好奇。

"我在家不是这么喊吗？"陈青支吾着，脸一红。

郭猫儿笑了："跟我一样。"

郭猫儿很快就笑不起来了。终于有一天，一吃过晚饭，陈青就没影了，谁也不知道她去了哪里。在她床上坐到她同屋的人要睡觉了，他就搬张板凳坐到门口，直等到上早工的钟响，才见到从坝头上匆匆跑下来的陈青。他浑身颤抖地迎上去，嘴巴张着，就是发不出声音。

陈青往两边躲着他，实在躲不开了，说："你应该想得到，我恋爱了。"

"是谁？"

"你没有必要知道。"

"不！"

"你没有权力。"

"不！"

"你讲不讲理？"

"不！"

"你想怎样？"

"告诉我，为什么？"

陈青沉默了一会儿，一字一句地说："我从没有爱过你，以后也不会爱你。我爸几乎把你当儿子，你把我当妹妹，好不好？"

郭猫儿低下头，忽然想起陈青床头桌上的那个字——喂，忽然明白，那就是"伟"。

凡事都这样，不知底细的时候心最乱，一旦明白了，也就平静了。郭猫儿说："我知道了。"从陈青身边走开，两只脚像灌了铅。

从这一天起，再没有了郭猫儿和陈青腻腻歪歪，出双入对。两个人，陈青有红似白，水色娇艳，栀子花一样绽放；郭猫儿像霜打的秋茄子，半死不活。

正是棉花和杂草一起疯长的日子，每天两头不见光，个个累得贼死，谁也没有闲心管别人的事。郭猫儿每天吃过夜饭，就去坝外江滩，坐在那条他跟陈青一回回畅想未来的破木船上发木。终有一天，坐累了，没有想头了，他站起来，把眼镜从鼻梁上摘下，随手摔掉，高一脚低一脚往江里走。

是长江的丰水期。汹涌的江水把江岸冲刷成笔陡悬崖，走过江滩，人就会直落下去。

"郭猫儿！"

黑暗中一个人突然扑到郭猫儿面前，头顶着他的胸口，死命往后推他。

那一场哭，直哭得昏天黑地，直哭得长江倒流。总算哭得没有气力了，才发现自己的头埋在两个硕大的乳房中间，就像一个被母亲搂着啼哭的婴儿。

那是珠儿的胸口。

后来的好多年，郭猫儿都改不了这个习惯：老是要抱紧珠儿的腰，把脸埋进她胸口的深沟，随她像哄孩子一样揪着他的两只耳朵直摇晃，一遍遍地喊"呆子呆子"。

之前坐在破木船上发木的那些夜晚，珠儿就一直在后面的防浪林里看着他，只是他一直没有发觉。

三队的徐晚园消失后，他先前打理得清清爽爽的牛栏杂物间，做了郭猫儿和珠儿的新房。

珠儿一下子变了个人，居家过日子的本事不晓得从哪里忽然就冒了出来。小时候给老妈伺候得身上容不得一丁点腌臜，珠儿差不多有了洁癖，每天不管怎么累，都逼着郭猫儿跟自己一样换衣服。两个人走出来，就像消过毒一样。一天三顿照旧吃食堂，但饭菜打回来，珠儿都要再加工。她隔些时日就要请假回一趟城里，带回一堆老妈早准备好的油、面、香肠、鸡蛋、饼干等。

珠儿照旧大大咧咧，只是再也不跟人扎堆疯疯癫癫了，偶尔被人拦着，她就说："对不起，我没空，我要养儿子。郭猫儿就是我的儿子。"

萎靡不振的郭猫儿一天天丰满滋润起来。

珠儿嫁郭猫儿，把她娘老子吓坏了。他们大字不识一箩筐，扁担放在地上不晓得是"一"字。每天见的人多，哪个也没有把他们当回事。做梦也想不到会有这么个一肚子墨水的读书人女婿。珠儿头一次把郭猫儿带到他们面前，她爸站在屋角上不敢近前，她老妈拉住郭猫儿的手不放，只晓得不住地咂巴嘴："几好的伢儿，几好的伢儿……"直到珠儿嗔她："你有完没完啊！"

跟郭猫儿一起从省城来的高中初中同学也都得到福利。时不时跑到小草棚蹭饭不说，他们回省城，先是从农场搭早班船，快中午到县城，再从县城搭下午的火车。在县城的一个多钟头，正好去珠儿家吃中饭。

不管珠儿是不是同来，她娘老子都是欢天喜地，把一帮人当贵客招待，觉得这是珠儿给他们带来的福气。

这辈子他们单门独户地住在一条小巷的角落里，早出晚归扫马路，挨家挨户收垃圾，见面的人多，亲近的人少。不是珠儿，他们家哪会一下子进来这么多大城市的学生伢儿。每次他们都翻箱倒柜，倾尽所有，炒菜搁油像倒水一样。看着一帮在乡下馋极了的学生伢子一个个满脸油光，摸着鼓起的肚皮打嗝，跑上跑下的两口子心花怒放，全不顾这帮人走了，他们要苦熬好几个月。

一帮人呼呼啦啦来，呼呼啦啦走，走的时候衣兜里塞满了煮鸡蛋、炒花生，还有两口子满满的歉意："慢待，慢待，莫怪啊，再来啊！"

一直送出巷口。

三

新职工回老家过了下乡后的头一个春节，开春再在场里出现的时候有了许多变化。最明显的是，三队的陈青和二队的珠儿肚子先后出了怀。

珠儿挺着肚子，嘻嘻哈哈，大摇大摆，生怕别人不晓得她怀了孕。书呆子郭猫儿动不动就蹲下来，耳朵贴着珠儿的肚子听里面的响动。

陈青低着头，勾着腰，一脸苦相，不管怎样把腰捆得一紧再紧，还是无法阻止它的一粗再粗。

大伟被请到场部。又干又瘦、说话行事都像男人的桂书记用听着尽可能舒服的口气，和颜悦色地跟大伟谈话：

"本来我该去农科所看你的，考虑那儿讲话不方便，这才劳烦你跑一趟……领导把你放在我们场里锻炼，是对我们最大的关怀和信任，也是最大的鼓励和鞭策……"

"桂书记，有啥话你直说吧。"大伟受不了桂书记的亲切。

"就是……就是……"桂书记字斟句酌，"领导来电话了，希望你……回省里去……"

"就这事？那你为难什么？我走不就行了吗？"

"莫那么急，场里要给你饯个行。"

尽管郭猫儿守口如瓶，但大伟和陈青的私情早就是场里广大干群的下饭菜。他老婆去他老子那里大哭了一场，他老子把电话打到场里，把他好一通训斥，让他滚回省厅去。当初赶他下基层是为了丰富他的资历，没想到他给自己弄了一身屎。

大伟走得匆忙，甚至想不起让人给陈青带句话。

"陈青太惨了。"晚上躺在床上，珠儿对郭猫儿说，"要不要去看看她？"

郭猫儿不吱声。

在食堂打饭碰见陈青，郭猫儿说："珠儿让我请你去家里吃饭。"

陈青凄然一笑："不了，替我谢谢她。"

回来，郭猫儿吩咐珠儿："还是你去，给她送点吃的。"

"这才是男人。"珠儿叹了口气，"可惜陈青没有福气。"

八月，棉花盛开，棉花林雪白一片。正摘花的珠儿大叫了一声"郭猫儿"就仰面倒下。等郭猫儿赶到的时候，一个老巴嫂已经帮珠儿咬断了脐带，女儿正"哇哇"地喊叫得闹热。

"郭猫儿，我给你生小猫儿了！"

躺在地上的珠儿嘻嘻哈哈，满脸汗水，满脸胜利的喜悦。

"不是小猫儿，是小珠儿！叫郭小珠！"

郭猫儿双手托着女儿，高兴得脚骨子发抖。

陈青的儿子比珠儿的女儿晚出来一个月。半夜里忽然发动了，同屋的人咋咋呼呼，把她送到场部医院。医生护士准备好的时候，她已经昏过去了。

难产，大出血。挣扎着生出了儿子，陈青丢了半条命。

那个大胖小子成了一个极大的麻烦：抢救中的陈青没有气力说话，只能无声地流泪。三队队长一面找来几个正在奶伢子的老巴嫂把伢子先抱去几天，一面去场部报告。去省里招工的场办梅主任给陈青老子的学校挂了个长途，学校把他找去接电话。他说了声"混账东西"，接着赶紧补了一句"不是说你"，就放落了电话。

一起下乡的一帮同学围着陈青的病床一筹莫展，不知为什么，都看定了郭猫儿。只有他，老婆正在坐月子。

郭猫儿紧咬的嘴唇忽然松开："我去找珠儿。"

珠儿说："快抱来。"

"就是就是。一个是养，一窝也是养。"

伺候珠儿的老妈不住口地嘟囔，不停地提起衣角抹眼泪：

"有过啊，造孽啊，他老子！"

四

满六十岁，郭猫儿在江洲中学教职岗上退休。珠儿一直在二队种棉花。女儿郭小珠在江洲中学读完高中，考上市师专，毕业后留校，也是教书。结婚后就住在外公外婆的老房子里。郭猫儿和珠儿的老人先后过世。

郭猫儿过六十岁生日的那天，陈小青在越洋电话里说：

"现在你们总可以来我这里了吧？"

之前，他们总是离不开。不想辞职，老人在世，理由都很充分。

陈青在医院里一个字也没有留下。什么时辰走的，怎样走的，去了哪里，一点儿线索也没有。她是洲上第二个像徐晚园一样突然消失而且消失得无影无踪的人。这让后来的人们说起，总觉得是洲上的一种怪异。

"陈小青"这名字是珠儿起的。他块头大，但眉眼跟陈青不走二样。郭猫儿默认。高中毕业，陈小青直接考上了国外一所有奖学金的大学，之后在那里成家立业。太太是当地华人，祖上好几代前就去了那里，是个大家族，盼望公婆早日过去养老，也欢迎小姑子一家。

郭猫儿对珠儿说："小珠一大家子，走不开的。我陪他们，你去开洋荤吧。"

这么好的事，郭猫儿躲什么？种了大半辈子棉花的珠儿伸手摘下郭猫儿那副镜片像酒瓶底一样厚的眼镜，盯住他的眼睛，疑疑惑惑地琢磨了半天，忽然想道：看见陈小青，郭猫儿会想起大伟。

"呆子死呆子，你一辈子都躲不掉那个打球的啊！你这叫差劲，晓得啵？"

珠儿嘻嘻哈哈，揪住郭猫儿的两只耳朵直摇晃。

封缸酒

一

大鼻子陆国汉很晚才知道姚春恨他，而且恨得那么深。

在二三队新职工中，陆国汉是头一个过老职工眼的：人高马大，勤快，肯吃苦，最得人疼的是讲理。新老职工之间没有事则已，一有事，不管青红皂白，他立刻就挺身上前，站在老职工一边。

翘白儿蹲在沟里拉尿，一抬头，突然发现吕继承在拐角偷看，便"流氓流氓"地叫起来，棉花地做事的一堆人跑过去看闹热。吕继承正狼狈不堪，陆国汉挤到前头冲翘白儿呵斥：

"叫什么叫，你凭什么证明人家就是看你？"

"对对对，沟边上有块土松了。"吕继承马上反应过来，"我怕它掉下来砸着你，正要提醒你！"

"你看，人家明明是好心！"

翘白儿手抓着裤带，迷惘地眨着眼睛，不知道吕继承怎样眨眼间成了好心人。

陆国汉不管身材还是气概都高人一头，谁在他面前都会觉得自己矮三分。每回给新老职工的争吵评理，他都是以第三者的身份，讲老职工如何对头，新职工如何不对头，让所有人都觉得公正公平，不能不服。

最可贵的是，陆国汉时时事事处处都能主动维护农场，维护农场干部。

刚下乡，新职工样样不习惯，有些翻生剥皮的总是牢骚满腹，动不动就骂农场，骂干部。陆国汉只要听见，立刻就义正词严地挺身而出，历数农场、农场干部和农场生活的各种亮点，为了强化效果，特地编了顺口溜：

> 远有匡庐山，近有石钟山。
> 好山加好水，风景随便看。
>
> 总场好干部，能文又能武。
> 下队来劳动，同吃又同住。
>
> 敞开肚皮吃，伸直脚杆睡。
> 浑身都是劲，忙死也不累。

"写得不好，跟聂宏亮朗诵的那些不能比，但一听就明白，不用费心思。"陆国汉虚心地说。他绝顶聪明，有超强的选择力和迎合力，十分清楚该回避什么，该突出什么，落点极为精到高明，而且口气、姿势把握和拿捏得相当有自尊，正气凛然，像是法庭上庄严的法官，再邪头鬼脑的也会被镇住，只能肚子里嘀咕"忙死了还怎么知道累"，却不敢说出口。

下来不到一个月，陆国汉就成了大红人，场里干部差不多个个都知道一分场三队有个大鼻子好伢儿。先后下来蹲点的李部长和黄场长都对陆国汉赏识得不得了。许多人有事没事特地跑来看他长什么样，是不是真有说的那么好。姚春就是其中一个。她是省局下来锻炼的，在场部没有正式职务，都喊她"姚助理"。就是"助理"书记场长，说是"助理"，被"助理"的也要让她三分。

场领导头一批就把陆国汉列进了重点培养名单，暗中派了人去省城调查考察，知道了他从小学到高中，一路都是三好生，高考落榜，是他临场发挥不好，考塌了吧。本来市劳动局已经给了他进工厂的名额，但是街道上正在动员社会闲散人员下乡，他老子说这是个难得的机会，极力主张他去报了名，赶上了到江洲的这一批。

做了半辈子小机关的会计，划成分时定了"旧职员"，仍留用做会计，陆国汉的老子很觉得对不起子女，只能指望他们自己努力。在家里已经谆谆嘱咐了无数遍，陆国汉下乡后收到他的头一封信，还是反复地突出那句话："吃得苦中苦，方为人上人！"

陆国汉先后把这封信给李部长和黄场长看过，让他们晓得他老子对儿女的家教，两位领导在跟新职工作报告和谈心时也常常把这句话引为至理名言，让大家向陆国汉学习：

"吃得苦中苦，方为人上人"，这是老辈子代代相传的古训。年轻人，好吃懒做，只晓得发牢骚，不晓得吃苦，怎么可能有出息？

二

姚春来的那天，大雨。

连着几天都是老阴天，嗖嗖地刮着冷风，气温骤降，好像突然就换了个季节。接着就是这场秋雨，又细又密，大多数人还穿着短褂短裤，嘴唇冷得乌青，一身鸡皮疙瘩。队长朱癞痢自己也顶不住了，看看已是半下午，捺着屁眼吹了哨子，让大家先回仓库，一边躲雨一边开会。

就要开始收摘棉花了，仓库清得一干二净。一个队的人坐在四面墙脚下，照样显得空荡。

姚春走进仓库的时候，黄场长正在仰着脸讲亚非拉人民要解放。她悄悄地找到朱癞痢，在他身边坐下，示意不要惊动黄场长。眼睛把全场睃了一遍，很快就发现了特征明显的陆国汉：高大肥白，坐在人堆中间，鹤立鸡群，因为一只大鼻子，一张圆胖的娃娃脸不再平庸。一个姿色不错的小媳妇紧贴在他身边，两只手抱住他的胳膊，使劲上下捋着，"好暖和好暖和"地欢叫，毫不掩饰，全不顾不远的地方一个男人气呼呼地鼓眼睛——显然是她丈夫。

雨一直下个不停，黄场长也一直讲个不停。天已渐渐黑下来，再回棉花地已无可能，他索性尽情发挥，把亚非拉人民的解放斗争推向一个又一个高潮，风起云涌、如火如荼。中间，朱癫痢出去了好一会儿，回来说："黄场长你太辛苦了，亚非拉人民解放的路还很长，我们要不要先歇一歇？"

说得正上劲的黄场长被打断，有点不爽，白了朱癫痢一眼。

朱癫痢不看眼色，接着说：

"今天的夜校就停一天课，我们好生吃顿夜饭。姚助理头回来队上，这样看得起我们，我不请客天都不肯。"

说起夜饭，大家突然发觉，肚子早已瘪了，仓库里好像飞进一群蜂子似的嗡嗡响起来。满屋子人纷纷起身。

黄场长不得不打住。

朱癫痢刚才出去，从收工的渔业队赊了条江鱼，蛮大，十好几斤，交给食堂红烧。

"等我们过去就烧差不多了。"朱癫痢自己就先咂了咂嘴。

一队人呼呼啦啦涌出仓库，几个干部走在最后。朱癫痢让姚春和黄场长走前面。

姚春说："黄场长走前面应该的，我凭什么？"

"你也是总场的。"朱癫痢嬉皮笑脸。

"这是理由吗？"姚春突然站住，"让陆国汉说说。"

陆国汉跟在他们身后，没想到姚春会直呼他的名字，受宠若惊：

"当然是理由，只是不够准确。应该讲您是省局领导。"

"小嘴真甜。"姚春揶揄。

"舔个屁。新职工会拍马屁罢了，不像我大老粗一条。"朱癫痢嘴臭。"甜"跟"舔"同音。至于"大老粗"，没人不懂。

"好了好了,这么大雨,快些走吧。"

黄场长严肃,只喜欢讲政治思想,不喜欢开玩笑,尤其是这种流里流气的玩笑。再让他们说下去,不定说出多少难听的话来。

因为沾了总场干部的光,所有新职工意外地跟着加了个餐,一人端了一碗烧鱼,欢天喜地出食堂。陆国汉最后一个离开灶台,手上的碗被朱癫痫劈手夺下,把刚分到的那份鱼倒回锅里:

"你嘴甜。省局领导让你留下陪她。"

"不是陪我。"姚春纠正,"都知道他下乡以后表现很不错,想听听他的心得体会。"

"对对对!"黄场长立刻附议。

陆国汉白皙的大圆脸一下绯红,腼腼腆腆地说:"不好吧。"

"什么好不好,让你坐,你就坐下。"

半锅烧鱼已经装在一只大铁皮盆里,端上了食堂案板,腾腾的热气直往上冒,把从横梁吊下的一盏马灯冲得晃晃摇动。

朱癫痫迫不及待:"人是铁,饭是钢。一顿不吃饿得慌。来来,先吃饱喝足再说。肚子空的,还心什么得体什么会。"说着,朱癫痫从案板下搬出一只尺把高的酒坛子,放到案板上:"这坛封缸是我打赌赢来的。"

赢了那次嘴咬两袋各装一百公斤化肥的麻包,一二里路一口气不歇的打赌,是朱癫痫一生最大的骄傲,一有机会就要拿出来显摆。

"今天有贵客,这坛酒算是没有白封几年缸,喝了拉鸡——倒。"

姚春就坐在案板对面。朱癫痫好不容易吞下了"鸡"后面那个一旦加上就让"鸡"不再是"鸡"的字。

"我不喝酒的。"黄场长声明。

"我晓得,只请你老人家监酒。"朱癫痫放过黄场长,"其他的有一个算一个,一个不能少。省局领导没有问题吧?"

"我不是省局领导,你别瞎扯!"

姚春再次纠正，没有说喝酒有问题。

"要得，大鼻子我就不问了，陪领导喝酒，喝死了也是应该的！"

"当然！"

陆国汉到洲上后是头一次跟这么多领导喝酒，很踊跃。

"好，那就开喝！"

朱癫痢把一摞土碗分到各人面前："喝就喝个痛快，喝死了拉倒！"

总算晓得一点儿雅了，"拉"字后面也没有了"鸡"。

酒坛的封口打开，满屋飘香。倒进碗里像老酱油，黑得发亮，喝到嘴里像土蜂蜜，浓稠粘牙。众人不住地咂嘴叫好，却听姚春说：

"这哪是酒，明明是糖水。"

"嗨！这么大口气。没想到省局领导喝酒水平也这么高！要不这一坛子你一个人喝完，让我们洲巴佬长个见识。"

朱癫痢正喝得癫痢头发亮，姚春的话让他颇受挫：

"我一个人喝完不成问题。你不心疼酒就行。"

朱癫痢傻了眼。他本来是戗姚春的，根本想不到她的水这么深。

"好啊！"

几个队干部起哄，拍桌子打板凳。

"小姚你莫听他们的，他们就是想看你出洋相。封缸酒进口好，后劲足，喝醉了很不好办的。"

"不过，我一个人喝，你们看着单调，最好两个人对喝，热闹。"

姚春仿佛没有看见黄场长的焦急，已经有些迷离的眼睛不经意地盯了一下案板对面的陆国汉。

"要得！"朱癫痢霍地站起，打算豁出去。

"朱队长，这是你的酒，你自己喝了不好。看看还有没有别人。"

朱癫痢不出头，其他队干部都只能做缩头乌龟。

"我来给姚领导助个兴。"陆国汉突然说。

"行，就是你！"姚春就等着陆国汉迎战。

局面一新，立刻起了高潮。所有人都唰地站起，围着案板，看定面对面坐着的一男一女，你一碗我一碗，碗碗都一仰脖子一饮而尽。不吃鱼，光喝酒，速度越来越快。碗一放落，朱癫痫就立刻把酒倒满，两个人就立刻端起喝光。

姚春的舌头终于大了，话音开始含混不清。

陆国汉则端端正正坐着，纹丝不动，除了大鼻子有一点儿细微的汗珠，圆圆胖胖的脸依旧白皙，毫不变色，跟刚进来时一样。他喝酒是有童子功的。当小机关会计的老子一辈子不好别的，就好一口老黄酒，长年累月，一日三餐，餐餐用个小壶子温一壶，边喝边哼"我本是卧龙岗上散淡的人"。陆国汉刚能爬他膝头，就用筷子头蘸了酒点儿子的小嘴，让儿子跟他一起快活。

一坛酒不久就见了底，看看两个人没有一个翻倒，朱癫痫喊：

"你们等着，我去国营买酒。"

"莫胡来！"黄场长厉声制止，"姚助理该回场部休息了。"

黄场长的脸色很难看，朱癫痫只好悻悻作罢。

姚春软软地站起来，手撑着案板，极力不让自己摇晃。一帮洲上的大男人谁也不好上前扶她。他们平日嘴上村草（粗俗），个个赛骚牯，该硬的时候却硬不起来。

挺身而出的又是陆国汉："我送她回场部。"

三

全省农垦系统先进表彰大会定在年底开。这次表彰，主要目的是在普通农工中选拔国家干部。江洲确定的人选里，陆国汉排名第一。见了他的人，不再喊他"陆国汉"，都喊"陆干部"。他口里说"莫莫莫"，心里蜜糯了，每天都像喝足了封缸酒，虽然看上去仍是四平八稳，不动声色，脚下却是轻飘飘的，随时可以弹起老高。写信报告老子，老子自然高兴，回信再三叮嘱：机不可失，时不再来，对自己要更加严格，表现要更加出色，基础打得越牢靠，资本积得越厚实，出场就会越大，前途不可限量。

每天收工，陆国汉都是最后一个走出棉花地，常常是已经走出地头的朱癫痫回头喊好几声才动身。那天刚上机耕道，听到后面有人喊他，一辆单车嘎吱嘎吱追到身边，跳下一个人。

是姚春。

"姚助理！"

"别助理助理的好不好，我没有名字吗？"

"姚春助理。"

"姚春！"

……

"别装了，问你个事。"

"那天晚上你是真的吗？"

"哪天晚上？"陆国汉觉得莫名其妙。

"真忘了还是假忘了？封缸酒！"

"封缸酒啊？那怎么会忘！你酒量真好！"

"好什么好，你后来不是到处跟人说把我拿下了吗？我恨死你了！"

"我说过那样的话？不可能！借我一百个胆子也不敢。"陆国汉急了。

"别不承认。说了也无妨。我就想知道，你那次是不是真的？"

"什么是不是真的？"陆国汉一头雾水。

"看来我不说，你是不会承认了。提示一下，我呕吐时，你的咸猪手放在哪儿？"

"我真的想不起来。"

陆国汉用力眨着眼睛,丈二和尚摸不着头脑。

"虚伪!"

姚春恨恨地一撇嘴,把单车猛然一推,一偏腿跳上去,把陆国汉孤零零地撂在机耕道上。

直到姚春在夜色里消失,陆国汉才一拍脑门子,清清楚楚地想起那天晚上送姚春回总场路上发生的所有细枝末节:

雨不知什么时候已经停了,乌云低沉。夜风一阵阵,透心凉。场部就在坝下了,身边的姚春突然站住,直着脖子一阵抽搐,向前一弯腰,就要扑倒。陆国汉来不及多想,两只手同时伸出,从后面一把抄到她胸前,把她托住。

姚春撑肠拄肚地吐了半天,总算缓过来,一点儿一点儿地直起身子,一口接一口地喘气。陆国汉闭紧眼睛忍受着她呕吐的难闻气味,忽然发觉自己手掌的位置,赶紧一抽。她的手一直紧紧地抓着他的手。他抽手的时候,她明显并不想松开。当时他觉得那只是因为她醉酒的虚弱,现在才意识到,好像不完全是虚弱。是什么?不好瞎猜。

姚春在省农专给校广播站播音的男中音迷得要死要活,穷追不舍,一毕业就结了婚。不到一个月,男中音就后悔了,有了别的女人。姚春天大的幸福不到一个月就戛然而止,打报告要求下派,离开伤心地。

除了知道是总场干部,陆国汉从来没有注意过姚春。她不好看也不难看,跟大鼻子陆国汉恰好相反,她最大的特点就是没有特点。如果一定要说有,就是让人觉得没有性别。有一回,近视眼郭猫儿指着她的背影,跟人说,前面那个人有点像女的。陆国汉小心翼翼地尊重她,只因为她是总场干部,还比自己大几岁,跟"男女"二字绝对十三不靠。

打破谜团的是黄场长。

夜校下课,黄场长让陆国汉留一下。

"你是不是对省里来的同志有什么不尊重啊?"黄场长直截了当。

"没有哇，怎么可能？！"

"有人说你乘人之危，动手动脚。有这样的事吗？如果真是这样，你就太让组织失望了。"

黄场长枯黄的脸上，眼睛的寒光越过突出的颧骨，阴森森的。谁都知道，他最痛恨的就是男男女女的偷鸡摸狗。

"绝对没有的事，我可以拿我和我一家人的名誉发誓！"

陆国汉暗自叫冤：天理良心，他当时真没有觉得自己抱着的是一个女人。

"不用发誓。说起你家人，我也要做检查。在会上表扬你的时候，没有及时指出你父亲讲的'吃得苦中苦，方为人上人'是腐朽的封建意识。一个青年人靠这样的意识求上进，其实是动机不纯。"黄场长很痛心，"好好反省一下自己，该认错认错，该检讨检讨，加强修养，端正思想，组织的大门对你是敞开的，进步的机会还是有的。"

"黄场长，您能不能说得更明白些？黄场长，黄场长，黄场长……"陆国汉差点哭出来。

"告诉你，让你有个思想准备也好，只是你一定要正确对待——场里有可能把你从那个准备上报的表彰名单上撤下来。"

"为什么？"陆国汉绝望地喊。

"你自己好好想想。"

世上没有不透风的墙，江洲更没有。消息很快就传出来，省局下来的干部姚助理坚决反对陆国汉上先进人物表彰名单，理由很充分——这个人的道德品质恶劣。

陆国汉像霜打了一样蔫了一段日子，不过也就那么几天，过后他照旧是正气凛然，时时事事处处为干部和老职工说话。

拨了一辈子算盘的老子到底老辣，听说儿子的上进遭遇变故，回信说：好事多磨，不必灰心；走点弯路，长点见识，不吃亏；吃得苦中苦，方为人上人是千古不变的道理，孟子讲天将降大任必先苦其心志，这回就是磨炼你的心志。眼前最主要是盘算清楚对方心里的小九九，三下五除二。

收摘棉花的季节开始了。

今年的棉花是个好年成，才几天，晒场上就铺满了雪白的新棉，傍晚收进仓库，大半屋子棉花堆到屋梁那么高，柔软，蓬松，暖融融的，充满肉感。夜夜轮流值班的劳力直接就睡在棉花堆上。最得味的是新职工。有人干脆脱个赤膊浪胯吊，在棉花堆上挖个洞，钻进去，想入非非，一夜好梦。

值班的都是男劳力，两人一组。那天轮到陆国汉，他对搭班的火板儿说："晚上你只管去忙你的，我一个人去就行了，朱队长问起，我会给你打马虎眼。"

那火板儿正跟一个女伢儿打得火热，每天不到半夜就心急火燎地去钻人家的帐子，一天到晚，嘴上不离"罗裙底下救命王"。他对陆国汉连连作揖："谢谢谢谢，你也是我的救命王。"

之前几天，陆国汉找了个合适的机会，偶然碰见姚春，诚恳地说："不知道领导肯不肯安排个时间，想跟您做个汇报。"

"汇报什么？"

"思想。"

"算了。我管你不着。"

"我是想告诉你，那天夜里……我……非礼，不是无意……是有意的……是真的……就是不敢承认。"

"是吗？"姚春直眉瞪眼。

"是。"

陆国汉避开姚春的眼睛，低头踢地上的石块。

"看来还不是个憨包。"姚春说着，一把抱住陆国汉，两只小拳头不停地捶他胸脯，"恨死你了！"

陆国汉手足无措。他是头一次被一个女人这样抱着,头一次面对这样的火热。

"该死的大鼻子!"姚春踮起脚尖,张开嘴想去咬陆国汉的鼻子,"这只鼻子要我的命!"

"我鼻子怎么了?"陆国汉很困惑。

"自己去找本相书看看。"姚春的水桶腰居然一扭。

这一向都是好天气,秋高气爽。大朵大朵的棉花遍地绽放,白茫茫一片,就等着收摘。一年累到头,图的就是这些日子了。收花是计件的,人人争先恐后,天一亮就下地摘花,不到天黑得实在看不清了不住手。因为夜里值班,陆国汉提前收了工,在食堂随便扒了几口夜饭就赶来仓库,接替朱癫痫和几个掌秤收花的队干部。

农场机管站的柴油发电每天夜里只管到九点,这会儿早停了。因为堆了棉花,仓库不准点油灯,好在有月光,水银一样投进仓库门洞,地板上真像落了一层霜。

仓库外面是树林,树林过去是屋场。

月色朦胧。屋场睡了。树林凝固。露水在树叶间的滴落和树下秋虫的鸣叫,隐隐约约。不知哪家的桂花开了,暗香飘散。

花好月圆,万籁俱寂。就像战争电影说的,大战前的宁静。

陆国汉抱着后脑壳,仰倒在棉花堆上,等待跟姚春的幽会。他心里七上八下,但一点儿感觉不到神秘、紧张和兴奋。

接下来的夜里会发生什么?对童贞的结束,无论睁着眼睛,还是蒙头酣睡,陆国汉都有过无数天花乱坠的想象:

是威猛的,如虎啸山林;是温柔的,如柳摇水岸;是激越的,如怒马狂奔;是沉着的,如蛮牛深耕;是粗犷的,如铁匠淬火;是细致的,如书生研墨;是典雅的,如宝剑渐入龙泉;是粗鲁的,如柴棒直送火灶;是斯文的,如古诗人写的玉人吹箫;是质朴的,如洲巴佬唱的鱼戏花篮……

最早的觉醒是因为一场电影。在那场电影的整个放映期，他编出各种理由让精于算计的父亲掏钱，每天都去看一场，就只为了那个让他头一次梦遗的女演员。

就是没有想到，自己的初夜会交给一个好像没有性别的女人。

将要在一张这样宽这样大这样白这样纯的可以让才华尽情挥洒，让激情彻底燃烧，让魂魄完全消融的眠床上，两个像刚从娘胎里出来的肉体毫无羞耻地交缠蠕动，一个只是为了满足生理的饥渴，一个只是为了满足父亲的期待。

这是幸，还是不幸？

四

外面响起极力放轻却止不住迫切的脚步声。

一个分不清男女的人，快步踏上仓库大门前的斜坡。

顺风车

一

洲上最初没有屋,偶尔来过的打鱼人都住在船上。后来有了窝棚,后来有了草棚,后来有了泥屋,后来有了砖屋,最后定型为这种明三暗六、框架砖墙的大屋;逢到大水,推倒砖墙,压住框架,水退了再把墙砌起。列柱的多少,山墙的高矮,分出各家家道的虚实。为了不被水浸,做屋前先筑了土台。后来农场筑了大坝,筑土台的习俗还是保留了下来。土台差不多跟大坝一样高,不筑土台,屋子就比别家矮了一截。各家的土台连接起来,成为屋场。

六公一辈子忠厚老实,不晓得偷奸玩刁,队上让他去新职工食堂盘菜园。两个儿子,老大是分场民兵连长,一到民兵训练就背着一根大枪走进走出,老二看也不看。

农场的民兵分三等:武装民兵、基干民兵和普通民兵。老二哪一等也不是,他根本就不参加民兵。

二队人都说,老二后脑壳上有块反骨,从小就忤逆。

中学住校,上课,老师讲王维的《九月九日忆山东兄弟》,讲完了,让大家提问。

老二不举手,也不站起,就坐在板凳上说:"为什么'每逢佳节'才'倍思亲'?学校食堂的饭菜像猪食,我天天都想回家吃饭。"老师气得把他赶出教室。他乐得放假,搭上场部渔业队的船,去了江对面的县城,又从县城搭顺风车去了市里，一去无音讯。

家里问学校要人，学校让王维的崇拜者去找。直跑得三佛出世七佛升天，才在一个围着看卖打的人堆里看到老二。老师脚一软，差点跪地，一口一声"活老子"。

老二斜了一眼："我不是你老子。"

"你是菩萨，要得啵？"

"老师你莫作践我！菩萨是泥巴糊的，肚子里都是草。你信，我不信的。"

过年，家里个个对着中堂上的天地君亲师位上香磕头，老二独自跑出去，任凭你喊破了喉咙也不回头。六公只好恨恨地说："孽畜！随他。"

在队上，老二凡事都跟人打熬犟。下地，众人都走车道，他偏走地沟；间苗，别人都蹲在地上用手拔，他偏直着腰用锄子角挑；队长喊"歇坡"，他只当没听见，大家歇完了坡，起身做事，他却坐下了。

吴姓是队上的大姓，队长吴毛俚是他本家，按排行算是他叔。吴毛俚吃不烂，别人就更莫想奈何他。

这一年年成好，拔了棉花秆子，蹲点的黄场长陪省局领导到一滩平阳的棉花地来看望职工。老二坐在地上，靠着打了捆的棉花秆子啃草棍、晒日头。黄场长赶前一步拿脚轻轻踢他，他睁开眼睛问："你没有长眼睛啊？"

老二差不多反对洲上的一切习俗。老人过世，送殡的大哭细号，满地打滚，他笑："这是何苦，不就为着吃顿肉么！老东西活着，烂在床上无人问，翘了辫子，一个个又成了孝子贤孙！"伢儿早夭，他笑："少了一张讨吃的嘴，有什么不好！真要养大了，说不定是个报应！"大正月，走亲访友的人提着大包小包，后脚踢前脚，络绎不绝，见了面打躬作揖，满脸堆笑，说的话句句蜜糯了，他还是笑："头些时还为争个招工名额，差点打出人命，转眼就有了八辈子交情？"

最让六公窝心的是老二的亲事。从十几岁给他提亲，提到快三十了，没有一桩中他的意。长相好的，长相不怎样但人活泛的；家境不错的，家境不怎样但人能干的；读书多的，读书不多但老实巴交的：他一概不理。

"你想急死我们就直说！"夜里六公走到床边，对已经睡下的老二发狠。白天他一开口，老二就走开了，根本近不了身。

"急死是你们自找的，莫管我就行了。"老二翻过身，拿被子蒙住头，随即就呼声大作。

六公想想，也是，缘分不到，急死也没用。

下半年，场部国营忽然出现了桐子。老二的魂好像一下给勾走了：一有时间，他就跑去国营，买瓶啤酒，走到柜台尽头，咬开瓶盖，一口一口吹喇叭，冷眼看着屋子里人来人往，打情骂俏，喝完，搁下瓶子走人。

桐子大奶细腰，明眸皓齿，脸上总像抹了胭脂，在柜台里招摇生风，生的伢儿都齐腰高了，还像个才过门的小媳妇。在众人口里，她从小不正经，上中学就打了小产，从乡下到市里，又从市里到洲上，福也好，祸也罢，都因为裤带子系不紧。是谁都能搭的顺风车。

二队会看相的张道士特地跑了一趟国营，回来咂舌说："果然名不虚传，身似扶柳，面若桃花，喜眉笑眼，千娇百媚，不用说话，站在那里就是勾引，十足是男人的地狱。先师吕洞宾有云：'二八佳人体似酥，腰间仗剑斩凡夫；虽然不见人头落，暗里教君骨髓枯。'定力不够，没有几个男人把持得住。"

"哪有你说得那么夸张，也要看是什么样的男人。"

"鸡屎分子"陈志觉得桐子只能算漂亮，够不上美，美需要文化。

"就是个村姑。也就老二这种洲巴佬会着迷罢了。"

画家条子附和。他喜欢洋味儿。

"有了桐子，总场那几大美女都神不起来了。"

张道士径自"啧啧"。

国营跟场部紧挨着，桐子的出现，的确让总场几个女干部黯然失色。

不过，说归说，说完了，大家还是会啐一口——烂货！

老二偏就看中了这样的"烂货"。

桐子比老二大好几岁，看上去却像他小妹。

六公慌了手脚。以老二的憨包脾气，他想做的事，九头牛也拉不转的。

"你真看上国营那个女人了？"

"看上不看上是我的事，你操什么心？"

"她的名声听不得。"

"听不得你莫听。"

六公想想讲道理没有用，转而央求：

"老二你就听我一回，好看当不得饭吃的。我们找个本本分分的女儿，成个实实在在的家，要得啵？"

老二倾着头，不说要得，也不说要不得，只在鼻子里冷笑。

六公只当老二答应了，慌慌张张地操办翻修老屋。有了大屋，不怕没有好女儿进屋。

老屋还是六公老子手上做的，屋墩很大，屋子却小。六公成家后慢慢积攒木头砖瓦，准备翻修时把老屋扩大，两个儿子一家一半，他跟老太婆在边上搭个披厦安身。因为木料和砖瓦一直没有备齐，迟迟没有动手。现在只有硬着头皮去东借西凑了。

腊月，老屋翻修一新。

原来的八列柱扩大成了十二列柱，山墙高了一大截，正面墙用的全是清水新砖。门窗簇新，日头照在上面，发出桐油的清亮。站在坝上看，十分抢眼，在灰溜溜的一长排屋场上高出一头。

新屋起来了，六公缩了一圈。老大的喉咙也哑了，几个女眷更是累得贼死。只老二不急不火，百事无忧，还不如帮工的上劲。桐子回南边探亲了，他像掉了魂，一天到晚死牛活头。

正月，人来人往，最多的话题自然是老二的亲事。老二要么出门，影子一样飘得远远的，要么关起新屋的房门，蒙头困醒，没有活气。

元宵节一过，总场在二队蹲点的黄场长就找到探亲回来的陈志和条子，布置刷标语。

省局领导下来视察，临走前留下一句口号："一年干，两年上，三年建成模范场！"场部要求，每个生产队都用石灰水刷到面朝大坝的墙壁上，字要大，站在坝上，老远就看得见。

洲上老职工的屋基本是一个格式：正面墙一门两窗，除去门窗，剩下四大块墙面。黄场长亲自领着陈志和条子在屋场转了几圈，选定吴家新屋正面墙写"模范场"三个字，加一个惊叹号。

才完工的新屋，正面墙用的都是一色新砖，没有一点儿疤迹，是个没有开过荤的闺女。头一回刷上去的字，自然是清新抢眼。不像其他老屋，老脸皮厚，墙上被一年又一年的各种标语口号刷了涂，涂了刷，疥疮一样一重叠一重，前面的还没有落尽，后面的又长出来了，已经斑斑驳驳、惨不忍睹。

刷了一天，到了六公家的新屋。

把人字梯抬到位置，陈志和条子一人提着桶子一人抓着刷子，从两边爬上梯子，一笔一画，刷得特别过瘾。新墙上的字迹有棱有角、清清楚楚，连自己都觉得创造了奇迹。条子跳下梯子，歪了头左看右看：

"喔，真是我写的吗？我这么有才？"

"是不错。"陈志也很欣赏。

正开始刷惊叹号，突然听见一声大吼：

"住手！"

农忙，中午各家把饭送到地里，天断黑才收工回家。其他屋墙上写了字的人家，各人看看就走过去了，并不在意。独老二眼睛瞪得像要吃人：

"不准破坏！"

"谁破坏了？写标语！"条子嘀咕。

"黄场长布置的!"陈志补了一句。

"给我擦干净!"

老二彪悍,平时无精打采,浓眉紧蹙,一脸忧戚,像个诗人,一旦爆发,如同凶神恶煞。

陈志和条子住了手,站在梯子上发呆。

"哪个不准写标语?"黄场长匆匆赶到。

"我!"

"为什么?"

"不为什么。这是我的屋!"

"写标语是场里的任务。"

"场里的任务是场里的任务,我的屋是我的屋。各人门前三尺硬地,各人说了算!"

"接着写!"黄场长细颈上的青筋暴跳,"翻了天了!"

"给我擦掉!"

老二看也不看黄场长。

老大在后场参加民兵冬训。六公六神无主,下巴直抖,全身佝偻,陀螺一样团团转,站得远远的,不敢近前。

黄场长仰着猴子脸,咳嗽,眨眼,眼看来赶热闹的人越来越多,终于对陈志两个说:"你们下来,去吃夜饭。"

"不行,涂上去的疤迹今天夜里就要给我擦掉!"

"老二你要讲理。"队长吴毛俚打圆场,"新墙,刷上去的石灰水怎么洗得干净?"

"那就把墙拆了重砌!"

"总要让大家先吃夜饭。"

吴毛俚示意大家散开。

黄场长对陈志和条子下死命令:"你们明天接着把那个惊叹号写完。出了事我负责。我不信他还真把墙拆了!"

第二天一早,二队的人一个个大眼瞪细眼。老二夜里把墙拆了。

"你今天派人把墙砌起来,"黄场长手抖着,指着吴毛俚,"砌起来再写。"

"那我就一把火把屋烧了。"

"你敢!放火犯法。"

"我烧自家的屋。"

"照样犯法!"

"犯法就犯法。"

黄场长眨着猴子眼,嘴张了一下,没张开。老二是做得出来的。

二队人背后都说,老二其实不是跟黄场长过不去。他是不愿六公给他提亲。他心里只有桐子。

二

桐子这辈子好像跟车有孽。

母亲在庐山一个疗养院做服务员,桐子一放假,母亲就接她上山,快开学了,又送她下山。她们家就在山下的八里湖,车子个把多钟头就跑到了。在山上多年,上山下山,多是搭顺风车。省钱。

初二那个暑假结束,吃过夜饭,她们在牯岭路口等到一辆下山的货车,正好只有司机一个人。她们欢欢喜喜地上了驾驶室。庐山山北公路陡峭,弯道几百个。夜里,司机不敢开快,三个人一路说笑。

隐约看得见山下人家的灯火了,车子正在下坡,突然熄了火。

"哦,又漏油了。"司机让桐子母亲抓住手刹,"千万莫松手,不然车子就滑下去了。"

车子停在路边,下临万丈深渊。

司机跳下车,从后面的车厢抽了一块油布,塞进车底,钻进去,喊道:"小妹子下来,帮我打电筒。"

桐子赶紧下车,摸摸索索地向那个发出声音的位置靠近。

"在这里。低头,弯腰,钻进来。"

车底下漆黑,桐子什么也看不见,只感觉到地下窸窸窣窣的响动。

"抓住电筒。"司机捉住桐子的手,把电筒放到她手掌上。

桐子的手猛然一缩,全身触电似的一阵痉挛。接下来,天好像突然塌了,压垮了货车,压垮了她。

昏昏沉沉地从车底爬出,一个女孩成了一个女人。

开学不久,有同学课间看见桐子在学校后面的地沟里呕吐。再后来,她退学了。流产的时候大出血,同村的接生婆救了她一命。

男人总是把风流当作自己的脸面。那个司机事后看看没有动静,一板一眼把自己怎样顺手就捡了个大便宜说得有味不过,成为那条路上一个传得沸沸扬扬的狗血故事。桐子从来没有对任何人承认过。娘老子、老师、公社干部、公安,哪个也撬不开她的嘴。她成了所有人在背后指指戳戳的"顺风车"。到了说人家的年纪,没有一个人张嘴。母亲气狠了,咬牙切齿:"人活一张脸,树活一张皮,你还有脸活在世上?岸上有索,河里有水,不如早死早投胎!"

桐子只听,不作声。她想好了,偏不死!嘴长在别人身上,愿说什么是别人的事。来一趟世上不容易,人不止活一张脸,还有无数的快活。哭着活是一辈子,笑着活也是一辈子。哭着活别人开心,笑着活自己开心。为什么不笑着活!

拿定了主意,桐子抬头挺胸,趾高气扬:水汪汪的眼睛滴溜飞转,软绵绵的腰身暗自婀娜;红唇微张,三分慢藏诲盗意;领口半开,一身水性杨花气;左顾右盼,风情摇曳,举手投足,骚劲荡漾。特别善解男人意,从不娇羞扭捏,从不作古正经,男人们的玩笑开得再露骨,再村草,再下流,她也不躲不闪，毫无顾忌地接嘴应战，嘻嘻哈哈。你敢说初一，我就敢说十五，绝不逊色掉底子。像开春的风，吹到哪里，哪里就起蠢动；像野地的火，烧到哪里，哪里就留灰烬。天生引蜂戏蝶的生事祖宗，地造招风弄月的惹祸根苗，让男人又馋又惧怕的迷魂毒药，让女人又恨又自卑的冤家对头。

屋场上有个早年去省里工作的男人死了老婆，回乡时看中了桐子年轻漂亮，下决心娶了她，先是安排她在市里一家商店做营业员，等有了机会再调去省城。

老公在市里给桐子租了房。平时娘老子有个头疼脑热，让人带信，桐子从市里回八里湖，还是搭顺风车。

三伏天，黑得晚，下午交了班，日头还烧得白炽。桐子站在出城的路口，司机老远就看出她在等顺风车，把车子停在她面前。

"去哪里？"

"八里湖。"

"上来。"司机推开驾驶室的门。

"天太热了，我想去后面车厢。"

失去童贞的那个夜晚之后，桐子搭顺风车从来不坐驾驶室。

"那你自己爬上去。"司机没好气。

是个庞然大物，十轮大卡，车轮差不多齐胸，完整的钢制车厢板，没有一点儿抓手。桐子正犹豫着退回路边，有个人从车厢板上探出了上半身，伸出两只手："来吧。"

夜边，进城的车多，出城的车少。最重要的是，桐子不知怎样的就信任了那一头纷乱的长发，一张满是络腮胡子的苍白的脸，一双清澈明亮的眼睛。

车厢上只有一个男人，把桐子拉上来后，依旧回到驾驶室后面的厢板前。桐子一上来就随手抓着身边的厢板，金属的厢板被日头晒得滚烫。车子晃得很厉害，还老是没来由地急刹急开。一只油桶滚来滚去，在车厢里乱撞。桐子心惊肉跳，一会儿被甩着前冲，一会儿被甩着后退，死命抓着厢板的手被磨得钻心痛。

"你要相信我，就站到这里来。"

桐子心里正有点埋怨那个男人把自己拉上车后就甩了手，听到这声招呼，几乎要哭出来。男人一把握住她求救似的伸出的手，把她拉到自己身前，然后把颈上的毛巾扯下来，包住厢板上沿，让桐子的手抓在毛巾上，两只长长的手臂从两边绕过桐子的身子，抓住厢板。双脚像钉在地上，稳稳站定在桐子身后。像一个直立的生铁架子护住了桐子。那只乱撞的油桶不断滚到他身后，被他不断地蹬开。

车子依然是猛烈地摇晃，依然是没来由地急刹急开。桐子的身子不时地在前厢板和男人的前胸和两臂中间撞来撞去，但她是绝对安全的。她第一次这么清楚地有了一种危难中的安全感。她背对着男人，看不到男人的表情，只能看到穿着汗衫的男人那双手臂：黢黑、精瘦、筋肉分明、血管凸起，坚硬如铁，任凭车子怎样前冲后仰，左右摆动，纹丝不移；抓在她手里的毛巾在呼呼作响的风中散发着男人浓烈的汗臭。那汗臭让她有一点儿迷糊，像是做梦。梦里有一种愿望：身后的男人不要那么生硬，那么板正，至少应该问她一声，提个人之常情的话头，比方"你去八里湖是回家还是做事"之类，那她就可以同样问他，知道他姓什么名什么，在哪里做事，然后他就可以有意无意地贴近她，发现她并不反感，就得寸进尺地搂住她，让她软软地靠在他怀里。

世上哪有不偷腥的猫，正是揩油的好机会，有几个男人会放过？这个男人却像个生铁架子，没有一丝柔软。

桐子忽然有了一种冲动——回转身，抱住男人的腰，把脸紧贴上他同样瘦削但同样坚硬的胸口。只要他不嫌弃，只要他有一点点能让她感觉到的念头，她就会仰起脸，把自己的嘴唇给他，任他撕咬。从他把颈上的毛巾扯下来，包住滚烫的厢板上沿，让她已经磨出血的手抓在毛巾上的那一刻，这种冲动就不由得发生了——她这辈子从来没有见到过这么暖心的男人。

梦没有醒，车却停了。一个小时的路程，好像一分钟就到了。

"到八里湖的，下来。"

司机停了车，从驾驶室车窗伸出头来，恶声恶气。

车上的男人退后几步，看着桐子翻过车厢板，跳下去。

"上面怎样，舒服吗？"司机问，见桐子不答，补了一句，"出鬼，情愿跟犯人一起。"

桐子这才看到车门上油漆的单位名称——那是市里设在边远县一个监狱的代号。

"老徐，过足瘾了？"司机又扭头对车厢上喊。

"老徐"不答，走回先前的位置，抓住厢板，直直地站着，看着车头前面依旧明亮的起伏蜿蜒的乡间公路。

桐子记住了，车厢上的那个男人姓徐。

省里到市里的交通很方便，火车有夜班，三四个钟头就到了。桐子老公每个周六半夜到，周日半夜走。每次见面就问一件事：来身上了没有？听说来了，一掌把她推倒，埋头猛啃猛刨，臭烘烘的口水糊了她一脸。

老公好像是把他的全部精华都奉献给她了。结了婚，桐子格外风姿绰约，尤其生了儿子，整个人像新戏开台，花旦还是昨天的花旦，却益发光鲜，益发艳丽，益发亮眼，比先前丰腴饱满多了，却一点儿没有走形。

桐子离开市里，本该是去省里，却到了洲上，缘故是两个男人差点为她出了人命。

商店经理有事没事就在柜台后面起手动脚，腰眼上捏一把，屁股上摸一把。桐子说："你要是玩真的，就莫这样不咸不淡，哪天我去开房间，你敢来吗？"

经理喜出望外,高兴得舌头打结,只能"呃呃",吐不出词。

是一家外地企业在市里的招待所。桐子事先交代,房门的牛头锁老了,生锈,开起来费力,响动还大。到时候,她会把锁舌别住,在门跟门框之间塞一个厚纸片。"你半夜人静了来,直接推开,进了门再把牛头锁锁上,脱了鞋子,不要走出响声,不要说话,板壁薄,不隔音。我在床上等你。"

油腻经理心急火燎,强压着性子严格按照桐子的设定走程序,蹑手蹑脚摸到床边,又哆哆嗦嗦把手伸进被窝,摸到一个光溜溜的身体,像掉进火堆一样,浑身嘭地烧着。

却是一个男人的身体。

却是自己顶头上司的身体。

顶头上司事先得到的是差不多一样的交代,唯一的不同是:"你进门后照旧把纸片塞住,到时候我直接推门进去。"他一进去就脱得精光,钻进被窝,以为事情已经笃定,放心等着,竟迷糊了一阵,不觉竟是手下摸上了身。

两个男人都丢了官。桐子自然脱不了干系,虽说是为了保护自己,但不该那样歹毒设局。对她的处理是:调去市下面的县里。

县里让她去了洲上。那里的营业员早过了退休年龄。

桐子老公病故的前妻留下的是两个女儿,他渴望有个儿子。离婚,法院把儿子判给了男方。男方的理由很充分:这样的母亲无法教育好儿子。

从老公提出离婚到法院判决,桐子一切都随他的意思。儿子被接走的那天,她抹了眼泪,转身到了人前,一百个不在乎:"他给了我饭碗,我给了他儿子,两清。"

国营超龄的老倌子,瘦骨伶仃,面黄寡瘦,见谁都一脸恶相,像人人都欠了他的棺材钱,弄得一个国营像卖殡葬用品的。桐子来了,国营的老阴天一下放晴。离得老远,就能听见她高声大气的笑骂,男人们淫词浪调的撩拨,整天闹闹哄哄。

>　　桐子开花要下秧，
>　　姐要连郎莫延长。
>　　新打剪刀快开口，
>　　有口无心莫喃郎。

这是讲究的，更多是直白的：

>　　两奶好比糖包子，
>　　肚皮好比象牙床。
>　　大腿好比琵琶样，
>　　罗裙底下救命王。

洲上地方大，心眼小，针尖大的洞都能吹出斗大的风。桐子名声在外，风言风语满天飞，却没有一个能坐实。男人们闹哄归闹哄，没有人敢玩真的，死心塌地的只有一个老二。

"你也以为老姐是他们说的顺风车？"

国营难得一刻没有别的顾客，桐子把啤酒递给老二时说。

"你是什么是你的事，我看什么是我的事。"

伶牙俐齿的桐子一下被噎住，不知说什么好。她有些可怜老二，又可怜自己：世上有一种不公，男人可以主动，女人只能等，好比等客，该来的没有来，来的都是不该来的。

嫉妒归嫉妒，私底下，女人们都觉得桐子让数不清的男人痴心，是天底下最有福的女人。

桐子自己却觉得这辈子说不定是白活了。她不认为让数不清的男人痴心是女人的福气，她只要一个能让她痴心得日思夜想的男人。

再有那样的机会，再能见到那个"老徐"，再拉她上车，把她护在胸前，让她磨出了血的手掌按在汗臭的毛巾上，她一定毫不犹豫，转身抱住他的腰身，把头埋进他的胸口。不管他是不是犯人，不管他是不是喜欢自己，不管他是不是有老婆儿女，不管他是不是能给自己一辈子。

哪怕只是一个夜晚、一个时辰。

三

桐子打听过，几年前从市里回八里湖，搭的那辆有"老徐"的顺风车所在的单位，已经撤销了。

那个"老徐"错过了，再也见不到了。

清明柳

一

新职工的食堂在宿舍后面，食堂后面是菜地，菜地一角建了个像模像样的公厕。

种菜的六公挨着粪窖烧了一堆火粪，不时冒出一串火星、一缕青烟，夜里看上去特像坟头。进厕所非得绕过这个坟头。

因为跟宿舍隔得远，夜里小便，女生不出门，各自用盆子；男生就在宿舍前面的坝脚下扫几"枪"了事。不得不上厕所，女生就只好几个人做伴；男生胆小的就只好尽量憋着，实在憋不住，就求烂李子。烂李子有求必应，昂首挺胸走在前头。他自己有事，从不喊人，直接就去了。

烂李子初三年级打群架，对方人多，而且都是高中的狠人，这边有一点儿怯阵。烂李子冲上去，一砖头拍在对方领头的鼻梁上。

那一仗他们完胜，唯一的代价是他半边脑壳留下一个大疤，寸草不生，还劳教了两年。出来，街道正在动员闲散人员下乡。家里张嘴吃饭的伢儿快一个班，不在乎他一个，开货车跑长途的老子跟他说："我三天两头见不到你的魂，你妈奈你不何，你干脆死乡下去吧。"

烂李子其实并不怎样翻生剥皮，就是胆子贼大。

过了一段时间，大家看看实在没什么事，也就跟着壮了胆子，不再麻烦烂李子。

却真出了鬼。

半夜三更，有人跌跌撞撞地摸进厕所，小腿忽然被明显地敲了一下，被吓得魂飞魄散，转身鼠窜，屁滚尿流。

李部长第二天专门提着驳壳枪去勘察了一次，回来严肃说：

"哪来的鬼！搅屎棍插在窖里，让你碰上了。"

中秋加餐，烂李子狼吞虎咽，睡到半夜肚子发胀，跑厕所。厕所的门洞很矮，弯着腰一头钻进去，里面漆黑一团。烂李子挨着墙壁试探着往里走。

小腿忽然被什么敲了一下。烂李子屏息站住。什么动静也没有。等他又移一步，又被敲了一下。

烂李子头一夆，一动不动，想：搅屎棍怎么会是活的？

是个雨天，厕所外面雷电惊天动地，忽然一闪，照出蹲坑上一团黑影。想想最多就是一死，害怕也没有卵用，烂李子憋足劲，死命朝那个黑影一脚踢去。

"哎呀"一声惨叫，之后是一阵猛烈的咳嗽。

"什么鬼？"烂李子喝道。

"狗日的，你拉……拉我一把……"

是龚有才。

烂李子放了个巨响的屁，肚子也不发胀了，懒得搭理蹲坑上哼哼唧唧的龚有才，回去拍李部长的房门。

李部长今天跟大家一起加餐，没有回总场，就住在队上的宿舍。

"李部长，我碰到鬼了！"

龚有才当夜就送进了场部医院。烂李子那一脚，踢在龚有才的胸口上。

当年江洲建国营农场，招劳力。龚有才听说"国营"二字，吵闹着娘老子从南边乡下迁来做"国营工人"。他跟新职工一样喊洲上人做"洲巴佬"，以示区别。他这辈子最大的梦想就是做一个新职工，上中学时把名字中的"财"改成了"才"。穿着打扮完完全全模仿新职工：长衣长裤，从不赤脚。衣服换得很勤，让老娘浆洗得洁白笔挺，衬衫胸口别着一个铁路员工的小胸章，是他向在铁路做事的亲戚讨来的，口袋插着钢笔。每天早上洗了脸还搽雪花膏，人前走过，一阵幽香。

龚有才说话的口音怪怪的，既不像乡下话，也不像城里话。陈志因为写诗，对语音敏感，有一次开会正好坐得近，很小心地问他讲的是哪里的方言："南边乡下的吗？"他眼睛不看陈志，从牙缝里说："我有必要跟你讲吗？"陈志从侧面看他两眼冒火，颈上青筋暴跳，像要吃人，赶紧住口，起身走开，听见他在背后咬牙切齿地说："这么标准的普通话听不出来？畜生！"他羡慕新职工，又恨新职工，越羡慕越恨，尤其是陈志这样出身不好的新职工，觉得老天真是不公，把这种下等人生在城里。他们家土改划的成分是上中农，比"地富反坏右"高一等。

家家的菜地有茅坑，龚有才偏要上新职工的"公厕"。因为这是新职工的一种证明。但新职工根本不把他放在眼里，平时打打结结，搂搂抱抱，只要他一上前凑热闹，那些人不管男女都会"去"一口，他只好在一边干瞪眼。但他并不气馁，想方设法惹新职工注意，结果吃了烂李子的亏。

烂李子踢了那一脚，过几天就忘到后脑壳了，龚有才却见人就说烂李子天不怕地不怕，是个吃了豹子胆的。他那一脚，打师行叫"武松无影脚"，会这一脚的打师洲上而今没有一个，把个烂李子吹得云里雾里，飘飘然，不晓得自己是吃几碗饭的。

总场场部礼堂翻修，屋顶全揭了，就剩屋脊和桁条。礼堂临着二队的棉花地，歇坡的时候，龚有才指着那个比三层楼高的空架子，问烂李子：

"你敢不敢上到那里去？"

"这算什么！"

烂李子站起就走，一眨眼就猫一样出现在屋脊的一头，在底下的泥木匠和总场干部的一片惊叫声中站起。他沿着不到一尺宽的屋脊，若无其事地走起平衡木来，两只手臂不时地在身体两边抬起，克服在大风中的摇晃。

底下一阵阵的惊叫不久就停止，变得死一样沉寂，揪紧了心，指望老天保佑。

烂李子不紧不慢地在屋脊上走了三个来回。回到地面，看见所有人都脸色乌青，大惑不解，问："出什么事了？"

只有龚有才嘻嘻哈哈道："我跟他们打了赌的。我赢了。"

队长吴毛俚从衣兜里掏出哨子，用力吹了一口："开工！"

跟班劳动的李部长很严肃地对龚有才说："下次莫开这样的玩笑，出了事谁负责？"

"放心，烂李子决不会出事！"

龚有才满不在乎，眼睛落到李部长大屁股上那把盒子炮上。

二

二队有句话，李部长的驳壳陈志的笔。这两个人这两样东西从不离身。李部长是总场武装部长，驳壳枪是他的办公用品；陈志是"鸡屎（知识）分子"，从早到晚那支笔随时要掏出来写写画画。

烂李子有一天突然把李部长的驳壳枪抓在了手里，等李部长反应过来，驳壳枪已经离开了枪套子。

"胡闹！"李部长大惊失色。

"别过来！再走一步我就开枪！"烂李子嬉皮笑脸，枪口对着李部长。

"莫乱来！"李部长气得发抖。

烂李子把枪举过头顶，对天一扣扳机。连扣了几次，一点儿动静也没有。

"废铁一块！屁股夹扫把，吓人的。"

烂李子一甩手，把枪丢到李部长脚前。

那把枪还真就是"废铁一块"，枪机拉不开，根本就不上子弹，只是外面给绸子擦得锃亮。李部长吃力地弯下粗壮的腰,小心地捡起枪,又拍又打,心痛得脸都歪了。

背后怂恿烂李子的是龚有才。

"你小子有种!过去把陈志的笔头子也拔了,省得他一天到晚装鸡屎分子,作恶心。"

刚歇坡,陈志坐在离开人堆的地头,在膝盖头的小本子上奋笔疾书。

龚有才对陈志听不出他的普通话耿耿于怀,觉得是对他的藐视。陈志被安上"鸡屎分子"外号,是他最嫉恨的事。他觉得论长相,自己更像"鸡屎分子"。

没想到烂李子说:"你什么意思?以为我是憨包?"

在烂李子心里,陈志很神圣。陈志看那么厚的一个本本,写那么多的字,要他命他也做不到。

在这帮新职工的心目中,烂李子就是个无脑、二百五,洲上人说的"哈巴老总",蛮可爱,也憨出了角头。

过年回城,大家才对他刮目相看。

市里经停江洲的班船,每天上下午各一班,到江洲码头时,上面已经差不多坐满了人,洲上人上去,就只能在舱里舱外的过道站着。从省城和市里下来的新职工是夏天由专船送来的,过年,几百号人头次回家探亲,再没有专船了,连着几天,码头上挤得就差翻船。

烂李子一麻袋装好了自己的行李,在走廊上站住,说:

"信得过我的跟我走。"

从江洲去市里还有一条路:去江对岸的县城搭长途客车,由渡轮运过鄱阳湖口,到对面的梅家洲上公路。大过年,客车肯定指望不上,但长途货车有的是,可以搭顺风车。

众人疑惑地眨着眼睛,多数人自然信不过他。万一大担小担地到了那里,根本行不通,就叫天不应叫地不灵了。不如就在洲上等着,无非是晚几天到家。

十几个性急的横下一条心，跟上烂李子。长这么大第一次离家半年多，想家都快想疯了。

场渔业队每天有去对岸的渡船。一伙人上了岸，直奔渡轮码头。

渡轮是双向对开，每艘渡轮由四条大驳船田字形拼在一块儿，铺满钢板，主要是运送过湖口的汽车，原则上不搭载行人，要上船，除非先上汽车。

对面过来的渡轮没有靠岸，码头上的汽车已经排起了长队。烂李子让大家等着，自己在那个长队前前后后转了半天，很兴奋地跑回来——客车都是满载，但他找到了一辆空载货车。

"你们跟我来，到了那里什么话也不要说，直接爬上去！"

十几个人正推的推，扯的扯，相帮着往车厢上爬，司机发现了，跳出驾驶室，气急败坏地说："干什么干什么？翻天了？"

"别理他，只管上！"

烂李子看看所有人都上了车，自己手把厢板，脚踏车轮，一跃翻进了车厢。

到岸的渡轮响了汽笛，长长的车队开始蠕动，后面车子的喇叭鬼叫，司机张牙舞爪了一阵，没有结果，只好骂骂咧咧地回了驾驶室。

满载各类大小汽车的渡轮稳稳当当地离开码头，逐渐加速。一帮人齐齐站起，昂首挺胸，举目四望。一边是波光粼粼的鄱阳湖，一边是浩浩荡荡的扬子江，怎不让人豪情万丈。朗诵家聂宏亮一甩好久没剃的长卷发，吟诵道："大江东去，浪淘尽，千古风流人物……"

一车人乐不可支，疯疯癫癫，又喊又唱，聂宏亮声情并茂的朗诵夹在中间根本听不清。

渡轮在不知不觉中到了梅家洲码头，车子一辆接一辆下了渡轮，上了公路，许多人好像已经看见久别的城市、街道、家门了，突然发现脚下的车子离开车队,停在了路边。

"要么下车!要么交钱!"司机仰面站在车下,不由分说。

所有人都愣了,直眉瞪眼。

"我们交钱。"烂李子跟谁也没有商量就出了头,"你说吧,交多少?"

"按人头,每人十块。"

车上一片嗷叫:"这么黑!打劫啊?"

"嫌贵去坐客车。下来。"

"狗日的,算你狠!"

烂李子一个个收钱。完了,趴在车厢栏板上把钱交给司机说:"拿好!"多一个字也不说。

司机爬上车厢,清点了一遍人头,把乱七八糟的票子仔细数了一遍,团作一卷塞进怀里,回身跳下。

从梅家洲码头到市里的几十里路,两边田地袒露,农作物早已收割,像极了鲁迅写的《故乡》:"天气又阴晦了,冷风……呜呜地响……苍黄的天底下,远近横着几个萧索的荒村。"

车上再没有了声气,一个个垂头丧气,像死了娘老子。

十块钱,是洲上劳力人均一个月的收入,车上好几个人还达不到这个平均数。湖口县城到市里的客车票钱才一块;市里到江洲的班船票钱更少,八角。

刚才高诵"大江东去"的聂宏亮移到陈志身边,窃窃嘀咕:

"会不会就是他跟司机合谋好的?"

"他"自然是烂李子。

"应该不会,他有点浑,不至于坏。"陈志摇头。

"真后悔。"聂宏亮的嘴角不停地抽搐。

现在后悔也晚了。

车子在市区进口停下,司机摇下车窗,伸出头喊大家下车。烂李子做了个手势，让大家坐着别动，先把自己的行李袋丢下车，跟着跳下。司机还没有反应过来，他已经跳上驾驶室脚踏板，往车窗里一伸手，拔出了车钥匙。

轮到司机求烂李子了："钱还你们，算我倒霉。"

烂李子接过一卷已经有了体温的钱，按搭车的人数一人一块抽出，连同车钥匙交还司机："我们不白坐，照客车的票价交钱。收好。"

剩下的钱，烂李子一扬手抛上车厢道：

"你们自己清点。我那几块不要了，你们随便处理，算我拜早年。"

烂李子提着行李袋，头也不回地走了。半边脑壳上，那个寸草不生的大疤在中午才出来的日光下发亮。

一车人大眼瞪细眼。

三

清明，许多老职工在屋檐下插柳枝，说是预报天气："柳条青，雨蒙蒙；柳条干，晴了天。"其实是指望发家："有心栽花花不发，无心插柳柳成荫。"柳条见土就活，年年插柳，处处成荫。

龚有才说这是洲巴佬风俗，土，坚决反对娘老子跟帮。他妹子龚金荣说："凭什么非听你的？我偏要！"

"你只管插，插一根我拔一根！"龚有才发狠话。

龚金荣把柳枝插到自己闺房的窗前，说："哪个敢拔，我就不活了。"

老娘心疼女儿，抹着眼泪劝龚有才："你让她。她要嫁人了，在这屋里住不长了。"

龚有才只好恨恨地作罢。

新职工觉得好笑。他们不喜欢龚有才，这人有点阴。看人总是眼眨眉毛动，说话总是话里有话。你总也搞不清他真正的意思。他之前在厕所装神弄鬼，让大家特反感。倒是他妹子龚金荣，蛮顺眼。

龚金荣跟哥哥完全两样:眼睛清亮得像打了明矾,没有一点儿杂质;小鼻子小嘴,笑起来特别动人;腋下开口的斜襟大褂,掩不住那个年纪的蓬勃。开会或歇坡,坐在一堆洲上女人中间,跟她们一样绣花或纳鞋底,一样哼洲上的"栀子花开十二匹,六匹高来六匹低……",她却最惹眼。反而是一天到晚叽叽喳喳的那帮城里女孩显得俗气。

烂李子从来不打女孩的主意,一个大男人喜欢混在女人堆里,一点儿骨气也没有。龚金荣惹眼,他会在一群女伢中一眼看到她,也就是这样了,不往深里想。龚金荣定了亲,男方在市里当干部,一帮人老远就在坝头上放着长鞭炮仗到洲上来送过彩礼。

棉花开播前,场部照例放电影。那天夜里放的是个战争片。

只要放电影,再大的地方都是人挤人。洲上人一年到头,天一亮睁眼下地,天一黑洗脚上床,除了夫妻那点快活,再难得乐趣。看戏,看电影,就是个集体放纵的机会:上年纪的有了个不打夜作盘菜园的理由;细伢子有了满场疯跑的自由;最得味的是青壮男女,有了挨挨擦擦、起手动脚的方便。戏台或放映机一亮,人头攒动的场子上就响起一片不明不白的声息,冒出一股混合着臭汗、烟草的不明不白的气味。

烂李子喜欢战争片,挤到最佳位置,眼睛只盯着那块高挂的白布,根本不去注意前后左右。二四八月乱穿衣。他脱得只剩了背心,还是汗湿得跟什么也没穿一样。不知何时开始,随着电影上一阵接一阵轰隆隆的地雷爆炸,他感到有两颗有弹性的地雷越来越紧地顶到了他好像光着的背上,带着女伢儿发香的呼气,一阵比一阵强烈地扑在两个肩胛骨中间。人挤得没有缝隙,即便他想让也没法让开。何况他不想让开,身子下意识地挪动了一下就立刻放弃。

他是第一次在这样的距离感受异性的柔软和火热,无法形容那样的感觉,仿佛电流在全身麻酥酥地通过,烧着了血液,所有的血管都在膨胀、奔腾、狂喊。身体好像在沉睡中突然惊醒,先是无法控制的紧张和近乎痉挛的震颤，接着是爆炸一样的迸发，然后是从未有过的酣畅淋漓。

烂李子晕晕乎乎地站着，直到场子差不多空了。

一阵说不出的失落和空虚，还有惆怅。不知道那个女伢儿是谁，莫名其妙地靠近，莫名其妙地消失。

清明之后是谷雨。谷雨之后来春汛。各队派劳力上坝看守。二队看守的一段在洲尾，之前看守的是陈志和老鼠嘴。陈志背上，头年的扭伤发作，老鼠嘴摇船送他去南边姑塘镇找名医曹婆子，队上要另派两个劳力。

烂李子头一个跳起来。他听说那里有各种蹊跷故事：昏暗的月光下，有女人把头端在手上梳头发；阴雨天，江边的林子里，到处是凄凄惨惨的抽泣声，很想知道究竟。

龚有才跟着说，他也去。他在新职工里没人缘，只有烂李子因踢过他一脚，心里多少有点愧疚，对他不主动也不拒绝。

汛期里真正要命的日子来了。

大雨一连十天半月，不分昼夜倾盆而下。江面眼见得越来越宽，淹没了小沙洲，淹没了江滩，淹没了防浪林，淹没了坝脚，淹没了坝腰，一点儿一点儿地接近了哨棚，哨棚已经移到了坝头上。所有的劳力都上坝了，加高加固大坝。食堂送饭的顾不过来，队长吴毛俚让龚有才家里给哨棚单独送饭，顺便给烂李子一份，回头跟食堂结账。

中午，给哨棚送饭的龚有才老子没来，换了龚金荣。端碗给烂李子的时候，她一直低着的眉眼突然抬起，烂李子心里触电似的一闪。

遮雨的塑料袋给风雨撕烂了，龚金荣浑身透湿，胸口鼓凸大起大落。烂李子忽然想起那个热血滚沸的夜晚，身上一阵燥热。

"怎么是你？爸呢？"龚有才隐约感觉到什么。

"有段坝塌方，队长让男劳力都去抢险。"

"那你也快回。"

龚金荣走了，两个人开始吃饭，烂李子忽然惊喜地喊起来：

"荷包蛋！两个！"

两个油煎荷包蛋压在米饭底下。过完年回到洲上，食堂每天都是水煮萝卜白菜，烂李子是头一回吃得这样奢侈。

"谢谢啊！"烂李子看着龚有才，满脸放光。

龚有才的脸阴着。他的碗里自然也有荷包蛋，但只有一个。看龚金荣端碗给烂李子的那副贱样，显然不是端错了碗。

"金荣要出嫁了。"龚有才没头没脑地说。

"是——吗？"烂李子猝不及防，"什么时候？"

"就是这几天。日子是我们定的。"

烂李子想起来，过几天就是五一节，龚有才喜欢讲城里习惯。

"哦——恭喜。"烂李子口有些发干。

响雷一个接一个，漫天成堆的黑云被闪电撕开又合拢，漏下泼天的大水。巡查几个来回了，龚有才钻回棚里躲雨，烂李子就地坐下，像块石头，任风雨扑打。

留给烂李子纠结的时间不多了。远远的，二队把守的坝段那里，隐隐响起了报警的铜锣声。

"决口了！"

烂李子跳起来，跟上冲出哨棚的龚有才，往响锣的那里飞跑。

不是决口。只是塌方的坝段在跟江水争高低。场抗洪指挥部运了一大驳船沙来，队长吴毛俚情急中狠命敲锣，尽可能集中强劳力。

龚有才和烂李子一到就直接跳进江水，爬上驳船，抓起铁锹。

飞快装满的草袋，飞快甩到露出江面的肩膀上，飞快传递到塌方的坝头。

狂风暴雨裹挟着一场与死神的搏斗。驳船、江水、坝头，蠕动的人们虫子一样渺小，听不见声音，甚至听不见喘息，只有拼死的挣扎。

混乱中，龚有才忽然觉得狠狠插进沙堆的铁锹撞到了硬物，紧接着是他身边烂李子的一声惨叫。

四

将近一个月的连续性暴雨天气结束了。天在一夜之间扒去了结满污垢的表皮，裸露出纤尘不染的透明的蓝色。水位稳定下来。被折磨得苦不堪的人们，拉满的弓弦一样的神经突然松弛。

一切总算告一段落，暂时平静下来的一个晚上，从南边疗伤回来的陈志思绪如涌，写下了如下文字：

春天，开工的钟声在黎明前响起。我们摸黑钻出草屋，看不清几支嫩黄的花茎刚刚爬上床头的泥墙。我们播下种子，播下一年的希望。

初夏的暴雨同仿佛立起的大江连成一片。人们整天在堤坝上摸爬滚打，和着浑浊的江水，嚼着冰冷的饭粒，倒在流水如注的石坡上鼾声如雷。

一个兄弟的双脚埋在沙堆里，被人不知是有意还是无意斩断了脚筋，被送去老家，再也不会回来。

一个老职工的女儿，不知为什么哭得特别伤心。她后来被吹吹打打的迎亲队伍接走。

那天夜晚，月亮特别大特别圆，带着无比的纯洁，祝福女孩的婚姻。

秋天来了。云忽然就淡了，高了蓝天；水忽然就瘦了，矮了桅杆；风忽然就硬了，薄了衣衫；雁阵背着斜阳，在纤尘不染的天上，写美丽的十四行。

过去了，棉芽在破土中的扭曲；过去了，柳枝在屋檐下的折断。只要有了累累的硕果，一切就得到了报偿。

棉花堆上了仓库的屋梁，将会有新的情侣在值夜时诞生；牛车上了发亮的桐油，将会有送棉花的吱扭声响彻云霄；土地露出干瘪的胸膛，将会有新的种子在冬耕时埋藏。所有人都开始指望今年的分红：父亲盘算着造屋，儿子早等着媳妇进门；一个女孩看中了商店新到的雪靴，过年时她要去中国的最北边看望当兵的对象；一个兄弟暗中准备着结婚，他揽进怀抱的是我们个个梦想过的女神。而我，唯一的愿望是买够最上等的棉花，给日渐衰老的母亲换掉那床烂渔网一样的老棉被。

完成了冬种，我们就要回城里过年，每一天，都是我们在期待中激动不已的日子。

只是，再没有人领我们去对面县城的渡轮，去跑前跑后为我们寻找空载的长途货车，去用出人意料的勇敢帮我们照长途客车的票价到达同样的目的地。

天　鹅

一

刘志国很孤单，从一开始就没有什么人亲近他，原因很简单——他是上海人。

陈志到江洲的第一天，就注意到了刘志国的特别。

从各自的城市被招工来江洲的人在县城集中上驳船，到农场码头上岸，翻过堤坝，又集中在场部的场子上，各分场生产队长照已经拿到的名单喊名字领人。

"刘志国。"一分场二队的队长吴毛俚喊。

"到！"

只听答应不见人，吴毛俚四下张望，看到一个小胖子提着一只老旧的大皮箱，正往坝脚下自己赶来的那辆牛车走去。

"你是刘志国？"吴毛俚把名单上的其他几个领过来，问。

"是。"刘志国已经把皮箱放在牛车上，很笃定地坐好了。

"你怎么知道是这驾车？"

"我刚在坝上看见您站在车边上。"

"哦。"

吴毛俚眨了眨疤癞眼，一侧身上了牛背。

宿舍四个人一间，门跟后墙的窗子对着，两边各两张床：床脚是钉在地上的木桩，床面是竹片，离地半人高。地上铺了石灰，可以放箱子、面盆之类。

刘志国跟陈志在一边，另一边是晏德成和聂宏亮。刘志国的床跟聂宏亮对面，在窗子那头，挂了个帐子，大皮箱提手朝上，立在靠墙的床头，床上剩下的位置，足够放平他的身子。除了上下床，帐子从不打开。陈志他们都是省城来的应届高、初中毕业生，都斯文，互不打扰，只聂宏亮撇嘴说，别看在帐子外面看着像只刚下的蛋，帐子里面就是个鸡窝。

县政府跟专署在一个城市，县名跟专区名相同，这给户口属专区市的人造成了一点儿麻烦，一定要声明自己是市里来的，免得别人误以为是县里人——县里人比市里人低一等，再下面就是乡下人。刘志国是市里来的，但他从不声明。因为他既不是"市里人"，也不是"县里人"，他老家在上海。几天后，分在其他分场的几个熟人来看他，"阿拉阿拉"的，都说上海话。晏德成和聂宏亮班上好几个同学的父母是上海来建"大三线"的，都听懂了——这几个上海人把他们都叫"阿乡"。

"上海有什么了不起？"几个人出门后，聂宏亮愤然说，"百分百的暴发户，冒险家乐园，十里洋场，买办佣人市场，尽是帮会妓院、地痞流氓。往上几代，还不都是他们自己瞧不起的阿乡！茅盾小说《子夜》里'马路上的小瘪三，饭可以不吃，香烟屁股一定要抽'，说的就是这种上海人。"

陈志被派去江对面县城给食堂加餐采买，这是他到农场后第一次出差，郑重其事地把压在箱底的中山装翻了出来。省城有位邻居在机关当科长，去上海出差，母亲特地请他带的，说是儿子从小穿的都是由大改小的旧衣服，现在参加工作了，总要像个样子。陈志一直舍不得穿，忽然穿出来，的确良面料，挺括，发亮，大家都说像个新郎官。恰好刘志国走过，有人喊住他："喂，小瘪三，这是你们老家的产品，怎么样？"刘志国毫无准备，脱口说："这种衣服上海人是不要穿的。"

要不是坝头上一同被派工的人在催上船，陈志差点就照他门面给一拳。

气归气，陈志心里明白，大家看不上上海人，不是因为自己了不起，而是因为比不过他，跟刘志国站在一块儿，立刻就真是他说的"阿乡"。

因为就这一个异类，大家觉得好欺负，个个要刘志国好好向本省人看齐，不要酸溜溜的摆小瘪三崇洋媚外的派头。他从不回嘴，也不看大家，心里明显固执着，一点儿没有驯顺的样子，更别说幡然悔悟了。

跟着外婆在庐山长大的白毛儿，卷头发，花格衬衫，大裤脚，处处模仿上海人，他用力一推刘志国的肩膀："说话呀，哑了？不服是不是？不承认自己小瘪三，是不是？"

刘志国被推得一个趔趄，站直了，还是不吭声。

几乎在一切方面，刘志国都表现出自己事实上的优异。

一年半载，食堂加餐，每人一大碗红烧肉，其他人大呼小叫，风卷残云，恨不得连碗一块儿吞下去。刘志国至少分成十次享用，每次一两块肉，一小勺汤汁，加到平时难见油星的水煮菜里，餐餐吃得有味不过。

农场用柴油发电，晚上九点就停了电，之后照明就点煤油灯。各个宿舍每次分摊油费，总是吵得不可开交：油怎么就烧完了？这才买了几天？我中间回去了一个礼拜，或者我每天停电前就睡了，凭什么一样分摊？

只有刘志国那间宿舍从来没有这种争吵。这全仗他的细心：他每天都睡得最晚，床头有一只小闹钟，同屋的人谁几点睡的，他都有记录，分摊油费的时候，上次买了多少油，烧了多少小时，每小时的用油是多少，各人用了多少小时，一清二楚。陈志真是替他可惜：这样过度的聪明，完全是一种浪费。像他这样的人，应该去管农场，管国家大事，去造卫星、登月球！又觉得他有几分可怜，他也许是用这种芝麻绿豆的计较，保护自己的聪明不受攻击。

农场吃的是定销粮，虽然比城市的定量高一倍，但正在长身体的年纪，许多人还是不够，每个月总有几天饿得脚酸手软。刘志国总有饭菜票富余，跟人换现金，买烟。他老爸从前是洋行舞厅的琴师，后来在市里下码头的西门口摆了个烟摊。没事时就端张报纸，是自费订的上海的一种晚报。刘志国很小就学会了抽烟，到了农场，有了工资，抽烟可以随便了，但他并不随便：口袋里放两包烟，一包是上海老牌子"飞马"，一包是本省最便宜的"海鸟"，当着人面抽"飞马"，一个人的时候抽"海鸟"。每天几支，定量。

刘志国对自己似乎有一种悲剧性的执迷。他的聪明像装满的水桶，随时会晃出来。大家为一件事争得不可开交，他冷不丁插一句，没人在意。等争完了，才发现，他插的那句，就是大家争到最后的结果。每个月，记工员给各人结算定额包工的工分：铲了几条沟，锄了几垄草，拢共多少分，慢吞吞地拨着算盘珠子，他在旁边已经报出了得数，跟算盘珠子拨出的分毫不差。快速的推断和计算，像是跟人比赛敏捷。谁的脑子跟不上，"拎勿清"，他就会冷冷地瞟一眼。就这一眼，暴露出他骨子里让人厌恶的自负，让注意到的人很受伤。

也有绝对的禁区。

新职工宿舍几十号人，每天叽叽喳喳、吵吵闹闹，只要纠纷不牵涉自己，刘志国从不介入，更别说寻衅挑事。不管发生什么，哪怕塌了天，他都没有态度。问他有没有看法，有什么看法，他都回答：这是我自己的事——不是说那件事是他自己的事，是"有没有看法，有什么看法"是他自己的事。没有必要告诉你，你也没有必要知道。他从不指教别人，也不听别人指教，大路朝天，各走一边，各管各就好了。他不管别人，不等于别人不管他。受到别人的嘲笑，他最多嘟哝一句："关侬啥事体？"别人挑剔他的小胡子，他吸烟非吸到烟屁股不可，他的表情都是："关侬啥事体？"

除了上工、吃饭、睡觉，刘志国跟大家也没有多少交道好打。他的大皮箱里有一只琴盒，每天晚上不管干部念文件、开会、夜校多晚结束，他都抱着琴盒去坝外的柳林练琴。场部渔业队的木船上桐油，反扣在江滩的木架上，下雨天，他就钻进去，坐在地上。

场武装部的李部长下来蹲点，每天晚上把大家集中在一间屋里念文件，不论男女，都恨不得跟他连体。刘志国坐得既不近，也不远，从不发言，也不迟到早退，从头到尾眯着眼，左手掌朝上，拇指以外的四个指头蜷着，不停地起伏移动。比国家干部还负责的陆国汉走到他面前，拍拍他的肩膀，让他听讲，他睁开眼看看，又眯上，以至李部长来了半个月都喊不出他的名字。后来李部长给省城来的女职工甘新华害得撤职，离婚，接替李部长蹲点的黄场长也是一个长篇大论专家，刘志国照样是边听边动指头。凡是跟自己没有直接利害关系的事，他都不用心，觉得不划算。

这样的油盐不沾，一样让人恼火。

队上的新职工没人讲刘志国的好话：虚假，滑头，对谁都客客气气的，其实谁也看不上；自顾自，会盘算，跟他打交道要多几个心眼，要不把你卖了你还谢谢他；琐琐碎碎，小里小气，兜里跟大家一样翻不出几文钱，还穷讲究，死要面子活受罪……

恼火归恼火。许多人又离不开刘志国，暗里跟他套近乎，请他让上海的亲友买上海货——香皂、雪花膏、格子衬衫、胸罩、丝光袜子、回力鞋……五花八门。说话、穿着、举止，处处模仿他。他抽烟，牙齿还雪白。有人发现是因为他除了一早一晚刷牙，每餐饭后都要漱口，也就跟着在饭后舀一碗清水，仰着脖子，咕噜咕噜地一通猛喷；抽烟的甚至学刘志国用中指和拇指掐着烟蒂，把烟蒂抽到实在不能再抽为止；白毛儿原来以为上海时髦男人都是一头卷毛，见到刘志国以后，一遍一遍地洗头，努力把自己的一头卷毛捋直，梳成刘志国那样的发型——偏分，小波浪，大鬓角。

但是菩萨哪里是一天修成的！大家怎么学也学不像，就只好骂他"假洋鬼子""外国狗"，因为骂人比较容易。

人真是怪，越是得了一个人的好处，就越是恨这个人；越是知道一个人比自己高，就越是要贬低他。

倒是在老职工里，刘志国有人缘。他矮矮胖胖，平脚板，走路一摇一摆，肉嘟嘟的脸、胸脯和屁股直晃动，像只笨鹅。老职工觉得特别喜兴。

队长吴毛俚成天面无表情，但看刘志国的眼神，总有种说不出的柔和。

刘志国在老职工面前，也的确是活络，男女老少都兜得转。他抽他们的黄烟，一定回敬自己的香烟；见了小媳妇带到棉花地的细伢儿，不知从哪里就摸出一粒"大白兔"。吴毛俚的小舅子在场部渔业队驾船，知道了刘志国天天晚上在江边练琴，拜托所有船工夜里值班记得留块跳板，好让刘志国上船，天气再坏也不怕了。

二

聪明的人往往胆小，刘志国就属于这种。他谁也不敢得罪，夜里去江边练琴，就是怕吵了大家，惹骂。但大家并不领情，觉得是应该的：谁让他是上海人！

同屋的几个，晏德成整天咬着老职工送的竹烟筒，夜里去江湾游完泳就上床睡觉，从来没有多话；聂宏亮喜欢朗诵诗歌，得到黄场长的高度表扬，说是思想教育的好方法，一有空就把宿舍的走廊当舞台，挥动双手，慷慨激昂；陈志一回屋就慌慌张张地找纸找笔，趴在床上爬他的格子，眼巴巴指望那些字变成钞票。那次刘志国轻蔑他的中山装，他一直记恨在心，视如仇人。

聪明跟青春期的躁动一样，不释放就会堵得发慌。但洲上需要的是干活的体力，太用脑力的事情不多。刘志国智力过剩，成了他的一个累赘，总要找个方式发泄。做不了大事，做点芝麻绿豆小事，也算是一种消遣。小事常常是麻烦事，但再麻烦的事，到他手上，都会拎得清清爽爽。聪明好像是他特有的一种玩物，什么事只要他玩了，都能玩出花样。

下农场的第二年，开春，大坝上来了挑箩担卖鸡仔鸭仔的人。刘志国下早工时刚好碰上，买了一群。

宿舍与大坝之间的空场上，去年收棉花后拔出的棉花秆子，打成捆，运到食堂当柴火，堆了一个大柴堆，跟宿舍一样高。天晓得什么时候，刘志国在柴垛底下抽出了一个洞，洞口挡了一个柴捆，做了鸡鸭的窝。每天上工前把柴捆移开，放出鸡鸭；晚上收工回来，鸡鸭已经自己进了窝。

有一天，刘志国忽然发现，有一只鸭仔，小小的，黄黄的，茸茸的，傻傻的，一摇一摆，有点像他自己。又过了些时候，在那群鸡鸭中高出一头，原来竟是只鹅！

刘志国惊喜得不得了，一弯腰抱在怀里，又是亲，又是摸。以后每天见到，都要在怀里抱一会儿，摸一会儿，梳理一会儿羽毛。

鹅闷声不响，只要见到刘志国，就会伸长脖子，加快步子，很厉害地摇晃着，扑过来，在刘志国脚前脚后扑打翅膀撒欢儿，像是一对亲兄弟。新职工里的刻薄鬼干脆就用刘志国的名字给它命了名——刘志国。刘志国不生气，也一样"刘志国""刘志国"地喊它。

刘志国其实并不小肚鸡肠、孤芳自赏，反而天生懂得化解和协调。别人疏远他，他不计较，别人一有好意，他马上就欣然接受。

仅仅这一点，陈志对刘志国就是认可的。上海人的见识就是不一样。他们好像什么都见过，不把名头太当回事，对各种无法抗拒的要求表面服从但心里未必承认，都是自己远远不及的。

蹲点的黄场长有一天开会，清了好久喉咙，神秘兮兮地宣布："场部通知，有一帮外国记者要来参观，可能会到队上来，到时大家既要热情又要警惕，既要大大方方又要小小心心……"话刚开头，会场就炸了锅，大家又兴奋又紧张："不晓得是哪国人？有没有敌特？"

刘志国不以为然。他不觉得外国人除了亚非拉，没一个好东西；也不觉得一说外国人，自己就矮了三分，装着鄙视，其实畏缩。"有什么神秘的？不管哪国人，终归是人。"他轻飘飘地说。

新职工里第一个结婚成家的聂宏亮搬走了，屋里剩了三个人。晏德成是老大哥，给死心塌地喜欢他的翘白儿老缠着，陈志跟刘志国同年，在一间屋里处久了，老别扭着都不自在。

"可不可以看看你的书？"刘志国试探着问。

陈志床头有一个棉花篓子，装满了书，有省城带来的，也有在农场各处借来的和顺来的。

"可以啊，杂七杂八，没什么好的，你不笑话就行。"

"那回我真不是笑话你，就那么随口一说。"刘志国说的是陈志那件中山装。

"你说的也是事实。"

毕竟年轻，说是记仇，时间长了，陈志也渐渐冷静。他一直在观察刘志国：他的聪明处处闪烁，像是卖弄；觉得不该说的又绝不说，像是自私。如果不带成见，其实应该说前一个是本能，后一个是教养。

"你的诗写得真好。"

这是刘志国真想说的话题。

陈志来农场后写的第一首诗《我恋爱了》，被黄场长在夜校念出来批评。那首诗里有"我要在你滚烫的怀里徜徉"之类的句子，写的其实是劳动——播种、耕耘、收获，是跟农场"恋爱"，但被黄场长看成了黄诗。

"真的吗？"陈志来劲了。

"真的。"刘志国说，"我二哥说，交朋友，不在乎他是不是得志，只要自己觉得好。"

陈志很感动：他是真诚的。

他们都把枕头掉了头，先前的脚板对脚板，改成了头顶对头顶，便于聊天。

给陈志的印象，刘志国的老爸很奇特，会讲好几门外语。二哥和刘志国学琴，一开始就让他们读五线谱。一个外国芭蕾舞团来上海演出，无数上海人在刺骨的寒风中通宵排队。老爸在晚报上看到，让二哥坐一天一夜火车赶去上海。平时恨不得一块洋钿掰作两块花的老爸，在这一点上一点儿不讲实惠。二哥临走前，老爸再三叮嘱："看演出前，一定要换上干净衣服，进了剧院，一定要守秩序，讲礼节，别给上海人丢脸。"为此，专门给二哥讲了一通国际习惯。

刘志国最崇拜他二哥。他的帐子里挂了两张照片，一张是全家福，一张是他二哥：外国大草帽、雪茄、粗布衬衫、红围巾，帅得不行。

"二哥后来上的是上海的艺术院校。本来可以留在上海，人家还是让他去了大山沟教书。不过我嫂子很漂亮，是班花，差一年毕业，不顾一切跟他走了。"刘志国为二哥遗憾，又为二哥觉得值。

二哥每次回家探亲，除了跟刘志国一块儿练琴，还给他讲各种道理，比如"气质""修养""成长""成熟"：一个人优秀而自己不觉得，那就是气质；一个人富有而让别人不觉得，那就是修养；看重原本看轻的东西，看轻原本看重的东西，那就是成长；能上大雅之堂，也能入乡随俗，那就是成熟。就几句话，简单、明白、确定。

"难怪你这么懂事！"陈志深叹了口气，从来没人给他讲过这些。

但刘志国的弱点也是明显的。他因为精明而太过谨慎，几乎有一点儿怯懦。偶尔凑手打扑克，一张牌捏在手上发抖，半天也甩不下来；一步棋可以想一晚上，边上的人都看出，只要一动那个子，绝对就是一步好棋，他就是下不了决心，非让人急出病来不可。他从来没有疯笑过，再高兴的事也只是抓着拳头挥一挥；也从来没有痛哭过，再伤心的事也只是背过身子窸窸窣窣。跟队上天不怕地不怕的烂李子比，他就像个女孩。

那些鸡鸭转眼就长大了。母鸡煞有介事地刨食，唧唧咯咯地卖弄风骚；公鸡露出了冠子，把母鸡追得飞跑。按理，柴堆下的那个窝该容不下它们了，但始终没有发生拥挤，反而一天比一天少了。

半夜里，听见柴堆下有鸡鸭的惨叫，刘志国说是黄鼠狼；坝外的水塘里飘着鸡毛鸭毛和血迹，他照样说是黄鼠狼；宿舍夜深人静有快活吃喝的咻咻偷笑，他还坚持是黄鼠狼。

刘志国只做了一件事：找了块小木片，拴上绳子，挂上鹅脖子，木片上用反复填粗的笔画写着——恳求手下留情！

聂宏亮搬出去以后，他那张床一直空着，陈志建议，夜里让"刘志国"进屋睡。晏德成松开紧咬的竹烟筒说："对对，保险。"

刘志国在床下垫了薄薄一层棉花秆子，铺上一个抗洪剩下的草袋。"刘志国"跟刘志国一样灵光，一进门就什么都明白了，大摇大摆地走向它的安乐窝，长脖子往后贴到背上，脑袋钻进翅膀，像吃饱了奶的婴儿一样睡了。

"刘志国"的草铺永远是干净的，它从来不在上面排泄；"刘志国"的羽毛永远像大晴天的云，除了刘志国给它梳理，它自己每天都会在坝外找特别清澈的水塘洗澡。

一早，大家起床，"刘志国"也跟着钻出床底，傻傻地一下一下向前伸着长脖子，送大家出门，然后就老成持重地在坝里坝外高视徜徉。一到傍晚，又傻傻地站在宿舍走廊上，等收工的人声。

"刘志国"很乖巧，见到宿舍的所有人都很滑稽地一下一下往前伸着长脖子讨好，有时候还大大地张开翅膀，大幅度扇动，做激动状。

大家也就真的手下留情，对"刘志国"比对刘志国亲热多了。

"刘志国"成了新职工宿舍的一个宝贝、一个美梦，寒冬的日光和暗夜的月亮，每日每夜不能少的一种意义。女伢儿喜欢搂着它合影，它会臭美地缠绵或神气地抬头。沉默寡言的晏德成，只要见到"刘志国"，就有说不出的开心。

悲剧还是发生了。

省农垦文工团巡回演出，到江洲的首场，所有人都蜂拥去了场部。半夜回来，不见了"刘志国"。刘志国转身就往大坝猛跑。

坝外，惨白的月光下，"刘志国"洁白的羽毛拖着黑色的血，在水塘上漂浮。

陈志担心刘志国受不了，会喊，会哭，会疯掉，但是没有。

刘志国从床头的大皮箱里，抱出琴盒，轻轻打开。绛红色的小提琴，像女妖忽然睁开的眼睛，在昏暗的煤油灯光里射出异样的光亮。

陈志听刘志国说过，他老爸拿出家里全部的积蓄，从一个欠了赌债的外国同行手上买下了一把祖传的意大利小提琴，老爸给了二哥，二哥出事前又给了他。除了去江边练琴，他从来没有在宿舍打开过。

整个后半夜，刘志国都在反复拉一支曲子。陈志在省城听过这支曲子，是法国音乐家圣桑的《天鹅》。

宁静的湖边，迷蒙的月光。缓慢的旋律，流畅并且轻柔。毫无装饰的忧郁和深沉，营造出水的波光粼粼。天鹅优雅而端庄，在水中悠然游动。没有激烈的旋转，没有振翅的舞蹈。她天生高贵，却头颅低垂；她纤尘不染，却难逃凡俗；她可以引吭歌唱，唱出的却只是悲伤。天鹅在全曲最弱的节奏中渐渐消失，仿佛无力地拍打翅膀，飞向了天空，只剩下水面缓缓荡开的涟漪……

宿舍的门都开着或半开着，没有声息。

三

省农垦文工团离开江洲时，带走了刘志国。

"刘志国"被杀的第二天，队长吴毛俚跑去场部，找到了文工团长，没头没脑地说："我队上有个扯琴的，不比你们那个差，你们要不要？"

"什么'扯琴的'？"团长莫名其妙。

"就是扯那个的。"吴毛俚指着一堆乐器箱上的一把小提琴。

"你是谁？"

团长打量着这个突兀而倔巴的洲巴佬，他的草帽发黑，脚趾露出鞋头。

"我是他队长。"

"你懂……那什么'扯琴'?"

"不懂。只晓得好听。"

"你听过?"

"自然。去我内弟船上听过,我内弟是……"

"别那么复杂。你让'扯琴的'来,我们看看。"

团长转业前是军乐队指挥,干脆利落。

过年,陈志回省城探亲,按刘志国信上的地址去省农垦文工团。大门口值班的说:"里面没人,都下基层演出了。"

看看陈志大失所望的样子,值班的问:

"你要找谁?"

"刘志国。"

"哦,我们团里头把小提琴!"

天上星子朗朗稀

一

洲上人说，人倒霉，盐罐子生蛆。昨天一整天还风和日丽，半夜以后忽然乌云打堆，天上地下黑得严丝无缝。起夜的罗家兴差点栽了个狗吃屎。

最倒霉的是余洁，本来是上调，想破了头的好事终于来了，特地选了个好日子搬家，却突然变了天，让罗家兴也跟着倒霉。

队长吴毛俚头天夜边收工时叫住罗家兴，让他第二天帮余洁装船，然后跟船到江对面的梅家洲，余洁的男人会在那里接她。他随船返回洲上。

劳力下了早工，天还像没亮一样。

大雨随时就会塌天一样泼下。

吃过早饭，罗家兴紧赶慢赶帮余洁搬家。行李是余洁自己收拾的，女人就是没有头脑，眉毛胡子一把抓，磨叽了好几天，到要动身了，还是乱七八糟的，散了一地。

二队到场部码头，虽不太远，但大包小包、大担小担，坝里坝外、坝上坝下，跑起来还是够费事的。

一上午，场渔业队机船上的几个人看着罗家兴一趟趟地肩扛手提满头大汗，笑他：

"罗家兴何时成的家啊？也没有请过我们吃喜糖。"

"莫吵死！"

罗家兴哼了一声，顾不上搭腔。

午饭过后，余洁搂着吃奶的儿子最后进了船舱。

岸上，罗家兴的那群狗跑来跑去躁动不已，不知是为主人高兴，还是生主人的气。

"都给我死回去！我夜边就回来了。"

罗家兴大喝了一声，在船尾一堆拉网上坐下，掏烟，手刚从口袋抽出，一包烟就被边上的船工抢去："来来来，喜烟！"

"狗日的，给我留一根！"罗家兴大喊。那只烟盒是瘪的，就两三根烟。

洲上人没有几个不知道罗家兴的，一有机会就拿他开心。他是出了名的光棍儿，身边永远只有一群狗，跑前跑后围着他撒欢。三十郎当了，他永远只说自己二十五六，好像他的寿数在二十五六就打住了。他看上去起码是"二十五六"的一倍：板刷头，黑脸，雀斑，干瘦得像块老腊肉。他没法改善这些，就在牙齿上动脑筋，早年多次相亲失败之后，把门牙镶成了金牙。满以为金牙可以带来桃花运，没想到金牙更坏事。要命的是，他克服不了面对女伢儿的紧张，眼睛鼻子挤成一堆，上下嘴唇一齐在金牙上发抖，像要吃人。女伢儿见了没有不往后缩的。

罗家兴从不主动接近城里来的新职工，尤其不敢接近他们中的女性，连正面看一眼也不敢。路上碰到，赶紧避开，实在避不开，就把脸侧到一边。城里厚脸皮的女伢儿多的是，总是故意逗他，常常把他逗得脸红得要冒血，头死死低着，恨不得夹进胯裆。

只要周围没有女伢儿，罗家兴就哼哼唧唧：

> 天上星子朗朗稀，
> 莫笑单身穿破衣。
> 山上树木有长短，
> 江里涨水有高低，
> 是人总有出头时。

罗家兴是在洲上的"五句头"中长大的。陈志做梦都想做作家——这是他有一天能离开洲上的唯一指望，荷包里总是装着笔和小本子，听到洲上人唱小曲就记录。缠着罗家兴唱了几遍，记下了，让他再唱别的，罗家兴说："别的？没有了，我就只会这几句。"

"是人总有出头时。"罗家兴接着哼。

"你何时出头啊？"边上的人问。

罗家兴不理，径自哼自己的。他好像一天到晚都在做梦，看上去好好的，心思不晓得在哪里。一堆人嘻嘻哈哈，他也跟着嘻嘻哈哈，你若问他这堆人刚才笑什么，他就一怔，茫然地眨眼。他脑子里好像成天转的都是跟下身有关的事——往灶膛塞柴、在地里出沟、篙子插水、锄子挖洞、磨盘出浆、榫头钻孔，都能让他出神，间或没来由地"嘿嘿"一阵傻笑。众人老拿这些捉弄他，他并不恼，自己也老戳骂自己。塘里洗衣服，他一边拿棒槌猛击石块上的裤头，一边叹气："唉，又死了一堆。"

"死了一堆什么啊？"边上的老巴嫂问。

"伢子！"

罗家兴举起裤头，上面，夜里跑马的疤迹像地图。

"做过了！活宝，死鬼，死流子！"

老巴嫂们"嘎嘎"乱笑。

闹归闹，狗肉包子上不了席面。一来正经的，罗家兴就缩了舵。

二

"吴毛俚这回是存心让罗家兴走桃花运了。"

"屁个桃花运，饭甑边上饿死人，看得到吃不到。"

"过个眼瘾也是好的。"

几个船工鸡一嘴鸭一嘴,对罗家兴挤眉弄眼。

"莫吵死!"罗家兴的脸居然红了。

船舱里很安静。怀里儿子一声啼哭,余洁赶紧把奶头塞进他嘴里,然后船舱就又无声无息。她大胸宽胯粗腿,一条油黑发亮的大辫子拖到鹅一样的翘屁股上。

"这种女人会生伢。"老巴嫂背后叽叽咕咕。

男的眼馋余洁的丰满,好像过年杀猪才能见到的大肥肉,看着就想啃一口。

听说余洁的男人在城里,但她去城里生了伢儿又抱着伢儿回来,来去都是一个人,从没有见她男人到洲上来过。洲上人私下说那个伢儿是私伢儿,传她跟过许多男人,只是脸上假正经,像个高级干部。男怕新鲜女怕困,闷声不响的女人是最骚的。也是出鬼的事,越是这样的女人,越是让男人心痒难熬。她这次往回调,不消说,又是得了哪个男人的力。

最早是市里的干部,后来到了总场,最后到了二队,一步一步走下坡。来二队前,场部交代,余洁还是国家干部,要适当照顾,最好有单独的住房。新职工宿舍早就挤得屁都打不出。吴毛俚安排劳力把新职工食堂的披厦清理出来,安置了她。让她在食堂管账,不用下地。

每天早上挂在坝头树桠上的钟一响,余洁就跟上早工的劳力一样起床,去灶间帮忙。她手脚慢,但细致周到。自从她来了,厨房里外的地上再没有积水,灶台、案板、缸沿、门窗再没有灰尘。她从不多事,也不拿架子,虽然脸总板着,但不是傲气,对哪个都客客气气。多数时候,她都一个人窝在披厦里。

老天爷好像觉得罗家兴这辈子太寡淡了,非要让他有点故事。

吴毛俚也是扯卵蛋,偏交了他一脚尴尬的差事。好在船到了梅家洲,帮她把行李搬上岸,他就跟船回来。

船还没出江湾,闷了大半天的雨突然暴发。暴雨连成整块,对面的江岸、县城、山，转眼没了影。几个船工呼啦一下各忙各的，狂风掀起恶浪，船忽而蹦上浪尖，忽而跌进浪谷。船舱里，细伢儿一声惨叫，惊得罗家兴从拉网上跳起，咬咬牙，战战兢兢地推开了舱门。

余洁脸色煞白，一只手死命搂着儿子，一只手绝望地在空中乱划，想要抓住什么，极力不让自己滚到地上。罗家兴一把抱过细伢儿，捉住余洁那只乱划的手，帮她抓住窗沿。

才缓过神的余洁要死要活地呕起来，把中午吃的一点儿东西连着黑黄的酸水吐了一船板，船舱里一股恶臭。倒是细伢儿奇了怪，躺在罗家兴怀里，安静得像只乖猫，大圆眼睛像娘，睁得老大，有点惊讶地盯着一张陌生的黑脸，像在动心思：一个人怎么会有发光的牙齿？

谢天谢地，船底在硬地擦出喊嚓一声，船差不多是被浪抬着，靠了岸。

大雨中的梅家洲，一个人影也不见。之前说好，余洁的男人上午带着车子从市里出发，中午就会到梅家洲渡口，现在都过了半下午。明显是在路上耽搁了。

几个人帮着把余洁的行李搬下船，堆在一个土坡上，从船上拖出一大块油毡布盖上。一只装化肥的透明塑料袋，剪开一边，从头套下，当了雨衣。余洁抓紧袋子边缘，横着身子，弓着腰，胆战心惊地一步一步移下跳板。罗家兴抱着她儿子，站在跳板下，想扶又不敢上前。

余洁在那堆行李上坐好，罗家兴手伸得老长，把细伢子递给她，头也不回地走开。

"看你怕成那样！"回到船上，几个人讪笑，"她是母老虎？会吃了你啊？"

"莫吵死！"罗家兴心神不定。

空空荡荡的梅家洲头，越下越猛的大雨中，坐在那堆坟头样的行李上，抱着儿子披着白塑料袋的余洁，像是披麻戴孝，吊丧。

跳板刚刚抽起，忽然看到余洁立起，道："家兴同志！"

声音细弱凄惨，在哗哗的雨声中颤抖。

船上的人一下蒙了，好像刚刚发现，他们把一对孤儿寡母抛给了荒洲野地，狂风暴雨。

"造孽……"

"给我！"

罗家兴一把夺过身边船工正在撑船离岸的篙子，一撑篙子跳下了船。

三

梅家洲是长江和鄱阳湖交合出来的，像一张尖嘴，插在江水和湖水之间。没有圩堤，任四季水涨水落。秋后枯水，附近生产队在这里种了越冬作物。现在，油菜开花，一眼看不到边的鹅黄，围住了坡上孤零零的看场公屋。最近的屋场离这里起码有四五里地，快收油菜了，要有人日夜看场。

罗家兴在铺天盖地的雨中蹚过油菜林，敲开公屋的门。

看场的是个老倌，酒喝得红头胀颈，还没听完罗家兴的话就嗒吧着舌头说："还啰唆什么？快些接大妹子、侄子进屋。"

一切停当，老倌才搞清楚：他们来躲雨，是为了等城里来的车，那车该到的时间没有到，也不知何时能到，眼见得已经快夜边了，只有从市里返回的车，难得有去市里的车，有也是满载，没法让人搭便车。

"莫怕，我回屋场跑一趟。"

老倌的酒完全醒了。他让余洁告诉电话号码，他队上有人在公社做干部，可以跟城里联系，万一联系不上，公社每天早上有车进城拉货，可以捎带他们。

"你们一家子就安心在这里等。锅灶、床铺、柴米油盐，都是现成的。接你们的车若是没来，你们就在这里过夜；若是来了，你们只管走人。"

老倌走了。余洁儿子吃足了奶，在被窝里咂巴着嘴睡了。屋里就醒着两个孤男寡女。

罗家兴是头一回在一间这么狭小的屋子里这么逼近地单独面对一个女人。屋里有一种罗家兴从来没有闻到过的不明不白的气味：像奶香，又不全像，特别惹人，想用力呼吸，又不敢用力。

"家兴同志，谢谢你。"余洁幽幽地说。

她在二队住了快一年，始终像是做客的，对谁都客客气气的。她的声音绵绵的、软软的，蜜糯了。一个女人不要费一丝力气，单是这样的声音，就足可以把一个蛮牛样的男人放倒。

那个透明塑料袋早给风撕烂了，余洁像只落汤鸡。

罗家兴眼睛没处看，偏着头说："我去看车来了没有。"

雨总算要歇了，窸窸窣窣。风好像不甘心，一阵一阵地刮骨。最后一趟轮渡离开渡口返回对面的县城。从渡口伸向市里的车道像一条死蛇一样在昏暗中弯弯曲曲。

罗家兴其实也是一身透湿，却跟鬼找上了一样，不冷，从脑壳到脚趾头，一股邪火乱窜。他不停地甩一甩脑壳，像是要把一块谁都想啃一口的大肥肉甩出去。

隔着湖口，对面县城人家的灯纷纷亮了。听不到声音，但可以想得到一家家灯下围坐过夜的快活。罗家兴记得事的年纪，娘老子就不在了，姐姐带着他出嫁，可以当劳力了，就一个人跑来江洲做工。这么多年，出门一把锁，进门一盏灯，一个人吃饱全家不饿，倒也撇脱。就是夜里，上床一条绳，醒来一根棍，毛焦火辣，想抓没处下手，想啃没处下牙，叫天不应，叫地不灵，恨不得把屋顶戳个洞。

一个个老巴嫂热心热肠，一次次竹篮打水一场空，慢慢就心灰意冷。

"这是命。"她们说。

罗家兴也认了：这是命！

江上没有遮挡的夜风越来越大，罗家兴终于忍不住一阵阵寒噤。若不想死在这荒洲野外，只有回那间公屋。

门边留着一条直缝，罗家兴抓紧门扇，一点儿一点儿推开。门没有响，反而是自己的心咚咚响。

屋里拉起了绳子，挂满了女人的湿衣裤和细伢儿的尿布。桌上亮着一盏油灯，灯下压着一张白纸，上面画了一碗米饭、一个箭头、一口大锅，意思很明白——饭在锅里。

罗家兴心里一热。这个女人看起来从不多事，是怎样晓得他不认字的？

暗处的床铺上，搂着儿子的余洁发出轻轻的鼾息。这一天，她应该是最累的——心累。

"是家兴同志？"余洁忽然醒了。

罗家兴从头到脚触电似的一掸，不敢回话。

……

夜冷……

……

吃过饭你可以到铺上来。

……

我没有别的意思。

……

门重重一响。罗家兴在屋外带上了门。

四

雨不知什么时候停了。天深蓝，像水洗过，只有朗朗的几点星光。

市里来接余洁的车今夜明显是没有指望了，若是明天还不来，那个老倌找到公社进城的车是笃定的。万幸遇上了一个活菩萨，这是余洁的造化。

她明天上车去市里,他就转头去渡口搭轮渡,过湖口,到县城坐场里的渡船回江洲。一块大肥肉就没有了影形,再也馋不了他。

  天上星子朗朗稀
  ……
  是人总有出头时
  ……

出头?出个鬼头!
罗家兴心里一阵悒惶。

月到十五自团圆

一

陈志到场广播站上班没有几天,场办梅主任让他去一趟后场乌龟洲,新上任的一把手指示,这个新成立的分场,许多人的思想情绪一直不太稳定,采访报道一下,给他们鼓鼓劲,尤其是罗家兴这样的积极分子,要好好宣传。

因为江南是本省,江北是外省,洲上把朝江南的一边叫"前场",朝江北的一边叫"后场"。乌龟洲是后场尾巴上新冒出的一个小沙洲,农场决定把它围起来,扩大棉花地。新的堤坝必须在头一个冬天突击到洪水的警戒线以上,要不然春汛一来就会泡汤,白干一场。农场因此抓得很紧,把所有能集中的劳力都集中到了乌龟洲,搭起茅草工棚,地下铺上稻草,中间用两行树筒子隔出一条路,男女各睡一边。全场劳力连着几年冬天拼上性命,总算挑起了圩堤。之后,从后场的分场划拨了几个生产队组建了乌龟洲分场,自然属于后场。乌龟洲的人有意见:凭什么只有后场的人去乌龟洲,前场的人高一等?场领导想想也对头,就在前场动员。说是"动员",基本上是直接调拨。二队自愿去的,一个是龚有才,他是去当分场副场长。另一个是罗家兴。动员会上个个低着头,像发了瘟的鸡,死不吭气,让领导下不了台,他站起来,亮出一口金牙:

"我去。我光卵一条绳,抬脚就可以走人。"

陈志那时候在场部广播站做采编。梅主任交代任务时已是半下午。他让陈志晚上采访，莫耽误采访对象上工。太晚了回不了前场就在那里过夜，分场有客房，他已经跟那边讲好了。

陈志立刻就动身。他蛮喜欢罗家兴。罗家兴去了后场，他们一直没有见过。二队的新职工除了笑话大金牙，没人把罗家兴当回事，只有陈志因为搜集当地民歌会主动接近他。那年罗家兴送余洁回城，在梅家洲不明不白地过了一夜，第二天梅家洲那个看场老倌找到了进城的车，把余洁送去了市里，他转头去渡口搭轮渡，到湖口县城坐场里的渡船回到洲上。大家好一通起哄：恭喜他总算破了童子身，逼他交代跟余洁怎样狮子滚绣球、蛟龙钻深潭。他急得一跳三尺高，眼歪鼻斜口吐白沫。陈志看不过去，说："你这个人也忒实在了。有什么好急的！黄泥巴掉在裤裆里，不是屎也是屎。睡了你赚了，没睡你亏了，根本不需要辩白！"罗家兴龇着金牙，定定地看着陈志，眼睛里竟滚出豆大的泪珠子。

爬上乌龟洲大坝时，天已经快黑了。连着几年乌龟洲围堤，陈志一天都没有缺勤，现在站在绿草覆盖的大坝上，心里多少有些感慨。绿草空茂盛，人烟却稀薄。乌龟洲空空荡荡。只有新成立的分场场部和闸口机站的几间砖瓦屋，黑乎乎的一堆，冰冷肃静。后场划拨来的几个生产队，棉花地在乌龟洲，屋场仍在原地。宿舍还来不及盖，前场调拨来的劳力，暂时在这几个生产队老职工家里借住。

龚有才在分场场部等着陈志。乌龟洲分场的场长是总场一个副场长兼的，由分场副场长主持日常工作。当了副场长的龚有才而今是脱产干部，不消下棉花地，因而装束举止尽力接近城市标准，照那个昙花一现的徐晚园的葫芦画瓢：什么色的衣服配什么色的帽子什么色的鞋子，绝不马虎；裤子绝不皱皱巴巴，不知用什么法子，压出了刀口样的缝，走向一点儿不歪；说话更讲究水平，先讲什么，后讲什么，哪一句接哪一句，从哪里开头，到哪里结束，事先都一句句想好，用词和语气都极力像一个领导的样子：

"先用晚餐，晚上我找家兴几个同志跟你座谈。"

二

在分场食堂，陈志见到了老多儿。洲上许多人可以不晓得场领导、县领导、省领导、国家领导，绝不会不晓得老多儿。

这位江洲的头号女名人，在厨房打下手。

老多儿是跟陈志一批从省城下来的，分在三队，住在同一排宿舍，只没有说过话。乌龟洲围堤，两个队的劳力住一个工棚，陈志有机会就近一睹她暴得大名的现场。

洲上从来没有见过那么冷的冬天。风又大，雪又大，搭在荒滩上的茅草棚子什么也遮挡不住。不到半夜，从各个缝隙里钻进来的雪就覆盖了地铺。那些落在露出被头的脸上的雪被热气融化，使一大片雪白上现出很规则的一长串圆点。早上起来，各人地铺头上的鞋子里灌满了雪，冻在地上拔不动。耳朵、手，全冻裂了口。一整天都挑着担子跑上跑下，脚一直活动着，还过得去，但睡了一夜，就冻肿得塞不进鞋子。

不到对面实在看不清人，扁担、锹镐弄不好就出事，队长就不喊"收工"。一天下来，浑身骨头像散了架，吃过晚饭，各人早早就钻了地铺，话也懒得说。也有不安分的，就开始讲怎样的是闺女，怎样的是破瓜；怎样的容易上钩，怎样的要费些功夫；怎样的好甩脱，怎样的惹不得；十个姐儿九个肯，怕只怕你嘴不稳……在黑暗里怪声怪气地笑着，让人听得止不住咽口水。说得正来劲的时候，突然打住说，检查一下，旗杆竖起没有！每回讲完，总要提醒一句：各人保重，不要画地图，很伤神的。然后棚子里就起了一片叽叽嘎嘎的坏笑。

冰窖一样的棚子里，难得有这点乐子，哪个还会跟自己过不去。只有一个龚有才，每次都高声呵斥：粗俗！

龚有才切断烂李子脚筋的那次抗洪抢险后，分场提拔他当了二队的青年队长。

其实，洲上的女人们嘻嘻哈哈什么话都说得出口，比男人过火多了。男人还遮遮掩掩把那玩意儿说成"旗杆"，她们则毫无顾忌地直呼其名。新职工的女生多数闷声不响，只有老多儿笑得比谁都响，嘎嘎嘎嘎的，像老鸭叫，特粗糙。

老多儿从小跟着她老子在城里走街串巷捡破烂，争抢起来敢跟人玩命，完全不觉得自己是个女的。她喜欢喝酒，动粗，说脏话，起手动脚跟生猛男生一样。有一回，一帮男生心血来潮，跳进江里玩裸泳，她居然也欢呼雀跃地跑过去，三下五除二把自己扒得像刚从娘胎里出来，吓得一帮男生屁滚尿流爬上岸，抓起各自的裤头，四散逃窜。二三队宿舍所有的女生都不沾她的边，她根本就不在乎她们，成天跟烂李子那班翻生剥皮的男生混。她心里最崇拜的是场篮球队的中锋大伟，睁眼闭眼都是他有棱有角的脸，膀子和胸脯上鼓得老高的大肌肉，满是黑毛的又粗又长的腿。龚有才有一回凑近她，笑她单相思，她撇嘴道："笑什么笑，我就是想让他搞我！"

"可惜他搞大的是陈青的肚子。陈青是高中生，你小学没上几天。"

龚有才涎着脸嬉笑。

"那有什么，天下男人多的是。"

"对啊，我就是。"

"你也是男人？"老多儿朝地上"呸"一口。

那天天快黑的时候下起了雨夹雪，收工照样不提早。隔壁公社今夜有电影，是新职工百看不厌的一个外国片子。

洲上放来放去就是那几部片子，鬼子进村的配乐，"汤司令"鼓着腮帮子说"高，实在是高"，几乎个个都能背能演。最抓人的还是这部外国片子，每次放到一男一女跳舞的那一大段，像没穿衣服一样的洋婆子向后翘起一条光溜溜的大腿，绕着男演员转一个完完全全的大圈，一帮新职工就会跟发情的猪狗一样狂喊乱叫。

今夜的雨夹雪比昨夜还大。漫天风、雨、雪的呼啸却压不住那块噗噗晃动的幕布上发出的让人伤心又让人心跳加速、热血翻滚的音乐。

看完电影，回到乌龟洲工棚已快半夜，一阵一阵吓人的老北风，卷着雨夹雪，打在人脸上生疼。一帮人吵吵闹闹地摸回来，老多儿的声音特别响特别欢，进了工棚还嘻哈个没完。

工棚梁上吊着的马灯早灭了，一团漆黑。雨夹雪一夜没停，他们一直站在露天看电影，衣服全湿透了，男生问她有没有可以换的干衣服，她说没有。男生说那你把湿衣服脱下来，我们垫在铺上，睡一夜，明天就可以将就着穿了。

天亮前龚有才点亮马灯，轰大家起来上工。他已经知道，场领导很看好他，乌龟洲大坝围起之后，会新设一个分场，到时会让他当分场副场长。

男男女女大都爬起来了，只有昨夜看电影的几个人，还睡得跟死了一样。龚有才踢了几脚地铺头边的树筒，连喊了几声，见没人答应，弯下腰一把扯起被窝。

白花花的一堆肉，把在地铺中间的通道上一个接一个正往工棚外走的人看得心惊肉跳。老多儿也在那堆肉中间。两个男生从两边紧抱着她。

无论怎样解释，怎样辩白，都是多余的。老多儿这辈子的结局，就算是由这个事件定下了。

乌龟洲上的六分场正式建立的时候，正赶上知青大返城，先先后后来农场的新职工，有的按政策走了，有的被县办企业招了工。老多儿既不是哪一年的"知青"，也没人敢要她。后场要人，她头一个就进了直接调拨的名单。她不吵不闹，百事无忧。只要还有不讨嫌她、她也不讨嫌的男人在身边，她就永远不缺快乐。

分场食堂就一个灶间，吃饭的地方各人自找。平时吃饭，就分场办公的加上闸口机站的，拢共十几个人。陈志随龚有才到灶上打饭，灶台后面歪出一张脸。

"鸡屎分子。"是老多儿，她在灶后烧火，"你也给人赶到后场来了？"

不是牢骚，不是幸灾乐祸，就是快活。老多儿的脸给火烤得通红，汗水流过额头上的锅灰，流出了一条晶亮的细沟。身边蹲着一条凶神恶煞的大狗，吐着舌头。

"这里没有给人赶来的人，都是自己抢着来的。"龚有才像总场黄场长那样咳了一下喉咙，严肃地说，"放尊重些。陈志同志是场部派来采访的，回头分场开座谈会，你也讲讲来后场开荒播种的心得体会。"

"开荒播种？"老多儿嘎嘎笑起来，"那是男人的事。"

龚有才的脑子没转过来："女人也一样。"

"那倒是。不过我要是说出来，只怕鸡屎分子不敢写。"

老多儿的老鸭嗓子嘎嘎笑得更响了。在分场食堂打下手，轻松不说，还日晒不到，雨淋不到，养得白白胖胖，愈加窈窕风骚。她就像洲上最贱的霸根草，只要有日头和水土，在哪里都能野蛮生长。

"回头你只管讲！"龚有才鼓励，"开荒播种，最多就是流血流汗，有什么不敢写的。"

陈志默不作声。老多儿一笑他就明白了，洲上人最发达的就是这根神经——说什么都能跟男女连接上。龚有才或许是装憨，或许是太把自己当干部了，听不懂。

三

"参加座谈的人来之前，我先介绍一下基本情况。"龚有才在陈志对面的床沿坐下。

从到乌龟洲的第一天就怎样学习中央、省、地、县各级的文件，落实场部各位领导的指示，克服万难打开工作新局面，到怎样亲自割茅草、砍树枝、打泥砖、和灰浆、砌墙搭屋架说起，龚有才面面俱到，不厌其详。给人的感觉是，乌龟洲的大事小情都是他一个人在累死累活，别人都是白吃干饭的。他好像给床黏住了，再没有起身的意思。

陈志不得不打断眉飞色舞的龚有才：

"我来之前，梅主任特意交代要好好宣传罗家兴。你可不可以讲讲他？"

正在兴头上的龚有才噎了一口，马上缓过劲来：

"对，讲讲罗家兴。这个同志的确是很不错的，最大的优点就是听话，领导说一不二。领导说是灯他就添油，领导说是庙他就磕头，只要领导布置得头头是道，他就能一五一十给你做得毫厘不差。"

"你说的这位'领导'就是你本人吧。"

"这个分场目前就我在抓具体工作。"

"不是还有生产队领导吗？"

"生产队归分场领导啊。"

陈志毫无反应地看着特别想做新职工也因此特别恨新职工的龚有才。现在，他眼睛里晃动的，就是烂李子狠命踢在龚有才心口的那一脚。

龚有才终于想起什么，呼啦一下站起来道：

"对了，我去把罗家兴他们找来。这几个同志，下午我跟他们交代得好好的，到现在还没来，怎么回事啊！"

乌龟洲的夜晚，寂静得可怕。大概是龚有才引起的，几声狗叫，细微而怯弱，像哀鸣，很快就消失了。分场机站的柴油发电，晚饭后不久就停止了。桌上的煤油灯没有灯罩，小火苗在瓦缝钻进的风里忽忽颤抖。陈志懒懒地软在床上。进场广播站后，几乎每天都有各个办公室的人喊他去写总结，写报告，像一支插在墨水瓶的蘸水笔，谁想用谁用。回到二队，个个都喊他"干部"。他自己也很乐意，一心指望笑谈成真，起码是以工代干，跟广播站的其他几个人一样。果然就听到梅主任喊他，去办公室填表，表上最上面的一行大号老宋体的字是"干部登记表"。他的心狂跳起来，疯了似的找笔。他摸遍了全身，翻遍了抽屉，什么乱七八糟都有，就是没有笔！一边的梅主任等得不耐烦，冷冷地说："你填不填？不填我把表拿走了。"

"别别,梅主任!"陈志哭喊,回答他的是咚咚的捶门声。

开门,陈志吓得倒退了一大步。在昏暗的光影中,龚有才一头冲进屋里,脸扭歪得狰狞可怖:"老多儿来了?"

"她怎么会来我这里?"陈志莫名其妙。

"这只母狗,见男人就骚。你是总场来的,她不会放过。"

陈志目瞪口呆。先前糊在这个人脸上的斯文,像干了的泥巴一样脱落得一点儿不剩。

龚有才自己像狗一样在屋里乱转了几圈,抱着头颓然坐下,说:"我去她住处找过了,房东说她进屋换了衣服就出去了,说是去分场开座谈会。"

"你走时不说是去找罗家兴的吗?"陈志纳闷。

龚有才从两只手掌中抬起头来,眼睛突然一亮:"罗家兴!该死,我怎么没想到!"

像刚才捶门一样疯狂,龚有才跳起来,重又冲进门外的黑暗。

这次采访,无果而终。陈志当夜摸黑返回了前场。几天后知道,龚有才那天根本就没有通知任何人开会,他在食堂让老多儿晚上参加分场座谈会,是想把她留在分场过夜。

老多儿调拨到后场,先落在生产队,龚有才把她安排到分场食堂,拿出一间分场客房做她的单人宿舍。她爽快地来了食堂,却不住客房,跟其他前场来的人一样,借住在后场老职工家,每天带着一条恶狗来来去去。

那条狗,是罗家兴养的那群狗里最猛的。

再后来,听到了老多儿嫁罗家兴的消息。结婚那天,来贺喜的打歌人唱了曲:

> 打个呵欠望青天,
> 我打单身几多年。

黄连树上吊苦胆，
苦上加苦真可怜。
何日能与姐团圆。

莫打呵欠莫望天，
你打单身有人怜。
地里甘蔗抽了叶，
该到甜时就会甜。
月到十五自团圆。

多年后陈志陪一位北方作家住县招待所，晚上去打热水。热水桶快空了，一个弯腰低头的老人已经快装满了一桶，还不离开，陈志用普通话请他留一点儿给北方来的客人。

老人抬起头，两眼冒火，青筋暴跳，像要吃人："说什么狗屁国语，我还不知道你是什么东西！"

稀稀拉拉的花白头发下是一张干枣样的脸。陈志这才看出，那是龚有才。他其实不老。

年关大酒

一

老杨是一分场场长。

"就老杨,莫场长。"老杨话短,意思是就喊"老杨",莫喊"杨场长"。

分场场部老杨那间办公室,平时就是场部几个人的棋牌室。他来了,坐在椅子上和桌子上的人,屁股都懒得动,晓得他看一眼就会转身走人的,除非要开会。

老杨话虽短,但一说就说到人心里。新职工下乡第一年年前,他说:这是他们从城里到洲上头一回回家过年,分场各个食堂办桌大酒。

各队的新职工不管哪个城市来的,男男女女个个高兴得捶桌子打板凳,恨不得跳起来上房揭瓦。

之后一连几年,新职工回家过年前,喝场大酒就成了惯例。

老杨矮墩墩的,宽脸,厚嘴唇,紧裹在黑衣黑裤里,只领口露出雪白的粗短脖子,横着一道折痕,笑不笑都像个弥勒佛。但洲上最牛的人都怯他。

三队队长朱癫痢动不动就拿他跟人打赌说事,吹他的蛮力洲上无敌手。

有一年,各队壮劳力去江里起化肥,一帮人起哄打赌。朱癫痢用嘴咬着两袋各一百公斤重的麻包,手倒背在身后,踏着没有起运的化肥,从船舱走上船头。船上别的人都停下来,愣了一样,睁大眼睛张着嘴巴。反而是朱癫痢本人显得轻松。

朱癞痢光着上身，鼓鼓凸凸的肉块，随着身子的弯曲扭动、伸展，起起伏伏。在晃眼的阳光下，亮部和暗部都极为鲜明。人都说，把这个蛮子钉进棺材，他可以从里面把棺材撑开。

朱癞痢走下船的跳板之后，并不沿着人们已经踏得十分坚实的那些坡度平缓的路径走，而是在那些错错落落的坍塌的江坎土块上笔直地往上走，脚后跟响起一片碎土的滚落声。上了江坎，过了江滩，走到坝脚下，他也不像别人那样斜着走，仍是笔直上坡，一直走上大堤。

站住，转过身，面对所有在坝下仰望着的人，然后松开牙齿，然后直起腰，露出雪白的几乎没有缝隙的牙齿。那牙齿，曾经有一次打赌咬断过八号铁丝。

先是静默，随后是一片欢呼：

"癞痢！"

"癞痢！"

"癞痢！"

这次打赌，朱癞痢赢了三十个拳头大的麦粑、两斤红烧肉和一斤烧酒，他一口气吞个精光，之后还喝下去整整一水瓢米汤。

每回朱癞痢拿这次打赌吹牛，总有人说："你也就在我们面前逞能，老杨来了，你狗屁不是。"他耿耿于怀，非想当众见个高低。

上半年收了菜籽、芝麻、小麦，摊在麦场上晒干了，牛拉着石磙满场碾。中间，牛卸了轭头，放牛的牵去喝水，朱癞痢问场上的老杨：

"听说你力气过人，今天可不可以抱一回石磙给我们看看。若抱起来了，我去国营割肉，请你喝酒。"

抱碾场的石磙，朱癞痢是试过的：两脚分开，站稳，两手把住石磙两头，咬咬牙，脸涨得通红，额头、颈子青筋暴跳，"喔嗬"一声发力，把石磙端到膝盖以上，再咚地放下。

几个上了年纪的老职工骂：

"朱癞痢你要死啊？老杨大你十几岁，闪了腰不是呵卵形玩的！"

老杨看上去像一麻袋棉花，没有力气。他一言不发，走到石磙跟前，伸出脚尖轻轻拨开杂七杂八，一弯腰，一直腰，把石磙举过头顶。

麦场上，个个眼睛都直了。

朱癞痢又是打躬又是作揖："活老子，我去买肉打酒！"

老杨说："算了。你请不起。"

老杨说的是实在话。除了给亲戚朋友做屋帮工，操办红白喜事，他在外面从不喝酒。他喝酒是无底洞，喝多少也不算够，名扬洲外。有一回他坐船去对面县城打酒过年，买了一坛烧酒，过江时在船上就开喝，离洲上还有蛮远，那坛酒已见了底，只好让船工扳转船舵，再去打酒。

若论喝酒，朱癞痢更是没法跟老杨比。他老婆骂他喝一辈子酒丢一辈子丑，老是喝醉，一醉就不省人事，走到哪里就在哪里瘫倒。有一回四仰八叉地倒在坝头上，细伢子趴在地上围住他，扒开他的棉袄，拿泥巴在他胸口围个圆圈，中间灌水。他"呼哧呼哧"出粗气，水一会儿竟温了。细伢子乐得哇哇乱叫。

除了朱癞痢这种哈巴角色，总场干部也让老杨三分。

平时老杨就在分场的各个生产队上班。说是"上班"，其实一样是扒土巴。草帽、对襟褂子、卷裤脚，队上壮劳力做什么，他就做什么。早上、上午、下午，开工最先到，收工最末回，从不歇坡。犁地，只要牛不翻生要喝水，他扶犁的手就不脱把。除草，他的锄子一落地就不停。起先地头长长的一个横排，很快就跟雁行一样成了尖形，尖头上的那个人就是他。队上能跟上他的劳力没有几个，跟了几趟，也慢慢被他甩了几条沟。

总场下来蹲点的李部长每天都要利用歇坡的时候给大家念报纸。老杨因为不歇坡，也就参加不了。换了是别个，李部长肯定要不客气的，现在看看远处的老杨，回头对大家说："老杨有自己的时间安排，我们学我们的。"

老杨吃亏在不识字，当个分场场长就到了头。若讲资格，场里干部没有几个能赶上他。早年洲上蛮荒，野物横行，省农垦局测绘队来洲上作业，他一个人拿把火铳，一大群饿得眼睛发绿的豺狗，上一个死一个，只能躲得老远，龇牙咧嘴。那时候，李部长还在穿开裆裤。

新职工不管文化高低，都喜欢不识字的老杨。

场部头天通知，明天有外国记者来参观。第二天早工，吕继承在地头叫住省城来的高中生晏德成，让他去裤脚套挖沟。

裤脚套是江洲中间的洼地，去那里做事的都是在特别时候需要集中管制的人。

在棉花地锄草的老杨一厢地锄到头，撞见裤脚套里翘白儿正跟吕继承斗嘴。她不是管制对象，只是非要跟着晏德成。这让总想占她便宜的吕继承心里很不爽。

"你这是鬼迷了心窍，知不知道？"吕继承说。

"呸！"翘白儿一口痰差点儿吐到吕继承脸上。

几个背着枪的民兵哈哈大笑。一看见老杨，裤脚套立刻安静了。

老杨让那几个民兵把枪在地上支起："你们几个也拿起锹。还有你，小吕！农忙，多个人多把力！"说完，转头锄草。

看看老杨的背影，几个人乖溜了。

分场各食堂头一回年前喝大酒，老杨最先到了新职工最多的二三队食堂。

没人让吕继承负责，但他咋咋呼呼，安排了座席。主桌是分场正副场长、两个队的正副队长，加上他自己——他自认是分场干部。其他桌子，按家庭出身、表现好赖排座位。

老杨在总场开会，来得晚了些。他进来，主桌上几个人赶紧站起，等他入座。他像是没有看见，走到屋子当中说：

"这顿饭是送新职工回家过年，新职工都往上坐，各人自己搭伙。刘志国不喝酒，你们莫难为他。我敬大家一杯，还要去别队。"

胖子刘志国是队上唯一的上海人，会拉小提琴，大家觉得他洋派，有点欺生。他平时一心想着拉琴，也极少跟人来往。老杨居然知道他滴酒不沾，他惊讶得半张着嘴，双下巴像要掉下来。

那次，新职工唯一的也是最大的遗憾，是不能回敬老杨。

二

雨雪天开不了工，老杨有个跟多数人一样的爱好——打扑克，而且一样是赢得输不得。在二队，他喜欢跟聂宏亮做一对。聂宏亮大脑壳、小眼睛、鹰钩鼻子，一看就是个贼精。这间宿舍里另外两个是晏德成和陈志。加上他正好四个，打四十分。陈志做梦都想写诗发财，对扑克没兴趣。跟在老杨屁股后面进门的陆国汉挺身而出："我来！"

陆国汉跟晏德成是同班同学，两个人牌打得很顺手，赢多输少。聂宏亮用各种鬼脸、各种手势、各种怪声给老杨暗示，晏德成、陆国汉都只当没看见没听见。有时候他们耍赖皮很明显，陆国汉还帮着打马虎眼。局面渐渐就发生了变化，老杨这边由输多赢少变为了赢多输少，老杨也就越打越来劲。

那天正在兴头上，总场来人喊陆国汉去谈话，场里要树一批先进典型，陆国汉是对象之一。他一走，三缺一。宿舍其他屋里，各玩各的，都闹翻了天，一时找不到凑手的。陆国汉对陈志说："你来替我几把，我去去就回。"

陈志不好拒绝，只好把纸笔塞到枕头底下，从床上跳下来。

陈志名叫"鸡屎分子"，并不"屎"，而且眼尖、心窄、不饶人。聂宏亮一做小动作，他马上就捉住，绝不放过。聂宏亮只好看看老杨，苦笑。

牌桌上有句话，不会打牌的手气好。接下来几盘，陈志和晏德成连着抓的都是绝杀牌。老杨的脸色越来越难看，陈志全然不觉。他生性浅薄，容易得意忘形，把牌甩得噼啪响，还连声嗷叫。不记得是第几盘，手上就剩了大鬼和小鬼，他高高地举过头顶，往桌上猛一砸，一声断喝：

"缴械！"

没有想到老杨火了，一巴掌拍在桌子上："有什么了不起！"

一桌子乱牌四散飞起。

打牌的其他三个，连听到动静跑来围观的人都傻了，从来没见过弥勒佛样的老杨发脾气。

老杨站起来，在一屋子人直眉瞪眼的注视下出了门，走过宿舍前的场子，走上从坝脚斜上坝头的小路。他走路本来像石磙碾场子，现在却有些轻飘飘的，像是踩在棉花上。刚上坝头，忽然站住，他缓缓转身，对着坝下的宿舍，好像终于下了决心，喊：

"陈志！"

宿舍的走廊上已经站满了人，眼睁睁地看着倒了血霉的陈志垂头丧气地走出去。

没有等陈志走近，老杨就转了身，抬头向前走去。陈志不追不喊，不远不近、老老实实地跟在后面。

当天夜里陈志没有回来。宿舍里议论纷纷，什么样的说法都有：小聪明，逞能，不尊重干部，活该吃亏……聂宏亮一惊一乍："要不要去报告队长？"晏德成咬着队长吴毛俚送他的黄烟筒，闷声说："老杨是好人。"

陈志是第二天被放牛的金宝送回来的。

金宝一早把牛赶到坝外，走过筑坝留下的土塘时，看见一个人仰面睡在土塘里，身子的一半被结了薄冰的浅水浸着。走近了，看清是陈志，拼了吃奶的力气把他拖到塘埂上，吆喝牛趴下，再把陈志硬扯到牛背上。在城里来的这帮人中，金宝平时最亲近陈志，没事就不声不响地在一边看陈志读书写字，也只有他可以随便坐在陈志床上，翻陈志装书的棉花篓子。

事后陈志怎么也想不起来是怎么回事：半夜到了二队坝头，明明应该往坝里下屋场，怎么会走到坝外的土塘？又怎么会睡着？只记得老杨的家就在农场大坝那边的公社，头天下午随老杨翻过农场大坝，到了那个公社的一个屋场，老杨一进门就喊屋里人把过年剩下的腊肉蒸了，夜里要喝酒。

酒喝到很晚，老杨一句也没有提打扑克的事，就是让陈志一杯接一杯跟着他干杯。

陈志完全不懂客套，一杯接一杯地喝得精光。到农场的第二年初春，挖渠时扭伤了背脊，队里送他去南边一家专治跌打的乡村医院住了一个月，每天推拿之外，要服药酒。出院时，一大碗谷酒毫不费事就一饮而尽。背伤痊愈之日，是他成为酒鬼之时。

跟在老杨屁股后面提心吊胆的各种疑虑烟消云散，陈志几杯之后就完全放开，由着性子猛喝，半夜大呼小叫，甩门而去。

老杨一直清醒着，把陈志送上坝头，交代说："顺着坝一直往回走，见到你们宿舍再下坝。"看看陈志气昂昂的，跟没事人一样，说："要得，也是个酒坛子！"

陈志不是酒坛子。跟老杨比，他最多就是酒钵子。

三

又要过年了，新职工眼巴巴的一场大酒又要来了。

这一年是棉花的大年，农场喊了多少年"皮棉亩产超百斤"，地里棉花还没有摘完就可以肯定成了事实。一年赚下的工分，和依照工分可得的奖金，各队早早地就决算清楚了。个个欢天喜地，摩拳擦掌：今年过年的大酒不喝倒十个八个决不罢休！

每年年前这顿大酒，都是头两天老杨领两个人去对面县城现打的。

"我晓得哪家的酒好，他们也不会拿掺假的酒哄我！"

那县城有条酿酒的街,临街尽是木甑、柴灶、新谷,热气腾腾,糟香数里外可闻,滴酒入喉如火而回甘如饴。老杨每年要喝掉好几坛。

今年谁跟老杨去,大家乱哄哄地争吵。一向紧跟领导的吕继承高声说:"都莫争,我去!"

陆国汉不甘落后道:"算上我一个!"

食堂加餐头天放假,做各种准备。加餐次日,城里人就动身回家。

每年到这时候,广播都会预报,强冷空气南下。快放假的那几天,天天是老北风,一阵紧似一阵,像是要把江洲掀翻。今年好像特别厉害,城里的班船、洲上的渡船都停了。

场渔业队驾渡船的邹水龙给风吵醒。外面,风像过阴兵似的怪叫。昨天答应今天送老杨过江打酒的事看来只能黄了。他骂了一句粗话,用又厚又硬的棉被盖住头,接着睡。

在渔业队驳船上做了几年,收入总是跟不上老婆生伢。儿女天天见大,鼎罐日日觉小。邹水龙于是要求去摆渡。他从小跟着老子在江上漂大,把风浪当亲家,驾渡船是一把好手。虽不能暴发,但因为有提成,收入略高。

邹水龙那条单篷船老远就认得出来。他把船看得比自己的命还重,那上面装着一家人的活路。船篷的老帆布年数久了,补丁摞补丁,但结结实实。每年他自己花钱给船里船外抹一遍桐油,把船给抹成了紫铜色。仿佛是他和船靠得住的一种保证。不过遇到这样的天气,也只好歇着,就算他敢开船,也未必有人敢坐船。

先是床头上的窗户咯咯地响了一阵,蒙眬中以为是窗子没有关紧,懒得搭理。后来,听到有人在喊:"水龙!"

是老杨。

邹水龙下床的时候,老婆一把扯住他:"真去?"

"老杨的事!"邹水龙说着,唾了一口。他的脸上、嘴上满是钻进屋顶瓦缝的风吹落下来的尘土。

女人不作声了。

门一开，邹水龙被风劈面推了一个倒退，问："真去？"

老杨不答。

"那——走吧。"邹水龙一紧腰身，把篙子和桨往肩上一甩。

两个人来到二三队宿舍，头天争先恐后要跟随老杨的吕继承、陆国汉都像乌龟缩了头："这样的天过江，不是去打酒，是去喂鱼。"

老杨笑道："不去好，省了我操心。"

冬天，枯水，渡口移到了江湾口上，一开船，直接就到了主航道。从洲上去南边是顺风。船篷一扯起，船跟织布梭子一样飞起来，跳上浪尖。

这是百分之百的玩命。在洲上，这不是头一次，也肯定不会是最后一次，但不管过多少年，这样的事绝对不会多。

江水一拨接一拨塌天似的压下。手是扶不住舵了，只能死死夹在胯下。船篷只能扯起一小半，必须随时改变方向，躲开一拨拨迎头扑来的恶浪。要想让船不被风浪撕碎，只能凭感觉。老杨把舵，绷紧了全身的骨头和筋肉，牢牢地同舵结成了一体；邹水龙死命抓住篷索，让船篷一会儿立起，一会儿贴着水面。

一开船，邹水龙就认定只有半条命是自己的了。有好几次，他都以为这半条命也要交出去了。

也许是托了老杨的福，运气意外地好，单篷船出奇地靠上了南岸。挤进在大风中互相乱撞着的舢船的时候，邹水龙得意非凡道：

"嘿，阎王老子不要。"

老杨也很兴奋，走到船头，帮邹水龙抛锚。

他们好像是从江水里钻出来，通身已经没有一根干纱。这时候，他们才感到了湿透的厚棉衣的沉重，寒冷彻骨。

"没有在水里浸死，只怕要在岸上冷死了。"邹水龙冻得牙齿格格响。

"去烘衣服，喝一盅。"老杨在江上江下有的是熟人，"回头还要碰一次运气。"

来的时候，是从北到南，顺风。回去是从南到北，逆风。因为必须"之"字形地多打几回戗水，路程要比来时多出几倍。

"唯愿再托你的福，下午风会小些。我们再拼一回！"

"托新职工的福！"老杨纠正道。

下午的风，一点儿没有减弱的意思。

店家把酒送到码头，胆战心惊道："莫非有天大的事，就不能等一天吗？！"

老杨弯腰拔锚。

"等一天就没有风了？"邹水龙用力一撑篙子，"要死卵朝天，不死万万年。"

这是他老子传给他的护身咒。

队上的新职工天天收了工就去江湾游泳，有一次，一帮人爬上渔业队正在避风的船。张道士没话找话，主动给几个船老大传了一道"天师护身咒"——有此咒护身，日后行船，风浪再大也如履平地：

> 赫赫阳阳，日出东方，吾今祝咒，扫尽不祥，遇咒者灭，遇咒者亡，天师真人，护我身旁，斩邪灭精，体有灵光。吾奉太上老君急急如律令……

张道士市高中没上完，家里交不出学费，他在附近收破烂的店里翻到几本发黑的老书，就跑到社会上跟人说自己是西汉张良八世孙、道教创始人张天师的传人，能驱鬼请神，消灾免祸，算命打卦。他长得眉清目秀，说话轻言细语，一点儿不像骗子，还真有人信。他老是半夜拿一把木头剑，指东戳西，时阴时阳，又是画符，又是作法，搞得一幢老屋或一条深巷阴气森森，令人毛骨悚然，夜里没有人敢一个人待着。居委会头一批就把他排进了动员下乡的名单。

那回邹水龙老子在场,他见天在江上来来去去,什么角色没见过,根本不把张道士这样的城里来的学生放在眼里:"扯卵扳蛋!老子在江上走一辈子了,护身咒就两句——要死卵朝天,不死万万年。"

邹水龙记住了老子的这个咒。张道士那个咒太啰唆,他记不住。

"千万小心啊!"岸上的人死命大叫。

离开码头的船开始还能看到一点儿影影绰绰的轮廓,很快就消失在风浪深处。满江里,只有一个接一个疯了一样滚动的山头。

四

半下午,场部渔业队传来消息,有条不要命的单篷船在打戗水的时候直接给大浪甩到南边的山壁上,撞得稀烂。

得到消息的场部干部和一分场的人都狂奔到江湾口上。

汛期,江湾的水会漫到滩上,冬天,就落到几层楼以下。江岸随着落水崩塌,陡峭壁立。现在,崩塌的土块冻得跟石头一样。

滩上滩下,能站的地方都站满了人,对着茫茫江面,冰冷肃静,也像是冻得跟石头一样。

黑云越堆越厚。不知不觉中,风停了。下起了大雪,无声无息。雪片又大又密,从天上垂下了漫无边际的挽幛。

老成的晏德成、黏着晏德成的翘白儿、拉提琴的刘志国、画画的条子和被老杨认作"也是个酒坛子"的陈志,挤到了渡口的水边。

晏德成手上不见黄烟筒;翘白儿紧抱着他的一只胳膊;刘志国半张着嘴,双下巴像要掉下来;条子一会儿抬手比画,一会儿又失神地放下;陈志像在做噩梦,眼睛发直,嘴唇哆嗦。

"天地不仁,以万物为刍狗。"陈志记起不知在哪里看到的这句话。但对老杨这样的人,天地应该高看一眼啊!

"船!"忽然有人大叫。

不远的江面上,一条紫铜色的单篷船从挽幛样的大雪里谜一样钻出来。

"邹水龙的船!"

"老杨回来了!"

"发胡说!"众人心里都信,嘴上却不敢信。

像是从噩梦里惊醒,陈志失声号啕。

捉 鬼

一

张道士第一眼看到甘新华就叽咕了一声:"淫妇相。"

坐在旁边的陈志问:"你说什么?"

张道士突然反应过来:"我说什么?我说什么了吗?"

当时是李部长让大家集中到一间宿舍学习,甘新华一进来就挤到他身边,一点儿缝隙也不留。宿舍里一共四张床,面对面各两张,桌子在宿舍尽头的窗子下面,上面有一盏煤油灯,只能照亮桌子两边人的脸。甘新华因为紧挨着李部长,面部特别清楚。张道士和陈志一进门就一歪屁股坐在离桌子老远的对面床上。

到了洲上,张道士反而有了一种神秘感。时常有人鬼鬼祟祟地来找他,他自己也时常有意无意地露一小手。熟了以后,他跟信得过的陈志几个人解析过甘新华的面相。

观相最难者,莫过于观人眼。相书对"淫妇相"的解说有两条:一条是"眼如秋水,色似桃花,半笑含情";一条是"眼光浮"和"眼光流露"。

"眼如秋水",就是眼睛水汪汪的;"色似桃花",就是戏子化妆后眼盖的桃红,如果不化妆也有那种桃红,加上半笑含情,就是淫相。"眼光浮"和"眼光流露",略微深奥。这是两种特别的眼神,字面上好像没有分别,其实各有所指:"眼光浮"就是眼睛上有强光浮现且聚成一点,这种女人性烈、性急,欲望极强,不顾一切;"眼光流露",就是眼神飘忽,时明时暗,这种女人情场和人生都会大起大落，多成多败，遇到贵人，会很出色。

以上的特征，甘新华都有。问题出在她额窄。人的左右太阳穴为丘陵冢墓。丘陵冢墓低陷肉薄，就叫额窄。相书说：妇人额窄真为害，额上横纹更妨夫。这种女人为人阴暗，喜欢背后使阴招，就是遇上贵人，也不会帮她。

陈志胆小，猫、狗、老鼠，没有一样不怕，小时候偶然跟同学撞进皮草店，见到柜台上铺着的整张老虎皮，吓得大叫，夺门而逃。对于神魔鬼怪，就更是连想也不敢想，别人一讲这类故事，他就躲得远远的。不过，怕并不等于相信，越是怕，他就越不相信。好像只要不相信，那一切就不存在。对于张道士说的这些，他自然是极力排斥的。

"我不算什么，灭了太平天国的曾国藩你总该信的。"

张道士接下来说起曾国藩的相面用人。"李鸿章向曾国藩推荐三个人，在厅外等候。曾国藩从那三个人前经过后，对李鸿章说：左边那个目光低垂，小心拘谨，可做后勤；中间那个，恭恭敬敬，我一走过就左顾右盼，是机巧狡诈之辈，不可重用；右边那位，始终气宇轩昂，目光凛然，不卑不亢，是大将之才，将来成就不在你我之下。曾国藩说的那位大将之才，便是日后立下赫赫战功的淮军勇将刘铭传。"

陈志笑起来："这都是些传说罢了，你还真信？"

张道士说："你不信可以，但你没法证伪，而我可以证实。就以甘新华为例，她从小争强好胜，胆大妄为，不知廉耻，只要达到目的，不择手段，是不是这样？"

陈志不以为然。甘新华家里不准她下乡，她偷了户口本去街办报名；上级领导下乡视察，问新职工有什么要求，她的要求是希望一天是四十八小时，领导大为赞赏……那些事迹报上都登过，张道士跟她虽然不是一个城市来的，多少会知道一些。

但接下来一连串发生的事，就有点蹊跷了：让流氓搞大肚子，栽赃李部长，害得他离婚、撤职，以致最后病故；把白毛儿半夜骗到棉花地中间，让人推进粪窖……甘新华的各种算计基本不出张道士的预料，好像那就是他策划的。最绝的是甘新华费尽心机，到了还是竹篮打水一场空：她不止一次上了省里的大报，成了新闻人物，事后却总是不了了之，正应了张道士说的"就是遇上贵人，也不会帮她"。

"可不可以教教我们啊？"陈志不由得半信半疑。

"可以，其实蛮简单。"

"鸡屎分子"陈志终于有了兴趣，张道士来了精神："男主刚，女主柔，妇女以柔为本。女人最重要的就是目光柔和，若是眼露凶光，或捉摸不定的，就很可怕。当然死气沉沉的也不好。

"除了眼光，还要看形象。比如，天庭高的女人心气高，杀气重。陈青的面相吃亏就在前额突出，日角——也就是发际偏高。额是官禄之地，在女性则主姻缘。古人把女性突额称为照夫镜。加上眼睛深陷，性格孤僻，大多难享夫福。若眼似哭泣或带泪光，更有空床独守、生离死别之叹。你想想，陈青的额头和眼睛是不是就是这样？

"接下来就是看鼻子。鼻为夫妻宫。塌鼻大嘴，牙齿暴突不齐、又黄又臭的女人，最不把老公当回事。老公因此多灾多难，起码少不了波折。"

吕继承老婆就是这样。有天半夜她惨叫"救命"，大家以为是吕继承起了杀心，原来是吕继承一次不能满足她，逼他再做，结果吕继承癫痫发作，趴在她身上，眼睛上翻，口吐白沫，浑身抽搐，差点送命。

"你能说说好女人的面相吗？"紧挨着晏德成的翘白儿说。张道士说的那些面相，让她心里直冒凉气。

"你就是好女人！"张道士很笃定，"你眉如新月，眼神端正；鼻如悬胆，人中清晰；嘴角上翘，天生开朗。金甲相扶，必能婚姻美满、旺夫益子。二队这帮哥儿里，最有福的就是你德成哥，不光到老多福多寿，还能荫泽子孙。另外，还可以看耳朵。老多儿就是个活标本。莫看她成天没大没小,没男没女,没心没肺,吃了上顿不管下顿,活了今日不想明日,只看她的耳垂大而厚,就是女子福气深厚之象,其善良宽厚,一生多有福荫,一世安乐。"

"你说的都是女人面相,男人的呢?"画画的条子来了兴致,这样的相面虽然跟达·芬奇的解剖术不搭架,但画人物没准用得着。

"男人的面相相对简单。记住六个字:目、国、田、由、申、甲。拿这六个字看脸型,可辨善恶、正邪、忠奸、贤愚。比方老杨,标准的田字脸,大致呈正方形,三停均圆,整个脸宽广整齐,天养与地库丰隆。一般来说,田字脸的人,骨骼强健,肌肉结实,心胸宽阔,广结善缘,人脉丰沛,活力旺盛,好胜心强,有责任感,意志坚定,敢于冒险犯难、临危不乱。田字脸五行属土,敦厚富贵,终身运佳。不过,天下什么事都不是绝对的。李部长也是田字脸,但他的五官搭配得不好,有破败之象,所以容易遭小人加害。"

二

张道士说的所有那些,虽然听着头头是道,但陈志觉得并非不可思议。张道士就生活在这些人中间,完全可以用他们的日常行为来附会他预先的结论。每次说到这类话题,他的眼睛总是若有所思地盯着一个地方,有些迷惘,好像不是他在说话,而是有个世道人心的法官在借他的嘴评判发生在人们身边的各种真真假假、是是非非。

"除非你证实的事完全超出我的想象能力,要不我还是无法相信。"

"你可以不相信。"张道士淡淡地说。

食堂做饭的兵痞子老钱,烧得一手好菜,能用一块猪皮蹭锅,加一小勺酱油,把豆腐和大白菜帮子烧出红烧肉的色香味。有一回省里来了个领导,说要跟新职工同甘共苦,在食堂吃顿饭。场里怕老钱下毒,让总场厨师带了料来下厨。结果一桌菜油光水滑，省领导对新职工的伙食水平很满意。沾了光的新职工则觉得，除了油水厚，味道比老钱没油星的菜好不到哪里。可惜老钱有个老毛病，一到阴雨天，浑身就痛得不得了，洲上没有管用的医药，他也懒得治，满头黄豆大的冷汗，硬熬着，实在不行就蜷在床上打滚。当年，他在江洲下游不远的马当阻挡日本人，因为援兵没有赶到，他所属的那个孤营几乎全部战死。他半夜从尸堆里爬出，捡了半条命，留下浑身枪洞和随时发作的伤痛。他到食堂做饭，是老杨安排的，要不然，一年四季下棉花地，早丢了老命。

老钱一痛倒，大家的嘴巴就遭殃。

"张道士应该有办法！"

大家把指望都集中到张道士身上。

"动手可以，你莫怕。"张道士板着脸说。

"我怕什么？都在阴司打几个来回了。"

老钱蜡黄的脸挤出笑容。

夜深人静，张道士托一只罗盘，在老钱住的厨房偏屋犄角旮旯到处探查了一遍。随后，让老钱脱去上衣，坐在床上，他拿一只装了米、盖了抹布的杯子，在老钱的头顶和胸口转圈，口里念念有词，最后揭开抹布，只见杯里的米一粒粒竖起。

"全是鬼啊！"张道士叹息。

老钱问："什么鬼？"

"冤鬼。"

"那就对了。"老钱老泪纵横，"弟兄们想我了。"。

张道士画了一张桃符，放在老钱床铺的烂棉絮下面。一张白纸写了老钱的名字和生辰八字，在煤油灯上烧成灰，倒进一木瓢冷水里，指头画几圈，让老钱喝下。

老钱在铺上放平身体，哑着嗓子出了口长气："好多了！"

整个过程完全超出了陈志的想象能力。

陈志于是有了一种莫名的敬畏，但张道士自己倒是玩世不恭的。他的名声在洲上越来越响，根本不用他自己吹牛，别人会自动添油加醋，越说越神。他不承认，也不否认，只说事实。在场里要表彰的徐晚园和险些死于难产的陈青先后莫名其妙地失踪，活不见人、死不见尸之后，他有一次当众说，头天夜里见到他们了。

"做梦？"

"不是。我是醒的。"

"在哪里？"

"仙岛。"张道士抬手指指鞋山。

"屁个'仙岛'啊！那是鞋山。"众人哄笑。

晴天和月夜，在洲上就能看到江对面的鞋山：进湖口不远，兀立于明镜似的水中，洲上人说是杨二郎老妹思凡逃出天宫，被受命捉拿的杨二郎追得掉下的一只绣鞋。山不高，巉岩峥嵘，满是杂树荒草，顶上有渔民留下的几个破茅棚子。

除了这类胡说，一有人请他算命，张道士就一本正经地先说一通"父在母先亡"，把那些人说得一愣一愣的。

"父在母先亡"，这是陈志从小就听过的嘲笑算命先生的桥段。这个说法是万能的。无论父母都在，还是都不在，哪个在或不在，都说得通。但这个文字把戏在洲上却屡试不爽，听的人深信不疑。

洲上人几乎把张道士看作了神仙，相信得要死。灾病不断的，男丁不旺的，猪牛不安的……都去求他作法。他虽然不是回回都灵，但大家永远是记住他的灵，忽略掉他的不灵——神仙也有塌把的时候。

有一天夜里，场办的蒋干事直接跑到棉花地，叫走了张道士。

三

　　找张道士的是场妇联桂主任。

　　桂主任是有名的女强人。她声音粗糙，言语村草，很放得开。上面来了领导，县、地、省，甚至中央的，她带头鼓掌时都高喊"夹道欢迎"，那个"道"特别清楚地喊成"到"。领导们听懂了，报以亲切的欢笑。一般来说，有幽默感的干部也是有能力的干部，特别是女干部。

　　正应了洲上那句话，世上一物降一物。桂主任在外面风头十足，在家里却是老公的下饭菜。开货车的老公三天两头就关上房门把她打个半死。她既不敢声张，也不敢离婚，因为那等于自我暴露。

　　其实，桂主任经常是脸青鼻肿，早把什么都公开了，成了洲上人歇坡时的一个话题。张道士禁不住嘀咕："她颧骨太高了。颧者，权也，颧骨外张，额骨突起，'脸上无肉，做事刮毒'，这样的女人刚过于柔。'颧骨高，杀夫不用刀。'另外，声音也坏了她的运势，'声似破铜锣，三刑六害多'。"

　　张道士说这些的时候，大家有点为他担心：只要出了家门，桂主任就是只母老虎，不是好惹的。

　　天下没有不透风的墙，洲上更没有。张道士老说天机不可泄露，自己却又老是泄露。场领导的面相岂是可以随便说的？特别是桂主任这样的母老虎，不把他吃了，也要让他塌层皮。

　　从场部回来，张道士心事重重，闷头吃过夜饭，早早睡了。

　　看来这家伙大祸临头！陈志几个忧心忡忡。

　　然而，一切如常，好像什么事都没有发生过。只是从那以后，也许是升了场里一把手的缘故，比先前忙，桂主任很少到二队来，偶尔跟张道士碰面，显得格外客气。

　　桂主任那回为什么把张道士找去？找去后说了什么？张道士为她做了什么？她后来为什么那么客气？成了一个老大的谜团。

陈志是个极其好奇又极其没有耐心的人，别人渐渐忘到后脑壳了，他还是一有机会就缠着张道士问究竟。

张道士被缠不过，有一回两个人游泳到江湾对面的扁担洲，他正色问陈志："我算不算你可以割头换颈的兄弟？"

"当然。"

"那你发个毒誓，保密。"

"可以。"

陈志正要指天画地，张道士一把捉住他的手道："算了。"

张道士告诉陈志，桂主任那天是求他找一本她不小心掉落的笔记本。

"找到了？"

"你说呢？"

"怎么找到的？"

"掐指头啊。"张道士诡秘一笑。

"你看了？"

"你说呢？"

"上面有些什么，让她那么不管不顾，找到你头上？"

"你最好不知道。"张道士正色说，"这事就到此为止。记住，你什么都没有问，我也什么都没有说！不管你信不信相术，我还是提醒一句，你面相不错，眼睛明亮纯正，鼻子饱满高挺，除了眉毛没有超过眼角，没有什么缺憾，终非池中物。送你卦书上的两句话：'潜龙勿用，亢龙有悔。'多加小心，好自为之吧。"

陈志一会儿惊吓，一会儿惊喜，像在半天云里，忽下忽上。

然而最瘆人、最恐怖、最让人汗毛倒竖的，是几天后的一个夜晚。那个夜晚发生的一切，陈志一辈子都不会忘记——

月光格外明亮，天上地下一片煞白。最奇怪的是没有一点儿声响：没有江声，没有风声，没有蛙声，连虫鸣也没有。世界好像被谁掐住了喉咙，发不出一点儿声音。突然间，铺满了屋场的竹床、板床中间，有一个人站起，茫然地张大嘴巴，平稳地、拉长地、没有起伏地、不大不小不高不低地"哦——"起来，跟着，整个上里路长的屋场，所有先前酣睡的人一个接一个地站起，同样茫然地张大嘴巴，同样地"哦——"起来。随后，一个跟一个地跟在那个开始走动的僵直的人后面移动起来，秩序井然地在屋场上转着大圈。除了那个毛骨悚然的"哦——"，没有脚步声，没有磕绊声，没有任何别的声音。所有人都是睡着的，所有人又都很精确地避开了屋场上的床铺、沟坎、柴堆、杂树等等所有障碍，脚底下好像是被什么托着，在飘浮。无形中好像有一个严厉的指挥无声地发出精准的指令，所有人转完了一个大圈，又各自走到自己的铺前，重又倒头睡下。

不一会儿，满屋场鼾声如雷。

在刚才转圈的队伍中，只有一个人没有停步，在其他人重新睡下之后，他翻出坝头，向江滩走去。

陈志、晏德成是被从未听过的奇异的连续不断的"哦——"惊醒的。走出寝室的时候，他们看到的是那个活动着的诈尸般的大圈子和大圈子整齐划一的悄然消失。

那个没有停步的人是张道士。

"晚园兄，陈青，请留步！"张道士急急地喊，急急地追赶。他前面，除了江滩、江湾，更远的大江和江对岸的山影，什么也没有。再往前就是江坎了，坎下就是丰水期湍急的江流。

陈志、晏德成飞奔上前，拦在了张道士前面。

"晚园兄，陈青，请留步！"张道士的喊叫变成了嘟哝。

随后的日子，张道士就一直自言自语："过了洲，过了江，入了湖口，到了仙岛。山脚有路，路口有对联，上联'岂无神仙去弈棋'，下联'怕有渔樵来问津'。一线天夹缝，不见天日，小径虬曲，不知所终。庶几，豁然开朗。霞光灿然，照耀亭台楼阁；云雾缥缈，缭绕苍松翠柏。二人飘然，立于奇花异草，面对浩云淼水。老徐装束如旧，老式绅士；陈青一袭长衫，玉洁冰清……"

张道士吐字清楚，一板一眼，像在朗读。只是眼睛不看人，看着人后的远处，目光迷惘，若有所思。

场医初步诊断是精神分裂，送去市里确诊。张道士再没有回洲上，家里来人给他办了病退回城。桂主任那时已是总场一把手，当即签字同意。

四

再次见到张道士，是好多年以后。他已经是"张博士"，在一家三甲医院精神心理科当主任。之前陈志来找过，不遇，他在国外访学。

下了班，他们去了医院员工食堂。这里很清静，窗明几净，小院花木扶疏。

"你还是老样子。"张道士由衷地说。

"没法跟你比，'张道士'变成了'张博士'！"

张道士其实也还是老样子，除了偶见几丝白发，还是一样的清癯、白皙、温文尔雅。

"你知道我喝不了酒的，要不陪你喝点干啤？"

"莫麻烦，要喝酒我就去江洲找老杨了。"

陈志是带着一肚子问号来的。

"说真的，你在洲上一直都是装佯吗？"

"你说呢？"张道士微笑。

"那个桂主任的笔记本你是怎么找到的？"

"不是告诉过你掐指头吗。真想知道？"

"当然。"

桂主任那天在二队晒场做完报告，那个笔记本掉在她脚下，她没注意，反而一脚踢进了晒棉花的褶子下面，人散后被张道士捡起，以为里面都是农场大计，没想到那么下流，随手丢进了晒场角上的火粪堆。张道士被场办的蒋干事找去的那天，在她办公室作了一通法，把她吓得脸上惨白。

"我走了，她就少了一桩心病。"

张道士眼睛里又出现了那种迷惘的若有所思的神情。

"怎么个下流啊？"陈志想挖小说素材。

"你觉得她还值得说吗？"

"也是。"陈志想想，的确无趣。

"那天半夜那么多人在屋场转圈是怎么回事？洲上人说是'过阴'，是真的吗？"陈志问。

"是一种下意识活动，可以叫'集体梦游'。"张道士现在是正经权威了。

"你当时也在梦游吗？"

"你说呢？"

"对不起，我又犯傻了。"陈志失笑。

"那老钱呢？那些米粒真是鬼？"

"老钱那是在帮我圆场。他太可怜了，鳏寡过世，那一身伤痛，神仙也救不了！"

江洲新职工走空之后，陈志去了县城，听洲上来出差的说，老钱死得很难看，五官歪扭，全身缩成一团。

张道士眼里泛起泪光道："哪来的鬼！哪来的'弟兄们'！米粒立起是静电效应，你在初中就应该学过的。"

最高的山墙

一

谢宜修像一张活动的照片，永远是一个表情，一堆人里有她跟没有她一个样。她也尽可能跟人群保持距离。上工下工，要么前面，要么后面，她总是一个人，跟大伙隔着一段路。在地里做事，她手脚不是最快的，也不是最慢的；不跟人拼命，也不挨懒拖沓。收了工，新职工的宿舍，男男女女放了羊，闹成一团，吵翻了天，她不看，不听，不加入，也不躲开，倾着头，一心忙自己的。她好像总有忙不完的事：洗洗晒晒，缝缝补补，收收捡捡。

新职工的女伢，一有机会就跟分场、总场的干部搭壳，胆大脸皮厚的，夜里一堆人围着一盏煤油灯听总场干部念文件，就紧挨干部坐着，直接把手从桌子底下伸到干部胯裆里。

谢宜修每次都坐在一圈人外面的暗影中，不管那一堆人又哭又笑、拍手顿脚，她都没有动静。散会了，她从不头一个站起，等大家都起身了，才跟在一堆人中间走出去。连跟个人收入有直接关系的评工分，也听不到她的声音。评上多少是多少，从来不吵。评先进，入团，参加民兵，就更没有她什么事，没有人找她，她也不找人。她身上有一种隐隐约约的寒气，让人不好接近。她也不接近别人。大家只隐约听说，她父亲手下有过千军万马。她身上那股寒气，应该是从她父亲那里带来的。

歇坡的时候，几个凑一堆共用一根竹烟筒轮流抽黄烟的老倌偶然看到从面前走过的谢宜修，说："这女儿命苦，孤寡。"

谢宜修没有听见，听见了也像没有听见。

三队另一个孤寡角色是张可凡。说是个男的，头发跟女的差不多长，荷包里永远搁把梳子，一有空就拿出来梳头，梳一把用巴掌拢一把，把个大披头搞得水亮，苍蝇站不住脚；两边的鬓角一直伸到腮帮子。脸刮得铁青；不管天怎么热，一身上下都包得丝风不透：衬衫领口和袖口绝不解开，瘦裤腿把两条细脚杆子包得像笔管，尖头皮鞋的鞋带绑得牢靠。

张可凡害怕任何人碰他的东西，包括漱口缸子、牙刷牙膏、香皂剃刀、脸巾脚布；他的床铺不许有一个褶皱，床沿铺着一块浴巾，坐脏了随时换洗。有人走近他的床，他就心惊肉跳，生怕那块浴巾被污染。

大家也就恰恰以此为乐：只要他走开一会儿，他那张床就被蹂躏得跟狗窠一样；一大块香皂没有几天就变成一小片；新买的牙膏转眼就不见，找了半天，原来在他床沿上的浴巾下面，已经被他自己坐扁了，牙膏都从针扎的孔里挤出；雪白的脸巾总是会闻到一股臭脚味儿；锃光瓦亮的漱口缸子盛满了腥臊的黄汤……他张口结舌，脸色惨白，半天说不出话来。这正是那班作案的火板儿想要的结果，他们躲在一边死命压抑着声音，笑得直不起腰。万般无奈，他就只好掏干净身上的零花钱，一个个向大家敬烟，敬烟时还点头哈腰。殊不知，越敬越倒霉。大家把他的孝敬当作奖赏，为了得到更多奖赏，就让他倒霉得更多。

三队的老老少少都喊张可凡"戳屎包"。

用压泵喷雾除虫，让他负责供水。他双手抓着扁担，哆哆嗦嗦，前冲后仰，一担水好不容易挑到地头，已经晃出了多半，落地的时候，后面一桶忽然滑出扁担头，扁担失去平衡，飞起老高，他自己也往前栽个嘴啃泥。

棉花地锄草，他的锄子只挖棉花，就是不挖草。队长朱癞痢气得癞痢头通红，大骂："你眼瞎了啊，指头粗的棉花秆你看不见？叫你锄草，你锄棉花做什么？"他被骂得双手发抖，小心地下锄，一挖，还是挖断了棉花秆。

朱癫痫当胸一掌把他推了个趔趄,骂道:"你长这一头毛有什么用?还不如老子个鸟!"

张可凡抬眼看了看队长的癫痫头,赶紧低了头。

"说你还上过大学?"

"上过。"

"那你说,你会什么?"

"我会多来米花所拉稀多。"张可凡嗫嚅。

一棉花地累得贼死的人顿时一阵轻松:

"拉稀多!拉稀多!"

"拉稀?还多?"

朱癫痫很困惑:"那你就蹲下,拔草,想拉稀就拉稀。"

给张可凡定的工分是四分半。最低的工分标准是五分。

鬼都看不起张可凡。有空他就只好去江边吊嗓子。

江面很阔,对面一线山影,帆船像贴着水面飞的鱼鸟。张克凡"呃呃呃呃"的声音传得很远。江风刮过,听起来像喊冤,像号丧,像叫魂。

听着张可凡狗不像狗叫、猪不像猪哼的怪声,坝头上走过的人都会丢一句:"戳屎包。"

二

要过年了,新职工回家探亲,一个个大包小包。决算分红的花生、芝麻、黄豆、棉花,不多,也不值钱,但到了城里,都是稀缺的宝贝。

谢宜修居然是一大担,压弯了扁担。

挑担的是吴老六!

吴老六是二队队长吴毛俚房下的侄子。娘老子一口气生了五个儿子,等着再生两个女儿——洲上的大圆满,讲究"五男二女"。生到吴老六,还是个带把的，懒得起名字。

一家六个儿子，个个莽长莽大，赛似金刚。前面五个，都在外面成了家。老六是满崽，留在身边。

吴老六不到二十岁就是二队拿满分十分的劳力。他说话做事都梭别，一阵风，快刀斩乱麻。队上人上工一条龙，下工一窝蜂，他永远在头里。在地里，从来没有人见他坐过。歇坡，一帮人嘻嘻哈哈，大话闹天，他瞪着眼睛莫名其妙，看一阵，径自拿起锄头或是扁担又去做事。场部下来蹲点的黄场长搞定额包工试点，按件计工，正对了他的路。他有用不完的力气，技术又全面，没有他拿不下滩的事，一天赚两三个人的工分。他生下来好像就是来做事的，一天到黑，吃饭睡觉之外，除了做事还是做事，跟人没有争执。若是你惹毛了他，那就莫怪。

下半年，棉花收上来，各队把晒干的棉花装上牛车，送场里的轧花厂。吴老六赶着牛车，把摇摇晃晃的一大车棉花拉到接近轧花厂的坝头，被前面停着的一长串也是送花的牛车堵住了。他跳下车杠，跑到前面，看到下坝的斜坡口上，一辆满载的牛车，牛卸了轭，在斜坡上啃草。

"哪个的车？"

吴老六喊了好几声，蹲在坝头抽烟的一个人回过头。

"我的。"是三队队长朱癞痢。

"车坏了？"

"我要抽根烟。"

"抽烟？堵许多车！"

"我只能在这里抽！你看看下面。"

"下面？"

"你瞎眼了？墙上的字。"

坝下，轧花厂大车间的墙上一清二楚地写着"严禁烟火"。

换作是别个，会对朱癞痢说："那你也莫堵在路头上啊，少走一脚多走一脚,哪里不好停车?"

吴老六没有许多话:"你抽烟,我把你车赶到下面去。"说着就去牵牛,上轭头。

"莫动!"朱癞痢吼道。

"你讲不讲理?"

"不讲理!怎样?"

朱癞痢把烟头摔下,伸脚用力一摁。除了杨场长,场里人哪个也不在他眼里。

"把轭头卸下来!"朱癞痢喊。

吴老六跳上车,一抖牛绳。朱癞痢冲过去,伸手一把扯下牛杠上的吴老六:"下来!"

吴老六落地,咚的一声响,稳稳站住。朱癞痢当胸一把猛推吴老六。

"莫起手动脚。"

吴老六纹丝不动。朱癞痢那一把像是推到了墙上,火了,又推一把。这一次,吴老六抓住了朱癞痢的腕子道:"真的假的?"

朱癞痢挣了一下没挣动,又伸出另一只手。

吴老六一并抓住道:"莫作死。"

朱癞痢的脸由红变白,然后煞白,全身一软。

从后面堵着的一长串跑过来赶闹热的众人,眼睁睁地看着朱癞痢栽在吴老六手上,霎时憨了:"果然天下只有第七没有第一!"

但是,这样的事,不过是一种意外,而谢宜修跟吴老六搭上了壳,就不只是意外,而是出奇。

吴老六把谢宜修一直送到班船上,把索子在扁担头锁紧,就下了船。船到县城码头,谢宜修照吴老六的叮嘱,坐着不动,等下船的人走差不多了,就见从码头上下来的一个跟吴老六一样的大块头走到船上,说:"我是老五,来接你。"

老五是司机,跑长途货运,直接把谢宜修送回省城的家。

若是一般的帮忙,没有这么周到的。

三

正月,农事空闲,要做屋的人家就在这时开工。

吴家城里的五兄弟都带着家眷回来了,他们各家早已做了屋,五幢屋在二队的屋场一字排开,一色的清水砖、黑棉瓦,齐齐的山墙比屋场所有的山墙都高。五幢屋的顶头,留了一大块屋墩给老六,做屋的料也是早就备好了,只等他定了亲就动工。

满载做屋,特别排场。

做屋,结亲,死,是江洲人一生最大的三件事,皆不能敷衍。一家做屋,队上家家出人帮工,这是习俗。城里新职工则自便,愿来就来,不愿来不强求。二队探亲回来的新职工都来了,一是顿顿有鸡鸭鱼肉,油水厚;二是吴老六做屋,是跟谢宜修定了亲。

事先一点儿口风也没有,平时又少有交道,见到在吴家忙忙碌碌的谢宜修,大家一时竟不晓得说什么好。

做屋有许多仪式,奠基、挖墙脚、立门方、上梁、盖瓦都要喝彩。每喝过一道彩,谢宜修就挽着一只竹篮给每个人分块麦粑或是发饼。她穿了一身当地老巴嫂腋下开襟的新棉袄,头上包了块手巾,举手投足还是个新职工,一向板着的眉眼有了一些灵活。

仪式十分冗长,又单一繁复。队上的老职工倾着头,一心喝酒吃粑;城里来的人有些烦了。新职工因为是吃白食,不好多嘴。先是吴老六一大帮侄子不肯安生,满屋子疯跑乱撞。嫂子们跟着坐不住了,嘀咕着:"不是要请戏班子的吗?"

"老六安排好了。"谢宜修说,"一会儿请大家欣赏。"

除了吴老六,没有一个人想到谢宜修请来了张可凡。

张可凡出现在屋场上的时候，所有人倒吸了口气，满场鸦雀无声，好像是给惊吓住了：

一身笔挺的黑西装，雪白的领口扎着鲜红的蝴蝶结，笔管样的裤管下，尖头皮鞋闪闪发亮。长发蓬松，大鬓角把涂了油彩的脸衬得格外神气，怎么看也不像那个天天被大家捉弄、当下饭菜、寻开心、造锅巴孽的"戳屎包"。

喝吧，朋友们，美酒能使我们陶醉！
喝吧，朋友们，把一切烦恼都丢开！

张可凡扬起双臂，亮开嗓子：

尽情地喝个痛快，
把所有忧郁都忘怀！
干杯！干杯！为一时的异想天开干杯！
干杯！干杯！为瞬息即逝的幻想干杯！
干杯！干杯！为昙花一现的欢乐干杯。

在这样的地方，这样的人群中间，张可凡的样子很古怪，很可笑，但没有人笑。他的光彩照人，他的作古认真，他的全力以赴，镇住了大家。

老职工不晓得他唱的是什么，但是晓得一个人能发出农场喇叭里那样好听的声音不是件容易事。难怪老是听他叫冤，叫魂，号丧！

新职工有几个晓得他唱的是歌剧《茶花女》，吴老六二哥两口子都在大学教音乐。"唱得还真不错！"他们低声赞叹。二嫂忍不住站起来，走到张可凡身边：

喝吧，朋友们，别虚度了我们的青春！
喝吧，朋友们，我们的生命由欢乐和爱情组成！
明天会怎样，谁都难预见。
无论多么美丽的花儿，
鲜艳的日子也过不了几天！
盼望，遐想，憧憬，都将是黄粱一梦……
干杯……玻璃杯的叮当声，决不会吓走爱神！

二嫂绝对专业的对唱，让过了年继续下队蹲点的黄场长也拍起巴掌来。

这样的生活是多么美好。
……
是的，爱你的人是多么快乐。
……
谁会爱我呢？我根本不知道。
……
是我，我这是在劫难逃。
……

那顿饭，从来滴酒不沾的张可凡连喝了几碗。碗是乡下的土碗，酒是洲上的土烧，刚喝没什么事，后劲儿厉害。那天回到宿舍，他一通翻江倒海般呕吐，只差没有把肠子呕出来。呕吐完之后，就是一通号啕大哭，不晓得的人以为他刚死了娘老子。

在酒桌上，黄场长对张可凡交代："回去跟你们朱队长讲，就讲我讲的，调你去场文工团，回头去场办开个介绍信，这两天就去报到。"

黄场长说话的时候，不时扫一眼吴家城里来的五兄弟他们，很威严地清一下嗓子："不过，你要剪一剪头发，刮一刮鬓角，莫像现在这样三分像人七分像鬼。"

"这下好了，戳……张哥一步登天！恭喜恭喜！"平时一口一个"戳屎包"地喊张可凡的那班人乱糟糟地端起酒碗，意外、眼红、真心真意，都有。

最惊喜的是谢宜修。

年前回去，才知道母亲已经住院两个多月了，大手术，自己硬熬着，不准上小学的儿子给姐姐写信。护士马姨听说谢宜修也在江洲，跟她儿子一个农场，格外照应。见到谢宜修就问，知不知道她儿子张可凡。

"知道。"谢宜修说。她还知道农场里谁都可以欺负张可凡，但她不能把这些告诉马姨。

"他太懦善了，一个人会很吃亏的。"马姨说着，眼泪就掉下来。

"……"谢宜修不知该怎样安慰她。

"从小他就只喜欢唱歌，千艰万难考进了艺校，又给人家开除了。"

开除的原因是"调戏女同学"。进校第二年，学歌剧《茶花女》，有天晚上离开排练室，他看看走廊前后没人，忽然从怀里抽出一枝花，单膝跪下，拦在那个跟他演对手戏的女生面前，把人家吓得惊叫。那女孩特别求上进，刚写了入团申请书，觉得受了侮辱，直接去校长那里哭诉，伤心得像是被强奸了。

"他其实单纯得像个婴儿，一点儿坏心也没有。你们是同事，要是帮得上就拜托多帮帮他。"

马姨瘦削白皙的手冰凉，小心翼翼地捧着谢宜修已经有些粗糙的手，好像谢宜修是救苦救难的观世音。

四

谢宜修帮张可凡的忙，也就是做屋的那一次。张可凡正儿八经高唱一曲之后，大家不再喊他"戳屎包"了，连朱癫痫都说："操，我以为是坨屎粑粑，没想到是个金元宝。"

但张可凡没有照黄场长的调动去场文工团，因为他打死也不肯"剪一剪头发，刮一刮鬓角"。朱癫痫再不难为他，让他在食堂灶前烧火，菜地浇水。后来被当作"外国特务"打断脚骨子是别分场人做的事。再后来他跟着大伙回了城。

农场有人在码头上遇见过张可凡。他挂着一根洋式的手杖，站在江堤的矮墙边抽烟，还是一头的长发，还是大鬓角，嘴里吐出一个接一个的烟圈，洋味儿十足。见到熟人，他很客气。如果是个男的，他就把人拉到僻静地方，递上一张名片，说："想要，就打上面的电话。"名片后面，有几行四言八句："放下金绡帐，银钩钓情郎。摊上席梦思，接待十六方。来的都是钱，全凭腿一张。搂着说最爱，过后不认账。人一走，就冲凉，下一对哥姐做鸳鸯。"

谢宜修一直没有回城。某年有记者来采访，问她为什么嫁农民，她只回了一句：因为我不如农民。

谢宜修跟着吴老六生了一堆儿女。她父亲被政府特赦释放后，吴老六把岳父岳母一块儿接来了江洲，二老在屋场上山墙最高的那幢大屋里安享晚年。

农场改制后，江洲的青壮年去了经济发达的外省。谢宜修跟吴老六商量，把抛荒的地都租下来，六兄弟贷款集资，盘下倒闭的轧花厂，一年后又办起纱厂，注册了江洲棉业公司。

这些都是后话，不赘。只简单交代一下两个人物的下落：一、朱癫痫做了公司保安的头儿；二、去找过张可凡来公司的小剧团，张可凡头摇得跟拨浪鼓一样，一脸恐怖道：回江洲？

吴家人财两旺，洲上人说："还真莫不信，那是得力他们家的山墙高。"

冬天天晴，屋场上的日头好。谢宜修每天端把躺椅放在门前的暖阳里，让父亲晒日头。看着女儿一天到晚风风火火地忙进忙出,父亲有一次喊住她,问:"跟爸说句实话,你真的开心吗?"

谢宜修怔了一下,答:"开心啊,为什么不开心?"

父亲抓过她粗糙发黑的手说:"爸对不住你,苦了你了!"

老泪纵横。

仙姑岭

一

　　场部渔业队的渡船把梅鸭嘴和陈志送到马鞍山脚下的江滩，梅鸭嘴等不及船老大放跳板，就蹬着船帮跳到滩上，回头看着战战兢兢从跳板走下来的陈志，哈哈大笑。

　　到南边买草，是个神仙差事。

　　洲上都是旱地。每年二百多天种棉花，秋冬种些小麦、油菜和豆类。耕牛过冬吃的稻草要去南边买。

　　农场是江心洲，"南边"就是江南。南边的马鞍山，就在二队对岸，站在二队坝头，可以清楚地看见。

　　走过江滩，进了马鞍山垅口，就是马鞍乡。"马鞍乡"是老早的地名，而今应该喊"马鞍公社"，但洲上人改不了口，还是喊老地名。二队人买草，都在马鞍乡仙姑岭。

　　叫名"马鞍山"，一点儿马鞍的样子也看不出。新职工里有点见识的人说，江北有座城市就叫"马鞍山市"，这个名字明显是偷人家的，打混账罢了。梅鸭嘴立即驳斥："是先有山，还是先有城？要偷，也是那个城市偷了这个山名！"

　　你还真不能讲梅鸭嘴强词夺理。马鞍山的得名很老套：一个仙姑骑马到了江边，不想走了，让马趴下，自己靠着马鞍，仰面朝天躺下，于是就有了马鞍山。

队上每年买草，都少不了梅鸭嘴。起先是上年纪的劳力带他，后来是他带比他嫩的劳力。

在梅鸭嘴嘴里，马鞍乡仙姑岭差不多就是张道士说的洞天福地。那里的男人心眼实，一担西瓜挑到街上，只要有人不相信个个瓜瓢都是红透了的，卖瓜的就立马性起，挥刀把所有的瓜都劈开，一边劈一边问："红不红？红不红？红不红？"猪瘟了，家里没有壮汉，请人帮忙拉去村外埋掉。帮忙的把死猪绑到扁担头，扛到肩上，嫌拗着费力，说："怎么不死两头，我好一担挑。"把东家气得发晕。那里的茅坑不分男女，脱了裤子蹲下，家长里短，聊得热火朝天。三伏天，不论男女都在屋檐下洗澡，有人走过，会很热心地问："过夜了吗？没有？到屋里随便吃点。"

"这叫不开化！"高中生聂宏亮不屑。

"这叫淳朴。""鸡屎分子"陈志很神往。

"我没有你们那些文词，横直我就是喜欢那里。"

梅鸭嘴是雄辩家，从来不容置疑，永远觉得自己说的话句句是天经地义。为此，他特别喜欢跟城里来的新职工斗嘴，证明洲巴佬里有学问的也是大有人在的。

陈志被老职工喊作"鸡屎分子"并不是浪得虚名，歇坡的时候，别人打打闹闹，满嘴荤话，他玩文绉绉的文字游戏："这个上联，自古没有人对出下联。看哪个有本事创纪录？驾一条船，划两根桨，支三四叶蓬，坐五六个客，过七里湖，到八里江，离开九江，已有十里。"

"这有什么难的！不就是一到十嘛。"梅鸭嘴马上就对出了下联，"头一进痛，二一进麻，到三四进滑，过五六要命，数七闭眼，数八咬牙，数到九出，没法十进。"

"死流氓，活流子，不要脸！"新职工里的女生板着脸，却红了。

梅鸭嘴能说会道，能把死的说成活的，不开口则已，一开口，谁也说不过他，嘴里一块肉，左红右绿。

场办梅主任在城里招工时，含含糊糊地把江洲农场说成"江洲棉植场"，许多人听成了"江州棉织场"，下来后才发现"江洲"不是"江州"，是种植棉花而不是纺织棉花，大骂梅主任骗人。每次见到这样的骂娘，梅鸭嘴都一本正经地说："我叔没有说错，是你们自己听错了。"

说是"我叔"，也就同姓而已。

群众大会，农场桂主任领呼口号，把"打倒伪官吏"喊作"打倒伪官史"，新职工嘻嘻哈哈地笑。

梅鸭嘴说："有什么好笑的，那老倌子当官就是历史，就是多了一个'伪'字。明明是真官，为什么说是假官？"

桂主任是梅鸭嘴表姨。对别的干部，梅鸭嘴就没有这么客气了。

吕继承老舅在洲上工作过一段，有一次经过二队，撞见梅鸭嘴跟人斗嘴，很有派头地说："这伢子要是学好，走正道，会是个人才。"

梅鸭嘴撇嘴说："嘛事叫学好？嘛事叫走正道？嘛事叫人才？就是跟吕继承那样撑他老舅的法官牌子偷腥？"

吕继承老舅是县里的法官，一开会讲话就从荷包里摸出一张纸，念别人给他写的稿子，有一次摸错了，本来是讲思想教育，却摸出了讲妇女结扎的稿子，念了几句，发现不对头，又伸手去荷包再摸。梅鸭嘴从心里看不起，他心服像陈志那样不说话则已、一说就出口成章的人。

场政工组的孙媛下队，走棉花地沟时，露在凉鞋外面的脚指头不小心碰到锄子尖，破了点皮，聂宏亮夸张地大惊失色道："我去场部医院喊医生！"

孙媛吓着了，问队长吴毛俚："地里有剧毒农药，伤口很危险吧？"

吴毛俚向来三脚踢不出个屁，等不得他回答，梅鸭嘴先开了口："老聂快跑，跑慢了，只怕……"

"只怕什么？"孙媛的脸一下煞白。

"只怕他喊的医生赶来之前，贵脚的伤口已经合拢了。"

梅鸭嘴从不认错，明明自己错了，也咬着屎粑儿犟。

马鞍山山脚的坳口是山溪的出口，口上有块石头，不知哪个猴年马月有人刻了几个字在上面。石头浸在水里，经多年冲刷，字迹已经不太清楚。知道陈志到什么地方都对这种老古董有兴趣，梅鸭嘴抢着说："沉流漱口。"

陈志纠正道："是'枕流漱石'。"

梅鸭嘴晓得自己错了，却说："就是沉流漱口，沉流喝水，喝水漱口！"

"也说得通。"陈志笑笑，不争。没有必要，梅鸭嘴就是嘴硬。

陈志这回能来南边买草，是梅鸭嘴提的名。梅鸭嘴跟场里干部不是沾亲就是带故，他的话，队长吴毛俚不敢不听。

在一帮新职工中，梅鸭嘴最看得起的是陈志。陈志话不多，但喜欢读书，肚子里墨水多，虽然是初中生，但比聂宏亮、陆国汉那样只晓得讨好领导的高中生强多了。

梅鸭嘴在队上要风得风要雨得雨，总有好事落到他头上，让别人眼红得出血。

"三斤鸭子两斤嘴，"叶漆匠说，"梅鸭嘴一辈子的福气就在这张嘴上。"

叶漆匠生漆做得好，除了洲上之外，南边北边都有人请他，见多识广。

梅鸭嘴最大的福气是艳福。眼红归眼红，私下里不知有几多人家想把女儿嫁他，隔三差五，总有媒人来提亲。他从来不听，一见提亲的人，他就摔门出去："我不见。你们逼我见，还不就是为了日后出了纰漏，可以把责任推到我自己头上！我不用你们咸吃萝卜淡操心，我自己的事我自己做主。"

"你做个屁主，你这样拗粪兜子，只能打一辈子光棍，死了没人收尸。"娘老子气得说狠话。

"那就更用不着你们操心，死前我会叫人到时把我埋在坝外，秋天长出好多憨包。然后把场名改成'憨包场'，我当场长。"

这回买草，梅鸭嘴要躲的就是提亲。对方是桂主任娘家的一个女儿，南边人，初中毕业，放假到场里来看桂主任，他见过。长得蛮标致，有红有白，有凹有凸，一笑就抿嘴低头。说起话来样子很胆小，口气很甜熟，就像省剧团来场演出得奖的女演员，领导、编剧、导演、同行、观众、娘老子、搬道具的、扯大幕的，个个都感谢到，周到聪明得体，让听的人个个心里舒服。梅主任说，会让她到农场小学教书，先当赤脚老师，县里指标来了就转正。场里也议过，先调梅鸭嘴到场部以工代干，到时候一块儿转正。

说不清为什么，梅鸭嘴就是不动心。

二

沿着山溪往上走，溪水把两边冲得光溜溜的，水线上面是细细密密的嫩草，溪水上面的山坡，是浓密的树林。

"想想，这像什么？"走在前面的梅鸭嘴一回头。

"什么像什么？山溪啊。"

"再给你提个醒。"梅鸭嘴举手一指最远处树林上面的山头，"上面就是仙姑岭。看到那两个山包子没有？叫'双奶峰'。我们买草的村子就在两个奶子中间。"

"那又怎样？"陈志已经恍然大悟，但故作糊涂。

"亏你还叫名鸡屎分子，这不明摆着的吗——上有双奶峰，下有长流水……对了，你还是只没开音的小鸡公，没见过，不懂。"

"我是不懂。"陈志承认。

"岂止你不懂，仙姑岭的人都不懂。"梅鸭嘴宽陈志的心，"明明有现成的仙姑岭，一条溪却叫个'蚌壳沟'，一点儿花头都没有。"

"依你，该叫什么？"陈志逗他。

"仙姑现羞！"梅鸭嘴脱口而出，想想不妥，又说，"最起码也可以叫

'仙姑溪'。"

"'仙姑溪'好。"陈志眨眨眼说,"平实。"

"好!最好的名字都是最平实的。到底是鸡屎分子!"

进了山,梅鸭嘴一下小了十岁,像个细伢子:"知道我这回为什么喊你来?"

"来看风景。"

"对头,来看仙姑,看你嫂子。"

"我嫂子?"

"对头,你嫂子是仙姑。那些提亲的人,把一个个女孩说得天花乱坠,若跟你嫂子比,我一个也看不上眼。"

陈志有点蒙,之前从没听说过梅鸭嘴有要好的女孩——还"嫂子"。

"怎么,你不信?"

"我信。"陈志说,"情人眼里出西施。"

"不是情人眼里出西施,就是西施。"

梅鸭嘴一肚子塞满了幸福感,需要有人分享。

"到了山上,你就看到她了。今夜我们就住在她家里。"梅鸭嘴突然亢奋起来,沉默了一会儿,终于按捺不住,"想不想知道我跟她的头一夜?"

陈志不作声。这样的问题只是个话头,不需要回答。

"也是头一回,吴毛俚带我来仙姑岭买草。队长的草屋很宽裕,让我们一人住了一间。没有电,屋里黑漆麻搭。没有床,地上铺了厚厚的干草,一股日头的香气。四仰八叉摊在上面,满脑子都是男男女女。木板门咿呀一声开了,队长的女儿来送灯。灯火在她脸上忽闪忽闪,红扑扑的一个仙姑下了凡。头轰地一下就像炸开了。后来的事怎么也记不清楚,只记得身子飘起来,腾云驾雾,迷迷糊糊地落到了双奶峰上。"

梅鸭嘴做梦似的嘟嘟囔囔,忽然说:"你不是喜欢听五句头么,我给你唱一个。"

> 壁上挂灯灯不闪，
> 灯下鲤鱼戏花篮。
> 鲤鱼戏在花篮里，
> 进去容易出来难。
> 喊姐一声姐身颤。

唱歌的梅鸭嘴如醉如痴。

"那你怎么没有把嫂子娶回家？"陈志忍不住好奇。

梅鸭嘴一下惊醒，回过神道："你说什么？"

"我说你怎么没有跟嫂子成亲？"

"家里早就给她说了人家，收了多年的彩礼，板上钉钉了。我们好上的当年腊月，她就出嫁了，男人是县里干部。"

"那你还没死心啊。"

"我做什么要死心？她就是嫁了天王老子，也还是我的人。我年年来买草，她就回娘家，买草的日子，就是我们的好日子。那时候她就腻在我怀里唱：'南风没有北风凉，李花没有桃花香。爷娘提的亲再好，怎比自己意中郎。一日不见心发慌。'我们就一回回发誓：'身上打颤心打跳，赌咒就凭一棵菖：花要开就开到杪，果要结就结到蔸。你我相亲到白头。'"

日脚穿过树缝，星星点点地落在溪流上，明处晶亮，暗处通透。

"牛郎会织女！"

陈志很感动。想起平时搜集的一段五句头：

> 生死相好心不离，
> 哪怕把我剁成泥，
> 哪怕把我烧成灰，

> 纵然忤逆犯天意，
> 织女还是牛郎妻！

前面的梅鸭嘴加快了步子，从后面看他火烧屁股的样子，像是要一步登天。

陈志在后面紧赶慢赶，大口喘气，浑身冒汗，心里也烧起了一团火。他为梅鸭嘴高兴，也为自己庆幸，他看到的是一个现代传奇，一点儿也不比那些古老的传奇逊色。最让人兴奋的是，很快就要看到传奇的女主角了，那个被一个永不嘴软永不服输的傲气男子那么爱那么疼那么牵肠挂肚那么神魂颠倒的人间仙姑了！

陈志没有想到梅鸭嘴在仙姑岭村盘上这么讨人喜欢。走在路上，见到的人个个跟他打招呼，叫喝茶的，叫吃饭的，"鸭嘴、鸭嘴"的，喊得蜜糯了，甚至有喊"姑爷来了"的。

反而是队长家冷冷清清。

"她男人调到省上做事了，一家都搬去了，今年不回了。"

"她没有给我信。"

"……"

队长一脸尴尬，不晓得说什么好。梅鸭嘴一下蔫了。陈志的心也一下凉了，空空荡荡。

这个夜晚，他们没有进屋，就睡在屋场的干草堆上。

草有点温热，人很凄凉。满天繁星，不知哪颗是仙姑。仙姑岭的夜晚，静得瘆人。

梅鸭嘴叽叽咕咕唱了一夜：

> 月亮侧边一颗星，
> 不是亲来也是邻。

不是草滩雁不落，
不是好种不生根，
不是想姐不上门。

脚酸手软爬高山，
四两灯草也难担。
隔山听见姐唱歌，
一气跑过九重山。
来时容易回时难。

壁上画马不能骑，
兔子耕田驮不得犁，
扁担划船过不得河，
相好大姐当不得妻。
想不拆分难如意。

三

叶漆匠家的屋墩是一分场最高的，地面差不多齐平新职工宿舍的屋头。从宿舍上他们家要爬个大坡。叶漆匠在家的日子，夜饭常常端个老大的粗瓷麻兜碗，蹲在坡上，黑衣黑裤，一团漆黑，俯视着下面新职工宿舍的进进出出，吵吵闹闹。一团漆黑上面，立着一只尖脑壳，脑门下，两只三角眼射出刀一样的寒光，一只鹰钩鼻突出在骨骼嶙峋的脸上，有一点儿阴森森的鬼气，夜边的昏暗中，猛然见到会吓人一跳。

陈志每次只要见到坡上那一团漆黑，就转脸走开。叶漆匠是分场新任场长叶星魁的老子，他不想跟其他新职工那样死皮赖脸地拉关系。

初中毕业从省城到农场来做农工，虽然是为了让母亲少吃苦，但毕竟年轻,一腔热血,写了一副对联贴在寝室门上:"新土新地育新人,红旗红歌献红心。"几年间,不管寒冬酷暑、风霜雨雪,从不缺勤,生病发烧也咬着牙齿硬撑着;宿舍的男男女女,偷鸡摸狗、争风吃醋、赌博斗殴、你死我活,他远远地避开,横眉冷对千夫指;夜校学习,不管日里累得贼死,他总是头一个到堂,坐在头一排,自始至终仰脸看着场部蹲点干部讲话,生怕听漏了一句;三伏天,棉铃虫猖獗,杀虫药都标明了剧毒,贴标上画着两根骨头交叉的骷髅,干部再三叮嘱注意防护。他反而特意把身上扒得只剩条小裤衩,表明一不怕苦、二不怕死。中毒晕倒,给人抬到场部医院抢救,刚醒过来,就翻身下床,直奔棉花地,血战棉铃虫。潜意识里有没有表演的成分没想过,但玩命是真的……然而,就是这样,评先没人给他提名,入团没人找他谈话,下半年征兵,场武装部李部长告诉他,没有他的事。民兵训练,他半夜听到吹号,从床上跳起跑去集合,让人直接从队伍里喊出来,像是从米里剔出的老鼠屎……慢慢地,心就灰了,每天就是吃自己的饭,走自己的路,做自己的事,除非不得已,不跟人说话,尤其是不跟干部说话,免得讨人嫌。畏畏缩缩的,像个瘦猴,面色蜡黄,大得像牛眼的眼睛贼溜溜的。

多数人见了他总是鼻子不是鼻子眼不是眼,不是冷言冷语,就是不理不睬。陈志晓得自己什么也没有做错,这么遭人恨,是因为他老子坐了牢,他在替老子分担罪过。

也有不把陈志的出身当回事的,梅鸭嘴就是最不在乎的一个。上工下工,总是挤在他身边,队上派人守瓜棚,看仓库,抗旱放水,去南边买草,头一个就要跟陈志搭伴。每回跟梅鸭嘴在一起,陈志才多少有几分活气。

跟梅鸭嘴去南边买草回来,队长吴毛俚已经带着几个男劳力在江边等着。把草装上牛车,拉到牛栏,一捆捆仔细码好,一帮人擦着一头臭汗,拍着身上的草屑走了。

吴毛俚叫住陈志:"场部梅主任叫你夜里去一趟。"

"哦。"陈志本来想问一句"什么事",放弃了。吴毛俚话不多,别说他未必知道,就是知道,他也不会回答。

上面来了政策,知青可以回城。县里的大小工厂集中下来招工,新职工三天两头一走一大帮。二三队先前几十号男男女女的宿舍差不多空了,就剩了陈志,半夜里总觉得有鬼魂出没。梅鸭嘴夜夜来跟他做伴,两个人比一个人,胆气总要壮些。

去场部的一路上,陈志想,场里也许对他另有安排。这回招工,政策上很宽松,许多政审条件比他还恶劣的都走了,实在走不了的也都安排到了场办的企业或学校。

现在,场办主任亲自找他,这意味着什么?陈志心里,十五个吊桶打水——七上八下,忐忑中又有种说不出的兴奋。

梅主任坐在办公桌后面,脸色铁青,陈志进门,还没有站定,劈头就问:"你跟梅鸭嘴去南边了?"

"去了。"

"去做什么?"

"买草。"

"买草?买什么草!"

"牛草。"

"莫扯!我还不晓得是买草!"

陈志睁大眼睛。

"老实给我说,他是不是去会相好了?"

陈志脑门子忽然一热道:"这样的问题好像应该直接问本人。"

"什么'好像'!我现在就是问你,是不是你在后面作的怪,是不是你怂恿的!开什么花长什么果,牵什么藤结什么瓜。莫以为我们是瞎子,咬人的狗不叫。你一天到晚不哼不哈,眼睛骨碌碌转,一肚子尽是歪主意,再好的伢子也会给你教坏。场里早就注意你了。"

什么也不必解释了，陈志转身走出梅主任办公室。

"回来！"梅主任在后面喝叫。

陈志头都懒得回。

"我把你坑了。"

在宿舍里等好消息的梅鸭嘴眼泪唰地下来了。

"跟你无关。我这次就是没有跟你去买草，招工也轮不到我。"陈志冷冷地说。

"我去找叶漆匠，让他跟叶星魁说说。叶星魁绝对能帮上忙。"

"不要去。不要求人，任何人。"

"不是求人。叶漆匠很看重你的。有一回他在高屋墩上看着满宿舍红男绿女，冷笑说，莫看这帮城里人闹哄，日后有出场的就只有那个一脸蜡黄的闷葫芦，哪个也说不清葫芦里装了什么药。"

梅鸭嘴听没听他的话，不知道，反正再没有下文。陈志根本就不做指望。他拿定了主意，年底回省城过年，就再不回农场了。他已经二十出头，天无绝人之路。

冬种之后，全场劳力上堤，加固大坝。那天一早，陈志打好了背包，准备好了扁担、土箕、铁锹，正要动身，叶星魁突然跑到宿舍来找他："你不必上堤了。分场决定在我们负责的堤段建宣传栏，报告每天的进度和好人好事，采访、编写、布置，都由你一人承担。"

分场好几个生产队，一个队一个宣传栏。陈志跟以往一样，只要做事就卖力，每天在坝头跑上跑下，写写画画，忙得不可开交。叶星魁大会小会表扬他给大家鼓了劲。他不知道给他分派这件事是不是因为叶漆匠说了话，也不知道他一手一脚一笔一画留下的痕迹，引起了县里下来的一个跟他八竿子打不到边的工作组长的注意。

那"注意"最终改变了他的人生。

四

陈志离开农场的那年,梅鸭嘴成了家。

娘老子气得只差没有吐血:梅鸭嘴回绝了桂主任娘家的女儿,放弃了场部的以工代干,讨了一个拖油瓶的寡妇做老婆,七拣八拣,拣了个烂灯盏。他自己得意得要命,大办喜酒,对所有人欢天喜地地宣布:这就是他年年买草都要去的对面马鞍山仙姑岭上的仙姑。还有句话他闷在心里:仙姑拖来的那个溜圆滚壮的"油瓶",是他的骨肉。

叶漆匠当年的话很灵。梅鸭嘴后来加盟了谢宜修吴老六两口子的江洲棉业公司,负责营销。公司和家都一天比一天旺发。拿国家工资的场里干部很眼红,桂主任和梅主任都说,真没想到他有这样吃屎的八字。

爱之罪

一

若论江洲学问最大的人，不消说，是中学的卢俊生卢校长。平时讲的都是家常话，地道的本县口音，明明白白，一点儿不咬文嚼字，跟洲上扒土巴的没有二样。一上讲台就莫怪，完全变了个人，开口闭口尽是之乎者也，古诗古文倒背如流，一肚子老书像倒棉花篓子，一倒一大篓，把满教室人听得目瞪口呆。每年寒暑假，县教育局都要到洲上来办培训班，组织全县中小学的语文老师听他讲课。

洲上人有句话不好说出口：若不是卢校长里头人有病，洲上到哪里去谋这样的大先生。

卢校长是个规规矩矩的读书人，除了做学问，别的事一概不张心。里头人冬芝初中起跟他同桌。他常常饿着肚子上学，冬芝把自己带来的饭菜分他一半，有时候说自己不想吃，干脆都给了他。高中毕业，冬芝放弃高考，说："你去考，肯定能考上，我去做工，供你念大学。考不上，我们成家。"

大学四年，年年寒暑假，两个人都在一起，但绝对不胡来，最多就是手拉手在小县城外的河边或树林边走边说话。卢校长说省城和大学里各种稀奇古怪的新鲜事，冬芝倾着头，哧哧地笑，偶尔转脸看一眼卢校长，眼睛晶亮，说不出的亲爱。她变着花样给他做好吃的，织毛衣、织袜子、纳底做鞋，让他舒舒服服、体体面面的。开学他要走了，她在他的背包里塞满煮熟的瓜子、花生、鸡蛋，恨不得管够他吃一学期。

省师范学院毕业，省城历年高考升学率最高的中学来师院挑人，头一个就挑了卢校长。回去，跟冬芝成婚。一个学期后，学校做了各种努力，把冬芝的户口从县城转到了省城，安排在学校做校工。

冬芝勤恳、本分，很快就得到了大家尊重。个别刁钻刻薄的女同事挤对她、使她委屈、占她便宜、让她吃亏，都像雨落到沙地上，没有反应，渐渐也就自觉惭愧了。

最享福的自然是卢校长。夫妻两个好得蜜糯了。冬芝把他当爷供、当儿养，抱在怀里怕掉了，含在嘴里怕化了，饭来张口，衣来伸手，一切家务都不让他沾手，伺候得他像皇上。她的饭做得好。食堂打来的菜再难吃，只要她一加工，立刻成了美味佳肴。厨房她是绝不让他下的：回头给学生讲课，莫把油烟味带到课堂去。不管他夜里备课到几点，她都等着，给他烫脚上床。只要他没有出差，几乎天天如此。卢校长低头看着她的专心和细致，笑说："你怕是前世欠了我人情，这世来还。"

冬芝表情严肃道："是。"

只要是卢校长说的，冬芝都当圣旨。有一次给乔小乔撞见，惊叫："卢老师您也太大男子主义了吧，把我们妇女当牛当马啊！"卢校长还没来得及开口，冬芝就说："小乔你没成家，成了家你也一样。当牛当马是我的福气。"

卢校长对冬芝也是恭恭敬敬，如奉姐奉母。他们夫妻感情好，在省城同行中出了名。大多人是羡慕的，觉得读书人的婚姻还是这样主仆型的好，一方像前辈像师长像主人，完全可以按自己的意愿专心事业；另一方则像晚辈像学生像仆人，把服从、侍奉当义务。如果不过分追求两性间的其他乐趣，这种夫妻关系对事业是最有利的。也有人不以为然，觉得两个人文化有差异，难以协调，恐怕经不起波折。冬芝之所以心甘情愿地处在那样的位置，是因为她缺乏安全感。

卢校长觉得这些议论都莫名其妙。如果一定要把他们的夫妻关系归类，那么既可以说是以爱为基础的浪漫型，也可以说是追求平实稳定的理智型；既可以说是相互依赖、谁也离不开谁的共生型，也可以说是彼此适应、长相厮守的互补型；既可以说是生活上相互照顾的现实型，也可以说是极尽鱼水之欢的性爱型。他跟冬芝的性和爱是分不开的，性的愉悦本身就足以解决他们之间可能发生的任何口角。别说他们从不口角，就是发生，也一定会是床头拌嘴，床尾亲嘴。琴瑟和鸣，什么问题不能解决？总之，绝不会是属于负面的那两种类型：一、众人所谓的主仆型；二、互相疏远、彼此厌恶而拿财产和孩子做纽带的维持型。

"老师这番宏论就是一篇关于模范夫妻的论文！"乔小乔说，"我都嫉妒师母了。"

如果要说有什么遗憾，那就是冬芝一直没有生育。幸好多了个乔小乔，虽然小不了几岁，但是形同女儿。

二

乔小乔水灵、安静，是个读书的料，对老古董的古典文学特别感兴趣。她从高一就经常找卢校长开小灶，高三就来得更勤，一心要考上国内文科最有名的大学。

对于乔小乔的出现，冬芝没有一般女人都会有的警惕：乔小乔已经有了婆家。两亲家是生死战友，指腹为婚。何况，一日为师，终身为父，乔小乔既是自己男人的学生，也就是自己的女儿，她只有尽力照顾的责任。别人的品性她不知道，自己的男人她还不知道？卢俊生不光是有学问，心里还特别干净，容不下任何腌臢。高三寒假，乔小乔每天一早在她上班前来了，她出门时会轻手轻脚地带上房门。中午和下午她下班回来前，会给家里打个电话，让他们有个准备。

日出日落，花开花谢，岁月静好，波澜不惊。只是卢校长给一家学术刊物撰写的论文，引起了一点儿议论——居然是探讨中国古典诗词中的悼亡诗。因为西晋潘安，后世把悼亡诗限制在了悼念妻子的范畴，所谓悼亡诗也就是悼妻诗。

　　这让人颇费捉摸：是不是因为太过幸福，潜意识里有了一种莫名的担忧，害怕这种幸福太过短暂，甚至突然失掉呢？冬芝身体的异常逐渐显现，她们家族有某种绝症的遗传史。

　　卢校长让乔小乔参与了对论文的准备。乔小乔很是投入，搜集了一大堆资料，整理时却茫无头绪，无从下手。

　　卢校长说，既是悼亡诗，情真意切是无疑的。一日夫妻百日恩，夫妻情之深，语言难以形容。古代诗人不乏对妻子用情至深者。尤其是妻子早逝，一方独存，诗人的悲哀思念，更是无从诉说。但因为各人处境的不同，表现的内容也就不同。论悼亡诗，文尽天下，莫过于唐元稹和宋苏轼，都写出了千古名句，但元稹的《遣悲怀三首》更有烟火气息。古今悼亡诗汗牛充栋，终无可以出此三首范围者。真实，是其第一大特点。陈寅恪在《元白诗笺证稿》里指出：妻子不好虚荣，丈夫尚未富贵，"贫贱夫妻，关系纯洁，因能措意遣词，悉为真实之故。夫唯真实，遂造诣独绝欤"。严密，是第二大特点。第一首生时，第二首亡后，第三首自悲，一个"悲"字，贯穿始终。前两首悲对方，从生前写到身后；末一首悲自己，从现在写到将来。层次即章法。末篇末句"未展眉"即回绕首篇之"百事乖"，天然关锁，成为一个闭环。质朴，是第三大特点。通篇"昵昵儿女语"，字字出于肺腑，说的都是日常小事。许多悼亡诗过于讲究辞藻，都达不到元稹的浅近，有的句子，完全可配村笛山歌。所有这些，某种程度表现出"三遣"的平民化、世俗化倾向——这该是论文的主旨。

　　乔小乔大受教益，很快写出了初稿。在绝对服从老师这一点上，她跟师母一样。

论文《元稹〈遣悲怀三首〉的平民化、世俗化倾向》，被期刊作为重头文章刊发，被多家出版物选用。只是老师的成功没有带给学生好运，被所有人看好的乔小乔高考不但不如愿，还差一点儿落榜。

全国大办农业，卢校长老家县先前荒芜的江洲兴建农场，急需农技、医疗、教育方面的专业人员。那年学校师生暑期下乡支农正好是在江洲，其间，卢校长多次跟农场领导接触，想在支农结束后请求调到洲上来教书。

农场领导喜出望外，这样优秀的中学教师，八抬大轿也抬不来，说："只要你们学校肯放人，我们一百个一千个一万个欢迎！"

学院当然是不肯放人，但卢校长另有无法拒绝的苦衷——冬芝！根据医生的建议，冬芝的病情不适合在城市生活，去空气新鲜的乡下，可能是最佳的选择。

天上落下个金元宝！农场在接受卢校长的同时，就决定由他担任江洲中学的首任校长。

这在当时成了一个新闻事件。卢校长的名气一下超出了教育界。

卢校长带着冬芝在洲上安了家。冬芝毫无怨言，只要跟着丈夫，就是去到天边她也愿意。她的身份仍旧是校工，兼着给卢校长做一些文书工作。草创期的学校人手少，冬芝其实比在省城的学院忙多了，但她忙得开心。她高中毕业，而且成绩拔尖，在这里除了她男人学历比她高，她完全不必自卑。

省城医生的建议是非常对的。为了让各个分场的学生上学的距离大致接近，中学建在江洲中央，四周都是一眼望不到边的棉花地，天高野阔，日出月落，云卷云飞，风去风来，白天见到的尽是活蹦乱跳的年轻人，夜晚一片寂静。热天两口子搬个竹床，搁在空旷的操场上，冬芝躺着，卢校长坐在她身边，一面轻轻地给她按摩，一面指认满天的星辰，辨别满耳的虫鸣。

应该说，所有这些，都在一定程度上缓解了冬芝的病情。但是不管怎样改变生活环境，不管卢校长怎样不惜一切地求医问药，悉心照料，冬芝的生命终是像沙洲微弱的细流，日渐干涸。

冬芝死在外省一家医院，那是国内最著名的医院之一。

为支付路费、食宿费、医疗费，农场做出了超出财务规定的最大努力，卢校长耗尽了积蓄。

料理完了冬芝的后事，卢校长熬了几个通宵，写了《悼妻》。文甫一面世，像一场风暴，反响远远超出了冬芝噩耗本身。

《悼妻》文字不长，却有前言和后记。这恰是《悼妻》的重点。

前言是一个说明：因为自己才疏学浅，以至哀痛欲绝无以表白，不得不直接借助古人，把唐代诗人元稹的《遣悲怀三首》翻成白话，寄托哀思。

其一

你就像古代高官家的爱女，
下嫁了我这一介贫寒之士。
翻自己的箱子给我找衣衫，
拔自己的金钗给我换酒食。
用野蔬充饥却说食物甘美，
薪火烧的是落叶和枯树枝。
如今日子好过了你却消殒，
留下我伤心地给你办丧事。

其二

曾经戏言我们身后的遗嘱，
如今竟然在眼前一一展开。
你留下的衣裳都快送完了，
只有你的针线盒我要珍爱。

因为怀念我愿对所有人好,
一次次梦你我会不惜钱财。
夫妻永诀谁不会痛苦感伤?
贫贱夫妻的往事尤其悲哀。

其三
闲坐无事就为你为我感叹,
人生百年也不过一次去来。
邓攸没有后代那是他的命,
潘岳哭妻徒然是呜呼哀哉。
即使能合葬也无法诉衷情,
来世结缘更是虚幻的安排。
只能睁着眼整夜整夜想你,
报答你双眉不舒展的青睐。

《悼妻》的方式别出心裁。然而《悼妻》最出人意料的地方并不在这里,而是卢校长在后记里,证实了自己的一段不伦隐私——他在省城教书期间对妻子的背叛。那次出轨,让他的灵魂沦入万劫不复!妻子生前,他曾无数次想向她坦白,却始终没有做到。他是那么卑劣、无耻、堕落,妻子是作为一个被欺骗的好女人离开他的。如果再不说,他就永远不能放下压在心里多年的沉重负担,只能带着对妻子的负罪感下地狱,无颜与先他而去的妻子见面了。他一生中经历的两个关系密切的女人,证明了一个简单却又丰富的道理:

女人是男人的学校。一个好女人会改变一个坏男人,一个坏女人会毁掉一个好男人。

对几乎所有人来说,卢校长这个迟到的证实,才是他的《悼妻》的真正价值。私下里，因为乔小乔婆家的突然退婚，卢校长与乔小乔的关系一直受到猜疑。但更多人觉得，卢校长这样一个谦谦君子、好好先生会欠这样的风流债，不可想象！

人非圣贤，孰能无过。有没有悔悟，如何悔悟，高下立判。卢校长自我暴露的彻底和勇敢，惊世骇俗，反而成了一种人格的升华。县里把他提拔到教育局任职的拟议并没有因此而中断。

三

《悼妻》在当时的影响之大，是可以想象得到的，只是想不到会这样长远。

很多年后，那一切早已被无数新的故事新的风尘掩埋，退休后的卢校长衰老得很快。老伴儿心眼小，从一开始就总是疑神疑鬼，看问题又特别极端：男人没有一个好东西，说假话是他们的天性，表面越老实越是一肚子花花肠子。卢校长年轻时的往事常常被她拿出来敲打："对不起，讲浪漫我不是狐狸精，讲贤惠我不是你前妻，你认命吧！"计较乔小乔也就罢了，还要嫉妒冬芝。

卢校长没有力气吵架，整天窝在家里抱把茶壶百无聊赖。从政以后丢落了专业，求学教书的日子恍若隔世，看书写字兴致全无。同事和学生怕给他惹麻烦，也不想看女主人的脸色，来过一回两回就再不登门。他也就渐渐从公众视野中消失了。不意有一天忽然收到一封字迹陌生的国际信件。数字化时代，这种纸质信件几乎已从世上绝迹，仿佛天外来鸿，让他拆信的手止不住一阵阵哆嗦：

卢俊生校长，您好！

这封信可能会让您觉得突然。您不认识我，根本不知道我的存在。但我熟知您，从小，关于您，是母亲经常给我上的一门功课。

母亲一直很敬重您，敬重您的好学、您的忠厚，甚至您的懦弱，老是在检讨年轻时的自己是否任性，是否乖张。她再三嘱咐我永远不要打扰您，但是最近发生的事，让我还是没有忍住。

我在整理母亲的遗物时，看到一本已经黄得发黑的刊物。那本刊物出版时我尚年幼。母亲一直小心地收藏着，不让我看到。上面有您悼念妻子的文章。虽然您借用的是古诗，但因为感同身受，的确是动了真情，就像您说的，肝肠寸断，我读着也禁不住流泪。您有一个好妻子，是您的福气。对不起这样的妻子，良心的确应该受到谴责。您骂自己"卑劣、无耻、堕落"，是被坏女人毁灭的一个好男人，以此"放下压在心里多年的沉重负担"，让我都觉得痛快。

卢俊生校长，您公开忏悔告慰妻子，理所应当。我只是有一些好奇：一、您确信您当年的出轨只是"坏女人毁掉"的结果吗？二、您觉得您有资格骂那个坏女人吗？三、如果回答都是肯定的，那您这样做之前有过一丝犹豫吗？您不觉得命运对她已经够严厉了吗？

我不能确定您是否爱过她，但即使您当初是一时冲动，也毕竟深深地进入过对方的身心。我能确定的是，她爱您并且一无所求是真的——从开始一直到她去世。不错，她让您一度失去平静，但我相信，这个世界上再没有第二个女人这么懂您：从您让她参与探讨元稹《遣悲怀三首》的论文写作，表明您的内心挣扎，到您最终选择逃避，一走了之，她比谁都明白，并且都沉默着接受了。您当时大小已经是名人，与您相比，她是绝对的弱者，您无论说什么、怎么做，她都只能在您的阴影中沉默。而这种常人难以保持的沉默，唯一的理由就是爱。

卢俊生校长，您不知道，也不必知道，与您获得耀眼的光环相反，一个未婚怀孕的女人面对了怎样的屈辱与黯淡。我无意辩护，也无意指责，爱惜自己的羽毛是人之常情，各人种出的苦果只能各人自己吞咽；我更不奢求公平，在普遍的道德面前，这样的角色根本没有公平可言。但我清楚，她唯一的过错只是爱了一个不该爱的男人并且愚蠢地爱得死心塌地、无怨无悔。即使她真是那么让您憎恶，一个有起码教养的男人也总该有最低限度的恻隐吧？

当然，现在说这些是多余的，您早已高大上过了，她也完成了自己的悲剧。但我还想多余一句：一个人在树立自己社会形象的时候，不惜再次伤及一个渺小如同灰尘的女人，其实是表现过度。不那样做，您不是照样可以出彩吗！而今，当您不再有人记起，同样如同灰尘，您觉得曾经的表现，值吗？

卢俊生校长，我很冒昧地追问这些，并不期望回答，我没有留下地址就是证明。您对那个婚外女人，当然不会也不必像元稹那样"惟将终夜长开眼，报答平生未展眉"，我只是希望，您当时既然有勇气面对社会，那现在也应该有勇气面对真实的自己。

至于我，并不恨您，只是可怜您。

愿您一切好！

匆此不一。

红瓦罐

一

冯金花出嫁，家里最值钱的陪嫁是一只双耳红瓦罐：

深酱红，老旧笨重，罐体有一圈一圈的纹路，罐口上有参差不齐的破损。究竟传了几代人，没人说得清楚。冯金花母亲说，是老娘的老娘传给她的，嫁到冯家后，就成了家产的一部分，已经疤疤癫癫，涮洗了半天，总算看到了一点儿先前的影子。

红瓦罐有好几个别名，最生动的叫"气死猫"——家猫眼巴巴地看见鸡鸭鱼肉放进去，盖了盖子，只能闻其香，不能解其馋，急得围着瓦罐团团转。在罐子里发绿豆芽，发出的豆芽不变色，长大了白白胖胖，不光好看，主要是出芽率高。瓦罐壁厚，保温，平时存开水。农忙，场里口号"一天两送饭，地头等饭罐"，家里人就用它送水送饭。

红瓦罐是冯金花家里唯一拿得出手的东西，起码可以让做媒的有个说法。

做媒的冯寡妇说，莫看它老，它金贵就金贵在老，城里专门收藏宝贝的到洲上来过几拨，出价高得吓人，冯家就是不卖。那是个聚财的瓦罐，到了哪个手上哪个发财，卢春生你真有福！

第二天，洲上真来了一位行家，打听到冯家，指名要看红瓦罐。

"我的天，这瓦罐胎质类似于仰韶文化的陶器，延续至今少说没有七千年也有五千年。"

行家把红瓦罐小心翼翼地捧在手上，一拿起就舍不得放下。定睛细看，又连连惊呼：

"不得了，不得了！罐体制作粗糙，但罐型大气，胜过青铜器。罐腰有叶脉纹划痕，底部有螺旋线图形，明显是无意形成的。瓦罐双耳左高右低不规则，说明当时的工艺非常简单，还没有圆轮工具。

"你们看这个破损，胎体居然是砂泥类物质，胎体表面涂了一层净泥，好比现代陶瓷胎体表面涂釉，这样复杂的夹心涂泥工艺，就是放在现代也堪称一流。凭这一点就可以断定，这瓦罐是夏商周三代以前的物件，最少也经历了上万年。"

行家微微抬头，斜眼看着远处：

"几千几万年前的人类祖先还处在树叶遮体的原始时期，不可能制造工艺复杂的夹心涂泥瓦罐，而现代人类也不会用泥做工艺复杂却没有经济价值的泥瓦罐，这瓦罐更有可能是上一个人类文明的遗留物。

"起码可以肯定，史前泥制瓦罐是现代人类第一次利用大自然的火和泥的创造发明，标志着现代人类文明的开端。世界各地考古发掘收藏的都是陶罐，这是我这辈子看到的唯一的史前泥质瓦罐。我敢说，这瓦罐是陶文化的鼻祖。"

行家长吁短叹，眉飞色舞，口沫四溅。卢春生静静地听着，面无表情。他老舅就是南边乡下的陶匠。

水塘挖泥，晒干，筛出土块，碾碎，剔干净杂质，加水搅和，用脚反复转圈踩几十遍，泥浆发出咕叽咕叽的声响，成为能做瓦盆瓦罐的剂子。这是小时候他随母亲回娘家的一个乐子。师傅将徒弟踩过的泥置于旋转的轮盘，慢慢撸出形状，然后把成形的胚子修边、晾晒、打磨，最后烧制。

烧窑只能用木材，木材的长短、粗细、干湿以及木质的密度，直接影响成品率和品质。所以，老舅都是自己劈木材，然后挑选使用。

瓦盆瓦罐制作简单，成本低，不小心摔碎，人们也不觉可惜。但是，穷人家，打破了盆盆罐罐，还是会挨骂，甚至挨打。破得不厉害的，就会修补了接着用。

一根粗针系上细麻绳，尖头有棱的锥子在盆罐上一点儿一点儿钻出小孔，然后用细麻绳来回穿紧，四五圈后，把绳头压进孔里，用面团把孔糊死，一道圪疤就算完成。圪疤的多少由裂纹的长度确定。

瓦盆瓦罐各有用途。

瓦盆大小不同。半升盆、五升盆、七升盆、大斗盆，依次缩小口径，可以套在一起，就有了形容能说会道的歇后语：卖瓦盆的——一套一套。过年祭祖，大斗盆放煮熟的猪牛羊头。大斗盆，又叫"孝子盆"。老人过世，子孙把它放在棺材前烧纸，一来纸灰不乱跑，二来防火。

瓦罐用的时间长了，底和边釉色光亮，乡下叫"经"出来了。其实"经"，应该是"浸"：瓦罐经过油盐酱醋的浸润、冷热食物的煨养，以及天长日久的摩挲，颜色变得深红，甚至黑红。密度、硬度和光洁度都比新烧出的高了很多，结实耐用。

一直守着传统手艺的老舅曾经有过年轻的快活，笑眉笑眼地活着。随着搪瓷、铝、不锈钢、塑料制品逐渐行时，老舅做了一辈子的行当逐渐消失，他也死了。人们再也看不到传统的陶匠和他们的手艺了，他们和许多逐渐消失的旧物一样，化作了伤感的回忆。

瓦盆早已绝了迹，瓦罐偶尔还能见到。冯家逢年过节，就用来发绿豆芽。冯家劳力少，工分低，分不到多少绿豆，便很珍惜。

做媒的冯寡妇是本家，自然是尽心尽力，说得水都点得着灯。行家说的若是真的，冯家何至于现在这样，连张四条腿齐全的吃饭桌子也没有？

卢春生听着，只是微笑，并不揭穿，还文绉绉地附和了几句："瓦罐潜行于岁月，春去秋来，在静默中期许美满，回报主人。虽然栖身于民间的柴米油盐，却有秦砖汉瓦的风骨。它陪伴着人类走过了多少时代，经历了多少变迁，发挥过不可替代的作用。时代在改变，社会在进步。瓦盆瓦罐作为老祖宗留下的宝贵遗产,而今虽已淘汰,但成为传家之宝,会永久地留在历史记忆的长河里。"

行家,冯寡妇,冯金花娘老子,眨着眼睛,似懂非懂,但一律点头,皆大欢喜。想不到这个城里学生这么有学问,又这么好说话。

卢春生接受这门亲事,不在于冯家有一只"价值连城"的红瓦罐,不在于冯寡妇说的"到了哪个手上哪个发财",只在于跟冯金花结婚这件事本身。

二

洲上人形容婚姻般配,就说"一个要锅补,一个要补锅"。卢春生和冯金花就是这样的婚姻。

街道上动员闲散人口下乡务农,卢春生家好几代的城市贫民,政治上硬邦邦的,不是动员对象,他本人高中毕业,就算考不上大学,去劳动人事部门登个记,进城里的国营工厂是绑在马背上的事,但他主动跑去街道办请求下乡。街道办的领导有点不相信:"你真想好了?你娘老子知道吗?"他回答:"你们同意就好了。"

卢春生兄弟姐妹多,他是最不讨喜的一个,吃的总是剩饭剩菜,穿的总是旧衣旧衫。上学前,有一次他在门槛绊倒,磕掉了一颗门牙,晕乎了半天。家里人挤在厨房碗筷叮当乱响,没有一个人想起他。等他从地上爬起,昏昏沉沉进了厨房,已经没得吃的了。在学校里,他也从来没有出头的份儿。人长得细小单薄,一张脸又黄又瘦,整天睁着两个一动不动的眼珠子,不声不响,不打不闹,有他跟没有他一样;暗地里再用功刻苦,考试测验也就刚够及格,很难让人注意到。同学嫌他呆板木讷,垢刮味也没有,谁也不带他玩。他咬过牙,发过狠,总想做一件惊天动地的事,总是心有余而力不足。

现在，社会给了他一个闪亮登场的机会。

积极主动要求下乡者的名单，随后在报纸上登了出来，老长老长的一串。卢春生拿着那张报纸，把名单一个字一个字仔仔细细看了几遍，硬是没有看到"卢春生"三个字，去问街道办，经办人很奇怪：

"你怎么会报名？你又不是动员对象。"

"我报了名。"卢春生说。

经办人回身从文件柜里抽出一个卷宗，草草翻了一遍：

"没有你啊。"

"一定有。我就是在这张桌上填的表。"

经办人很不耐烦，看看卢春生那两个一动不动的眼珠，只好低下头一张一张地再翻那叠报名表。

"就是这张！"卢春生扑上去，一把按住。

经办人把卢春生按着的那张表拿起来，看了看，嬉笑说："对不起，漏了。"并随即奉劝："别在意。日子长着呢，就你这样的，下了乡，表现肯定好。是金子总会发光。"

卢春生想：也是。

到了农场，跟卢春生住一间房的都是在街上就出了名的翻生剥皮老总，只要没睡着，永远不得消停，烟抽得一屋子昏天黑地，酒喝得睁着眼不认爹妈，要么敲盆敲碗大吼大唱着去女生房里骚扰，要么把疯疯癫癫的女生惹到房里胡闹。不然就甩扑克、打牌九、赌饭菜票……

卢春生鹤立鸡群。上工从不缺勤，除了过年，平时从不回家。天天夜里在床头点一盏小油灯，读场部蹲点的李部长发的报纸和学习材料，在一个小红本上写心得。

那个小红本就放在枕头底下，露出一小角，预备别人随时翻看。有一天收工回来，看到小红本在枕头上面，卢春生心里一阵窃喜。却听到同房间的白毛儿说："对不起，拉稀，撕了几张。"

总场来队上蹲点的李部长夜里在宿舍召集大家学习，最积极的两个人，一个是甘新华，紧贴李部长；一个是卢春生，坐在李部长正对面，在昏暗中，全神贯注，死死盯着灯下李部长的脸，好像李部长念出的那些深奥内容都写在那张脸上。

李部长起先没注意，慢慢感觉有只虫子在脸上爬，伸手摸一把，什么也没有。偶然一抬眼，碰上了对面阴影中卢春生的两个一动不动的眼珠子，背脊上一凉：

"你叫什么名字？"

"卢……春生。"

终于被李部长注意到，卢春生一个激灵，转而又有些遗憾：李部长来了这些日子，新职工的名字个个随口喊得出，独不知道他的名字。

"听讲话只要耳朵就行了，眼睛莫老盯在……一个地方。"

李部长临时把"我脸上"，改成了"一个地方。"

有了这个过节，李部长倒是记住了卢春生，但一见他就总想避开。不是扭头跟别人说话，就是装作没看见，擦身走过。

卢春生不气馁，暗下决心，要在别人注意不到的地方做出一般人不做的事。

大热天，棉花地虫害猖獗，全部劳力投入杀虫。喷雾器装在粪桶上，桶里装满水，倒进剧毒农药，用扁担抬着，前面人喷洒，后面人压泵。一天下来，人累得贼死，免不了程度不同的中毒，收了工，好歹把粪桶抬进草棚，丢下就走。

每天，卢春生都独自留下，不管脚酸手软，头昏脑胀，把所有被杂物堵塞的喷雾器连同粪桶都清洗一遍，然后像军队列队一样，直线、等距离，排列得整整齐齐，连粪桶上面的扁担也保持着同一个角度。好几次因为中毒，呕吐晕倒，醒来后自己爬起，第二天照样上工，提前到草棚。以为有人会注意到他头天晚上精心做出的业绩，没想到所有人好像根本没长眼睛，乱糟糟地抬起粪桶就走，喷雾器干不干净，粪桶整不整齐，鬼也不问。

八九月，来了秋汛。机帆船装上劳力，去江对岸的马鞍山脚挖砂石护堤。返程前卢春生钻到山沟里拉尿，他那玩意特小，像粒小蚕豆，怕人看见笑话，洗澡上厕所总是躲人。尿拉完，回到江边，机帆船早已跑得疤子不见烟了。

精疲力竭的卢春生沿江走到县城，好不容易找到一条回洲上的渔船，快半夜回到宿舍。敲开门，白毛儿睡眼惺忪地说："恭喜恭喜，想不到你也会打野食了。"

"打野食"指的是男女在棉花地或江滩的防浪林寻开心。就是说，所有人根本就不知道卢春生没有跟船回来。

卢春生终于明白，自己是个容易被忽略的人。

一连几夜，卢春生睁着眼睛到天亮。最后一个失眠之夜，他把小油灯端到帐子里，用书报挡着光，用父亲的口气写了一封给场领导的信。第二天上工歇坡跑到场部邮电所，寄给父亲，让他照抄后寄回农场。信的抬头和信封上写的是"场领导"，没有具体姓名——这样更像一个老实巴交又容易发火的城里穷老倌。

那封信，请求场领导好好教育卢春生，他从一同下农场的邻居孩子那里晓得了自己儿子在农场的种种良好表现，既为儿子高兴，也为儿子担心。一颗红心献农场固然应该，对家里的老人也该多少有些关心，没有老的哪有小的，不该节假日从不回家看看；拼死拼活干革命固然应该，对自己的身体也该爱惜，身体是革命的本钱，不能中毒晕倒了也不去医院……

这种没有写领导姓名的信，都是场办拆了先看，看完觉得有必要再送领导。

场办几个人看了，觉得好笑，来农场就是种棉花，哪里是来上品德学习班？农场一年到头忙得屁打转，还有时间管谁的儿子是不是孝顺？随手丢在一边。

李部长撤了职，换了黄场长来二队蹲点。黄场长的工作比李部长更进了一步，办起了夜校，念报纸，学文件，作报告。卢春生早早坐了头排，一如既往地睁着两个一动不动的眼珠子认真听讲。已经收到父亲的来信，说他起稿的那封信收到后当即抄好寄回农场了。默算时间，信应该到了场领导手上，黄场长是总场副场长，他在二队蹲点，自然是他来处理。

结果却毫无反应。

黄场长跟李部长不同，李部长和颜悦色，正面看人；黄场长总是仰着脸，眼睛越过所有人的头顶，高瞻远瞩，根本注意不到眼皮子底下卢春生那两个充满了渴望的一动不动的眼珠子。他来队上好长时间了，表扬过不少人，也批评过不少人，就是没有提到过卢春生。

直到卢春生要娶当地农工女儿冯金花了，黄场长才对他刮目相看。

同一个队中从省城来的学生谢宜修跟当地农工吴家老六结亲，市里很快来了记者采访，一下触动了卢春生。

关于谢宜修的那篇报道《省城才女嫁农工》，后来因为谢宜修政审不合格，没有发出来，打了个闷炮。吴家兄弟六个，五个在城里吃皇粮，个个人五人六。吴老六虎背熊腰，力大如牛，在洲上是数一数二的男子汉，谢宜修嫁他，是有了靠山。卢春生根红苗正，冯金花比他大二三岁，二十出头了，一直待嫁。他娶冯金花，绝对是爆炸新闻。

卢春生这一次的期望没有落空。

这时候的黄场长由副场长转正为场长了，先前的赵场长犯了作风错误，调走了，职务由他接任。他对卢春生不同凡响的婚姻选择给予了高度评价：城市学生娶农村女儿，在全场新职工中，是头一个，在全省全国也是少有的典型，为广大城市下乡青年树立了光辉榜样，应该大力宣扬。光在场里讲远远不够，要讲到全县、全省、全国去。

卢春生这个爆炸新闻同时惊醒了场办几个人，他们翻出卢春生老子写给场领导的信，黄场长读罢连连顿脚。他没有责备下级，而是沉痛检讨自己的工作，对卢春生的忽视让他特别内疚。卢春生出身好，人生的道路千万条，却主动要求下乡，下了乡，表现那么出色，他在队上蹲点却没有注意到，这是严重的失职！他一面让二队队长吴毛俚把堆杂物的仓库侧屋腾出来，做卢春生两口子的新房；一面让场办尽快准备详细材料，场领导班子开专题会，形成决议，上报县委，然后逐级上报，争取让卢春生成为全国性的模范人物。

卢春生知道这些后，抱着冯金花哭了一场。

黄场长却忽然接到调令，去县里工作。总场一把手桂书记对宣传卢春生本来就有点保留，只是碍于黄场长的热情，没有说出来：

冯金花有什么对不住卢春生的？农村女儿就比城市学生低一等？她的优点是明显的，脸蛋子红扑扑，都喊她"红瓦罐"，十足劳动人民本色。嘴巴大有什么不好，照老辈人说法"嘴大吃八方"，是福相。

男大当婚女大当嫁，卢春生跟冯金花结婚，有什么特别？就卢春生那样的，非得找个天仙？女大三，抱金砖，冯金花这样的女儿疼男人。莫看卢春生又瘦又小，其实是个人精，会想。

对卢春生的宣传，就这样耽搁了下来。

在县里工作的黄场长来过几次电话，听桂书记的口气，不甚积极，不便多说什么。毕竟他并不是桂书记的直接上级。

三

上级来了政策，失去劳动力的新职工可以"病退"回城，城里父母退休的可以顶替。接着是县里办"五小"工业，大部分新职工都被招了工，先先后后来二队的新职工只剩下嫁了吴老六的谢宜修和娶了冯金花的卢春生。

谢宜修哪里也不想去。吴老六做了洲上山墙最高的大屋，她把政府特赦的老子接到洲上来安度晚年。

卢春生身体弱，但不到"失去劳动力"的程度；兄弟姊妹多，轮不到他"顶替"；县里"五小"工业刚兴办，不招成了家的人。他当初娶冯金花，信誓旦旦：扎根农场一辈子，革命到底不回头，也改不了口。

新职工差不多走光了，宿舍差不多空了，队长吴毛俚派劳力帮卢春生两口子搬进了宿舍，一个大房间，加一个大厨房。宽敞多了，也空荡多了，寒气森森的，瘆人。

不回城市，卢春生就跟老职工没有二样，却没有老职工的劳力。一张纸样的，风都吹得跑，肩不能扛，手不能提，下地做不过女劳力；队上会计老了，队长吴毛俚想让他接手，他又不会做账。幸好总场的桂书记是女干部，心软，有次从二队路过，看他蛮可怜的，让他做了赤脚教师。分场小学先前的几个知青教师回城了，正缺人。

小学教师就是孩子王，一样辛苦。卢春生每天回到家里，就四仰八叉地往床上一瘫，油瓶倒了都不扶。冯金花每天收工回来，做饭、盘菜园，喂猪，养鸡，挑水，一刻不停。冬天枯水，江湾瘦成一条沟，一担水挑上江岸，挑过江滩，再翻过堤坝，要好半天，到家最多剩一半。卢春生见了，从不问一声辛苦，好像他天经地义就是来享受冯金花的。

冯金花很后悔，当初要不是因为卢春生是城市人，指望有一天可以跟他去城市，何必嫁他。洲上人说，有智吃智，有力吃力，无智无力，抓卵咬逼。卢春生文不能捉笔，武不能提刀，连只鸡都杀不死。就是抓卵咬逼，他也是白忙。夜里爬到身上，莫名其妙乱动几下就软塌塌地哧溜了下去，翻过身睡得像死人。出嫁几年，她等于守了几年活寡。

卢春生其实也一肚子委屈。冯金花吃饭如风卷残云，经常是等不到他懒洋洋地从床上爬起，桌上的菜碗已经被她的大嘴吞得见了底。他除了翻白眼，敢怒不敢言。在壮实的冯金花面前，他细得像根篾。冯金花哼一声，他会打好几个寒噤。

终于有一天，卢春生忍无可忍，想发作又不知从哪里下手，喘了半天粗气，一眼瞥见那只双耳红瓦罐，忽然想起这种瓦罐还有一个难听的名字，叫"粪罐子"：麻绳系住双耳，打捞粪水浇菜地。乡下把口恶心狠的人，也叫作"粪罐子"。

布置新房的时候，这只红瓦罐被郑重其事地放在队上留给他们的一张老橱柜上。黄场长来看他们新房的时候，深沉地说："这是你们百年好合的象征。"

冯金花用红瓦罐发过几次绿豆芽。后来农场为了提高棉花产量，禁止种植其他经济作物。没有了绿豆，它也就闲在那里，早已落满了灰尘。从仓库侧屋搬到宿舍，冯金花又小心地把它放到了之前住在这里的新职工留下的条桌上，还垫了一块不知从哪里找来的花格子塑料片。

"这是你们百年好合的象征。"黄场长言犹在耳。

"象征个屁！"卢春生一把端起，摔到地上。

在外面剁猪菜的冯金花听到响动，提着菜刀跑进来，看见红瓦罐那一地碎片，嗷的一声，举起菜刀。卢春生原地不动，英雄般地昂首挺立道："朝颈上砍！"

冯金花丢下菜刀，一屁股跌坐在红瓦罐碎片上。

当夜，卢春生收拾行李，去了码头，等着第二天一早去市里的班船。日后怎样，不管，过一天是一天。

卢春生走后，县里来了一个考察组，了解全县各地赤脚教师的情况。考察合格，转为正式教师。已经是地区主要领导的黄场长事先还专门向县领导问到卢春生。

考察组到了总场，给分场电话，才知道卢春生出走快一个月了。

花　痴

一

老潘凡事都有先见之明："伢儿你莫憨，世上没有后悔药吃的。你这一脚走错了，搞不好就是一辈子，退不回来的。不是悔棋！"

在江洲，轧花厂厂长老潘下棋无敌手。他让花痴一个车，花痴还是走不赢。花痴不信邪，没事就找老潘杀一盘。老潘每次都说："杀一盘可以，先讲好，落子无悔。"花痴每次都发誓："当然，悔棋是小狗！"但常常眼看着要赢了，关键一步总是出错。本来憋足了一口气，下到这时候，已是心跳加速，手发抖，子一落，听见老潘哈哈一笑，发现自己错了，不由分说把已经落下的棋子抓起来，老潘不让："落子无悔！"他急得眼泪都要出来了。

"行行行，你悔吧悔吧。不过就只能悔这一回，绝没有二回！"

老潘什么都看得，就是看不得眼泪。第二回看到眼泪，还是让。

花痴偶尔赢一回，就得意得不晓得自己几斤几两，呃的一声爆发出大笑。他的笑跟所有人都不一样，嘴巴张得老大，不断往上抻脖子，有节奏的"呃呃呃"，一声比一声高，跟鹅叫一样。

老潘拉下脸子道："你是鹅啊！"

花痴"呃呃呃"得更厉害了，根本收不拢嘴。

在轧花厂，老潘和花痴特别接近，有点像父子。原因有三个：

一个是师徒。两个人原来在江北一家街道工厂，厂子散了，听说江洲办轧花厂，需要技工，就跑来了。图的是有月工资，粮食定量差不多高一倍。

第二个，形象都各有明显特点。老潘永远是昂首挺胸，衬衫雪白，领上的扣子把颈掐得格紧，像是出操。轧花厂跟分场平级，他的样子比总场的黄场长还像总场场长；花痴并不痴，就是老斜着眼，一副痴相，想诗，天才在思考。一分场二队的陈志只是二队的"鸡屎分子"，花痴可以讲是江洲的"鸡屎分子"。

第三个，老潘和花痴都喜欢全厂大会。老潘可以过作报告的瘾，花痴可以过笑话人的瘾。老潘最佩服的是总场的黄场长。黄场长每次来轧花厂都要讲半天亚非拉风起云涌；老潘听得最认真，侧着脸，眼巴巴地盯住他，生怕漏掉一个字，恨不得连咳嗽都要记住。黄场长没来，老潘就开大会自己讲，昂头，瞪眼，挥手，顿脚，一招一式着力模仿黄场长。没等他过足瘾，坐在下面人堆里的花痴就打断他：

"请潘厂长先给我们讲讲明白，什么是亚非拉？"

"小学你总上过吧？世界有五大洲，应该晓得的吧？亚非拉就是五大洲里的三大洲。"

老潘顿了一下，眨眨眼，举起巴掌，一个一个地扳着指头历数那三大洲："一个亚洲，一个非洲，一个拉洲……"

花痴标志性的"呃呃呃"一泻而出，一声比一声高，根本收不拢嘴。

老潘气得脸发乌，又无可奈何。气归气，散了会，还是喊一声："夜里去杀一盘！"

棋盘上，花痴只有苦脸，没有"呃"。

老潘对花痴根本恨不起来，遇到好事，他头一个想到的还是花痴。

县里来了推荐上大学的名额，去的是大城市名校。去年是两个，都给了总场广播站。今年只有一个。总场决定下面企业和农业各推一个人做预选，二挑一。企业推的是轧花厂的花痴，农业推的是良种站的杨小影。

"如果只能去一个,那就杨小影去,不用挑。"花痴毫不犹豫。

杨小影老家跟花痴一个县,有个亲戚在江洲良种站当兽医,一九六九届初中毕业,学校组织去老远的北大荒插队,家里找到这个亲戚,让她来了江洲。花痴跟她是在县文化馆的文学培训班认识的,培训班结束,两个人的诗都在专区文化馆的内部刊物上发表。那时候全国还没有公开的文学刊物,写了诗还被印成了铅字的就特别惹眼,在场里出了名。正好大学给的是中文系名额,总场就决定在他们两个中挑一个。

花痴相信自己以后的机会比杨小影多,杨小影发表的那首诗,其实是他写的。另外,他向杨小影发过誓:如果她的钻石戒指掉进了海里,他立刻就会跳下去——这个典故出自他们一起看过的一本外国诗集。

这些都是老潘不知道的。他完全是咸吃萝卜淡操心,小姐不急丫鬟急。何况最后哪个被选上并不是他说了算,决定权在总场。

花痴不争,总场省了事,不必挖空心思费口舌了。他们本来就想推荐杨小影。她在良种站表现出色:一个城市长大的女儿家家,来场不久就给猪、牛做人工授精,一点儿不忌讳,光荣事迹上了省报。但花痴会写诗,场里上下都晓得他是才子。

杨小影走了,花痴一面继续熬夜写诗,都是写给杨小影的情诗,一面等她的回信。每次收到信,都要高兴好几天,眼也不斜了,人也不痴了,走路像踩棉花。

回信慢慢地也稀了,从开始的一个礼拜,到十天,到半个月,到一个月。到快要放寒假了,去信问她哪天回家,他好去市里接她。

信石沉大海。

花痴望眼欲穿,脸色蜡黄。下棋心不在焉,有魂没魄,刚开局没走几步就要悔棋。老潘看得心痛,说:"莫造孽了,我准你几天假,去跑一趟。"

在大学校园里转了半天,好不容易问到杨小影的宿舍,同寝室的女生告诉花痴,吃过晚饭就没见杨小影,应该是上晚自习了,至于在哪间教室,不知道。晚自习教室不固定,学生想上哪间上哪间。

幢幢大楼,间间教室,都灯火通明,一片人头。花痴走了几个楼道就泄气了。只好回到宿舍楼,在下面的林子里等着。

下自习的学生先先后后回来,站得脚软的花痴终于看到了杨小影的影子,吊在一个络腮胡子膀子上,大概因为快到地方了,走几步就停下来呜噜呜噜啃一顿。

花痴在暗影里背靠着树,眼睛一阵阵发黑。

在县文化馆的培训班,头一回跟杨小影搭话,虽然知道她也是自己的江北老乡,舌头还是一个劲儿地在嘴里打转。回到洲上,夜里约出来散步,在屋场后面的机耕道走过来走过去,他始终提心吊胆,生怕手膀子碰到杨小影,会让她以为他揩油。杨小影上大学,他送到火车站,送到车上,帮她把行李放好,下车前想跟她拉下手,终是缩回。他后来一封接一封给她写信,一封比一封火热,把所有色情的想象、露骨的动作都用花哨的语言包装起来。她没他词多,回信只能含蓄地称他"口头革命派"。

当初要是知道杨小影这么贱,他哪里犯得着那么胆战心惊,哪里轮得到这个络腮胡子开荤。从大学返回,花痴一头栽在床上。老潘好几天没有他的音信,跑到宿舍来寻。

"年轻人要心怀天下,眼望全球,打倒帝修反,支援亚非拉!怎么能这样鼠目寸光、坐井观天?"

想想花痴是"鸡屎分子",不吃这一套的,一听他讲亚非拉就要"呃呃呃",改成了跟"鸡屎分子"沾边的文词儿:

"天涯何处无芳草?"

"十步之内,必有芳草!"

老潘小时候读过几本老书,把记得起来的都搜肠刮肚翻出来。看看花痴没有反应,自己肚子里的墨水有限,干脆不装"鸡屎分子"了:

"看你有模有样,原来是绣花枕头,外面溜溜光,里面一包糠!娘老子养你这么大,白养的?你自己一肚子才学,都打算拿去喂狗?杨小影再了不得,哪里是天仙,值得你在一棵树上吊死?"

花痴没有在一棵树上吊死,因为马上就有了另一棵树。这棵树虽然也不是天仙,但是比杨小影清纯、甜且小鸟依人。

江北老家的县,已经升格为地级市了。老潘的满女圆子在市里上技校,寒假,到洲上来看父亲。之前她也常来,就是个小黄毛丫头,花痴没有在意。忽然之间换了个人,有起有伏,亭亭玉立。花痴来老潘屋里下棋,她搬个板凳安安静静地坐在旁边,低垂着长睫毛,间或轻叹一声。回数多了,花痴警觉,每回她叹气,都是自己走的那步是臭棋,不由得刮目相看。

老潘很快就看出了眉眼,忽然想起什么,呼隆一下站起道:"我去车间看看!"

一去老半天。

二

全国恢复高考。

花痴问圆子:"我想去考,你说呢?"

"只要你觉得好就好。"圆子什么都听花痴的,花痴想做的事她没有不赞成的。

技校毕业,圆子进了市里的国营工厂。花痴还在洲上,一到周末,就站也不是坐也不是,一盘棋不知要悔几回。第二天一早就跑去码头等圆子。圆子从江北搭最早的一班渡船,早饭前就到洲上了。

接到圆子,花痴到点上班。他的业务是写材料、出墙报、刷标语等等,工作有弹性,地点不固定,别人不会盯着,反正不在这里就在那里。只有他自己知道,圆子来了,那天的轧花厂只有一个地方能找到他,就是老潘的宿舍。

一长排平房，一半是职工宿舍，一半是办公室。老潘住的那间，跟办公室隔壁，壁上开了门，方便老潘夜里起来用电话。门平时关着，除了老潘自己，没人会随便推开。上班的时候，老潘总在车间里转，花痴坐在老潘办公室，代他接电话。看看外面一时安静，他腾地起立，走向那扇门，没走到，门就从里面开了。圆子尖着耳朵，早就听到了他的脚步声，快得就跟有狗在咬后脚跟。

　　花痴一头钻进去，像只饿虎，要吃人，却不知从哪里下牙。圆子一步一步后退，退到床铺，无路可退，一屁股跌在铺上，低下头，不敢看花痴。白嫩的脸，红得要冒血，一弹就破，等着被花痴蹂躏。花痴却战战兢兢地拖过身后的椅子，在圆子面前坐下，膝盖把圆子的膝盖夹住，伸出两个巴掌，捧起圆子发烫的脸，一点儿一点儿往自己面前移动。额头碰到额头了，鼻尖碰到鼻尖了，花痴的勇气也耗尽了。

　　两个人就那样面对面地顶着，头上滚雷，心里滚油，世界静得像深井。老潘推门、进门、退回、关门，两个人一点儿没有知觉。

　　送走了圆子，花痴下了班依旧来找老潘下棋。再不像以往，各摆各的棋子，老潘拉个架子，冷冷坐定，看着花痴把两边的棋子摆好，突然问：

　　"你是真的？"

　　花痴抬起头，眨巴着有点灰色的眼睛，嘴巴张得老大，好半天，说：

　　"是真的。"

　　下棋就是双方互相猜心思，棋盘上做了这么长时间的对手，两个人心里都明镜一样。

　　"圆子是我心头肉，你晓得的。"

　　"晓得。"

　　"那你就跟我讲句硬话。"

　　"哪一句？"

　　"落子无悔！"

"当然！悔棋是小狗！"

花痴已经提到喉咙眼的心又落回去，一抻脖子就要"呃呃呃"。

"莫呃，我是说真的！"

"我也是真的。若是假的，天打五雷轰！"花痴赌咒发誓。

老潘早就看中了花痴，直肠子，软性子，有才有貌，之前看他跟杨小影好，心里辣痛，只是不能说。后来他跟杨小影黄了，跟圆子好了，这是天意，命中注定。

"如果是真的，就早点领证。"

老潘比花痴还性急，生怕煮熟的鸭子飞了。

"人往高处走，水往低处流。圆子是城市户口，你要她嫁到乡下去？"

回老家办事，告诉老太婆，老太婆急了。

"你懂什么？这伢儿不一般，不飞则已，一飞冲天。"

老潘也就是跟老太婆打个招呼，并没有让她同意的意思。

花痴很快就证明了老潘的眼光。

跟圆子领了结婚证，自己家里一堆兄弟姐妹，没有空房子，花痴回来就在圆子家住。老潘平时都在洲上，节假日也很少回家。圆子的两个哥哥都成了家，各自单位都分了房子，母亲轮流住两个儿子家，帮着照应。

花痴和圆子两家总动员，找各种路子，让花痴尽早回城，结果路子就在花痴自己脚下。

跟圆子的如胶似漆多少影响了花痴的复习，他最大的功课，是欣赏圆子。夜里打开书，书上尽是圆子的身体，一阵阵心烦意乱。干脆一把熄了灯，蹿到床上，跪在圆子的大腿中间，打着电筒，一点儿一点儿地映照圆子的身体，一根茸毛一丝夹缝也不肯放过。历经青春期的煎熬，终于能够这么尽情、这么清晰、这么不须任何顾忌地零距离欣赏一个女孩的身体。这让他整个人飘了起来，像是在云里雾里。传说中的仙境，应该就是这样了吧。影影绰绰中不时闪出杨小影的眉眼，心里微微一酸，杨小影的身体倘若也是这样妙曼可人,他就愚蠢地错过了。曾几何时,杨小影塞满了他的心,堵得他六神无主、茶饭不思,但那只是一个遥远的渴望,遥远得近乎空洞。而现在,他对异性的全部想象和渴望,都在圆子身上得到了满足。杨小影很快就消失在九霄云外。

花痴考上了江北老家大专的中文系。他就填了这一个志愿,图的是跟圆子在一起。圆子求之不得,她一天到晚都想腻在花痴怀里,花痴要考到外地,她会愁死。

老潘说:"好,上大学、过日子两不误。"

收到大学录取通知,随即办了结婚酒席。双喜临门。

老潘事先给花痴准备了一瓶凉白开,让他应付场面。花痴不喝酒。从头到尾他都一直清醒着,意气风发。没有公开办喜事之前,花痴和圆子小心在意,提防怀孕。现在可以酣畅淋漓地放开手脚了。

洞房花烛夜,金榜题名时!花痴觉得自己登上了人生幸福的顶峰。

花痴没有想到,不是冤家不聚头——大学开学没有几天,看到了杨小影,就在中文系当老师。

杨小影开的是写作课,第一单元:诗歌;第一课:《诗的朦胧美》;第一节:爱情诗。

"最能体现诗的朦胧美的是爱情诗。

"先讲一首,《诗经》里的《蒹葭》:'蒹葭苍苍,白露为霜。所谓伊人,在水一方。'这应该是中国最早的朦胧美爱情诗了。诗所描绘的画面隐隐约约,'伊人'的形象无从捕捉,但让人思绪无穷。

"第二首,唐朝李商隐的《无题》:'人离别''花凋残''云鬓改''月光寒''春蚕吐丝''蜡炬成灰',别恨、苦涩、伤感乃至绝望,远隔情人绵绵不尽的相思,由一连串沉郁的形象构成一个有机整体,成为诗的感情形象,使读者产生强烈的心理反应和体验,以至冲动。

"第三首,介绍一首没有公开发表的诗,一位目前还不怎么出名的青年诗人的习作。"

杨小影说着，转身板书：

> 绿叶之下的喘息
>
> 布满月光的温馨
>
> 在一片清冷里
>
> 等待浪漫
>
> 谁有幸见识它的娇媚
>
> 谁有幸触及它的柔嫩
>
> 谁有幸探寻它的幽深
>
> 谁在暗处喃喃私语
>
> 咀嚼一段凄凉

"诗题为《花蕊》，诗中却看不到"花蕊"，但读者却完全可以由环境的营造、气氛的渲染接受诗人暗示的复杂信息……"

面对一教室跟自己年龄不相上下的学生，讲台上的杨小影一如既往的口齿伶俐，声音还是那么诱人，不时来点小幽默，就像当年在农场先进分子讲用会上讲人工授精。不同的是，少了青涩，多了老练；少了老套，多了新潮。顾盼流转之间，根本就没有发现花痴的在场。而花痴从一开始就目瞪口呆，一直没缓过劲儿来。

《花蕊》的出处是花痴写给在大学的杨小影的信。那首诗比杨小影板书出来的长得多，反反复复咏叹"花蕊"。

灵感来自杨小影。有一回夜里散步，夏秋之交，月色撩人，棉花结铃前的花开得正盛。两个人走到棉花地，杨小影低头去嗅花香，忽然发现一边的花痴用手指拨拉花蕊，惊叫："别碰，那是花的生殖器官！"

三

杨小影从大城市那个名校毕业后，本来定了留校，最后却忽然变了，被分回到老家这个大专。在外面转了一大圈，本以为前程无量，却转回了头。其中缘故，学院里有许多说法。毕竟不是把知识分子喊作"鸡屎分子"的洲上，这里人说话都很文明、观念超前——特别是性观念。

各种说法无从证实，但证据是明摆着的，杨小影的毕业论文题为《美的内涵就是性的内涵》，其中论证：我们关于性的观念隶属于一种已成为过去或者正在成为过去的世界观……承认性与美的一致，承认美的内涵就是性的内涵，承认性在审美活动中的正当地位，是现代人的正当追求……艺术的最大功绩和特权就在于它烧毁了与平庸的实在相连的所有桥梁。人们在文学和艺术中对性的排斥，除了有意识的性虚伪之外，与认知能力的局限也不无关系，等等。据说这本来是她为自己的人体摄影集写的序言，给她拍照的是艺术系的一位画家。她写这个振振有词的序言，是为了让出版社接受投稿，只可惜这样有胆量的出版社一直没有找到。

所有这些，在这个江北小城，说惊世骇俗并不为过。虽然因为地处长江上下水码头，这里人觉得自己见多识广，绝不至于落伍，但敢于公开张扬的，最多就是女孩叔叔头、男孩大裤脚之类，女人公开场合绝不敢多露一寸肉。这样一丝不挂、堂而皇之地印成画册，打死也不可能，那跟卖身有什么区别！说婉转些是"前卫"，说直接些就是"不要脸"。

杨小影不是那种漂亮得抢眼的女人，她不讲究穿着，不刻意打扮，不咋咋呼呼，但在一群女孩中，你很容易把她辨认出来。她喜欢看书，喜欢动脑子，总有新鲜的想法，尤其是，她会让你觉得比你自己还懂你。花痴刚认识她的时候，很有几分胆怯，怕她看不起自己。但那次在大学的林荫道上，他对她的神秘感碎了一地：原来她的不俗不过是闷骚。

花痴不想单独见杨小影。覆水难收，过去的就让它过去。那次从大学回来，他再没有给杨小影写信，就算绝交了。朝思暮想的风流都被雨打风吹去。很长一段时间他就指着背诗过日子——假如生活欺骗了你，不要悲伤，不要心急，忧郁的日子里须要镇静：相信吧，快乐的日子就会来临！一切都是瞬息，一切都会过去。而那过去了的，就会成为亲切的怀恋。

何况杨小影并没有欺骗过他，之前她并没有许诺过他什么。她给过他桃花梦，但那也许是他的一厢情愿。她有权选择自己的生活，而他，"快乐的日子"很快就来临了。并且那快乐是充分的，充分得让他早就没有了多余的怀恋，更别说亲切不亲切了。如果一定要说遗憾，只能怪自己无知——跟圆子有了床笫之欢后，他知道自己曾经错过了多么好的好事。

杨小影也没有主动找过花痴。对她来说，花痴是早已翻过的一页。她的生活已经有了也许她自己也记不清的眼花缭乱的篇章。他们现在是师生。也许恰恰因为有过那么一页，比一般的师生更加一本正经。上课的时候她从不特别看他。课外，花痴远远见到她就会绕道。他每天一早蹬个单车来上课，吃过中饭在学校宿舍午休，下午接着上课或参加必须参加的活动，一结束就蹬车回家，没事就直接回家吃中饭。总之，能不在校就不在校，免得尴尬。

然而，那个中午，岁月静好没有任何预兆地结束了。

除非谁有好事，男生寝室的门很少关上。杨小影一侧身从门缝闪进，背一下把身后的门靠上，一只手拍着胸口，一只手伸出一个指头竖在嘴唇上。

不远的操场，校运动会热火朝天。这里哪怕楼塌了也不会有人注意到。

同寝室的人都去了操场。花痴对体育没兴趣，又不好意思开溜回家，猫在宿舍写诗。杨小影像一颗突然掉下的炸弹，把他炸得晕头转向。所有的怨恨，所有的压抑，所有的矜持，瞬间土崩瓦解。

一切回到原点，杨小影惊叫着制止花痴拨拉花蕊，就像是昨天夜晚的事。杨小影像飘然而入一样飘然而去，把花痴留在眩晕里。刚刚发生的一切,像是一个《聊斋》故事。

窗外阳光白炽,操场上的喧闹变得极远。房间里浮动着女性的气息,草席上留着清晰的体液。一切都证明,这个中午他经历的并不是一个白日梦,而是一次实实在在的生命活动。

再次幽会,是在圆子家里。

"真美!"杨小影看着一屋子大大小小的圆子的照片,由衷感叹。

一有空,花痴就给圆子拍照,每次一堆胶卷冲印出来,花痴都会把圆子搂在怀里,两个人反反复复地挑选,拿去放大,然后让圆子以各种姿态、各个侧面、各种表情定格在从堂屋到卧室的墙上、台子上。

"别看她,看我!"

花痴早已浑身着火,血脉偾张,手忙脚乱。

"我喜欢优秀的男人。"

终于平静下来,杨小影说。

"是说我吗?"花痴嗫嚅。

"当然。但你不是唯一的。那年在黄山迎客松,遇到过一群外宾,最前面的国家元首,目光特别亮,扫过围观的人群时,我们对视了一会儿。他注意到了我的凝视。"

"我的天,我真不知道我是天大的幸运,还是天大的不幸。"

花痴一声叹息。

"无所谓幸运还是不幸。爱是没有边界的。"

即使在最形而下的时候,杨小影也喜欢往形而上说事。

"你爱她吗?"

杨小影坦然地面对着圆子从各个角度对完全敞开的自己的注视。

"不知道……"花痴吞吞吐吐。

"是不知道怎么回答吧?"杨小影噘着嘴唇,声音轻柔、性感,像娇嗔,又像呻吟,绵软的手在花痴身上游走,"其实没有什么不好说的,我知道你爱她，像爱我一样。这很正常。所有的美好都值得去爱。"

花痴把早年为杨小影写的《花蕊》从回忆里打捞出来，重新润饰了一番，寄给了外省一家诗歌名刊。他在诗坛已经颇有名气，发表很顺利。

学院里有的是好事者。那期刊物一出来，就有人来恭喜花痴："原来你就是杨老师欣赏的青年诗人啊，那就别跟我们朦胧了，'花蕊'是不是就是杨老师？"

花痴起先假装听不懂，被追问得实在混不过去，忽然呃的一声爆发出大笑，不断往上抻脖子，嘴巴张得老大，有节奏的"呃呃呃"，一声比一声高，跟鹅叫一样，根本收不拢嘴，反而让一帮人不知所措。

四

圆子越来越清楚地感觉到一个陌生女人的存在。起先是跟自己不同的体味，然后是长长短短的毛发。她把跟花痴过日子几乎当作了一种神圣仪式，不管花痴把家里弄得怎么邋遢，她都会收拾得一尘不染。下午下班回家，她头一件事就是收拾给花痴午睡弄乱的床铺。但近些日子，她中午回来也发现床铺是乱糟糟的。

"今天在家赶稿子，瞌睡了。"花痴支支吾吾。

"哦。"圆子并没有追问的意思。

晚上，花痴越来越多的打夜作，明明知道圆子在等，就是趴在灯下不动身。圆子睡觉，蜷作一团窝进他胸口，他一会儿就发出鼾声，已经成了习惯。之前是一种甜蜜，现在却像是一种负担了。他勉强上了床，极力复制当初的激情，却力不从心，怎么也复制不到位。

"有点累。"花痴咕哝。

"我知道。"圆子对花痴永远只有心疼。

第二天晚上，圆子铺了两个被筒，枕头一头一个。

"为什么?"

"烦你了。"圆子笑着瞪他一眼。

男人真不是东西!花痴心里一揪,欺骗这样一个女人真是罪过。她崇拜他,敬重他,相信他,一心一意伺候他,把他当活菩萨一样供着,她没有做错一丁点事情。如果有什么错,那就是心里太干净了,干净得没有一点儿杂质,没有一点儿世故,没有一点儿猜疑。她的人生应该丽日晴空,应该碧波荡漾,应该繁花似锦,她就是他歌吟过的花蕊,不容脏手触碰。

"我知道你爱她,像爱我一样。这没有什么不好。所有的美好都值得去爱。"花痴想起杨小影的话。这样的话,圆子能接受吗?他或许应该跟圆子交心,圆子那么爱他,应该能爱他所爱的一切,他不会离开她,不会放弃这个家,他会跟先前一样对她好,甚至比先前更好。她什么也不会失去,只是她爱的人多了一个爱人。他性格懦弱,心里藏不下任何秘密,像这样的秘密,更藏不住,藏下去会要了他的命!但他迟迟下不了决心。

断然的决定是突然触发的。杨小影接到邀请,去参加大学母校的一个研讨会,买了明早的火车票。花痴一下子蒙了,不顾一切地一把抓住杨小影:

"不行!"

花痴像是掉了魂,好像杨小影这一走,就是生离死别,就再也见不到她了。好在是在楼梯拐角,上下没有人。

"就一天会,大后天就回来了。"

"明天白天你无论如何不能走。改签!明天晚上还有一班车,你后天一早可以赶上会。求你!"

"真傻!"杨小影笑起来。

一日不见,如隔三秋,生命的每分每秒都应该是美好的。明天可以有一整个下午的甜蜜时光,的确不应该浪费。

那个下午昏天黑地。花痴在迷醉中横下了一条心:他不能忍受这种偷偷摸摸，跟他光明正大的本来就该是杨小影。

当天晚上，花痴没有任何过渡，直截了当跟圆子说："我们离婚吧。"

之前他像写诗一样反复构思过，怎样把心态、情绪、语气都调整到最适当的状态。后来觉得，一切都是多余的。说得再动听，也是跟人家绝情，干脆一刀两断，无非就是圆子一家要死要活的一场哭闹。

没想到风平浪静。

"只要你觉得好就好。"

圆子好像早已在等着这一天。她的回答，跟花痴打算报考大学跟她商量一样。

"我今夜去学校住。"花痴说。

"好。"圆子回答。

"明天你请二老回来一趟，我当面跟他们讲。"

"你不来也可以，我会跟他们讲。"

"我还是来吧。"

"随你。"

花痴最后一次走进圆子的家。仅仅隔了一个夜晚，他之前留在这里的一切都像水洗过一样没有了痕迹。他昨天来不及收拾的所有细软、书刊都被细心地装在他最早带进的一个大旅行箱里了，他给圆子拍的所有照片都消失得一干二净。

圆子不在。二老坐在饭桌两边。

老潘腰板挺得笔直，脸像出操一样板正。圆子母亲在啜泣，见到花痴，霍地站起。

"坐下。"老潘喝住她，转头看着花痴，"你什么都不消说，拿上东西走人就是。何时办手续，你自己跟圆子约好。"

"造孽啊，做过了啊，自己的骨肉都不要……"圆子母亲抽抽答答。

"住嘴。"老潘又一次喝住了她。花痴当时神思恍惚，脑子里一团糨糊，走出曾经让他神魂颠倒的小窝,走下吱嘎作响的狭窄楼梯,走到灰暗的长长的弯弯曲曲的陋巷的尽头,他才猛然反应过来,圆子母亲哭诉的好像是圆子有了身孕。圆子自己从来没有说过。花痴迟疑了一下,终是一跺脚,一头钻进了大街上的人流。

这不是跟老潘下棋。跟圆子的这盘棋,一旦走到这一步,就真的落子无悔了——天打五雷轰也只好认了!

五

回到学院的杨小影,头一眼见到花痴,吓了一跳,才几天,他几乎变了个人:头发蓬乱,眼圈发黑,萎靡不振却目露凶光。

"你再不回来,我会死的。"

"花痴同学,你也太痴了。"

杨小影以为花痴纯粹是因为想她想成了这个倒霉样。

"我跟她提出离婚了。"

"为什么?"

"你说为什么?"

杨小影蹙着眉头,噘着嘴唇,摇着头:

"不对,你这样很不对!对一个爱你爱得那么纯粹的女人,这样的伤害太残酷了,你不觉得吗?如果你实在克服不了内疚,你该有别的选择。"

"什么选择?"

"离开我。"

"不行!决不!"花痴嘴巴猛烈地抖着,"我宁可离开她,也决不离开你!我先爱的是你,我要娶你!"

"你错了。"杨小影沉吟着说,"我不会只属于一个男人。我不会嫁人,也不想生孩子。我就想随心所欲地活着,而且,我很快要离开这里了。"

"去哪儿?"

"南方一所大学请老师去办艺术系，他让我一块儿去。"

"给你拍人体的画家？"

"是的。"

花痴眼前一黑，眼泪随即就出来了。

"你这是干吗？你可以来看我的。他不会在意，我们可以相处得很好。"

"不行！"花痴眼睛一阵阵发黑——杨小影吊在一个络腮胡子膀子上，走几步就停下来呜噜呜噜啃一顿。"你是我的！我不跟任何人分享！"

"你看，我没有说错。现在你该懂你妻子了。"杨小影把花痴的头抱进自己深凹的乳沟，喂奶一样轻轻拍打，"我和她是完全相反的两个极端。这本来是你的福气，一个好妻子，一个好情人，鱼和熊掌兼得。我不下棋，也知道'双马饮泉'是难得的好棋。花痴同学，你把一盘好棋走残了！"

镇上的面子

一

早年,十里埠镇上的面子曾经是胡瑞奇。虽然小时候中过风邪,嘴歪,一口大黄板牙,奇丑无比,但是十里埠学历最高的人,当年全镇考上省里最高学府的独他一个。镇上人皆喊他"胡教授",虽然搞不清他摸了几天书壳子,像只冇头苍蝇,在外面瞎飞了一大圈,又回到镇上来了。

只苦了镇领导,好歹奈他不何:大事做不了,小事不愿做,你还不好讲他,人家是"胡教授",是正儿八经的大学生。

县机关从市里搬来十里埠,扩建了马路。镇上找了一帮杂巴人养路,都是些不三不四的火板儿,鬼见愁。正为难怎样安置"胡教授",就让他去管。

没想到这脚棋走对了。那条路横过县机关门口,领导进进出出觉得路蛮平整,指示报道组写个表扬稿。报道组派陈志去采访,胡瑞奇在一棵树脚下刚睡醒,抹一把歪嘴上的涎水道:

"采访?采访个屁。你要急,就回去抄报纸;不急,就在这里歇一脚,我这里蛮好玩。"

胡瑞奇每天站在公路上,隔不几久就咧开歪嘴吼一声"你们坐够了啵?不怕屁股生疮啊!"或是"你们站够了啵?望路啊!"

也就是叫叫,多半是有县、镇干部经过。叫完了,又在路边的大树脚下或是草棵子里四脚朝天倒下去,立刻鼾声如雷。

那帮火板儿就笑道："昨夜又累狠了！"

胡瑞奇的老婆阿美是上海知青，下放在十里埠镇下面胡瑞奇老屋那个生产队。胡瑞奇那时还没有毕业分配，队上看他老屋只有一个老娘住着，就把阿美安排进去。阿美说是上海知青，人长得粗手大脚，比十里埠乡下的妹子还蛮辣。一老一少两个女人很快就处得跟母女没有二样。胡瑞奇回来不出一个月，他们就圆了房。两个人色瘾都重。胡瑞奇长得丑，从来没有女人正眼看他，现在终于有了个拿他当宝的女人，正是饿虎下山；阿美念书时一上课就打鼾，尽挨老师骂，作兴胡瑞奇文化高。两个人如同干柴烈火，一见面身上就滚烫，每天晚上放落饭碗就火烧眉毛地插门，半夜还闹得四邻不安，以为他们屋里出了人命，害得老娘不得不爬起来拍门：

"儿啊，造人要紧，也不消这样上紧啊。"

上午到了公路，胡瑞奇眼圈发黑，脸色发灰，走路像踩棉花，那帮火板儿恭喜他："胡教授总算是死里逃生了！"

胡瑞奇懒得搭理，径睡他的，睡足了，一头爬起，招呼道：

"开会！开会！"

公路上霎时风起，所有人丢落扁担、放倒锹棍，在胡瑞奇身边呼隆成一堆。胡瑞奇跟镇上的田主任讲好了，他不晓得开会，只会讲诗词。田主任说："要得要得，我那几首你也可以跟他们讲。"他是写诗词的狂热分子，时常写了没有平仄的四言八句，套红发表在镇上宣传栏的头版头条。

胡瑞奇用田主任给他的那张写了"我那几首"的公文纸垫屁股，跟大家讲：唐诗中除去"之""乎""者""也"，出现最多的字是"人"字，出现最多的季节是春季，出现最多的颜色是绿色和白色，出现最多的情绪是悲而不是喜……

大家更喜欢听他讲元曲，因为直白：

问从来谁是英雄？一个农夫，一个渔翁。

"呵呵，原来我屋里一门英雄。"

老细一脸褶子，笑起来眼睛一条缝，一口牙齿雪白：他在农业队，他老子在渔业队。

枕上十年事，江南二老忧，都到心头。

"这是你大学时候的心情。"

陶德化是这帮火板儿中间的才子：

人生百年有几，念良辰美景，休放虚过。

"这是你现在的心情。"

胡瑞奇伸出巴掌去摸陶德化的圆脑壳。

若论长相，陶德化也算得镇上的一张脸：眉清目秀，皮色溜光，像个女伢儿，脑瓜子又活泛，小个儿头，得人疼。

陶家原是十里埠的大户，家业到他祖父手上败光了，他老子从小也染上了吃喝嫖赌抽的恶习，虽然成分被定作贫雇农，但还是直不起腰，抬不起头。除夕，十里埠家家放完炮仗，点起香烛，封门衍庆。他老子抱个瓦钵去敲邻家的门，邻家端着吃剩的饭菜正打算喂狗，就势一侧腕子扣在瓦钵里。

一家人就着瓦钵过年，眼泪滴滴落。老子说："儿呀，记得这个年，日后死活要给陶姓挣回面子。"不几日，气绝而亡。

陶德化牢记父命，从小把头埋在书里，就差头悬梁锥刺股。可惜中学读到一半，学校不上课了。

胡瑞奇因此特别器重陶德化。

养路队要一个挑头的。陶德化和老细是养路队的一文一武。陶德化肚里墨水多，老细身上力气大。胡瑞奇一时犹豫不决。

本来这样的狗屁头目一钱不值，但养路队是临时工，当了个小头目，说不定哪天可以转成正式工。

陶德化背后跟胡瑞奇说："老细他们几个是贼，半夜去林场偷梨子。"

"你亲眼见了？"

"我每回都跟在后面，以为他们总有一次会露马脚，始终没有，所以来报告你。那些梨子多半都让老细独吞了。"

胡瑞奇找来老细，老细立刻认账："我老子在血防站住院，大肚子病，医生说是肝硬化造成了腹水。梨子可以清肝火。我买不起，只好偷。"

第二天，胡瑞奇让阿美在林场买了梨子，他一兜子提去了血防站。老细老子剩了个骷髅样的人形，只有肚子鼓得老高，闭着眼睛说不出话，嘴角一搐一搐。老细在边上一串一串地掉泪。

那些梨子自然救不了老细老子的命。没有住到出院的日子，老细老子便被抬去埋了。

一心等着老细受罚的陶德化，没想到最终居然是老细挑了养路队的头。

陶德化去镇上找田主任，一进门就泪眼婆娑道："胡瑞奇把老舅的诗词垫了屁股，在养路队纵容坏人。"

陶德化母亲跟田主任同姓，他也就算是外甥。

田主任一拍桌子道："真不像话！你先回去，我会处理。"

处理的结果：一是给了陶德化一张推荐表，让他去上大学；二是正式成立十里埠养路队，老细当队长，养路队卖的就是苦力，若论卖苦力，最够格的是老细；三是停止胡瑞奇在养路队的工作，请县里另行安排。

胡瑞奇说："不劳县里操心，我跟阿美走，去上海。"

上海出台了政策，阿美这样的可以回去，结了婚的可以带家眷。阿美把胡瑞奇和他老娘都带去了上海，一到那边就生了个胖巴伢儿。

二

陶德化在市师专毕业，成绩优异，在校期间即颇有文名，分到市委搞新闻报道。不久就在省报和中央大报发了大块文章，机关里见他不喊"小陶"，都说"一支笔来了"。很快陶德化就被调进秘书班子，隔三差五跟着领导到处跑。

节假日回到十里埠，陶德化意气风发，眉毛扬起三尺，一身化纤西装笔挺，腰、胸、颈脖子像有根硬木棍子撑着，下巴微微上扬，眼睛直视前方。只看那副架势，会以为他是代表国家去接见外宾。见人说话之前，重重地清一下喉咙，清得像领导一样洪亮。

竹篙是田主任的司机。他在陶德化身后不停地按汽车喇叭，陶德化昂首挺胸走着，死不回头。他一脚油门，冲到陶德化旁边道：

"以为自己真是鸟官啊，装个眼瞎耳聋的狗不吃屎样！"

陶德化这才一侧脸，声音很城市地说：

"哦，是你们？"

一个小面包车，差不多已经坐满，陶德化只能站在上车的脚踏板上问：

"各位最近怎样，还好吧？"

站着的陶德化跟坐着的人差不多高。一车人哄笑道："这么捏古卵正经，是下来视察啊。"

之前约好了，星期天，陶德化从市里回来，镇上几个发小陪他去陶渊明故里拜祖。他现在的发迹，要谢祖上的荫德。

说好了陶德化在家等着，竹篙把大家接上了再去接他。但他算好时间，车子正好在街上接他，让一街人看着他的派头，尤其是要让许妹子一家人看见。竹篙刚才停车的位置，差不多就在许妹子家门口。

镇上都说，许家真是出奇，不明不白地捡了个小猫崽，不明不白地出了个狐狸精，先前一个又瘦又黑的黄毛丫头，眨眼成了人见人馋的一朵花。

陶德化上师专的三年，一封接一封给许妹子写信。进了市委机关，只要回十里埠，每次都带着大包小包上许家。十里埠家家穷得卵子打得板凳响，哪家也比不过。许多找了媒人提亲的赶紧罢手，打算提亲的更只有缩头。

一车人嘻嘻哈哈地拿许妹子跟陶德化打趣，问他有没有尝过鲜，梅子是酸还是甜，一只罪恶的手有没有伸进人家的胸口和肚脐下边。

陶德化一连声说："莫扯莫扯，说点正经的。"发现副驾驶座上是一张生面孔，问："请问这位……"

"县报道组的。都叫我陈志。"

"你就是陈志？听过。我在市里多少掌握一点儿下边的情况。"

陶德化说话的样子颇好笑，陈志极力忍着。

开车的竹篙忍不住道："陶秘书你莫六了，要论写文章，你连人家一根毛也比不上！"

"六"是十里埠俗语的简化，全文是手捏那玩意儿充六指儿。

陶德化说："竹篙你讲话文明点好不好，也不怕人笑话？"

"笑话？哪个笑话？你笑话？你这样的水脚儿还有资格笑话我？"

竹篙父母都是北京名校的高才生，因为家庭出身，被分到偏远的南方县城教书。竹篙智商高，根本不把陶德化这种小地方蛤蟆放在眼里。无奈他现在是市领导的跟班，十里埠最大的面子，镇上个个想巴结。每次回来，镇上都摆酒接风，田主任都让竹篙做他的专职司机，再三叮嘱要服务好。竹篙心里特别窝火，随时拿他开心。

陶渊明故里离十里埠不太远。车子进了山垄，七弯八拐，颠颠簸簸。陶德化就像换了个人，刚才的不快活烟消云散，伢崽一样兴奋起来。

陶家垄！

陶靖节祠是一栋清末老屋，灰墙黑瓦，发了霉，随时会塌掉。前后两进，中间有条露天的过道，叫"柳巷"，并没有柳树。老屋侧边的荒草坡上有个坟墓,说是"陶墓",一看就是假的。

《宋书》上有陶渊明,其曾祖是晋朝的大司马。南梁昭明太子萧统写过《陶渊明传》,说他屋边有五棵柳树,所以自号"五柳先生",话不多,不图名利,就喜欢读书喝酒,不醉不休,屋破衣烂,写文章寻快活,就像是上古时候的人……

陶德化说起祖上就一身劲。

祠堂的正厅很空旷,中堂上有一幅木头横匾,上写"羲皇上人"。黑糊糊的,尽是裂痕,隐约可以分辨出蓝地金字。下面是香案,案前一张八仙桌,一边一把太师椅,都腐朽了,满是尘土,一只椅腿下垫了砖块。陶德化坐上去,从裤袋里摸出一包早已准备好的香烟、一只金属的打火机,一并放置在八仙桌上,然后抽出一支烟卷,二指夹起,放在嘴角上,架起二郎腿,让县文化馆的美工条子拍照。

竹篙突然说:"等等,陶秘书的烟没有点着。"

陶德化根本就不抽烟,不过是想端个架势:"没关系,这就行了。"

"那怎么行?"竹篙说,"不点着,就不会起烟;不起烟,那不等于含了个小鸡鸡在嘴上?"

陶德化只好重新点烟,吸了一口,呛得一阵死咳。

总算坐定,竹篙又一声喊:"等等,陶秘书的脚没有落地。"

大家跟着一看,不由得哄笑。

要说陶德化有什么遗憾,就是个儿矮,两只脚短,坐在太师椅上,脚悬得离地面老高。他自己也低头看了一眼,把交叉的两条腿换了一下,还是落不了地。

"你以为自己的脚一只长一只短吗?告诉你,两只一样短。"

竹篙冷冷地说,引起更大的哄笑,只竹篙自己不笑。

陶德化很气,板着脸对条子说:"莫理他们,你只管拍。"

条子凡事认真。这张一分钟成像拍得很艺术:微微扬起的镜头避开了陶德化悬空的脚，框下了"羲皇上人"的横匾，太师椅上的陶德化神气活现，不枉"羲皇上人"的传人。

这幅照片框进各种尺寸的相框的同时，扩印了一张跟办公桌面一样大的，装上金边镜框，送给了许家。老两口欢天喜地，挂在厅堂上，彰显这个在市里最高机关当干部的未婚女婿。

三

许妹子不是许家的亲生女儿。

十几年前，许叔有天早上出门，一脚踩着一个软绵绵的肉巴东西，赶紧缩回，低头一看，地上一个小猫崽样的伢儿，摸摸鼻子还有一丝气，一手抱起。回到屋里，许姨跟他吵了一架："自己都顾不了，还抱个报应回来，养大了做小啊？"

许叔从来话不多，说一句是一句："你愿留就留下，不愿留就走人。"

"你说的是哪个？她，还是我？"

"你。"

许姨一屁股跌在地上，捶着胸口嚎起来。

许叔抱着小猫崽去灶下熬粥。

许姨没有生育，两口子一直在吃各种偏方。许叔早想抱养一个，她死活不肯。许叔一直让着她，但这回，他不让，想好了：两个女人如果只能留一个，他留女儿。

左邻右舍听惯了许姨的闹哄，没人当回事。许姨嚎了半天，自己没有意思，翻身爬起。

许家从此有了咯咯的脆亮笑声。

许叔在十里埠供销社做会计，每天让女儿在他脚下爬，上班下班背进背出，一直到可以爬到他腿上；一直到可以站到他背后，两只手从后面伸过来抱住他的脖子，看他拨算盘；一直到她不好意思黏人了；一直到挎着许叔特地到市里去买的花布书包上学了；一直到小学也停课了，又天天跑来供销社跟许叔做伴。许叔的病越来越厉害，不停地咳，咳得半天直不起腰。供销社经理说："你回去歇吧，你的国营工名额让你女儿顶替。"女儿满十八了，做了供销社营业员。

供销社于是成了十里埠最抢眼的地方。镇上个个口里说"狐狸精"，人人心下眼赤得要命。

街上的火板儿编了"五句头"：

> 供销社里一朵花，
> 男人个个都想她。
> 日里想得肚不饿，
> 夜里想成睁眼瞎。
> 心下就像猫爪抓。

流气是流气，却都是男人的心里话。

陶德化高雅，在笔记里写了一首祖上那样天然去雕饰的五言杂诗：

> 吾是一支笔，
> 伊是一朵花。
> 名花归名主，
> 岂能落凡家。

给许妹子写了三年的信，从来没有收到过回信。陶德化不气馁：不回信不等于不答应，她只上了几年小学，未必敢给他回信。

许家夫妇都乐意陶德化这门亲。许叔自认为是镇上数得上的知识分子，对陶德化自然有几分亲切感。许姨很实在：莫扯许多，就你这个病壳子，有个这样的女婿还不是天大的福气？

他们都没有想到该问问女儿本人。他们是她的救命恩人，他们给她定的是打灯笼也难找的一门亲，她为嘛事不答应？许姨当陶德化的面对许妹子说："人家一个大学生，年纪轻轻在市里当领导，要才有才，要貌有貌，哪样对不住你个镇上妹子？"

许妹子低头捻衣角，就是不抬头。那次陶德化也约过她一块儿去拜祖，她依旧是低头捻衣角，不说去也不说不去。陶德化的照片挂上厅堂以后，许妹子出门进门都低着头，就是不看那个神气活现地硬坐在墙上的陶秘书。

陶德化觉得许妹子是怕羞，这也是让他一想起就心下蠢动的地方。

除了两个当事人，再一个是竹篙，十里埠再没有人知道，许妹子中意的是老细。

起先，连老细自己都不相信会有这样的福分。他问过许妹子什么时候看上了他。许妹子说："就是那回，你咬断铁丝。"

那回，一个人在供销社买铁丝，整捆的汽车轮子大小的铁丝堆在仓库角上，没人能搬动。旁边的老细等着给老子的船上买缆索，急了，走过去，一伸手就把整捆的铁丝拉到地上。许妹子量过尺寸，却一下找不到钳子绞断。老细抓起那段铁丝，咬在嘴里，上下牙一合，一点儿声音没有，筷子粗的铁丝就出了个牙印，手轻轻一别就断了。

老细从来腼腆，买完缆索，转身赶紧走人。许妹子盯着他的背影，怔了半天。

跟名字正相反，老细长得粗壮。

十里河在十里埠跌进十里潭，从十里潭出去，流进十里湖。观音桥跨在十里潭上，石墩结满了青苔。桥脚两边的河岸铺了麻石条，以利镇上的女客淘米、洗菜、捣衣。观音桥一头，过街就是老细的老屋。

老细老子住院，每天养路队收工，老细就赶去十里湖，撒网，下钩。

每回记的工都不比老子少。娘死得早,他是在船板上跟着老子长大的。快半夜忙完,把臭汗哄哄的衣裤扒光,在十里潭洗个痛快澡,光着屁股上岸回家,扒口冷饭倒头就睡。

那夜好像比哪夜都安静,隐约听得见街屋里的鼾声。天好像比哪夜都深,看不见星子;月亮好像比哪夜都大,把十里埠照得通亮。老细没有闲心观景,把一身酸胀泡松快了就赶紧上岸,忽然看到岸边的麻石条上,妖精样地坐着一个妹子,头一婺,哧溜一下又回到潭里。

两个人就那样僵在观音桥下。

坐在麻石条上的许妹子两只脚拨着潭水问:"我要不走,你今夜就在水里过?"

"莫莫,许……许妹……妹子。"老细结结巴巴。

许妹子跃下麻石条,一蹬腿扑到老细胸口上,嬉笑道:

"若是怀上了,儿子叫'水生',女儿叫'水妹'。"

陶德化把大幅照片挂到许家屋里以后,一回十里埠就催许家订婚。许姨不管怎么问女儿,女儿就是低着头死不开口。确诊了肺癌的许叔把女儿叫到床前道:

"我怕是没有几天了,闭眼前就想看你嫁个好人家。你要是心里有人,直说,你说哪个好,我就认哪个做女婿。"

"老细。"女儿说。

许叔默了默神道:"倒是个好后生。你真喜欢他?"

"我是他的人了。"女儿从小什么都不瞒许叔,就这回说晚了些。

"喜欢的人也喜欢你,这是人一生世最难得的事。"许叔声音嘶哑,"只怕你亲娘不答应。十里埠是个不开化的地方,成亲没有父母之命,人家要讲闲话的!本来就有人说你是来路不正的私丫儿……"许叔一阵猛咳,半天缓不过气。

"有件事早该跟你讲、讲、讲……的。"许叔哆哆嗦嗦地从怀里摸出一块儿烂布。那上面歪歪斜斜地写着许妹子的生辰八字，父母姓名，何方人氏，"这是当年你身上的，一直不敢给你看，我有私心……"

"爸，不怪你……"女儿哭起来。

"你去找他们……他们应该还在世上……让他们给你做主……"

许妹子其实已经跟生身母亲联系上了。竹篙很早就在田主任那里看到了许妹子生身母亲找女儿的信，镇上决定不回信，也不告诉许家，要不许家两口子太冤了。晓得老细跟许妹子好上了，竹篙马上就跟老细说了那封信。许妹子跟老细商量，瞒着许家认了生身母亲。现在许叔自己揭开了秘密，再瞒就没有必要。

给十里埠的信是哥哥写的，打听十多年前留在十里埠的妹子，不见回信，以为她死了。等收到妹子的来信，母亲已经在床上躺大半年了。哥哥回信，代母亲求妹妹原谅他们狠心，当初也是走投无路。望她说什么也来看看娘，父亲早死了，娘的日子也不多了。

真到了走的那天，许妹子怕许家二老伤心，不敢惊动。打定了主意，看了娘，告知了老细这桩亲事，就回十里埠跟老细圆房，一心服侍二老。

那天早上，许家两口子好久不见女儿起床，拍她房门，门没插上，房间里干干净净，一切都是原样，只少了几件换洗的衣服。

老细把许妹子送上火车，跟了两站，许妹子说什么也非让他下车：

"我一个人去就行了，又不是不回，白花车钱做什么！成了家，用钱的地方晓得几多！"

许妹子万不该说那句"又不是不回"。

掐着指头算时间，应该是许妹子来信的日子，没有一点儿动静。老细急疯了，去找竹篙给那边的公社打长途。那边说："暴雨，水库半夜溃坝，下边的那个村庄已经不存在了，没人躲过。"

老细从此落下一个毛病，独自一人的时候，口里就叽叽咕咕："又不是不回，又不是不回……"

陶德化在那年春节结了婚，老婆虽没有许妹子出色，但比她洋气。

酒席的风光闹哄，十里埠多年不见，会在镇上传说很久。市里单位的领导、同事、朋友装了好几辆小车和大客车，在十里埠搞出很大的响动。一院子酒席，还有几桌放不下，放到了街上。

本来蛮圆满的酒席，最后出了一点儿纰漏。怪只怪陶德化自己，他让十里埠发小觉得很不够意思：一是没有请老细；二是把他们的一桌放到了街上，而且是最远的位置；三是从头到尾不过来敬酒。

"人家不敬我们，我们敬自己！"竹篙从陶德化里屋搬出两箱名酒，把所有的瓶盖打开，全杵到桌上，"喝！今天不喝完不走，醉死拉倒！"

那两箱名酒是特地从市里带回来招待市里宾客的。新郎官陶德化心里辣痛，却不好发作。

四

十里湖是鄱阳湖的一个支岔，一直由十里埠渔业队管理。要承包了，镇上统一招标。

中标的是省里一家房地产公司，他们资金雄厚，规划把十里湖打造成AAAAA级旅游景区。渔业队要求承包水产部分，说不管省里那家公司对这部分的承包交多少钱，他们都多交一倍。镇上不同意，干脆撤销了渔业队，让他们上岸种田。

渔业队的人不服，写了状子上告，老细不肯签名。竹篙提醒过他，莫跟人起哄，那家公司的背景，田主任也惹不起。

"要告你们去告。我们狗舔老二各顾各，要得啵？"

老细是个犟人，跟他没法论理，大家只好由他："那我们就把丑话说在前头，我们要是赢了官司，你莫沾光。"

老细说："放心，我一生世哪个的光也沾不上。我认命。"

建了高速公路，十里埠养路队解散，老细到渔业队接了他老子的脚。现在渔业队又解散，老细无所谓：有智吃智，有力吃力，无智无力，抓卵咬逼。

那帮人闹了一阵，领头的在发廊嫖娼被抓住，判了刑，只好散伙。

十里埠风传老细在湖里发了财。只要他在镇街走过，总有一股鱼腥味散开。有人留心，他那条小划子经常整夜没有影形。

先前渔业队的人眼前一亮：对啊，十里湖又没有打篱笆，就是天王老子承包了，照样可以捞啊！

一帮人闷声不响，夜深跟帮下湖，终于被保安队捉住几个，打得皮开肉绽。问哪个起的头，都说是老细。警察来查，却又捉不到老细的把柄。

老细从来没有把一星鱼鳞带回过十里埠。在湖里收了网，小划子划进芦苇丛，把盛鱼的箩筐装上小车后备箱；竹篙连夜送进市里，交给鱼贩子。警察有下湖行动，竹篙事先都能从公安局的司机那里得到消息，他和老细就不打夜作。

世上哪有不透风的墙？老细最后还是落了网。

审讯的时候，老细没有讲他偷鱼的收入都陆续还了许叔切除肺癌欠下的医疗费，只说自己吃喝嫖赌花光了。

把柄是被陶德化捉住的：老细跟竹篙的肠子打了几个结，他都看得清。

"毕竟是发小，就关个把礼拜，帮他松一下筋骨。"陶德化跟田主任说，"我要他下半辈子在十里埠活不新鲜死不断气。"

当初能得到许妹子，是十里埠最大的面子，老细抹了他的面子，陶德化一生世都不肯放过。

一进号子，号头就让老细站到号子中间，两臂举过头顶，然后对周围几个喝道："还等什么！"

一个比老细高一头的精壮憨包凶巴巴地向老细逼过来，身后跟着一帮摩拳擦掌的火板儿。

老细纹丝不动。对方刚出手,他一把抓住,一抖,只听一声惨叫,那只手拐子就脱了节。

等了一会儿,见再没有人上来,老细走到号头身边,拍拍他的肩,问:"号头,我困哪里?"

号头矮了一截,道:"莫莫,你是号头,是我老子。"说着把窗户下的铺盖移开。

一个礼拜后,老细走出拘留所,上了竹篙的小车,直接去了火车站。竹篙给老细买了车票,把剩下的几百块都塞给了他。

多年后,陈志在珠三角一个乡镇偶然遇到老细,他在海边办了个贩卖海鲜的小企业,收购、加工、包装、转运,一条龙。得闲就泡在海里。当地人笑他放着夜总会的靓女不摸,却下海摸鱼,海鱼是摸得起来的?但他下去一摸一个准。

"这里人憨。"老细对陈志说。

当地的头儿看老细能吃苦,让儿子找他合股——他只要出力,资金全部由儿子投入,把现在的企业做大做强;又让当地的文人、媒体给他写发达史。老细对那个头儿的儿子说,多谢政府——拘留所让他学会了把一切有来头的人都喊"政府",我是小地方人,只晓得倾头数卵毛,不成器的。又对那些文人和媒体说,屎也好尿也罢,都莫搞了。你们在这里酒店歌厅的费用我埋单就是。他的员工的收入水准是当地最高的,每年过年,除最大的红包外,来回的路费实报实销。

"你们十里埠镇街上的发小,陶德化走了,你现在要回去,算得上是镇上的面子,起码是之一。"陈志由衷地说。在十里埠待了多年,他最突出的印象是十里埠人死要面子——个人的面子、镇上的面子。有时候个人的面子也就是镇上的面子。

"面子?还镇上的面子?就我这样的一脸褶子?"

老细笑起来,眼睛一条缝,一口牙齿雪白。他本来就长得老相,除了衣着比在十里埠光鲜些,肤色更黑,看不出多少变化,照样是一脸褶子。

"面子不值钱,我也不图钱。过几年我就回十里埠,翻修老屋,住下来等死,安心想许妹子。你要看得起,随时去住。"

老细还记得早年胡瑞奇讲的元曲:离了利名场,钻入安乐窝,闲快活!

陈志之前,竹篙来过。他两口子那点工资按月要还房贷,一儿一女上大学的费用老细全包了。儿女大学毕业了,都做了一脚收入不错的事,竹篙来还钱,老细发了恶,吼道:

"你扯卵蛋!"

五

阿美家不在上海城里,在上海下面的一个县,胡瑞奇跟着阿美回老家后,在那个县当了高中老师,历届班上的好几位高足后来当了大学教授,让他颇有成就感。要退休了,他有点恋栈。阿美说:

"还怕阿拉养不活你?先前是怕侬看不起做生意,侬要不在乎,回来跟阿拉做个伴也好啊。"

胡瑞奇看着年过花甲、身腰还跟案板一样硬扎的阿美,很是欣慰感动。回上海后,他们又生了一个儿子,现在两个儿子都在外国留学;老娘享了几年清福,早已含笑入土,他的确没有吃粉笔灰的必要。

那个县后来改为了区,再后来那个水乡老镇成了AAAAA级旅游景区,阿美把临街的窗板端下,开了一家小食店,专卖她插队时学会的十里埠萝卜粑。镇子天天给人挤得水泄不通,生意做得风生水起。

胡瑞奇每天抱个紫砂茶壶,半仰在老宅子天井前的竹躺椅上,看着大门外天南地北的红男绿女叽叽呱呱来来去去,蛮惬意。偶尔舌尖有一点儿苦涩,阿美就说:"你要喝不惯这种茶叶,回头给你换一种。"

有一年回十里埠给祖坟烧香,胡瑞奇走过陶德化的坟前,蹲下来,烧了一把纸，咧开歪嘴，露出一口大黄板牙，叹气道：

"争嘛事面子哟，死了都是一堆土！"

陶德化死得很突然。几任一把手贴身拎包的秘书都外放去市直部门或县里当了一把手，偏是临到陶德化那任领导，特别讲廉洁，给了个正职，却不是一把手。脑子一向灵光的陶德化一下没有转过弯子，出差，夜里在宾馆突发心梗，第二天上午才给人发现。

胡瑞奇的祖上有帮人修家谱的。陶德化并不姓陶，他祖上从老远迁来十里埠，知道此地古时有个大文人陶渊明，便请胡瑞奇修家谱的祖上给他袭了陶姓的谱。陶渊明从此多了一堆不明不白的后人。

陶德化死了，镇上人才公开说，他祖上发的是不明不白的横财，故后人要发也发不到头。

书　法

一

镇上人打死也想不到，梁大夫会跟胡月妹结婚。

在镇上，梁大夫是卫生的代名词。镇上人说某地、某人卫生，就说："喔，跟梁大夫一样卫生！"

镇上最高级的医院是县医院，县医院最有名的医生是外科梁大夫，在全地区都是数得着的一把刀，常被专区医院请去市里主刀。专区医院多次调他，县里坚决不放：专区医院的病人是人，县医院的病人就不是人？

梁大夫自己也不甚想去专区医院。县医院病人毕竟比专区医院少，空闲相对多。他酷爱书法，院里也很照顾，他的诊室两张桌子，另一张桌子没有安排医生，让他铺了毡子、宣纸、文房四宝，随时可以研墨挥毫。他的宿舍是个大房间，一面墙一半贴着从字帖上复印下来再放大的祝允明墨迹《洛神赋》，他最拜服的书家是明朝的草书圣手祝允明。另外一半，挂了自己的临作。一有人来，就给人讲祝允明这幅字的笔走龙蛇、乱石铺地，行笔直率而华美，秀丽而有气度，结构自然大方而潇洒多姿，撇、捺、横都生动有致，字的大小粗细变化自然，富于抒情性，有"怒龙喷水，奇鬼搏人"之誉，确是草书艺术的经典。当然，这番分教，每次都落脚在他的墨迹上："这是拙墨，各位不妨指点，看看还有没有一点儿祝允明的味儿。"

梁大夫每写一幅字，就用图钉按在墙上，退后几步，点着一支烟，两个指头夹着，按在嘴角，咝咝地小口吸进，又咝咝地小口吐出，皱起眉头，眯起眼睛，端详好半天，然后永远无法满意地摇头。

"太谦虚了，梁大夫完全就是祝允明再世！"对方立刻回应。

"不对！"梁大夫断然说，"书法固然必须沿晋游唐，也就是说知书法必须向晋唐学习，但熟悉了传统后，技法又必须有独到之处。祝允明是不屑于步钟繇、索靖、王羲之、王献之后尘的，我也是不屑于步祝允明后尘的。学古贵在求其气韵神情，而不必规矩于点画形似。

"书理极于张芝、王羲之、钟繇、索靖，后人只是在遵循他们的法则，而在根本上已不能改变。宋代后期大变传统，古法遭到败坏，大多流为恶怪。元代的赵孟頫扭转时风，复归晋唐，但终因个性不强未免有'奴书'的遗憾。"

众人再不敢开口。梁大夫这些"书理"虽然听不太懂，但梁大夫觉得大家的恭维没有看出他的独到之处，等于把他的书法看作了"奴书"因而很不高兴，是明摆着的。

梁大夫医术高，会写字，人还长得精致：中等个子，高额头，宽脑门，大背头，小胖脸，一身白大褂，清清爽爽，看不到褶皱。若是印到宣传册上，就是白衣天使的样板。三十好几了，独身一人，是镇上的唐僧肉。只要觉得挨得上边，不晓得有几多父母想要他做女婿，也不晓得有几多女儿想嫁给他。医院里几个没嫁人的小护士几乎是公开为他争风吃醋，看到市里歌舞团一个舞蹈演员，才死了心。那个舞蹈演员在省里得过头名大奖，时常摇风摆柳地从市里跑来看他，说话蜜糯了，能嗲出人一身软骨头来。梁大夫像对待所有来看病的人一样对她客客气气的。终于有一天，医院的人看到她一脸眼泪，在门口一跺脚，跑出医院，再没有来。

"我是独身主义。"一有人提到他的"个人问题"，梁大夫就再三表白，"我这辈子除了行医就是写字，别的没有兴趣。"

镇上人心实：说独身主义是扯卵蛋的。要不就是那东西天生没用，要不就是受过什么刺激，把卵子阉了——他吃的不就是外科手艺么！

梁大夫却讨了胡月妹做老婆。

胡月妹是镇上清洁队老胡的女儿,时常来医院捡医疗废品,一头癫痫,像堆满了鸡屎,上了几年学,受不了讥笑,加上老胡也没钱供她,退了学,二十好几了还嫁不出去。梁大夫注意到她手脚蛮勤快,就向医院管事的建议,留她做勤杂工。至于癫痫,不过就是一种皮肤病,好治。

都说姻缘前世定,起码在梁大夫和胡月妹身上是应验了。

下了班,写字的空隙,梁大夫让胡月妹坐下,用报废的手术刀一点儿一点儿细致地把癫痫夹缝中的零星头发剃光,一层一层悉心地把堆积的癫痫削掉,保持头皮清洁干燥,利于用药时药效的发挥;又让她把用过的毛巾之类贴身物品全部煮沸,然后暴晒消毒,预防重复感染;又因为癫痫面积大,病情严重,持续时间久,抗真菌药除外用外,还盯着她坚持按疗程口服;又不时提醒她不要过度劳累,不要受凉,以防免疫力下降,影响治疗效果。

清理癫痫是最搞笑的一个环节:像研究书法一样,每做完一个程序,梁大夫就退后几步,点着一支烟,两个指头夹着,按在嘴角,咝咝地小口吸进,又咝咝地小口吐出,皱起眉头,眯起眼睛,端详好半天,然后永远无法满意地摇头。

梁大夫常年消毒的手,又白又软,却精确有力。三四个月后,妙手回春,奇迹出现了:胡月妹的癫痫全部消失,一颗红红的秃头光洁无瑕。

像习惯的那样,梁大夫退后几步,点烟,吸入,吐出,皱眉,眯眼,端详好半天,终于没有摇头。但胡月妹拿着镜子左照右照,却伤心地说:"这跟癫痫一样难看。"梁大夫说:"莫急,先戴假发,我会想法子,让你的头发慢慢长出来。"

胡月妹的头发是不是"慢慢长出来"了,只有他们两个晓得,因为胡月妹一直戴着假发。但他们的相好"慢慢长出来"了,大家倒是看得一清二楚。

所以说"慢慢长出来"，是因为事情的进展不是想象的那样快，似乎只要梁大夫下了决心就可以手到擒来。障碍是胡月妹不肯。

梁大夫头一次表白，把胡月妹吓了一跳："梁大夫，莫欺负人啊！"

"我是真心的，你若是同意，我今天就去你家提亲。"梁大夫恳切地说。

"我不同意！"胡月妹一口回绝，"我这辈子已经欠你太多，下辈子也还不清。你去找一个跟你般配的女人，我可以一辈子给你们做牛做马，就是不想占你便宜。"

"爱情就是付出，不存在谁占谁的便宜。"梁大夫急了。

"我不懂爱情，就晓得配不上你。好马配好鞍，好男配天仙，我再蠢，也不会这么不通人情。你若是不嫌弃，我随时可以跟你困醒，但不会嫁你。"

"这是什么话！你把我看成什么人了？"梁大夫长叹了口气，"其实我也说不清自己是什么人！"

二

陈志那时候已经进了县文化馆，有了稳定的职业，闲心多了，时常跟镇上一帮自我感觉良好的文化人高谈阔论。月旦人事，免不了说到梁大夫和胡月妹的爱情。

幸福真是可以让人再生的。婚后的胡月妹好像重投了一次胎，完全变了个人。假发下面的脸盘子，容光焕发，水汪汪的发亮。穿上了梁大夫买的衣服，三翘身材原形毕露，腰身一步三扭，风骚得很，整个是梁大夫精心制作出来的一件艺术品。就像名言说的："什么是漂亮的女人？就是臂弯里挽着自己心爱的男人。"

两口子挽着胳膊从镇街走过，就是一道风景线，牵动一街目光，多少女儿眼赤不尽胡月妹的好命。

"到底是外科医生，眼毒！"镇上人对梁大夫又多了一重佩服。笑自己先前没有眼力，只见癫痫不见人。

"说是这么说，夜里摘了假发，一个秃瓢。换了我，绝对快活不起来。"画家条子不以为然。

"快活不快活，只有梁大夫晓得。子非鱼，安知鱼之乐！"陈志说，"床笫的事，最好听梁大夫自己的。"

梁大夫是县文化馆的常客，隔三差五就来与镇上的同好切磋书法。他脾气好，跟谁都说得来，怎么寻他开心都不生气。

条子单刀直入："梁兄，打听你个隐私，你高潮过吗？"

梁大夫很坦然："这叫什么问题？只要生理正常，谁不会享受爱，享受性？"

接下来，梁大夫讲了好一篇大道理："美妙的性，包含了责任、信任、欢笑、泪水、有咸有淡、知冷知热，还有声音、光线、味道、气息、如胶如漆、难解难分。一句话，爱才是性的核心。除了感官刺激，更多的是一种触及灵魂的美。

"我承认多数男人就看长相，择偶就是选美。一旦抱得美人归，就带到众人面前炫耀，显示他的生存竞争成就。但总还是有被挑剩下的女人在优秀的男人那里找到了爱。并不是那些男人看不到这些女人的缺憾，他们对女人的审美，与别的男人并没有什么两样。不同的是，他们能超越长相去发现一个女人的优点和内心。

"人们之所以以貌取人，是因为还停留在初级的生物本能阶段。一个一心只想满足性欲的人，自然不会考虑更高层次的满足。男人年少时会追漂亮女孩，长大以后，尤其是受过良好教育以后，就更看重心灵的融洽，这是对生物本能的超越。结婚，是有了一个人生伴侣，一个与自己心心相印的另一半。一个女人内心美，外表自然就有动人的魅力。悦目不一定赏心，赏心一定悦目。一个男人的内涵有深度，就会尊重和欣赏女人内在的价值。你们应该晓得的，英国的爱德华八世，宁愿放弃王位，以处男之身，娶比自己大五岁、离过两次婚的平民妇女,并从一而终,成了举世闻名的情圣。"

条子有些二百五,叮着不放:

"莫扯许多八竿子打不到边的高雅!你的操作完全超出了大家的想象。你给个实话,是不是她在床上把你浪服帖了,让你离不得?"

梁大夫的脸居然红了:"你怎么知道的?"

条子得意地环顾众人:"怎么样?我猜对了!要不,没法解释。"

陈志比条子多看了几本书:

"我虽然性经验有限,但看《红楼梦》,多少晓得,会浪的女人更幸福。里面的多姑娘整个就是一堆欲望,粗鄙、皮实、耐折腾,'一经男子挨身,便觉遍身筋骨瘫软,使男子如卧绵上,更兼淫态浪言,压倒娼妓,诸男子至此岂有惜命者哉',浪得贾琏气喘吁吁:你就是娘娘,我管什么娘娘……"

一帮人哈哈大笑。

玩笑归玩笑,梁大夫两口子好得还真是只差没有穿一条裤子,日夜形影不离,秤杆离不得秤砣。梁大夫不管走到哪里——被专区医院请去市里帮忙,参加市里文化单位主办的书法展览,放假去市里休息,都把胡月妹带着。从镇上到市里只有三十几里地,班车个把钟头就到了。梁大夫父母在市里有幢老房子,平时就二老住着,儿女都在外地,回来各有房间。

头次进来的胡月妹,立刻就闻到了另一个女人的气息。然后在一个老旧的衣柜里看到了女人的衣服和鞋子,桌子上放着女人梳妆打扮的瓶瓶罐罐,还有跟梁大夫一样的笔墨纸砚。

梁大夫那间房,比镇上县医院分配给他和胡月妹的住房小,就几件简单的家具,只一样完全相同:挂了一面墙的毛笔字,笔画娟秀工稳,整整齐齐,不像梁大夫挂在镇上家里的那幅字,让人眼花缭乱。胡月妹认出了中间的一句是"一寸相思一寸灰",猜出这面墙写满的都是这种心事。

"是我姐写的,对吗?"

"是。"梁大夫多少有些尴尬。

他在市里有一个相好，他们在大学时就好上了。毕业前的一个夜晚，她跟几个女生被请去参加一个饭局，当夜其他女生回了学校，她留下来了。几天后她跟他说分手，没有理由，他差一点儿自杀。后来，他到了县医院；再后来，她给他写信，约他到市里他的家见面；再后来，他们就成了露水夫妻。

这些，梁大夫一开始就没有对胡月妹隐瞒。

"我不能跟她结婚，又不能不结婚。独身终究说不过去，谁信？"梁大夫沉默下来，极力忍住哽咽，"月妹，我知道这样对不住你。你好好想想，要愿意，我们就一块儿过，不愿意决不要勉强。"

胡月妹说："我为什么不愿意？我为你高兴，你有配得上你的心上人；我也为自己高兴，我有个好姐姐！"

三

事情到底还是败露了。这么多年，市歌舞团那个舞蹈演员暗地里一直盯着梁大夫——他与有夫之妇长期姘居并生有儿女，构成了事实婚姻。

梁大夫被判重婚罪。两个女人都在等着他刑满。

胡月妹对已经寡居的"姐姐"说：

"老梁出来了，我就跟他离婚。你们团圆，让儿女认亲爸。"

"谢谢你，妹子。谢谢你帮我照顾老梁。我这身病没有几天活头了，还要拜托你照顾我们的儿女。"

"姐姐"笑着，泪流满面。

盒 带

一

县文化馆老丁的标配是一只小收录机，装在黑提包里，耳机线从拉链留出的小口子伸出来，连着两只耳朵，进进出出从不离身。

"老丁你把耳机摘下来好不好？没看见我在讲话吗？"

馆长周光荣说了几遍，老丁没反应。边上的人拍他的肩膀，他才猛然惊醒，从耳朵眼里拔出耳机听筒道："哦，我妨碍你讲话了？"

"那倒没有。但是你没有听。"

"没妨碍就行。"老丁又把耳机塞进耳朵眼。

先前老丁在部队文工团打杂，不知为什么对作曲有兴趣，一有空就缠着团里写曲子的教他，转业分到了县剧团。县剧团唱的是地方戏，老丁英雄无用武之地，待了几年，又调到文化馆。仗着资格老，不太把合作化才当干部的周光荣当回事。周光荣之前当过县广播站站长，县领导每天通过广播站发号施令，他也就感觉自己有说一不二的权力。老丁越不服管，他越想管。

县医院梁大夫出事，在镇上惹起的闹哄，不低于那年发配来一位将军。县文化馆连着几个周二下午的学习，讲的都是梁大夫。

会议室是原来的车钳车间，会议桌是工作台，上面满是铁屑、铁锈、油污，坑坑洼洼，二十几个人围着这张台子坐着。四面墙壁挂满了书画组办展览留下的书画，证明这是个文化单位。

县城原来在市里。县、市、专区，名字一样，政府机关都在一个城市，不熟悉的人常常摸不着头脑。上级后来就把专区改为了地级市，把先前的县级市改为了区，把先前的县政府迁到了几十里外的乡镇。

上级规定的搬迁时间很短，除了抢建了县政府办公楼，其他的单位都只有在镇上见缝插针。县文化馆在镇街上挤进一幢私人老屋，勉强办公，住宿各自找地方。不久县里一家工厂迁到离县城稍远些的地方，留下了老厂区的车间和宿舍，县文化馆这才有了正式落脚的地方。

镇子以铁路为界，一边叫"镇里"，一边叫"镇外"。终于落脚的县文化馆在镇外，挨着铁路，每有火车经过，就在汽笛尖叫和车轮滚动中打一阵摆子。

周二学习，一般就是先学文件或念报纸，然后讨论。一讨论就放了羊，海阔天空，前后五百年，张家长李家短，东扯葫芦西扯瓢，除非有上级规定的题目。

"今天大家集中讲讲老梁。他以前经常往我们这里跑，上级让我们好好消除他的不良影响。"周光荣端起茶碗说。

"老梁来馆里就是写字，有什么不良影响？"书画组的条子觉得莫名其妙。

条子跟站里的讲解员郑晶晶是一对。洲上人知道后都说，这狗日的命真好，有女人缘，到哪里都走桃花运。

郑晶晶是县里分管文教的郑书记的千金，在郑书记眼里，她差不多就是公主，不嫁则已，要嫁，起码嫁到省里。至于县城十里埠镇的镇上人，不要说挨不得撞不得，就是多看两眼，他也是要不高兴的。

条子起先跟郑晶晶开玩笑，请她做模特。也就是开玩笑，哪里敢动真的。就是别人不说，他自己也承认，要打郑晶晶的主意，必须具备电影里一号英雄人物的气魄。他哪来这种气魄？人长得像根条子，走起路来风摆杨柳。要想讨郑晶晶做老婆，按她老子的标准，他起码要先做成省里的画家。为达此目的，条子刀削似的越来越细，头发乱得像鸡窝，衣服沾满了厚厚的油彩，披头散发，像个吊颈鬼。

只要接到举行全省和全国画展通知，条子见天就在美工室一大堆颜料瓶、桶和夹着臭袜子的纸捆中间坐下，腌萝卜干就白开水，开始呕心沥血的构思。然后就一连几天关在垃圾箱样的屋里，眼睛斜斜地眯起，凝视着画布，拿画笔的手微微抖着，在空中画着看不见的线条，突然扑向画布。一边画，一边跺脚，挥手，翘起下巴，抿紧嘴唇，唔唔地哼。据说大画家都是这样哼的。

每经过这么一次，条子就像大病了一场，这样努力的结果，居然参加了一次全市画展。

不拼命的时候，条子随时随地画站里的人：一团和气的老站长老冷、俊朗严肃的安老师、总跟人过不去的会计老胡、劳碌快活的厨房罗姨、高大威猛的音乐家老丁……有一次，他偷偷画了趾高气扬的郑晶晶，没有想到给郑晶晶发现了，竟老半天看着他，两眼发直。

郑晶晶后来真的成了条子的专职模特。一有空，两个人就关上美工室的门，躲在里面，一磨蹭就是老半天。站里个个都睁只眼闭只眼，只瞒过了郑书记两口子。郑书记太太有一回在床头翻到郑晶晶的画像，猜疑起来，问女儿。女儿说："关你什么事！"

郑书记是领导，了解下情是工作，经常在下班前后突然出现在馆里。

周光荣前面，馆长是老冷。那次馆里正在开会，郑书记一边跺脚，拍着身上的雪，一边眼睛闪闪地数人。

老冷中断讲话，仰面对楼上喊："条子，郑书记来看大家了！"

等郑书记上楼，郑晶晶早抱着一堆衣服溜得巴子不见烟了。

老冷是老好人。周光荣不同，讲原则。

"怎么能讲没有不良影响，就比如……"

周光荣打住了话头。他本来要说文化馆还在老街上的时候，条子躲在顶楼画室给郑晶晶画裸体，忽然记起来生米好像已经煮成了熟饭，条子免不了有一天要做郑书记女婿的。

"还是让安老师先讲吧。"周光荣找了个台阶。

安老师面目俊朗，仪表修洁，说话轻言细语，极得体，让人信服。每次出差回来，他的汇报都是最详尽的。发言之前，打好腹稿，比较重要的几句话，预先写在一张纸上，然后才轻轻地、娓娓地、一字一句地、有条有理地说出来：出门的那天是天晴还是下雨；坐的是第几班车，车上挤还是不挤；到了目的地联系工作，先后找了几次人，第一次没有找到，第二次找到了但不是主管，第三次找到了主管的，因为临时出了件什么事，没有把事谈完，第四次才解决了问题。要是开会回来，就要说明会场是怎么布置的，摆了花盆还是只贴了标语。总之，使人如临其境。他认为，事情总有来龙去脉，不讲清楚，别人得不到要领，自己的工作也等于没有交代。馆里不管开什么会，只要让大家发言，大家一定等着安老师打头，他的发言是标准，他讲完了，大家就照葫芦画瓢，只有记不清楚少画了几笔的，绝没有多画一笔的。

周光荣也很服他，觉得他有水平，比自己强，只是资历还浅，中专毕业没有几年，过几年自己退休，就推荐他当馆长。

安老师腰背挺得笔直，皱着眉头，认真地打着腹稿，终于慢条斯理地说：

"关键的问题是找到问题的关键，如果在关键的问题上找不到问题的关键，我们的讨论就不能深入问题的实质，而要深入问题的实质，我们就必须要抓住问题的关键……"

"安老师说得对！"

众人一片叫好。安老师不管讲什么，大家永远叫好。

"我倒是知道一点关键。"

只魏爱云有点别扭。他心里对安老师一直不以为意，"关键"了半天，鬼也搞不清"关键"是什么，只是安老师在馆里的威望太高了，不是他可以动摇的。

"老梁那个情人实在漂亮，完全就是西施再世。"

魏爱云说着，用力吸了一下嘴角的口水。他脸上尽是细密的皱纹，笑起来格外生动甜蜜，一说起市歌舞团就无比向往：那里美女如云。

"你见过西施啊？"条子说。

"西施还用见？哪个不晓得是中国四大美女之一。"

"照你说的，现在应该是五大美女，还要加上老梁情人。"

"差不多。"魏爱云十分肯定。

还在镇小当老师的时候，魏爱云写的许多诗里，有一首《庐山的羊群》，形容庐山的云是神仙赶着的羊群，蛮别致生动，外省一家大牌报纸副刊用了，他因此进了县文化馆，在音舞组写歌词。那首诗是他至今最大的骄傲。条子不买账，说："只听过拿云比羊的，哪有拿羊比云的？"

"你懂什么！"

魏爱云很为郑晶晶委屈，一朵鲜花插在牛屎上。自古讲男才女貌，可惜自己早生了几年，要不哪里轮得到这个邋里邋遢的火板儿。

"知道站在你面前的是谁吗？"魏爱云有一回问郑晶晶。

"不是魏老师吗？"郑晶晶纳闷。

"仅仅是'魏老师'？"

"还有什么？"

"唐朝李白，知道吗？"

"知道，写诗的。"

"写诗的太多了。李白是诗仙。"

"诗仙是什么？"

"就是写诗最厉害的。"

"哦。"

"现在站在你面前的是当代李白!"

"是吗,你不姓魏吗?"

"跟姓什么没关系。"

魏爱云的细眼发亮,满脸皱纹柔和极了。

可能是跟条子玩疯了,郑晶晶有点想呕,扭头跑开,事后告诉条子,条子冷笑道:"癞蛤蟆。"

"莫讲西施,就讲老梁。"

周光荣用力喀了一声。他也不喜欢魏爱云的酸劲。

"市歌舞团那个女的也太坏了,吃醋就吃醋,不该害人坐牢。"条子愤愤地说。

"就是。"郑晶晶是条子的应声虫。

"你们还是没有讲老梁。"周光荣提醒,"照你们这样讲,错的都是别人,老梁反而没有错。"

"当初跟老梁好的女孩要不是被人霸占,怎么会有老梁今天的错!"

"今天开会讲老梁,是县里郑书记定的。"

周光荣把"郑书记"三个字说得重重的。

停了一会儿,看看大家没有反应,周光荣夹着烟头的两个手指头抬起来,指着墙壁上的一幅字,对条子说:

"取下来。"

那是老梁最得意的一幅字——祝允明草书《洛神赋》的临作,深得原作神髓,也是大家夸得最多的一幅字,内行外行都喜欢。连对书画毫无兴趣的老丁也老是站在那幅字下面,一看老半天,不断一歪头道:"不知咋的,看着就是舒服!"

文化馆从老街搬来后,条子组织了一次全县书画展览,挑了一批作品挂在这间会议室,作为馆里的收藏。老梁那幅字是首选。

"为什么?老梁犯法,老梁的字也犯了法?"条子坐着不动。

周光荣脸一黑道："他的字没有资格挂这里。"

"他没有资格，你有资格？你写一幅试试！"

"你莫太过分！"

"怎么过分？人归人，字归字！"郑晶晶给条子帮腔。

周光荣愕了一下，不便顶撞，把手上的茶碗往台子上狠狠一杵，睁大眼睛，一口接一口吸烟。

会议室里鸦雀无声。外面一趟火车过去，周光荣刚放落的那只茶碗的盖子给震得嘣嘣跳。

突然响起嚯的一声，老丁站起来，把耳机线拔出两只耳朵，拖着自己坐的椅子，走到那幅字下面。

大家眼睁睁地看着老丁踏上椅子把那幅字摘下，以为他会交给周光荣，没想到他抓着卷轴，三下两下卷起，系好绳子，扬长走出会议室。

"这幅字我负责保管，等老梁坐完牢还给他。这里没资格收藏他的字。"

二

老丁是北方人，阔脸，大肚皮，平时百事不问，对周围漠不关心。陈志来馆里快一年，除了有一回老丁不小心撞上他，几乎没有交谈。一旦说话，声高气壮，全院子都听得清，像是跟火车比赛。好酒，从来不醉。他太太是县医院大夫，从不管他。倒是馆里人偶有小恙，都是她诊治，不用去医院。大家都喊她"丁姨"。

丁姨是军医，转业前跟老丁一个部队。老丁转业，她也跟着打了报告。部队问她想去哪儿，她说老丁去哪儿她去哪儿。两个人生了一堆孩子，日子有些拮据，但老丁的开销，她从来不多嘴。

老丁也没什么了不得的开销。不抽烟，不喝茶，喝酒是镇上小店用小竹筒舀的那种最便宜的杂酒，每次就抿一二口，那常常是因为脑子里突然冒出了一个可以写曲子的小旋律。最大的开销都花在音乐上。其实,买了大半辈子,最值钱的也就先是一台留声机、一堆唱片,后是一台小收录机、一堆盒带。这些年,国营商店之外,私人手上也能买到盒带,而且许多是国营商店不卖的。只要有新货,老丁都千方百计买到手。

上班,老丁把收录机放在桌上,插进盒带,戴上耳机。然后,就抱起两只手,眯起眼睛,靠上椅子背,中午喝了点小酒,很惬意地一前一后拗椅腿,就是天塌下来也懒得睁眼。

音舞组就老丁和魏爱云两个人。魏爱云坐在老丁对面,给县里县外爱好诗歌的女作者回信。也许是写到情深处,有一次眨着小眼睛,很神秘地跟老丁说:

"老兄一天到晚听盒带,有没有那种嗲嗲的?"

"啥嗲嗲的?"

"就是……就是……这么说吧,就是听得骨头作酥的那种。"

老丁停住拗椅子,问:"你听过?"

"听过。"

"在哪儿听的?"

"当然是在市里。县里哪儿有!"

魏爱云一脸鄙夷。他打心眼里看不起"县里"。什么是"县"?就是乡村的总和,一个村叫村,许多村加一块儿就叫县。何况这个县城实实在在就是一个乡镇,一尿到头路,三家豆腐店,城里打豆腐,城外听得见,都快把他憋屈死了。他一直在活动调进市歌舞团,之后再进省、进京。他当然更看不起老丁,觉得他就是憨大一个,哪是搞艺术的料。老丁曾经主动提出,把《庐山的羊群》写成交响诗。他想也不想就拒绝了,就凭你老丁这样的,知道什么是诗?让你配乐,"庐山的羊群"岂不要变成"庐山的牛群"!不过这些话他没有说出口,只不阴不阳地说:"谢谢你的好意,以后再说吧,我现在没有心情。"

老丁很体谅,魏爱云那会儿正在闹离婚。

"行,那就等等。"

老丁一直在琢磨着那首交响诗的乐曲,已经写了好几稿,都不满意,但越写信心越足,就等着听魏爱云的意见。

"你也太小看县里了。不就一个盒带嘛,你要想听,哪天我给你带来。"

老丁全无心机。

魏爱云的调动已经有了眉目,市歌舞团同意接收,剩下的就是县里放人。周光荣已经露出口风,不能在他手上流失人才!态度很僵硬。魏爱云后悔不迭,之前总是一副狗不吃屎的样子,从来没有讨好过周光荣。现在,眯着小眼睛盯了老丁好半天,突然灵光一闪。

周一,周光荣就招呼全馆集中学习:"根据郑书记指示,我们的周二学习提前一天,不规定天数,直到把问题讲清楚为止。"周光荣的眼睛一只大一只小,瞪起来有点吓人:"这次的主题还是肃清老梁的不良影响,但重点是讲老丁!"

单位小,人头少,周光荣平时跟大家处得还是蛮融洽的,上班时各个办公室走动,总是他给别人散烟。聊起来也是没完没了,不到老婆喊吃饭不起身。很少见他这样凶巴巴的。大家都凝了神。只有条子的嘴没有守门的,嘀咕道:"这不是报复嘛!"

条子指的是老丁上周二下午摘下老梁那幅字,当众卷走,让周光荣下不了台。

周光荣不理条子,直接喊老丁:

"讲讲你的问题!"

老丁仰在椅背上,脸涨得通红,胸脯和肚子猛烈起伏,像要爆炸。他很惊讶,很愤怒,从来没有人这样对待过他。年近半百,在馆里属于老辈,就指着"哆来咪"过日子,走路时鼻子不住地哼哼,手不停地比比画画,搞不好就撞在人身上。后来有了收录机,手不比画了,但是因为耳朵里塞了耳机，听得入神，还是老撞人。除此以外，你不找他，他绝不会有事没事找你。

"什么问题？"

"你是不是有个盒带？"

"我的盒带多了去了。"

"我说的是一个。"

"哪一个？"

"嗲嗲的那个。"想想又补了一句，"听得骨头作酥的那个。"

"我听啥你管不着！"

"郑书记也管不着？"

"谁也管不着！"

"你以为你是谁？"周光荣霍地站起来。

"成，那我告诉你我是谁！"老丁跟着站起，"我，姓丁，原名'丁狗剩'，当兵后改名'丁成功'，就是革命一定成功！"

"莫忘了是'俘虏兵'！"

"'俘虏兵'咋啦，照样革命！"

老丁气昂昂地站着，像个立起的大油桶。周光荣一时不知如何是好，依照惯例，转而求助安老师：

"安老师你来讲两句。"

一直正襟危坐着的安老师移了移屁股，清了清喉咙，声音极轻微地说："是这样……我觉得……音乐么……我不太懂的……关键的问题是找到问题的关键，如果在关键的问题上找不到问题的关键，我们的讨论就不能深入问题的实质，而要深入问题的实质，我们就必须抓住问题的关键……音乐么……我不太懂的……"

看看等安老师"抓住问题的关键"是没有指望了，周光荣只好使出杀手锏："魏老师，还是你讲，老丁那天是怎么跟你讲的。"

魏爱云没想到周光荣会抛出他来，本来讲好了不暴露他的，像是突然吃了一闷棍，脸上发灰，嘴唇嗫嚅着，半天张不开。

"莫怕，领导给你做主！"周光荣大声鼓励。

魏爱云缩着脖子，终于站起来，拉开椅子，却朝门外扑去。

"对不起，拉泡尿。"

三

县文化馆从老街搬到新址那年，陈志有了正式编制。馆里正好还剩一间堆杂物的小库房，陈志一结婚就有了房子。

办公和住宿在一个"回"字形院子里，各家的动静一清二楚。头几个月，大家一致注意着陈志妻子的肚皮。

上班，周光荣到得早，很严肃地站在大门口，见到陈志郑重其事地说：

"你们要加班加点啰。"

走在陈志身后的老丁一下撞上来，连声道歉。

"没事，没事。"

周光荣觉得老丁是抢白自己，很不高兴：

"你这人怎么回事？"

"没事。"

老丁提着那个黑提包，昂首挺胸，继续前行。

陈志对新婚生活满怀热望。

屋后是一条小河。岸壁水草茂盛，时有虫鸣和鸟雀的啾啁。陈志很喜欢。小库房有地板。陈志把地板连同门、窗刷洗得木纹毕现。镇上没有煤球店。为了备足燃料，他头天买了一卡车煤粉，第二天一早去河边挖黄土，同煤粉调和，做成煤饼。大夏天，穿着小裤衩，在烈日里整整暴晒了一天。到傍晚，煤饼摊满了先前工厂的整整一个篮球场。三年后，全家迁往省城，那些煤饼还没有烧完。

妻子的单位在镇里，上下班要走很远的一段路。生炉子、买菜、洗菜、做饭、洗涮，陈志全包，就等着妻子怀孕。

那一天来得很突然。临产前一个月，妻子单位来电话："你老婆上班时晕倒了，已经送去县医院，你快过去！"

"放心，没什么大事，正常的妊娠反应。"丁姨正在收拾血压计，"让她好好休息，你准备准备，尽快去省城医院。"

陈志后来到了省城医院才知道，丁姨说的"妊娠反应"是妊娠中毒症。

丁姨第二天送陈志两口子上去省城的火车，临走把一个小收录机塞给陈志，说："这是老丁送你们的，里面装好了盒带，让你爱人随时听，可以缓解紧张。"忽然想起什么，叮嘱道："记得戴上耳机。"

上了车，坐定，陈志先戴上耳机，打开收录机试听，响起的是魏爱云说的那种哆嗦的声音："小城故事多……"

一个月后，陈志两口子抱着儿子回到小镇。他们最先想感谢的是老丁夫妇。

老丁已经被调去了一个山区公社，丁姨也跟着去了那里的乡村医院。

魏爱云成功离婚，如愿进了市歌舞团。双喜临门。

小单剃头铺

一

张局上任不久就决定，作为职工福利，机关建一个理发室，比去外面理发卫生，也方便。

市直机关集中一个大院里。卫生局在大院的尽头。局办公楼后面是停车场，临街一排平房是车库。那时公车少，多出的几间，挨着停车场入口的一间做了门卫，过来一间做了理发室，再过来一间，住了理发师傅小单夫妇。

理发室正面墙上挂着的一个大镜框，是早年办公楼落成时下边一家医院送来志喜的，本来立在办公楼门厅，现在横着做了理发镜。来理发的人老是忍不住歪着头，去辨认右上角和左下角竖行的红漆字迹。

小单是随父母到江洲的，刚来时住在桂枝家，两个年轻人起先像兄妹，后来就好上了。桂芝二老都上了年纪，哥哥一大家子人，还有个小老弟。小单在镇上跟一个剃头佬做学徒，满师了没有本钱另立门户，留在师傅店里。

省城卫生局的办公室副主任单科回江洲老家探亲，说服小单跟他去省城。

小单把桂芝和两个伢儿都带上了。老大是女儿，小单咬咬牙，借钱交了罚款，又如愿生了个儿子。熟识后，小单跟陈志说："决心跟本家来省城，图的是两个伢儿能在省城读书，将来能考上大学。"陈志说："难得你一番苦心，他们会有出息的。"

"谢你吉言。"小单眼里满是忧戚。

前面来过几个理发师傅，都不理想。有的是局里职工不满意，有的是理发师傅嫌条件差且承包门槛高。因为机关理发室是张局建议的，也就格外上心，问单科："这回这位师傅应该靠得住吧？"

单科说："品行手艺我都可以保证，出了事撤我职，就是不说话。"

"不说话？聋哑人？"

"不是，就是话少。"

"哦。"

张局头一个去理了发，完了说："行，不错。"

离开老家剃头铺的时候，师傅把小单做学徒时用惯了的一整套剃头工具——老式的推剪、剃刀、牛皮庇刀条等送给了他。小单同时带走的还有做手艺的规矩：每个步骤都一板一眼、仔仔细细，决不取巧敷衍，整个流程一丝不苟、一成不变。如果说有什么缺憾，就是他拿手的只有老老实实的几种基本发型——光头、寸头、小分头、大包头，典型的县乡发式。

不过，不管哪种发式，头型各个不同，头发长短不一，只要给小单理过，就有了一个共同的特点——得体。师傅教过面相，比方"甲"字脸，两边的头发就要尽量贴肉；"由"字脸，两边的头发就要多留，弥补脸面的不足。头发从上到下、从厚到薄，自然过渡，层次均匀，绝没有明显的分界。

到这里来理发的，大多只是为了干净整洁，没有花里胡哨的讲究。尤其张局，医学院毕业，还喜欢一点儿文史哲，文绉绉的，唯修洁是尚。小单一丝不乱的头发，一点儿污垢没有的领子和袖口，让他一见就有好感。

张局还特别欣赏"小单剃头铺"这个叫法："有时候，陈旧反而可以是一种时髦。"

局里文件的正规写法是"局理发室"，但小单在老家学徒的那家就叫

"剃头铺",他始终改不了口。

听人说市卫生局有个"小单剃头铺",虽然简陋,但是清爽,师傅实在,陈志大老远地跑去。一来二去,知道原来小单也是从江洲出来的,还在他小说写过的小镇剃头铺学的徒。之前头发不遮脸就想不起理发,现在稍稍有点感觉了,就去找小单理发。

"来了?"

"来了。"

"要等等。"

"好。"

每次都是这样开头。不管是过了一个月,还是两个月,都像是隔壁邻居打招呼,不冷不热,不紧不慢,不高不低。每次小单都在忙,手脚不停但从容不迫。

终于看到围布被两手牵着角,噗地往下一掸,接着是翻转椅子的坐垫,然后是一声轻轻的"来"。陈志坐上去,身上被掸过的围布围住,什么话都不必说,听任其摆布就是。

各种器具,各种手势,各种角度,各种响声,各种气味,吹拉弹唱,行云流水。完了,轻轻一掌落到肩头,如梦方醒。镜子里先前的一个乱糟糟的抱鸡婆草窝,变成了一个刚下出的鸡蛋,光鲜贼亮。浑身上下一阵轻松,抖落了十岁。

最惬意又最惊险的是修面:

头仰在椅子靠背上,热毛巾把已经洗得煞白的脸再敷一遍,叠起,横在鼻子下面,剃刀在黑得发亮的牛皮庇刀条上来回几下,荡得寒光闪闪,在你微微眯起的眼睛上面阴森森地晃动,你只能紧闭起眼睛,听天由命。

要命的刀刃贴着凸凹起伏的脸搜刮,像是挨着了,又像是没挨着,咝咝的,吱吱的,麻麻的,酥酥的。脑门、额角、眉毛和上眼睑之间,耳廓前后和耳朵眼儿,下巴底下和喉结,一个犄角旮旯也不放过,让人胆战心惊又特别享受。张局的司机胖子有一次躺在围布下咕哝说："什么时候我要想死了，你就这样麻麻酥酥地给我来一刀深的，让我死个糊里糊涂、舒舒服服。"

"嗯。"小单认真答应，随手把一团带杂毛的肥皂沫甩到墙脚。

"我这个秃瓢，天底下只有小单刮得干净。"摸着后脑成堆的横肉，胖子再三说。那颗巨无霸的秃头，给小单刮得锃光瓦亮。

"虽然毫末技艺，却是顶上功夫"，这句双关的话送给小单，最合适不过。

渐渐的，外单位托关系买卫生局理发券的人多了，小单一个人很快就顾不过来。桂芝一面带着不到三岁的女儿和不满周岁的儿子，一面帮着做下手，洗头、扫地、煮毛巾，忙得团团转。正好初中没上完就不想读书的小舅子疤俚在老家吵着要来学徒，多了一个得力的帮手。

陈志好像是跟着理发店的变化长大的：从街边一头炉子盆子镜子、一头椅子的剃头挑子，到屋顶下吊着大木板让人扯着扇风的剃头铺，到有了电扇和旋转座椅的理发店，到灯光通明、富丽堂皇的美发厅，标志着他的一段段人生。但是，不管将来理发的方式和场所还会怎样变化，哪怕就是变成天堂的样子，陈志相信自己始终念念不忘的一定还是"小单剃头铺"。

在"小单剃头铺"，除了享受小单的手艺，还会有许多意料不到的收获。

陈志从插队的县里回到省城后，一直专攻写小说，在小圈子里待得久了，不免枯竭。"小单剃头铺"好像是个八卦中心：谁上了，谁下了，谁大发了，谁破产了……谁戴绿帽子了，谁让小三插足了，谁黄昏恋了，谁一觉不醒了……保健、养生、美容、珠宝……稍微用点心，就总能从男男女女这类永远说不完的话题中得到可以编小说的琐琐碎碎。

不管大家说得多么热闹，小单都像没听见。桂芝跟着咯咯笑，疤俚没大没小地插嘴，他就低低喝一声：

"做你的事！"

两个人立刻就像电视机突然断了电。

一台机关科室淘汰下来的小彩电悬在屋角上，整天忽闪忽闪叽叽呱呱，电路不争气，老是接触不良。

电视上，一个当初蛮神气的企业老总出了车祸，满屋子有疑神疑鬼的，有长吁短叹的，有幸灾乐祸的，小单绝不接腔。忽然有人想起来，问小单："他不是你老乡吗？"小单不作声。实在被人逼迫不过，他就嘀咕一声："苦了他娘老子。"

二

胖子汽车兵复员，分配时正逢张局上任，前任局长带走了司机，办公室就派他给新局长开车。他大块头，气宇轩昂，永远是衣服笔挺，皮鞋锃亮，比局长更像局长。瘦小的张局走在他身边，还真像个跟班。随张局出差，他去登记住房，宾馆的前台总是把单间给他，把标间给张局。

理发不理发，胖子都喜欢来小单剃头铺。机关有司机休息室，但只要不出车，他就跑到小单这里来吹牛。当了多年汽车兵，回到地方又老跟头儿出差，见多识广。他来了，所有的话题就都被他的高声大气淹没了。大家也都喜欢听他吹牛。他随和，见到石头都有三句话。

疤俚刚来，没人敢让他上手，胖子拍拍自己的大头，说："来吧，我这里大得可以停车，你随便练。只要记得这是人头，不是冬瓜。"

这是剃头行的老笑话：师傅拿个冬瓜给徒弟示范剃光头，剃到中间，内急，就手把剃刀往冬瓜上一剁，尿完了，回来接着示范。徒弟以为这是个必须有的程序，以后给人剃光头，剃到中间就把剃刀往人家头上一剁。

南方经济起飞，省里稍有些本事的人纷纷南下，时称"孔雀东南飞"。

"这都飞十几二十年了吧，多少小巴辣子都牛烘烘了！"胖子总是怂恿疤俚，"树挪死，人挪活，年纪轻轻的！没听人说吗，世界那么大，我想去看看。"

　　胖子是在南方服的役，他建议小单另外找个帮手，让疤俚去南方。那里不光钱好赚，收入高，一年四季还都是绿的，鲜花盛开，火车站那儿就叫"流花地"。

　　"要不是老婆水土不服，受处分我也不会回来。"

　　胖子说得唾沫四溅，他刚随张局去南方出差回来。机关工会的姜老眉头直皱道：

　　"莫非你跟张局去南方是旅游去了？"

　　姜老是来染发的。第一次染发，套上加热罩加温时他过敏晕倒，被小单掐人中醒过来。众人和医生都劝过他："莫老黄瓜刷绿漆了，保住老命要紧！"他毫不畏惧："我才不管过不过敏，癌不癌症，活一天就要讲究一天。自古名将如美人，不许人间见白头！"

　　退休多年，姜老始终保持着一头长发，油黑及肩。这是他生命的光彩，也是他区别俗人的特征，比命要紧。生命诚可贵，爱情价更高。若为头发故，二者皆可抛。否则，生命暗淡，又哪来爱情？他最初的一场风花雪月就是一头长长的黑发招来的。

　　"是旅游又怎样？"胖子不看他，"又不是你那样的旅游。"

　　"旅游"是姜老专属的一个经典段子。来卫生局前他是市剧团的舞美，那一头长长的黑发把团里的头牌花旦迷得神魂颠倒。两个人常常眨眼就不见了影儿。事后问他，他总说旅游去了。那时候"旅游"还是个陌生的词，有人私下请教："你那'旅游'是指什么？"他一甩长发，眯眼咂嘴，神神秘秘又甜甜蜜蜜地回答："你自己体会。"

　　花旦不停地吹枕边风，让局长提拔舞美当副团长，局长好久以后才恍然大悟。因为是老夫少妻，恨得牙痒痒的局长放过了夫人，却不肯放过"男不男女不女的混账王八蛋"，把他赶出了文化系统。

　　姜老早已习惯受奚落，并无尴尬，也懒得跟胖子这样的粗人计较，随即就转了话头，对小单说：

"我把给你们写的字带来了。"

调到卫生局之后，姜老在工会打杂，布置会场，张贴墙报，没事就写毛笔字打发无聊。机会总是为有准备的人留的。忽然有一天，满世界毛笔字吃香起来，文房四宝铺天盖地，书法家如雨后春笋。他跟着脱颖而出，在市卫生系统风生水起，收了几个弟子，内中少不了颇有姿色的女弟子。"姜老"就是那时候喊出来的。

墙里开花墙外香。市直机关大院里，好些公共场所都有姜老的墨宝，反而是本单位办公楼不见他的笔迹。

其实，姜老花了不少工夫，在办公楼上上下下用心勘察，确定适当位置，测出适当尺寸，用心挑选适当内容和适当字体——篆隶行楷，一应俱全，并且自掏腰包高价装裱，做到内容与形式的高度统一，抱了一大捆送到办公室请单科过目。

单科说："我定不了，要请示张局。"

张局以前在医院是外科主刀，天天洗手，酒精消毒，到局里来后还保持着老习惯，明显有洁癖。果然，他不同意把卫生局搞得像字画店：

"办公场所必须整洁！"

话说得斩钉截铁，没有讨论余地。

那一大捆后来被抱到了小单理发室。

"我这是剃头铺。"小单说。他说话从来只说个头，其他的都埋在肚子里，你自己猜。

"不是给你看的，是让局里的理发室有文化。"

姜老把"局里的"三个字说得特别清楚，意思很明白——你并不是这里的主人。

之后每次来染发，姜老都再三问小单为什么没有把他的"书法"挂出来，问了几次，见始终没有动静，就改了口气，耐心说明：

"我的字很值钱的。乾隆年间砚台、昆仑雪水磨的墨，一幅字的润笔买下这间理发室不成问题。"

见小单茫然地眨着眼睛，知道他误解了自己的好意，大度地说：

"我不是要你买。"

"我还不起人情。"

姜老的脸终于拉长，道："对我有意见？"

小单嘴巴动了动，不出声。时不时有人顺便给他提袋米、拎桶油或是送糖果糕点，他客气几句，都收下了。但姜老的那一堆毛笔字，他实在不敢收。那些字值钱，他绝对相信。老家过年，镇上的一个老先生在街头摆张烂桌子写对联，一上午收的钱比他剃一个月的头赚的还多。他跟姜老非亲非故，当不起这样的人情。姜老越说不要钱，他越不能收。他打死也想不到，这反而让姜老觉得被藐视了：一个乡下剃头佬，这么神气，无非是有个有局长撑腰的本家！

胖子见小单窘迫，对姜老说：

"又是乾隆年间，又是昆仑雪水，你就留着卖高价好了。说句好听的，就这么一间车库改的理发室，你的墨宝挂在这里，岂不是茅屋头上挂绣球？说句不好听的，挂上那些白纸黑字，这里就不像理发室，像灵堂了。"

胖子并不知道小单窘迫的原因，只是喜欢打哈哈。姜老嘴唇发乌，牙巴骨直抖，半天说不出话。

三

胖子每次来，天上地下，口若悬河，疤偭每次都听得目瞪口呆。每次小单都找理由打发他做这做那，不是打酱油，就是买肥皂，明显得连陈志都看出来了。

"我们这个省份相对落后，你其实应该让他出去的，沿海发达地区的机会确实比这里多。"陈志说。

"疤俚不能跟胖子比。胖子走南闯北,疤俚就是个乡下伢儿,没见过世面,容易吃亏上当。"

也许是因为江洲和小镇的经历,有共同话题,小单唯独跟陈志说话不说一半留一半。

"不出去怎么见世面?"陈志笑起来。

小单担心疤俚,意外的事却先落到自己头上。

单科一直是副主任主持工作,局里这次调整人事,准备给他转正,公示的时候却接到举报:通过理发室收受贿赂。

举报还拐弯抹角扯到张局头上,说他那么热心职工福利,有没有个人的考虑?还有,他那么反感书法,是不是因为书法的内容?

是实名举报,举报人是姜老。

单科从来谨小慎微,树叶掉下来都怕打破头,在医院当护士长的老婆有时候都笑他窝囊,他认账,说小心走得千年船。

局里调查核实的结果,小单收到的那些杂七杂八,都是本单位或其他单位逢年过节发的福利或平时来办事的下级单位送的土特产,多了,有人就转送给了小单,觉得他们一家五张嘴,不容易。小单都攒着,胖子找到便车,就捎去桂芝家——那里还有一大家人。

除此之外,小单绝不占卫生局的一点儿便宜,生怕给单科惹事。女儿高中假期,单科老婆介绍她去医院做护工,多少增加一点儿收入,遇到有钱又大方的,给得还不少。他想也不想就说:"让她跟着我们,就是来读书的,我们两口子再辛苦也不靠她赚钱。"平时家里哪个头疼脑热,他就用土方解决:猪油红糖煎成糖浆,吞服镇咳;鸡内金炒黄碾粉,白糖水冲服消积食;生姜切片加胡椒粉,烧热敷贴治头昏头痛……还绝不让声张,怕有人说他非法行医——卫生局就是管这事的!每年机关职工公费体检,有关的科室主动照顾他们一家,他每次都打躬作揖,坚决谢绝。陈志觉得做这样的不粘锅实在没有必要，这是何必呢，也太驳人家面子了，做个体检未必就揩了国家多少油。姜老的误解，还不算教训吗？他闷头说："两码事，姜老是以为我故意伤他面子，他们知道我是为大家清白。何况我们命贱，不值得那么金贵。我已经是硬着头皮赖在这里了。本家为我承担了那么大的压力，不是为了两个伢儿读书上学，我这回就该起脚回去的！"

陈志立刻打住话头。

姜老的举报，在理发室引起了公愤："真不像话！"男人比较克制。

"自己是什么东西？嚼蛆！"女人情绪化多了。

"怎么不像话？当初让本家进理发室就是以权谋私！"姜老嘴硬，一跺脚扭头昂然出门，"我要再来就不是人！"

姜老的举报，最佳结果是解放了疤俚。

疤俚早就在打主意离开姐夫的"剃头铺"。有空他就出去满大院转，一家家新开张的理发店，门面抢眼，灯光雪亮，设备堂皇，满墙的明星照看得人心痒如麻。他越来越不能忍受"小单剃头铺"的土气，老嘀咕：发屋、发廊、美发机构……一大堆，叫什么不好啊？

"叫什么，你也是个剃头佬。"

小单起先没有在意。在他眼里，小舅子就是个下水摸鱼、上树抓鸟的乡下伢儿，进了城花了眼罢了。直到有一天，疤俚肩膀上顶着一个红绿黄蓝一样不缺的爆炸头，怪物一样出现在他面前，他才觉得事情有点不妙了。

疤俚已经莽长莽大，一表人才，小单要仰面看他。

"'剃头佬'留给你自己吧。我要去做发型师。"

小单瞠目结舌，看看桂芝，桂芝避开了他的眼睛。

看来姐弟两个已经商量过了。

"去哪里？"

"你莫问，凡事我自己搞掂。"

"不行！"小单的牛脾气上来了。

核实姜老举报的结论还没有出来,剃头铺的任何动静都有可能节外生枝。

事情暂时搁下。一家人僵着。

公示结束,单科转正。小单对疤俚说:"我晓得是胖子让你去南方,他应该有路子,你去吧。这里是非多,你走开也好。去了,不求发财,只求平安。平安是福!"

"放心,我站稳了脚就来接你们。"

"我跟你姐哪里也不会去。你两个外甥书读得好好的,突然换地方,会坏事的。再说,我就是个乡下剃头佬,就只能守着一个剃头铺子,成不了也不想成你那个发型师。"

"你是你,我是我。人人都求发财,我凭什么不求发财!两个外甥有本事考上大学,你有本事供吗?"

"他们有本事考上,我就有本事供。"小单死倔,"你不让我操心,我就谢天谢地了!"

疤俚气壮如牛:"那我就放句话在这里,到时候他们的学费我都包了!"

那次争论,他们没有回避陈志。陈志忍不住插了句嘴,对小单说:"就是冲疤俚这样的勇气,你也该让他走!"

发狠归发狠,很多气是争不了的。疤俚走了几天,咬牙切齿地发狠说"我要再来就不是人"的姜老上次染过的头发还没有掉色就来了,而且是火烧屁股地一头窜入,直接扑到那面横着的长镜框下面,手忙脚乱地自己套上围布,拉过加热罩,扣住整个脑壳,在里面发出尖细的颤声:

"疤俚,疤俚……"

这些年,染发的头道工序都是疤俚动手。

"做什么?"桂芝放下扫把。

"什么也不用做,挡住我就行。"

一会儿就有个猛男黑着脸追进来问:"看见你们那个姓姜的没有?"

小单低头给人理发，手上的推剪悠然地嘎吱嘎吱，脸上永远没有表情。桂芝扯平姜老身上瑟瑟抖动的围裙把他遮挡完全。

房间不大，没有可以藏人的地方。猛男悻悻地退出，嘟囔道：

"老子今天就不信找不到你个老贼！"

猛男陪当护士的女朋友来洗过头，她是姜老的女弟子之一。

事情最后是胖子摆平的。他找到那个猛男道："我要是你那个女朋友，就凭你这副小肚鸡肠，绝对甩了你！姜老那样的老贼，就是有贼心也没有贼胆、有贼胆也没有贼力了，你犯得着吃醋吗！"

那些时，陈志在外地瞎跑，错过了这出好戏。

"你还没有给那位写毛笔字的害够？干吗给他打马虎眼？"仰在椅背上，陈志问。

"我这是剃头铺。"

小单对陈志说了半截话，自己都笑了。

五

城市扩张的规模和速度跟做梦一样，好像是一觉醒来，一个比老城大几倍的新区，就神话般地出现了。数不清的豪华楼宇拔地而起，先前一望无边的乡土悄然消失。沧海桑田中，无数人的命运跌宕起伏。

原来看好会去市里当领导的张局让所有人都大跌眼镜，他打了报告，要求回医院的手术台，他觉得他比较能够适应的还是发挥自己的专长。这些年，他一直适应不了行政领域的各种规则。

单科现在是单局，副职，分管的还是原来那摊事。

市直机关连同家属区全部搬去新区。新局长是省厅下来的，很尊重单局，一口一个"老领导"，研究搬迁事务的时候，关于"小单剃头铺"，他的意见是"萧规曹随"，一块儿带走。单局自然高兴，会一散，就去找本家。

"我不能再连累你了。"小单断然说。

"都哪年的事了，你怎么还记在心里？"

"世事可测，人心难算。"这是小单的师傅传下的老话。

单局叹了口气："这个本家决定了的事，九头牛也扳不转的。"

胖子被他当兵时的老团长找去，做了CEO。那家公司代理好几家大名头的汽车企业在本省的经营。他也不主张小单跟单局走：

"机关里的确没意思，钩心斗角。去我那儿吧。"

胖子给小单两口子开的工资待遇相当可以，事情很轻松，就管几个勤杂工，手痒了，就刮一刮他那个秃瓢。

"我不是享福的命。"小单冷冷地说。

"对不起，当我什么也没说。"

胖子的抱歉是真诚的，他本来应该知道小单的心性。

姜老现在是"姜大师"了，名片上醒目地印着"江南孤笔"，据说高价收藏他的书法的企业家很不少。他买了大房子，娶了小娇妻，也享上了老夫少妻的福，就是证明。新局长很重视全系统文化素质的提高，新区的办公楼启用不久，就举办了一次全市卫生系统的书画展，参展的许多是姜大师的弟子。也许是因为特小心眼，陈志最关心的还是他的头发：已经很长时间不见他去小单那里染发了，但真是出奇，他的一头长发却比先前更黑更亮更飘然。

"假发。"胖子总是不给人留面子。

传说这里将会建一个超大型的"智慧城市综合体"，被遗弃的市直机关大院很快就自暴自弃，日渐褪色、泛黄、废墟化。

迁去新区的人把原来的房改房放盘，出售或出租。空出的办公楼被各种大大小小的公司填满，被各种花花绿绿的招牌和广告缠绕；菜市场、小餐馆、杂货店……一家接一家在街道两边先前严肃的机关门厅开张；街上横七竖八地停满了大车小车，绿化带给自行车电动车堆得一片狼藉；宿舍区整天是此起彼伏的装修改造轰响；新住户五行八作，随地吐痰甚至拉尿，扯起裤脚坐在门口晒太阳，把臭烘烘的灰白皮屑剥了一台阶，在人行道上摆开电磁炉、小饭桌做饭吃饭，油污和恶臭的脏水遍地横流。

这一大块区域，以前人们一进来就会不自觉地小声说话，现在少了秩序，也少了衙门味；多了随意，也多了烟火气。

小单租了一套一楼的三室一厅，两口子连上女儿和儿子都有了各自的房间。厅堂是理发室。从老卫生局车库搬出去的时候，小单买下了那块在墙上横了多年的大镜框。它差不多成了小单剃头铺的一个标识，歪头辨认上面斑驳的字迹是许多新老客人的一种乐趣。

因为房子年头太久，又缩在楼群夹缝尽头的角落里，租金很低，但是酒香不怕巷子深。小单让女儿和儿子做了块"小单剃头铺"的小木牌，钉在临街的门头上，不响亮，却招人。

"小单剃头铺"的县乡发式，正适应了这里的新居民；先前的老客户，依旧是从新区跑来理发。

这是"小单剃头铺"最兴旺的一个时期，也是小单人生最得意的一个时期：女儿考上了她最想上的大学；高中的儿子是年级的学霸。去了南方的疤俚交了桃花运，一家理发连锁店老板的独生女儿看上了他的帅气机灵，死活要嫁他。老板干脆把连锁店交给他们打理，自己讨了个填房，去周游世界。接手后，疤俚把连锁店改名"巴黎春天"，不到一年时间，连着加盟了好几家门店。当初他打包票管两个外甥的教育费用，仗的只是一股血气，现在看来还真不会落空。

小单——应该喊"老单"了——本人，大背头一丝不乱，脸上依旧光洁。

"你泡了防腐剂啊？"陈志打趣。

"你只能看到表面现象。"小单嘴里现在有意无意地多了干部腔，"我老不老，只有桂芝晓得。"

"你个老不正经的！"桂芝笑骂。

陈志真是打趣。生命的衰退是无可抑制的。不到五十岁的小单几年前还为了不跑厕所，可以站一整天滴水不沾，现在时不时会下意识地拉过椅子坐下："出鬼，这腰！"剪发的时候，可以明显感觉到那只曾经坚定有力的手的颤抖。最让人赞叹的修面，不再是那把从乡下带来的老式剃刀，改用了外国牌子的双保险剃须刀。那条黑色的牛皮庇刀条落寞地垂在大镜框边上，不知什么时候已经干缩起皱，有了裂纹。

小单夫妇回老家的消息，是胖子告诉陈志的。他说："小单怕免不了的客套给你添麻烦，不让跟你打招呼。"

陈志还是去了一次那个夹缝尽头的角落。

"小单剃头铺"的小木牌已经不在了。房东在门上贴了一张白纸条，很搞笑地写着——旺铺招租。

胖子说："走之前，小单儿子收到了大学的录取通知书。"

陈志打心里为他们高兴，鼻子却酸酸的。

当时明月在

陈志睁眼醒来，看见车窗的窗帘已经拉开了半边，对面的铺上盘腿坐了一个年轻的胖子：光头，长出了浅浅的短茬，一脸油光；短袖花衬衫，胸口敞着，垂着一弯老粗的金项链；大裤头刚过膝，腿上尽是毛。面前的小桌板上一堆罐啤。

昨天晚上隐约觉得车厢里其他的三个人都下去了，不知道这个胖子是什么时候从站上来的。他显然一直就坐在那里喝酒，根本没睡，软卧里满是他喷出的酒气。

"真能睡。"胖子笑道，"怎么吵也不醒。"

车厢里只有他们两个。他说的只能是陈志。

看来是个见面熟。

陈志一边掀被子，翻衣服，找鞋子。老在路上跑，这种人见多了，属于他懒得搭讪的一类：小生意，低素质，粗俗。

从盥洗室回来，一拉开门，就听见胖子的声音："一看就是文化人。"

"怎么见得？"胖子好像一直在等着跟他说话，陈志不好硬憋着。

"刷牙洗脸啊。好习惯，文明。"

"你不刷牙洗脸？"

"我才不，用不着。我一天到晚只喝啤酒，牙口干净得很。"

"那也不去餐车了？"

"不去。我这里啤酒多的是。"胖子拍了拍床铺道，"你去吧，我给你看着行李。"

陈志担心的就是行李，正犹豫着是不是带去餐车。这趟是参加笔会回来，主办方给每个人发了几千块钱润笔费，他很小心地塞在旅行包底层。

胖子立刻就意识到了，扯出压在身后的一个小提包，拉开拉链，露出成捆的大钞。

"放心，你的东西要是掉了，我赔。这些够不够？"

"我没有不放心。"陈志掩饰说，"你就不怕我抢劫你吗？"

"你能抢劫我吗？"胖子哈哈大笑，浑身肥肉乱抖。

陈志脸一热，没想到会被这个一副蠢样的胖子捡了笑话。从餐车回来，见胖子坐在那儿真的没动桩。

"你走了以后，车厢里连一只苍蝇也没有进来过。"

"你真不吃饭啊？"陈志岔开那个让他尴尬的话题。

"我这不在吃吗？"胖子说着，又拉开一只罐啤。

"你在家也这样吗？"

"家？我就是家，家就是我。我在哪里，哪里就是家。"

"看不出来，你还是个哲学家。"

陈志想起哥们儿雪国一个小说的题记：我在哪里，哪里就是我的故乡。

"什么学？"

"哲学。"

"不懂。"胖子一缩脖子，"我只晓得一个人到处是家，快活。"

"一个人怎么是家？又怎么快活？"

"你是说没有女人？怎么可能！只要有钱，哪里会没有女人！这辈子我别的不敢吹，女人可太多了，不过太多了也没意思。有回我买了个洋妞一整天，不到半天就后悔了。就那一件事，干几回就腻了。两个人光着，你看我，我看你，也不懂话，只好又倒下，又爬起，搞得我过后好些日子再看见黄头发蓝眼睛就想吐。"

"你让我想起一部电影的台词：除了做爱，他的生活一片空白。"

"我不看电影,我只做爱。"胖子的油腻脸闪闪发亮。

"那得花大把钱吧。"陈志酸溜溜的。

"钱就是花的。花光了赚,赚了花光。"

"听口音你是下江人?"陈志有点喜欢他了,"做生意?"

"是的。卖毛笔。这是来采购。"

"下江人到外地采购毛笔?"

"不对吗?"

"文房四宝,宣纸、端砚、徽墨、湖笔。毛笔祖宗蒙恬造笔就在湖州,湖州就在下江,你这不是舍近求远吗?"

"天下名笔多的是,各有各的货色。说湖笔是笔中之冠,固然不错,安徽的宣笔、蜀中的川笔、河北的侯店笔,名气都不小。河南太仓笔说南湖北潘,湖南的湘笔还说湘颖之技甲天下呢。我要去的那地方,有家笔庄就是清朝皇帝题的匾,专门做御笔。"

"皇帝算个鸟!"

陈志最讨厌拿狗屁的"皇家""御用"说事。

论年纪,胖子应该是陈志的晚辈,但老练多了。看出陈志的反感,胖子马上改口:

"听说中国最会写字的在那里做过官,专用那里的毛笔。"

"你说的是文港?"

"你去过?"

"你刚才说的那个中国最会写字的叫王羲之,因为他在那里做过官,所以后来唐朝的王勃写《滕王阁序》才说'光照临川之笔'。"陈志卖弄,"不过我没去过。我早年在农场扒土巴的时候,有个同屋的老家就是那里。"

"没去过就知道这么多!到底是文化人,一肚皮学问。不像我,里边全是屎尿。"胖子拍拍一碰就晃动的大肚皮。

陈志心里像熨斗熨过一样熨帖。

文港一千六百多年前就做毛笔，也算是毛笔之乡。陈志几年前收到过文港一家笔庄的信，信里夹了几张百元大钞，请他写篇说毛笔的文章，帮着做个宣传。写信的人他不认识，不知道从哪里听说了陈志。

陈志这辈子最怕的就是写字，从小没少让家长老师生气，可不管你怎么骂，他的字就是写得跟狗爬一样。让他说笔，真叫是哪壶不开提哪壶。他老老实实地退回了那几百块钱润笔，也谢绝了去文港看看的邀请。他到哪儿都爱出风头，出不了风头的地方绝对不去。

"不过，你真该去看看。"胖子有点出神，"我采购毛笔，只去文港。那地方真的好看。山清水秀，像个水灵女儿。大路边一个老牌坊，进了牌坊，就像到了古代。路上铺着麻石条，屋子尽是老砖老瓦老门板，卖杂货的门头挂着布旗子，笔铺里满墙是发黄的老字画。"

陈志有了兴趣："家家都这样吗？"

"别家我没有进去过。到了文港，我只去临江笔庄一家。老板姓晏，先前在外地农场，知青回城，农场的新职工差不多都走光了。他已经成了家，在省城做保姆的老娘过了世，他也断了回城的想头，却突然得到早年去了海外的老子的消息。老爷子随后还托当年做了逃兵的同乡给他转来了一大笔钱，说是要回故土终老。他带着老婆女儿回到老家镇上，用那笔钱盘下一家倒闭多年的笔庄，请了镇上最好的笔匠掌墨，女儿跟着学徒，两口子做粗工。笔庄很快有了生意，只可惜老爷子没有活到动身回大陆的那一天。

"笔匠祖传世代制笔，临江笔庄狼毫羊毫鼠毫鼠须紫毫各种兼毫齐全，适合各种字体的笔一样不少，都是手工制作。工艺扎实，用料考究，狼毫用的是纯东北辽尾，光泽和触感，内行一眼就能看出来。选料、配料、结头、择笔、刻字，工序一百二十多道，光是笔杆选材的工序就分了木质、竹制、牛角、陶瓷一百多道，所有流程的标准写得明明白白，绝不欺客，不满意就退货，你什么担心都是多余的。笔杆刻字，别家用机器，挣快钱，省时省力大批量。他们始终就是用人工，笔画有粗有细，龙飞凤舞，机器刻的根本没法比。"

"这样的手艺人是凤毛麟角。"陈志由衷地说,"世上的确没有几个了。"

"晏老板最看重的也就是这一点。他跟笔匠说,他不图挣快钱,只图中规中矩。做手艺的守行规就如同女人守妇道!你去买毛笔时,他们会教你闷住气,把笔尖放在嘴里,先湿润,然后舌尖轻轻把笔锋慢慢抵散,然后在掌背或掌心慢慢旋转,试笔锋杀纸的力度;要是力度不够,笔锋就会散开。据讲,早年的老秀才都这样当场试笔。试笔不满意,放下就是。我就只认这家笔庄,赚了钱,除了喝酒玩女人,就是买他们的笔!"

胖子看着车窗外面,眼神有点迷离。路边的树木飞快地掠过,忽然想起什么,把压在屁股后面的小提包抽出来,在夹层里找到一本册页。

"这是临江笔庄现在的当家编的小册子,我觉得蛮好看,就是看不太明白。"

老手艺代表着一种生活态度,跟机器生产两码事。

现代社会追求效率,不知有多少老手艺退场,带走了不知多少珍贵的生活细节。

甘愿处在卑微的人生边角,以最纯的匠心守护手工的原汁原味、烟火灵气、淡泊诗意。

以老手艺的沉稳,对老手艺的审美表达敬重。这种表达也许无足轻重,却是一方水土的品格。

宣纸、尺牍,右下角印着行草的"临江鱼素",册页内文小楷娟秀纤巧。页面素净,文字颇有深度,宜于文艺青年佐酒茶。

"你明不明白都无所谓,只管买他们的笔就好,肯定错不了。"

"我还是想搞明白。"胖子有一种渴望。

"这么说吧,这段话的意思表示,他们不只是做笔,是做一种文化。"

胖子眨着小眼睛道:"他们就是太有文化,我就是太没有文化。听说他们晏家祖上出过两个大文人,一父一子,老子做过大官,儿子文才比老子还好。"

"那是二晏,晏殊和晏几道。晏殊是老子,晏几道是儿子。当时人说晏几道有四大痴:不傍贵人,是一痴;不赶时髦,又一痴;搞得家人节衣缩食,是三痴;从不记恨害过自己的人,是四痴。"陈志来劲了,"临江笔庄主事的既是晏家后人,骨子里就有一种文化遗传。"

胖子眼巴巴地似懂非懂,嘴张得老大,下巴直往下掉,忽然想起什么,说:"对了,临江笔庄正堂板壁上就刻了那位老祖的诗,好像是写临江的一位仙人,可惜我读不懂。"

"是不是《临江仙》?"

"对对对,就是。"

梦后楼台高锁,酒醒帘幕低垂。去年春恨却来时,落花人独立,微雨燕双飞。　记得小苹初见,两重心字罗衣。琵琶弦上说相思,当时明月在,曾照彩云归。

这是陈志记得特清楚的一首词,因为给情人写过,用指头一笔一画地写在人家软绵绵的胸口上。虽然早分手了,现在念起来,还是心动。

胖子长长地叹了口气道:"我要是也能跟你这样念得出就好了。"

"你有心事啊?"陈志盯着胖子。

"我哪来的心事?"

胖子掩饰着,拉开一个罐啤,仰起脸一气猛喝。

"你去文港只去临江笔庄一家,怕不是只为笔去的吧?"陈志坏笑道,"小老弟你瞒我不过的,我久在江湖,惯看风月,什么不明白?倒不是喜欢打听人家隐私,你真要有心事,莫硬憋着,说出来会痛快些。"

除了列车员收拾了一次小桌板，一上午车厢再没有旅客进来。这趟车没有什么人，软卧大多空着。一个地方经济发不发达，看人流量就知道了。

胖子有点颓丧道："我不是存心去的，跟着几个做生意的朋友，头次到文港，头一个就进了他们店。不晓得为什么，进去就不想出来了。穿过店堂，一直走到后面做笔的作坊。作坊没有后墙，直接临着河水，岸下尽是荷花。

"做笔的女儿土布衣裳，荷叶颜色，一张脸就像八月中秋的一盘月亮。不过她老勾着头，说话羞羞答答。荷叶缝里江水的反光在她脸上晃动，细细的茸毛一清二楚。晶亮的汗珠子，就像花苞上的露水。两只手膀子白白胖胖，像藕节。大热天，她穿的是圆领衫。我挨她站着，低头一眼看到领口里面，好深的奶沟，人一下蒙了。"

"那还等什么？开口啊。"陈志调侃道。

"我何尝不想开口，就是心越想，口越张不开。其实那会儿我蛮清爽，不是现在这样一身肥肉。"

胖子从包里掏出钱夹子，打开，有一张他自己的照片，青涩、瘦削、眉眼分明。

"而今是一堆废墟了。"陈志心里嘀咕。

胖子只顾说自己的：

"人家哪会要我这样的粗人。她后来嫁的男人，是师傅的儿子，在县高中毕业，不愿劳神费力去挤高考，回到镇上，跟她一块儿做笔。原来两个早就好上了。他人能干，文墨又好，那个小册子就是他做的。

"只可惜他们生意做不大。他们也不想做大。媒体、文人苍蝇一样围着他们打转，要给他们做节目、写传，他们一律作揖谢绝；国家每年评选"工艺大师"，别人私下送钱送到肉痛，他们白给也不要；公家采购，只他们笔庄不给回扣，人家也就再不回头。他们不在意人多人少，只愿来的是行家，识货。

"老笔匠手眼不济了,回了老屋。晏老板上了年纪,把笔庄交给女儿女婿打理,自己没事就坐在堂屋,咬他那根竹管油红、铜头锃亮的黄烟筒,抽的还是老黄烟,笑眯眯地看着一男一女两个小肉墩在脚前爬,一言不发。老太婆一旁端着茶碗,给他打扇。她开朗,快活,人缘好,镇上人都知道她年轻时外号'翘白儿'。

　　"临江笔庄一直就是那栋老屋、那个老作坊,只是到处收拾得锃光瓦亮。女儿生了一对龙凤胎,还是跟没开苞的荷花一样光鲜。闲时男人写了文章,她就用毛笔小心抄出,印到小册子上。两口子是神仙夫妻,恨不得一个鼻孔出气,一条裤子同穿。我在一边看着,觉得自己就是一堆垃圾。"

　　"一个鼻孔、一条裤子,意思对,话难听。教你两个词:夫唱妇随,琴瑟和鸣。"陈志也很受触动。

　　胖子避开陈志的注视,从小桌板上抓起罐啤,低头拉环,手有些抖,拉了好一阵,居然没有拉开。

　　胖子口里的"晏老板"像极了晏德成:一片无声无息的树叶,被动地随水漂流,从不为自己争取什么,却总有好运。陈志本来想确认一下,晏老板的名字是不是"晏德成",看胖子那个掉了魂的样子,只好作罢。

后 记

最后一次看完《明月》书稿,长吁了口气。

1964年作者初中毕业,下乡谋生,在长江中间的一个小沙洲上,生活了将近十年。这是作者的第二故乡。作者的青春——人生最宝贵的年华,是属于它的。作者在那里播种希望,流了汗,还有血。生活,用巨大的,甚至是可怖的风暴和洪水,同时也用暖人的阳光和鼓动帆的风,粗暴而又温柔、无情而又宽厚地铸造了作者的灵魂。在那之后,作者的关于欢乐与痛苦的最深切的经验,作者的最热烈与最阴沉的情感,乃至作者创作灵感的源泉、作者的审美理想以及艺术追求的激情和情致,都是同它联系在一起的。

以这个沙洲为背景,作者至今共写了三个长篇:第一个《梦洲》1990年由人民文学出版社出版,写了主人公1964年到1967年的经历;第二个《孤帆》2023年由凤凰文艺出版社出版,写了主人公上世纪八十年代之后的经历;第三个就是这部《明月》,主要写了前两部主人公的周边人物,整体上形成一个历史生态群落。某种程度上,是作者对自己平凡人生的一个交代,也为时代留下一个切实的生活图景。

在整个这个过程中,作者一直有一个不切实际的心愿:用一种题材质地上趋近福克纳、叙述风格上趋近海明威的努力,在一个尚未完全脱离蛮野气息的"邮票大的地方",尽可能有广度地开掘写作肌理的辽阔,尽可能有深度地考量作者深在其中的卑微人群的喜怒哀乐,以及他们质朴、正直、血性、几乎是天然的向善向美的追求。

本书由若干章节勾联而成，内容独立成篇，故事相互缠绕，整体衔接力求紧密连贯，呈现一种"破碎的整体感"。所以将遥远岁月里的人与事打捞一处，并非仅仅出于怀旧的目的，而是将文学的锋芒指向世俗的虚伪与荒谬。顺势记录的那些过往岁月里值得记取的人与事，大抵被简化为朴素的善与恶。这种朴素的善恶轮回，体现的是作者习惯表达的小说理念之一："作者想写的好人是这样的人：他们是一些默默地平静过日子的人，他们并不是没有梦想，但他们绝不会因此伤害任何人；他们不是英雄，但是为了报答善良，他们甘愿付出一生；他们也许迂腐、偏执、另类、不合时宜，只是为了证明并不是所有人都愿意交出自己的尊严"。在作者看来，或许只有这样的人物，才是朴素的力量所在，从而给历史钩沉赋予文化的厚重感和时代的强劲光芒。

作者崇尚海明威的冰山理论、卡佛的机智极简、贝克特人物对话的断裂感，故小说语言以白描为主，力求清新、简约，意境优美，蕴含丰富，尽可能精准地勾勒出各具典型性的人物形象，使人性萌动下的自我命运鲜活跃动，使沉重史实中的文本于不致压抑，舒朗，豁然，顺畅。对方言口语的接近，则是为了显现小说的地域性以及人物的底层特征。

总之，作者的意图是在时代的文化架构上呈现小说人物的各自命运，在宽泛的经纬上展示各类人物的精神向度。至于是否达成了文本的成熟度，则另当别论。

无论如何，作者深信，那时明月依旧明亮，变的是社会和岁月，不变的永远是对人间正道的坚守。

非常感谢素昧生平的文飞先生，给予作者充分的时间反复删改订正润饰书稿，不断增补新的篇什，以充实全书。非常感谢北岳文艺出版社，使拙著得以面世。

2024 年 10 月 16 日

明月

| 出 品 人 | 郭文礼 | 选题策划 | 刘文飞 | 责任编辑 | 刘文飞 李泽婧 |
| 复　　审 | 王朝军 | 终　　审 | 古卫红 | 印装监制 | 郭　勇 |

项目运营 | 有度文化·刘文飞工作室　　投稿邮箱 | liuwenfei0223@163.com

微　　博 | http://weibo.com/liuwenfei　　微信公众号 | YOUDU_CULTURE